读客悬疑文库

认准读客读悬疑，本本都是大师级。

罪之声

[日] 盐田武士 著　　赵建勋 译

河南文艺出版社

· 郑州 ·

目 录

Prologue

蒸汽熨斗发出犹如气沉丹田之后唱出的浑厚男低音，将周围所有杂音吞没。

摊在长熨衣板上的西装面料是沉静的灰色，低调中显着高贵。曾根俊也拿着喷壶，一边观察面料的状态，一边有规律地往面料上洒水。

胸部厚实，腰部收紧——这种稍显几分死板，却具有严谨的男人味的西装，是真正的大不列颠款式。虽说很多客人都喜欢面料轻薄舒适的意大利西装，但俊也还是觉得不追逐潮流的英国西装更有品位。

由于使用的年头太长，俊也手上那把蒸汽熨斗的木柄已经变成了焦糖色。他正在熨烫一块三点二米长的西装面料，这道工序叫作"防缩水处理"。批发商把面料送到店里后，要先通过喷水和熨烫平整一下，这是缝制西装的序曲。这把从上一代传下来的蒸汽熨斗，通过一根输液管似的管子连接着一个小水箱。

真空式熨衣板可以吸收热量和蒸汽，保持面料平整。熨烫面料时发出的呜呜声，就像半夜里冰箱突然启动，马上就把周围的杂音吞没，一点儿也听不到操作间外面的声音。

站在一块面料前通过想象描绘一件西装的轮廓，是裁缝师傅的乐趣，也是裁缝师傅的特权。近来，很多裁缝铺已经不重视这个基础性的准备工作了，但在俊也看来，"防缩水处理"并不是瞎耽误工夫，而是必不可少的一道工序。

俊也将面料反反复复熨烫了一个小时之后，把面料晾在晾衣杆上，关掉真空式熨衣板的电源，隔着衬衣捶了捶腰。本来想喘口气歇歇的，但一想到一个多小时都没有关照过前面的店铺了，就走出操作间，来到了前面的店铺里。

店铺里一个人也没有，俊也环视了一下店内。面积达二十五坪[1]的店铺，对于一位个体经营者来说足够宽敞。橱窗里和店铺中央摆放着西装和面料，东西两面墙壁上则展示着上千种面料样品。

随意放在柜台上的智能手机闪烁着收到短信的绿色指示灯。俊也从一大堆垃圾短信里，看到一条标题为"拜托你了"的短信。是母亲发给他的。

俊也计划今天傍晚去医院看望母亲，母亲在短信里让他到时候"把影集和照片拿来"。大概母亲是想整理照片吧。有大把闲暇时间的母亲的身影浮现在眼前，俊也不由得笑了。他给母亲回短信说知道了，顺便看了看手机屏幕上显示的时间。

刚过下午2点，到傍晚还有些时间。不过，俊也习惯先处理比较麻烦的事情，于是再也无法集中精力去干活了。他再次回到操作间，走向二楼。

父亲光雄在京都市北部的住宅区打出"曾根西装定制"的招牌，迄今三十三年了。俊也从三岁起就生活在这所兼营店面的房子里。每当小

---

1 1坪约等于3.3平方米。——译注（本书中注释，如无特殊说明，均为译注。）

心翼翼地上楼，听见楼梯仍旧发出吱吱呀呀的声响，或是看到使用不便的狭小的洗脸间，他就感到这所房子已经难掩它的老旧了。

泡沫经济鼎盛时期，车站附近的大街上建起了很多著名建筑设计师设计的新潮大楼，并作为时髦街区的典范，多次被刊登在本地杂志的封面上。而以前的古老建筑和店铺，则好像衰老的牙齿被从牙龈上拔掉一样消失了。在这种情况下，"曾根西装定制"在时代的大潮中没有被惊涛骇浪揉碎，而是以钟摆般稳定的节奏，刻画着时间的痕迹。

俊也踩着吱呀作响的楼梯刚走上二楼，身体就被叫人喘不上气来的热气包住了，瞬间大汗淋漓。生在京都长在京都的俊也，并不想抱怨这盆地地形特有的气候，但他由衷地希望夏天早日结束。

母亲的房间在楼道的尽头。拉开薄薄的门板，房间里更是热得要命。他不由得嘟囔了一声，打开电灯，马上就拿起挂在电灯开关旁边的空调遥控器开了冷气。空调发出疲惫的声音，开始启动。俊也用手当扇子往脸上扇着只可以聊以自慰的微风，然后看了看这个没有什么装饰、收拾得很干净的房间。

四天前，母亲吃早饭时吐了血。俊也把母亲抱到客厅里，妻子亚美马上拨打119叫了急救车。两岁的女儿诗织从未见过爸爸妈妈这么慌张，吓得哇哇大哭，家里乱作一团。最冷静的倒是吐血的母亲本人，她一边说"快去抱抱诗织"，一边使劲挥手，好像要把儿子赶走似的，一点儿都没害怕。

检查结果是胃溃疡，需要住院治疗两周。俊也想起父亲是因为蛛网膜下腔出血去世的，一度非常慌张，后来听医生说母亲没有生命危险，才暂且放下心来。

母亲说，影集和照片都在以前放电话的柜橱里。那个柜橱现在已经不放电话了，取而代之的是一台磁带收录播放机。俊也在柜橱前坐下来，拉开了最下面的大抽屉。抽屉里有几个大牛皮纸信封，还有父亲用过的剪子、纽扣、圆珠笔等，随随便便地堆在那里。虽说都是父亲的遗物，但母亲好像没有整理过。俊也看到抽屉最里边有一个小纸箱，心想那里边大概也是父亲用过的东西吧，就把那个被压得皱皱巴巴的小纸箱拿了出来。打开正方形的盖子，里面是一个透明的塑料盒，盒子里装着一盒磁带和一个黑色真皮笔记本。

"这是什么呀？"

打开那个黑皮笔记本一看，俊也惊叫了一声。已经变了颜色的纸上密密麻麻写满了英文，从深蓝色墨水笔迹来看，应该是用钢笔写上去的。从笔记本的状态来看，已经非常古旧了。俊也实在无法把当了一辈子裁缝的父亲跟笔记本上的英文联系在一起。

他试着阅读那些英文，但由于不认识的单词太多，而且都是好像故意跟读者为难的长句，他很快就泄气了。尽管他很希望了解那些英文写的是什么内容，心里急得要命，但他知道如果一字一句地查字典，到傍晚绝对看不完。

于是俊也决定放下笔记本，先听一听磁带。正好橱柜上有一台老旧的磁带收录播放机。磁带表面上半部是白色的，下半部是绿色的，散发着浓浓的昭和气息。白色部分本来是用来写磁带内容或标题的地方，但什么都没写。

他插进磁带先听A面。按下播放键，一道刺耳的扑哧声后，是一片嘈杂。嘈杂中有成年男人和女人的对话。男人的声音一听就知道是父亲，女人的声音听起来，好像在讨好般亲昵地称赞父亲的打火机。大音量的日本歌谣前奏开始了，还可以听到拍手和铃鼓的声音。

恐怕是在一个酒吧里。过去父亲心情好的时候，就会带着年龄尚小的俊也去酒吧，跟老板娘发一发在家里不能发的牢骚。俊也心中涌上来一股怀念之情，脸上自然而然地浮现出一丝微笑。磁带里的录音中断了一下，然后是一个小男孩唱歌的声音。

"我——我——我要笑了——"

俊也听到这句歌词后说了句"啊，是风见慎吾的歌"，笑了。尽管是一个男孩子稚嫩的声音，但他马上就知道是自己的。唱得不太熟练，不过还是伴随着女人的喝彩声和铃鼓声唱了下去。虽然中间也有停顿，也称得上"热情的歌唱"。唱完以后是一片欢呼声。录音再次中断。

俊也记得当时父亲剪的是短发。虽说父亲晚年满头白发，但当时也就是三十岁左右。一想到父亲有时候也许会听听这盘磁带，俊也眼前马上浮现出自己的女儿诗织的脸庞，感慨万端。

俊也以为没有别的录音了，正要把磁带退出来，忽然又听到一道刺耳的扑哧声。

"公——交——车——站，城——南——宫——的，长——椅——的……"

跟唱风见慎吾的歌一样，是俊也小时候的声音。

"到京都去，走一号线……两公里，公——交——车——站，城——南宫——的，长椅的，靠背的，后面……"

录音又中断了。

"这是怎么回事？"

跟刚才看到笔记本的时候一样，俊也感到迷惑不解。也许是没有其他声音的缘故吧。虽然偶尔也有"咯"的一声响，但无法辨别是当时周围的声音，还是磁带磨损造成的。不管怎么说，俊也一点儿都不记得自己录过这些话。

听到"城南宫"这个词的时候，俊也马上就联想到京都伏见区的一个神社。城南宫附近的公交车站，长椅的后面。莫非是在玩什么寻宝游戏？不对！那毫无生气的语调完全是为了某种目的而录制的，至少不是为了记录孩子天真可爱的声音。

俊也按下快进键，想听听还有没有别的声音，结果什么也没有了。也许是自己想得太多了。想到这里，他又随手翻开了笔记本。

银河　　万堂

突然映入眼帘的两个词语让他愣住了。笔记本最后的对开页面上写的是日文。左边这一页上方写着"银河"，右边一页上方写着"万堂"。银河和万堂都是日本具有代表性的糖果制造公司。两个公司名字的下面用非常工整的字写着该公司的销售额、员工人数和社长的名字。为什么突然出现了这两个糖果制造公司的信息呢？既然前面的英文读不懂，现在当然也无法判断。

但是，合上笔记本，俊也的脑海里突然浮现出"银万事件"这几个字。那个事件是俊也小时候发生在关西地区的全国性大案。当年狐目男的肖像画，至今还鲜明地留在记忆中。父亲和英文、英文和糖果公司、糖果公司和父亲，无论怎么组合都觉得别扭。这个笔记本跟磁带有关联吗？由于开了空调，不再出汗的后背冰凉冰凉的。

俊也把母亲交代的影集和照片的事忘了个一干二净，抓起笔记本就往楼下跑。踩着咯吱咯吱作响的楼梯跑到操作间，又穿过操作间跑到店铺的柜台前面，一下子握住了大型笔记本电脑的鼠标。

他立刻在谷歌搜索引擎里输入"银万事件"几个字，找到集合了相关资讯的网站，点开以后就认真阅读起来。这个事件比俊也以前知道的要复杂得多。

俊也以前只知道银万事件是有坏人在糖果里下毒，现在才知道那是一起以绑架银河公司社长为开端，多家糖果公司和食品公司被恐吓的大事件。银河公司社长被绑架之后大约经过了一年半的时间，犯罪团伙主动宣告停止犯罪，从此踪影皆无。到了2000年2月，那一系列的犯罪追诉时效到期。

俊也滑动鼠标的手指突然停了下来。

——罪犯恐吓敲诈被害企业时，使用了女性和男童声音的录音磁带——

俊也的心脏狂跳起来。感觉一瞬发冷之后，全身毛孔好像都张开了，手心渗出的汗水把鼠标都打湿了。

他想确认一下罪犯使用的是什么样的录音磁带，于是打开了视频网站。虽然事件发生距今已有三十一年，但还是有很多视频被上传到了网上。找了半天找不到想找的视频，俊也有些不耐烦了。就在这时，也就是看到第六个视频的时候，终于在这个纪实性节目里看到了相关内容。

罪犯进行恐吓敲诈的录音里，传出了男孩的声音。

"到京都去，走一号线……两公里，公——交——车——站，城——南宫——的，长椅的，靠背的，后面……"

俊也着了魔似的反复播放男童的录音，在里边寻找跟刚才在二楼听过的录音有什么不一样的地方，播放了一遍又一遍。但是，不用说录音的内容，就连"咯"的一声响都是相同的。他越听，越由怀疑转为确信。

俊也丝毫没有发觉汗水已经从额头流到了脸上，他仰望着天空。

这，就是他自己的声音！

Chapter 1

1

低沉而阴郁的笑声。

三个穿着邋遢的旧西装的成年男人，并排坐在长沙发上，正在看电视。电视画面上，一个男大学生被自己家的门板戳了手指，痛得直皱眉头。大学生的外婆看到这种情形，赶紧跑过来，用手指戳了外孙的后背一下。

又是一阵阴郁的笑声。一边笑一边做记录的阿久津英士，也是发出这种笑声的人之一。

在位于大阪的一个电视台，节目宣传部那层楼的深处，有一个很难被注意到的安静的记者接待室。来这个记者接待室的，虽然也有阿久津这种全国性大报的文化部记者，但主要还是那些体育报的娱乐版面记者。现在坐在阿久津左侧的那两位都是体育报的记者。

"龙田演得真好！"

说话的是电视台节目宣传部一个剪着短发的男人，什么时候见到他，他都是同样的笑脸。他们的工作就是请记者写文章宣传电视台的节目。

"虽然一直到十五年以前她都在走性感路线，可是……"

"现在连一点性感的影子都没有了。不过，这个角色也许能让她再次走红。"一个体育报记者随声附和道。

他们议论的女演员龙田，扮演的就是用手指戳了外孙后背一下的外婆。龙田长得很丰满，阿久津也记得这个女演员。

已经是8月下旬了，这部深夜喜剧将在10月开始播放。今天在记者接待室举行试映会，给记者们看的是第一集。说是记者们，其实就是坐在长沙发上的这三个人。

阿久津心想：写个二十五行的报道吧。

阿久津很快就在脑子里完成了包括两个过渡段一共四个段落的稿件。过会儿用电脑打出来，然后等着电视台通过邮件把广告用的照片发过来他就可以交差了。今天就不回报社了，直接去西餐馆吃牛排、喝啤酒。

阿久津正要伸手去拿放在茶几上的冰绿茶，放在地板上的采访包里的智能手机振动起来。手机屏幕上显示的是"文化部"几个字。阿久津说了声对不起，拿起手机一边往外走，一边用手指划开手机屏幕。

"喂，抱歉打扰了。"

是报社文化部文艺组主任富田。虽说是上司的电话，但阿久津丝毫感觉不到有什么压力。不管喝酒不喝酒，也不管是不是错过了采访机会，富田总是笑嘻嘻的。在报社这样一个等级森严的地方，他真是一个好上司。

阿久津走出记者接待室以后，小声问道："您有什么事？"

"刚才鸟居先生给我来电话了。"

一听鸟居这个名字，阿久津不由得用右手按住了额头，准备等着富田接下来要说的话。鸟居是社会部案件报道组主任，如果问报社里谁跟警察打交道最多，首先被想到的就是鸟居。

"阿久津，你能马上到社会部去一趟吗？"

阿久津就知道富田要说这句话，浑身上下一点儿力气都没有了。

"喂，阿久津，听得见吗？"富田的声音里包含着些许同情。

"非得我去吗？如果还有不太忙的……"

"鸟居点的名。"

"您能不能帮我推托一下？"

"这个忙我可帮不了。就这样吧。"刚才的些许同情完全没有了，富田毫不客气地挂断了电话。阿久津叹了一口气，狠狠地攥住了记者接待室的门把。

阿久津从电视台回到《大日新闻》文化部的时候，富田已经回家了。如果没有重要的事情，富田到点就会回家，可以说是一位忠实履行厚生劳动省¹规定的模范，这对于部下来说本是值得庆幸的。但是，当部下想在上司面前发发牢骚，却看到上司空着的椅子时，难免叫人泄气。阿久津把采访包放在自己的椅子上就往外走。

文化部跟其他编辑部不在一层楼，平时看不到那些板着脸的面孔，也听不到截稿前的怒吼，所以阿久津每次踏着铺有化纤地毯的楼梯上楼的时候，都会感到一阵巨大的压力，下意识地把拿在手上的按压式圆珠笔咔嚓咔嚓按个不停。

楼上除了社会部，还有经济部、体育部、版面设计部，没有隔间，挤满了报社所有忙得不可开交的人。阿久津进报社已经十三年了，看到这种情景就想回家的心情，到现在也没有改变。

阿久津不情愿地向离门口最近的社会部办公区走去。他用眼神跟那些正在用电话采访或正在复印资料的同事打着招呼，来到了坐在沙发上

---

1 厚生劳动省是日本中央省厅之一，是日本负责医疗卫生和社会保障的主要部门。——编注

嚼着烤鱿鱼条的鸟居面前。鸟居留着在很久以前的黑白照片上才能见到的那种三七分的发型，工作方法也非常老派。

"怎么这么晚才来？"

鸟居脸上连一丝笑容都没有，一边说话一边把含在嘴里的烤鱿鱼条拽了出来。阿久津脸上倒是堆满了礼节性微笑。鸟居用拿在手上的烤鱿鱼条向会议室那边指了一下。

这层楼有两个会议室，一大一小。阿久津跟在鸟居身后，走进社会部的记者们经常使用的小会议室。小会议室中央由几张白色的长桌拼出一块长方形，还有很多椅子和一块白板。因为没有窗户，让人感觉就像一间审讯室，憋得喘不上气来。

鸟居把电灯打开，坐在了阿久津对面的椅子上。

"你正在采访一个电视剧？"

鸟居说着把烤鱿鱼条叼回嘴里，顺手扔过来一沓装订在一起的A4纸。

"刚在电视台的记者接待室看了一集。"

"就能写稿了？"

"差不多吧……"

"哦？你的工作好轻松啊！今天的采访就算结束了？"

阿久津特别讨厌听别人说这种话，但在与社会部的记者一起值夜班的时候，经常被人这样说。最近，"职权骚扰"这个词被越来越多的人所了解，就算是上司也不怎么使用歧视部下的语言了，但鸟居却逆历史潮流而动，还陶醉在上一个时代。

阿久津没有回答鸟居的问话，把视线落在了那一沓A4纸上。

资料的题目是《住在深渊里的人（暂定）》。

"这是我们的年末报道计划。简单一句话，我们要搞一个跨越了昭和与平成两个时代的悬案特辑。"

A4纸上还含糊地写着，要连载五到十次。小标题是《银万事件——三十一年后的真相》。阿久津有一种不祥的预感。

"我们大阪总社要搞银万！"

"银万……"阿久津看着那份计划书，呆住了。

"怎么样？很有意思吧？"鸟居向前探着身子问道。

"不过……太难了吧？"

"是的，不容易。所以我们要动员一切力量，不但想借小猫小狗来帮我，就连一片沙丁鱼的胸鳍都想借来为我所用。这就是我为什么要把你叫来参加这个采访小组。"

"等等！我觉得我连一片沙丁鱼的胸鳍都不如。"

阿久津不是在开玩笑。他抬起头来，认真地看着鸟居。在鸟居手下调查这么大的事件，对于他这个"文弱之辈"来说，只能是一件悲惨的事情。

"而且……我现在有各种各样的事情……"

"你的意思是你很忙？"

鸟居进入报社以后一直在采访重大事件，曾经担任驻大阪府警察本部的记者组组长，调到社会部以后担任事件报道组主任，能在这种人面前说自己很忙的人，在这个世界上能有几个呢？现在的会议室已经完全变成了审讯室，阿久津沉默着，决定行使缄默权。

"你沉默也没用，我已经跟富田说好了。"

"什么？您跟富田先生……"阿久津有一种被出卖的感觉，但马上就屈服了。一想起从此以后就要过被束缚的日子，阿久津就像患了感冒似的全身倦怠。

"你看看计划书的下一页！"

看来鸟居马上就要让阿久津投入工作。阿久津只好翻了一页。

——关于弗雷迪·海尼根绑架案[1]——

"海尼根？就是那家啤酒公司吗？"

"你小子，连海尼根绑架案都不知道吗？"

"……对不起，我……"

鸟居故意长叹了一口气，然后命令道："往下看！"他依然叼着烤鱿鱼条，朝放在桌上的那份材料努了努嘴。阿久津尴尬地向鸟居点头哈腰之后，看起事件的概要来。

1983年11月，位于荷兰阿姆斯特丹的世界著名啤酒制造商、海尼根啤酒公司社长弗雷迪·海尼根和他的司机被当地五个年轻人绑架了。三个星期后，交给绑匪3500万荷兰盾（当时相当于20亿日元）赎金以后，海尼根和他的司机才被放出来。警方于当年确定了海尼根被监禁的场所并逮捕了其中三名绑匪，后来于1984年2月在巴黎市内将其他两名主犯逮捕。但是，那笔赎金的绝大部分至今下落不明……

确实是一个很大的案件。可是，阿久津想不明白，海尼根绑架案跟银万事件和他这个大阪报社的文化部记者到底有什么关系。看着阿久津不解的样子，鸟居把烤鱿鱼条从嘴里拔出来，认真地说道："银河糖果公司社长被绑架，是海尼根绑架案四个月之后发生的。"

"啊？这么说，银河的社长被绑架，跟海尼根绑架案有关？"

"你先看看第三页上贴着的那个便条。"

阿久津知道自己是一个很容易被别人牵着鼻子走的人，但他还是把视线落在了桌上那份材料的第三页上。

第三页上贴着当时《大日新闻》驻布鲁塞尔分社的记者用打字机打的一个便条，上面写着："从海尼根绑架案的发生到海尼根和他的司机被放

1　即喜力绑架案。下文提到的海尼根啤酒公司，即喜力啤酒公司。——编注

出来以后的一段时间里，有一个看上去很像侦探的男人经常在案发现场周边打探消息。"那个男人很可能是"一个住在伦敦的亚洲人"。据阿姆斯特丹一家中餐馆的老板说，那个男人好像"对伦敦的唐人街很熟悉"。一直到绑匪被逮捕，那个男人对本地警察的侦查行动始终很感兴趣。

这个便条确实很有意思，但其中包含的信息量太少了。阿久津面露难色，看了鸟居一眼。

"这个便条是20世纪80年代留下的，写这个便条的记者已经去世了。"鸟居说道。

"也就是说，只剩这些线索了？"

"是的。顺便说一句，除了根据海尼根绑架案拍成的电影[1]，几乎没有关于这个事件的日文资料。"

"英文资料呢？"

"网上好像只有少数几条资料是英文的，基本上都是荷兰文的。"

"什么……？"

资料少得如此可怜，怎么才能在此基础上写出像样的报道来呢？这个问题阿久津都不知道该去问谁。

"在国外，绑架案不一定非要请警察出马，家里人把赎金交给绑匪以后放人的案例也有不少。"

"这个我倒是听说过。"

"在伦敦甚至有一家风险管理公司，专门负责跟绑匪交涉。"

"啊？什么买卖都能做啊！"

"欧洲总分社有个记者还认识一个专门负责跟绑匪交涉的所谓绑票交涉人呢。"说到这里，鸟居把嚼得所剩不多的烤鱿鱼条整个儿吞了

1　这里指的是2015年由丹尼尔·阿尔弗雷德森导演的犯罪片《惊天绑架团》。

下去，"不过嘛，那个记者到苏格兰采访去了，不在伦敦……也就是说……阿久津，我的话你明白了吧？"

"什……什么？没……没明白……"

"你英语检定考试是一级¹吧。"

阿久津直到现在才理解了鸟居的意思，真想给反应迟钝的自己两个耳光。

"不是一级，是准一级，而且那是上大学时候的事。"

"不过，跟一级也差不了多少吧？"

"差多了，完全不一样。准一级合格以后还得学好几年才能达到一级的水平呢。"

"你小子还以为自己是个初学者吗？你大学毕业都十多年了吧？"

"可是，这期间我根本就没学过英语。现在要是让我考准一级，肯定考不上！"

去伦敦采访一个跟事件没有多大关联的绑票交涉人，顶多也就是给这个单调的报道加点可读性。总之一句话，因为完全属于很不重要的细枝末节，所以鸟居才看上了他这个有闲工夫的文化部记者。

"我直接说结论吧。派你到伦敦去，先采访那个已经退休的交涉人，了解一下外国的企业家被绑架的情况。然后呢，找到便条里说的那个住在伦敦的亚洲人。"

阿久津简直怀疑自己的耳朵。迄今为止在工作上有很多毫无道理的安排，他都忍了，可这次也太过分了。鸟居大概是意外地搞到了一笔派记者去伦敦的预算吧，其主要目的应该就是采访那个已经退休的绑票交涉人。什么亚洲人啦，都只不过是为了不让记者太闲加上的说辞。采访

1　日本英语检定考试一级水平最高，以下依次为：准一级、二级、准二级、三级、四级、五级。

之后是要上交采访报告的，阿久津必须用他那磕磕巴巴的英语去四处打听。这可不是那种采访顺带旅游的美差。

"都三十多年了，还找得到那个亚洲人吗？"

"你怎么净说这种泄气话？要是找到了呢？不就是一个大素材吗？"

"我认为，那个亚洲人只不过是想了解一下海尼根绑架案的情况，跟银万事件有关联的可能性很小。"

"你正在采访一部毫无意义的电视剧吧？即便毫无意义，也能写出有意思的报道来，难道不正是文化部的记者应该具有的本领吗？谁也没有指望你能成为一个响当当的硬派社会部记者！你永远是个软蛋！软蛋！"

鸟居说完这番话，也不管阿久津还在房间里，把电灯一关就出去了。从此以后，阿久津除了自己的正常工作，还要支援别人的采访，近期恐怕没日子休息了。

阿久津留在昏暗的房间里，呆呆地看着鸟居远去的背影，决定了今天晚饭吃什么：炸牛排！海尼根啤酒！

2

就像旅游指南里写的那样，伦敦的天灰蒙蒙的。

阿久津在希思罗机场下飞机以后坐上了开往伦敦市内的特快列车。到达帕丁顿站的时候，他连站起来的力气都没有了。

他乘坐的飞机从大阪关西国际机场起飞，在卡塔尔首都多哈的哈马德国际机场转机，经过长达二十个小时的飞行，总算到达了英国。

特别是从大阪到多哈那一段，简直受死罪了。旁边的一位白人乘客理所当然似的独占了两个座位中间的扶手，看电影时旁若无人地哈哈大笑，睡觉时鼾声如雷。前面那位男乘客呢，根本不顾阿久津的感受，把椅背完全放倒。除了起飞和降落，阿久津的膝盖一直都处于顶着前面椅背的状态。

这时的阿久津走在伦敦市内绝对说不上平坦的便道上，行李箱的轮子发出刺耳的响声。跨着大步往前走的行人们接二连三地把他超过去。在街上走了十分钟左右，阿久津发现了一件事，那就是伦敦人几乎没有不闯红灯的。

由于手上拿着一张在日本时印好的地图，阿久津顺利找到了酒店。酒店附近道路两旁的公寓都是白色的西洋式建筑，门前的圆柱和长方形窗户整齐划一，让人有一种来到了欧洲的感觉。如果把眼前的景象画成一幅画，一定美不胜收。

酒店前台服务员说着速度极快的英语，阿久津连一半都没听懂，不过，包括付定金等在内的入住手续很顺利地就办完了。虽说对狭小得连行李箱都摊不开的房间有所不满，但冲了一个热水澡以后，阿久津心情好多了。

整理完行李，阿久津从皮制双肩包里掏出一个文件夹，又从文件夹里把专门为银万事件整理的采访本拿了出来。抬起手腕看看手表，刚过下午1点，还不到约定的时间。

采访本里是阿久津加入银万事件采访小组以后整理的素材。每一次采访活动，记者一般都会准备一个专用采访本。其实用电脑会快得多，但为了把有关事件的信息深深刻入大脑，阿久津是用他爱用的自动铅笔一字一句地写上去的。

银万事件发端于1984年3月18日晚上，银河公司的社长菊池政义在位于兵库县西宫市的自家宅邸被绑架，终结于1985年8月12日，犯罪团体宣布停止犯罪。在这将近一年半的时间里，关西地区很多糖果糕点食品制造商的总公司和分公司都接连不断地受到威胁，发展为一连串的无差别杀人未遂事件。

按照受到威胁的前后顺序排列，有以下这些企业：银河糖果公司、又市食品公司、万堂糕点公司、希望食品公司、鸠屋西式糕点公司、摄津屋日式糕点公司——总计六家。由于万堂公司实际受到损害早于又市公司，因此被称为银万事件。银河与万堂两家公司损失巨大。银河公司社长被绑架以后，旗下公司遭纵火、恐吓威胁，甚至有人造谣说银河公司搞不正当交易，企业形象受到极大损害。万堂公司生产的糖果被混入剧毒氰化钠，不仅散布到关西地区，还散布到名古屋乃至东京，所有万堂公司的产品被迫全部下架。生产停止了，大批员工被解雇。万堂股票在事件发生前每股将近七百日元，当年年底就跌落至不到四百日元。这两家公司面临几近破产的危机，还没地方说理去。

事件已经过去三十多年了，但还是经常被人提起，大概是因为事件本身足以超越推理小说吧。围绕着交接赎金的时间和地点，犯罪团伙与警察之间展开了激烈的攻防战，紧张得令人喘不上气来。还有利用媒体不断传出的关西腔恐吓信和挑战书、至今叫人感到毛骨悚然的狐目男的肖像画、留下了各种证据却消失得无影无踪的犯罪团伙。这个以剧场型犯罪[1]闻名的事件，不但在昭和史上，甚至在日本犯罪史上，都可以说是一个空前绝后的事件。

阿久津看着采访本叹了一口气。不管怎么想，这个事件都不是自己能插上手的。如果有人想接替他，他会高高兴兴地把采访工作移交过去。半个月以前，他做梦也不会想到自己会来伦敦采访。

阿久津的视线落在采访本上。在这个绑架事件里，他对一个地方始

---

1 剧场型犯罪最早由日本社会评论家赤冢行雄提出，意为以社会为舞台、犯罪实行者为主角、警察为配角、新闻媒体和大众为观众，由此构造出酷似舞台剧的互动犯罪形式。——编注

终觉得放不下。

为什么要绑架一个成年人……

三十一年前的3月18日晚上9点左右。那一年冬天的寒冷是破纪录的，每天的气温都要比常年低七八度，西日本地区普降大雪，兵库县西宫市当然也不例外。已经3月了，还是寒风刺骨。银河公司社长被绑架事件发生那天，下着冰冷的小雨。

菊池政义家有六口人。菊池政义和他的妻子，三个孩子，还有政义的母亲。母亲的名字叫房代，住在隔壁的一栋宅邸里。事件发生的时候，政义和正在上小学五年级的长子以及正在上幼儿园的小女儿在洗澡间洗澡，妻子和大女儿在二楼的卧室里，母亲房代在她自己的宅邸里。

闯进政义家的是两个男人。其中一个是中年人，手持来复枪；另一个是年轻人，手持一把短枪。两个男人个子都不高，都戴着只露出眼睛的黑色头套，穿着黑色上衣。

在阿久津的采访本里，中年人被简称为A，年轻的被简称为B。

保安公司没有在房代的宅邸里安装报警装置。两个人利用梯子翻过围墙来到房代宅邸的后门，打碎玻璃闯了进去。

"不许出声！"

房代正在只有四叠[1]半的起居室里看刚开始播放的电视剧，A突然用来复枪顶着她，B则用随身带来的尼龙绳和起居室里插座的延长线等，把房代的手脚捆起来，然后逼着她说出东侧儿子政义宅邸的钥匙在哪儿。拿到钥匙以后，他们把房代的眼睛和嘴巴用胶带封起来，离开的时候还扯断电话线，切断了电视天线。

两个歹徒拿着钥匙，进入政义宅邸西侧主妇做家务的房间以后，先

1　叠，日本面积单位，1叠约等于1.62平方米。

去了二楼政义的妻子和大女儿的卧室。大女儿美佐子尖叫起来，其中一个歹徒威胁道："美佐子小姐，不要出声！"也就是说，歹徒知道大女儿的名字。歹徒随后用胶带把母女俩的手脚缠上，用毛巾把她们的嘴堵上，塞进了后边的卫生间里。

歹徒紧接着冲进洗澡间，用来复枪顶住政义的胸膛，低声威吓："安静！不许出声！不许出声！"歹徒把政义拉出洗澡间，用浴巾裹住他的下身，然后把他拉进孩子的房间。其中一个歹徒扯断电话线以后，报警装置被触动，警报响了起来。歹徒慌乱中拖着政义从原路返回，从一楼做家务的房间出去，穿过房代宅邸的院子，出了大门。

马上就有一辆双门的红色跑车开过来，政义被从副驾驶座那边塞进后座。在这个过程中，B的头套被蹭歪了，露出脸来。政义看清了，那是一个年轻男人。跑车在夜色中向大阪方向疾驰而去。

一个大企业的社长被如此粗暴地绑架，立刻引起了媒体的重视，各大报社纷纷派记者去西宫市采访。第二天早上，"银河社长被绑架"的消息见诸报端之后，警察与媒体破例缔结了禁止报道的协定，报纸电视都没有跟进报道，陷入极不自然的沉默之中。

三天后的3月21日白天，摇摇晃晃地走在大阪府摄津市的铁路上的菊池政义，被国营铁路的职员发现……

从此，银河公司的苦难历程就开始了。

阿久津抬起手腕看了看手表。没想到时间过去得这么快，他赶紧合上采访本。采访之前得先买个手机。

他穿上一件夹克衫，把采访本塞进了双肩包。

3

在帕丁顿车站附近的一家手机店，经一位年轻店员推荐，阿久津买了一部三星牌的预付费式手机，当时设定好就能用了。

从现在起就要开始工作。走出手机店以后，阿久津再次把事先写在采访本上的英文念了几遍，然后拿起手机，给那个已经退休的绑票交涉人克林·泰勒打电话。

接通音刚响了两下，一个男人就接了电话。

"您是克林·泰勒先生吗？我是日本《大日新闻》的记者阿久津。"

"阿久津？哦，你是昌男的同事吧？"

昌男，应该就是欧洲总分社的木户昌男。

"啊，是的。我刚到伦敦，现在可以跟您见面吗？"

"当然可以。我现在在苏豪区的一个酒吧里，你能过来吗？"

阿久津觉得这位克林·泰勒先生的英语还是很容易听懂的，没想到把店名和地址记下来却花了很大工夫。最初克林说话速度较快，不过阿久津希望他说慢点以后，语速就慢多了。刚才手机店里那个年轻店员也是这样。阿久津很快又在心里得出了一个结论：英国人待人还挺热情的。

在帕丁顿站买了一张交通卡，阿久津直奔地铁贝克卢线。让阿久津感到吃惊的，第一件是自动扶梯转动的速度，快得让他感到害怕，可是周围的人一点儿都不介意；第二件是地铁车厢自动门开关太快，喇叭里刚刚传出"Mind the Gap"（小心列车与站台之间的间隙）的广播，车门就关上了。

十分钟以后，阿久津来到皮卡迪利环岛站。这一带矗立着有名的厄洛斯雕像和英国国家美术馆，是伦敦的市中心。走出地铁站，阿久津看到在日本的电视上看到过的用发光二极管制作的建筑物上的大型广告，再一次切切实实地感到自己来到了伦敦。

虽然不是周末也不是假日，而且是白天，厄洛斯雕像周围的游客也非常多。从这里向西走三百米左右，应该就是克林所在的英式酒吧。在飘扬着米字旗的威严的建筑物前，行驶着红色双层巴士和黑色出租车。阿久津一边欣赏着美丽的街景，一边分开人流往前走。

克林说的那个英式酒吧是位于拐角处的一座红砖建筑，阿久津很容易就到达了目的地。跟酒吧那敞开的黑漆大门形成了鲜明对照的，是门前装饰着五颜六色的花篮的柱子。将要接受为期一周的英国文化熏陶的阿久津不由得感慨起来：这才是地道的英式酒吧。

酒吧里边没有开灯，全靠自然光照明。十五个木桌之间的间隔很大，还有二楼，看来可以同时招待很多客人。座位几乎被占满了。阿久津从夹克衫的口袋里把手机掏出来，正要给克林打电话，坐在附近靠窗的一个座位上的秃顶白人举起手来。

阿久津问道："您就是泰勒先生吗？"

"叫我克林就可以了。"克林·泰勒站起来跟阿久津握手。

克林是个大块头，秃顶，阿久津看不出他到底有多大岁数了。

"我叫阿久津英士。"阿久津坐在了克林对面。

克林已经在喝啤酒了。好像没有下酒菜。

阿久津点了一磅健力士啤酒："我刚走进酒吧，您怎么知道就是我呢？"

"你显得很紧张嘛。那样一副表情进酒吧的，恐怕没有吧？"克林不紧不慢地回答了阿久津的问题。

阿久津虽然能听懂克林说的英语，但从一开始就感觉被人观察，心里有点不踏实。

静下心来之后，阿久津拿出采访本和数码录音笔，开始采访外国的企业家被绑架的情况和跟绑匪交涉的事例。克林谈到了发生在1978年的法国大财阀在巴黎自家宅邸附近被绑架的事件，以及发生在1983年的中国香港房地产大亨绑架案。还有海尼根绑架案，他表示犯罪集团的灵感来自1977年荷兰的企业家绑架案。

"'荷兰病[1]'这个经济术语你听说过吗？"

阿久津摇了摇头。

克林说了声"OK"，两肘撑在桌子上，十指交叉在一起，不紧不慢地继续说道："荷兰在1973年石油危机发生的时候，由于出口天然气赚了大钱，工人的工资猛涨，社会福利非常充实，富裕一时。"

"一时？"

"是的。出口天然气虽然扩大了贸易顺差，但本国货币的汇率也随之大幅上升，结果使其他制造业出口受到巨大打击，失业率上升。这就是荷兰病。80年代初期，荷兰的失业率达到了12%。"

阿久津在自己写的"The Dutch Disease"上画了一个圈。

"绑架事件发生的时候，正是荷兰陷于贫困的时候。当然，我们也不能因此就原谅绑架这种行为。"

克林那露在T恤衫外面的胳膊非常粗壮，一看就知道是练过的。秃顶的面庞看上去也叫人感到害怕，但是一跟他交谈，就会感觉到他是一个很有知识的人。后来克林又谈到了他自己负责交涉过的绑架事件，还开玩笑说，除了不知道南美那边谁跟绑匪有勾结，没有他不知道的事情。

都是很有意思的话题，不过只有这些素材还写不成一篇追踪银万事件的稿子。阿久津心想，无论如何也得找到跟银万事件有关的信息。

1　荷兰病（The Dutch Disease）指一国特别是中小国家经济的某一初级产品部门异常繁荣而导致其他部门衰落的现象。

"再来一杯怎么样？我请客。"阿久津指着克林的空杯子问道。

"你有采访费吗？"

"一杯啤酒钱我还是出得起的。"

"你还想了解别的情况吗？那我也来一杯健力士，好久没喝过了。"

两人都满上健力士之后，阿久津提到了银万事件。克林说："这个事件我听说过。在英格兰，还有往火鸡里灌水银的傻瓜呢。"说完他禁不住笑了。

"我想请您看看这个。"阿久津把当年报社驻布鲁塞尔的记者写的那个便条的英文译文递给了克林。

克林看完以后，嘟哝了一句什么，但由于语速太快，阿久津没听懂。克林又说了一遍"这个事件我听说过"，然后把译文还给了阿久津。

"英士，今天晚上你有空吗？"克林突然问道。

"有，当然有！"

"也许我能向你提供一点有用的信息。我会给你打电话的。"

克林说完，一口气把杯子里的啤酒喝光，道了声再见，转身就走出了酒吧。阿久津完全没料到这个发展，下意识地嘟哝了一句"怎么回事"。想起数码录音笔还在录音，赶紧把电源关了。

阿久津一觉醒来，最初的感觉是全身酸痛。

他转动一下似乎凝固了的双肩，活动一下僵硬的腰身，看看放在枕边的手表，已经晚上8点半了。阿久津觉得肚子饿了，赶紧起来收拾了一下就走出了酒店。

早就听说英国的夏日很长，但刚刚8月下旬，伦敦的夜晚已经凉风习习，犹如晚秋。离开酒店向西走了十分钟左右，来到了贝斯沃特站前面的大街上。这里的餐馆、杂货店一家挨着一家，各种肤色的人挤满了便道。西班牙餐馆、印度餐馆、埃及餐馆……应有尽有。阿久津犹豫了半天，走进了一家泰国料理店，因为他在国外从来没有吃过泰国料理。

点了一瓶泰国胜狮啤酒、一份泰式炒米粉，阿久津打开了采访本。虽然今天的经历有几分苦涩，但采访记录还是要整理出来的。

下午，跟克林分手以后，阿久津走出酒吧，去了附近的唐人街。欧式建筑上的汉字招牌越来越多，就像到了别的国家。西边的牌楼让阿久津想起了日本神户的南京町。

但是，在到处是游客的地方采访并不合适。阿久津突发奇想，在连一张照片都没有的情况下，四处打听起那个三十多年前住在这里的亚洲人来。结果可想而知。在伦敦这个待人冷冰冰的城市，被店员轰出来、被人漠视可以说是必然的事情。换作鸟居，在这种状况下能采访到什么呢？阿久津一边胡思乱想，一边痛感身处异国他乡的自己能力太差。

看着泰国料理店窗外涌动的人流，阿久津开始吃店员端上来的泰式炒米粉。怎么这么甜啊！没想到竟是这种味道，真叫人难以下咽。

阿久津赶紧喝了一口啤酒，嘟哝道："伦敦啊伦敦，求求你饶了我吧！"

就像有人在某处看到这个苦闷的男人似的，手机铃声响了。是克林打来的。

"英士，你现在在哪里？"

听到克林的声音，阿久津非常兴奋。说不定今晚能采访到好素材。

"我在贝斯沃特站附近的泰国料理店里。"

阿久津把店名告诉克林，克林说了句"我马上过去"就把电话挂断了。本来期待吃一会儿就能习惯的泰国炒米粉，吃到最后也没能适应，但他还是受罪般全部塞进了胃里。要求太高是吃不饱肚子的。正如人们所说，在英国的餐馆里吃饭，必须预先练习一下。

二十分钟以后，克林出现在大街上，走进店里马上就坐在了阿久津对面。不知从什么时候开始下起小雨来，克林的 T 恤衫被淋湿了。

"您不冷吗？"阿久津关心地问道。

"不冷。你在吃什么？"

"炒米粉。已经吃完了。"

"好吃吗？"

"我如果是您，不会向别人推荐这种食物。"

克林笑了笑，把店员叫过来，毫不犹豫地点了一瓶胜狮啤酒和写着"热门"的鱼肉炒饭。

"您第一次来这家餐馆吗？"

"以前也来过几次，我在这里除了炒米粉以外什么都吃。"

"……"阿久津无话可说。

店员把啤酒端上来以后，克林举起酒杯，对阿久津说了声"Cheers"（干杯），然后一饮而尽。鱼肉炒饭上来之前，克林已经喝光了一瓶，又要了第二瓶。

"对了，我想问你一个问题，日本的色情电影明星怎么都那么漂亮啊？"

这个英国人到底是为什么来见我的呢——阿久津感到有些烦躁，但转念一想，也许人家是为了跟我这个日本人拉近关系才谈到这个话题的。

"的确，现在不管看到多么可爱的女孩子都不会叫人感到吃惊了。"

"是吧？每个女孩子的笑脸都很可爱。"

克林列举了好几个色情电影演员的名字，阿久津连一半都没听说过，只知道讨好地笑着随声附和。

"咱们言归正传吧。英士，做好记录的准备了吗？"克林把吃得干干净净的炒饭盘子推到一边，耸了耸肩，那是典型的外国人做的动作。

"英士找的那个亚洲人，当时是住在苏豪区唐人街的一个中国人。"

"中国人？"

"是的。荷兰警察当局委托英国警察和英国军情六处[1]锁定过他。后来查明他跟海尼根绑架案无关，就把他从嫌疑人名单中删掉了。"

一听是个中国人，阿久津在心里马上就排除了那个亚洲人跟银万事件有关的可能性。但为了向鸟居报告，还是继续记录下去。

"那个中国人去向不明，但我弄清了跟他谈过恋爱的女人的身份。"

"女人？为什么要去弄清她的身份？"

"她当时是个记者，警察也知道她的身份。也就是说，跟你是同行，也是干媒体的。警方展开秘密调查的时候，没有注意过她。"

"当时是个记者，现在不是了吗？"

"现在在一所大学教书。"

"她住在哪里？"

"谢菲尔德。"

"谢菲尔德在哪里？"

"你看过电影《一脱到底》吗？"

阿久津摇头。

克林又耸了耸肩："谢菲尔德嘛，比日本可近多了。"

1　全称是英国陆军情报六局（Military Intelligence 6，简称MI6），成立于1909年，负责国外情报工作。

4

太阳刚刚升起，阳光照进车窗，视野大半被染成了橘黄色。

轻轻摇晃的车厢让阿久津觉得很舒服，他在列车上迎来了早晨。英国国家铁路长途列车的头等车厢，有两人用也有四人用的宽大的桌子，桌子一侧或两侧是宽大的真皮座椅。车厢里有二十个座位，乘客只有十人左右。其中有正在优雅地看报纸的六十来岁的绅士，还有几个看起来是出门办公事的穿着西装的青年男女。

彬彬有礼的男列车员把香肠卷放在了阿久津面前的盘子里，阿久津低头致谢。虽说只是三小段面包夹香肠，但加上一点番茄酱之后，就觉得格外好吃。热乎乎的早餐想吃多少吃多少，饮料也是随便喝。慢慢喝着橙汁小憩的阿久津，尝到了久违的踏实感。

今天早上是在慌乱中做的出发前的准备。日出之前离开酒店的时候，冷得叫他感到吃惊，这哪里是夏天啊！他只好缩着身子走向帕丁顿车站。车站很大，地铁线路不同，进站口也不同。阿久津昨天晚上在酒店里用电脑查好了，直奔北侧的汉默史密斯城市线，没想到那里的铁栅栏门关着呢。看到一块手写的"SUSPENDED"（暂停）的牌子时，阿久津还以为是铁路工人罢工了。

阿久津看到铁栅栏里边有人，就对那人说："我想去国王十字站。"那人告诉阿久津，这边的供电系统异常，让他去坐别的线路。慌乱之中阿久津坐上了一辆出租车。司机也不知道是故意还是糊涂，竟然走错了路。本来出门前留出了富裕的时间，计划顺便游览一下在《哈利·波特》中常常看到的国王十字站，结果什么也没看成，就慌慌张张地跑进圣潘克拉斯车站，坐上了长途列车。

睡梦中的阿久津被自动车门开门的声音惊醒，抬头一看，那位看报纸的绅士好像刚从卫生间回来。阿久津看了看手表，吃惊地发现自己已经睡了一个多小时。看来是太累了。那几个穿西装的青年男女早就下车了。

车窗外沐浴着阳光的草地上，有一群黑褐色的牛。三角形屋顶的石头造的房子，隐映在远处的树林里。阿久津一时被美丽的英格兰风光迷住了。由于刚才睡了一个多小时，他觉得全身轻快多了。虽然买火车票花了一大笔钱，但值了。

在朗伊顿车站，绅士下了车。下一站是德比站，又有一个中年妇女下车之后，车厢里就只剩下阿久津一个人了。除列车行进的声音以外，阿久津什么都听不到。连一座山都看不到的景色开始让他感到几分寂寥。又过了三十分钟，终点站到了。

谢菲尔德天气晴朗。

阿久津从谢菲尔德站出来以后，上了一辆有轨电车。他从在车里转来转去的性格开朗的售票员那里买了一张票，找了个空座位坐了下来。有轨电车在铺着铁轨的石板路或柏油路上缓缓前行。在路上看到的大教堂，满溢着欧洲情趣。但是，除此以外再没有给他留下深刻印象的建筑物，留在记忆里的只有几幅大概是面向中国人的汉字广告。按人口来说，谢菲尔德是英格兰第五大城市，但让阿久津感到奇怪的是，观光指南一类的小册子里，居然没有关于谢菲尔德的介绍。

在谢菲尔德大学那一站，阿久津和一些学生一起下了有轨电车。天空湛蓝如洗，飘着几朵边缘清晰的云彩，今天也许会下雨。阿久津现在要去接触一下在这所大学教新闻学的苏菲·莫里斯女士。事先没有联系她，是因为阿久津认为用突击采访的方式更能摸准对方的脉搏。不过，对于从来没有进行过这种艰难采访的阿久津来说，恐怕没有几分胜算。

大学没有集中在一个校区里，各个学科的教学楼错落分布在城市里。有轨电车站两侧的路旁都是很有情趣的红砖建筑。由于没有任何标志，阿久津不知道应该往哪个方向走。这时他在车站北侧看到一块木板上画着地图，在地图上找到了"Journalism Studies"（新闻学院）。

　　新闻学院在一座比较新的大楼里，入口处有玻璃幕墙。这所大学有两万多名学生，但让人感觉小巧玲珑。阿久津站在附近的一家书店前面，等着学生从新闻学院里边出来。他要在采访苏菲·莫里斯女士之前搜集一下关于她的信息。

　　最初从新闻学院大楼里出来的是两个女生，紧接着是两个女生一个男生。他们看上去都像是中国人。也许是阿久津没能解释清楚采访的意图吧，那几个中国留学生都用诧异的眼光看着他，没有回答他的问题。后来又出来了两个提着运动包的白人学生，没等阿久津问话，其中一个就说"我们有急事，你去接待处问问吧"，很快就走掉了。

　　还要不要继续在书店前面等下去呢？阿久津正在犹豫的时候，又出现了一个亚洲人模样的学生。那是一个背着双肩包、剪着短发的男青年。不知为什么，阿久津觉得那个男青年是个日本人，就用日语跟他打招呼。男青年惊奇地看着阿久津，礼貌地向他鞠了一个躬。

　　"我是《大日新闻》的记者……想请您帮个忙。"

　　"是吗？我家就在《大日新闻》报社附近。"

　　听到了日语的阿久津松了一口气，立刻把自己的名片递过去，然后告诉对方自己打算采访苏菲·莫里斯。

　　"我是为了采写一个事件到伦敦来的，采访过程中听说苏菲·莫里斯教授在这所大学的新闻学院任教，就坐火车过来了。我打算确认一下苏菲·莫里斯是不是真的在这里。"

　　"您就为这个特意从伦敦跑到谢菲尔德来了？太辛苦了……不过您

没白来，莫里斯确实在这里，我还听她的课呢。"

"她教什么专业？"

"我在她那里主要学习关于新闻自由方面的课程。调查各国新闻检查制度的历史和现状，然后展开讨论。"

精力充沛的男青年让阿久津羡慕不已。什么都没想就当了记者的自己，跟人家比起来真是羞愧难当。阿久津赶紧换了一个话题。

"莫里斯教授是个什么样的人？如果我突然采访她，不会吓着她吧？"

"她的个人情况我也不太了解。不过总体而言，她是一个很沉稳的人。如果是日本记者采访她，我认为她一定会很欢迎的。您等一下，我帮您问问她现在在哪里。"

男青年说完转身走进新闻学院大楼。阿久津心想：这个男青年目的明确，动作轻快，将来肯定能成为一名优秀的记者。

时间过去了还不到五分钟，男青年回来了，亲切地笑着说："在公园里。"

"公园？"

"莫里斯教授喜欢在公园里看书和思考问题。我也在公园里见过她。谢菲尔德虽然什么都没有，但自然风光美丽无比。"

"哪个公园？离这里远不远？"

"您在有轨电车站那里过马路，西北方向有一个韦斯顿公园，紧挨着韦斯顿公园还有一个克劳克斯沃雷公园，就是那个公园。"

"克劳克斯……什么公园？请您再说一遍。"

"克劳克斯沃雷公园。公园里有一片湖水……也可以说是水库。不管是什么吧，总之那个公园里有个湖，还有儿童游乐场。"

"我知道了。我想直接跟莫里斯教授见面，了解一些情况。谢谢您这么热心地帮助我。"

"不客气。对了……我也想求您一件事。"

"您说。"

"回日本以后，我想向您了解一下报社的事情。"

"没问题，如果能帮上忙的话。回国后您用名片上印着的邮箱地址联系我就可以了。"阿久津跟男青年握手告别以后，走在晴空下的大街上，心情爽快。也许是受到了那个日本男青年的感染吧，自己也变得年轻起来了。但他转念又觉得这种想法简直就是老人的想法，自己才这个年龄就这样想，太奇怪了。

虽然在刚才看过的地图上确认了公园的位置，但由于有点疏忽大意，阿久津竟然迷路了。谢菲尔德的大街又宽阔又安静，是个适宜居住的好地方。但是，大学的建筑物跟公寓很相似，走着走着就不知道走到哪里了。

走了二十分钟左右，在拐角一座很大的西洋式建筑前，阿久津决定停下来休息一下。那座西洋式建筑是三角形屋顶，外墙有凹凸不平的装饰，非常漂亮。当他知道这只不过是一所公寓的时候，十分惊讶。自己在日本上大学时租过的公寓，跟这所公寓实在无法相比。

清晨那么冷，可是现在暖和得让人出汗。在风景优美的大街上走下一个缓坡的时候，阿久津终于在右手边看到了一片湖水，还看到了一个儿童游乐场。

"找到了！"

阿久津高兴得叫出声来，直奔公园门口。由于低矮的绿色大门是开着的，他直接跑进了公园。湖在草坪的另一边，几个男人在湖边钓鱼。那个湖虽然很大，但还不能称之为水库。

阿久津在距离垂钓的男人们稍远的地方，看到一个正在吃三明治的金发女郎。这个人肯定就是莫里斯教授！阿久津掏出手绢擦擦汗，把刚才脱掉的夹克衫披在了身上。

"对不起！打扰您吃饭了。您就是苏菲·莫里斯教授吧？"

突然有人打招呼，但金发女郎一点也不吃惊，微笑着点了点头。眼角和脖子上的皱纹可以让人感觉到她已经老了，但她的表情里还透着年轻人的好奇心。

"我就是莫里斯，您找我有什么事吗？"

"我是日本《大日新闻》的记者阿久津。"

"《大日新闻》？我知道的，是个很大的报社。今天来这边采访？"

阿久津说了声"是的"，征得莫里斯的同意以后，坐在了她的身边。

湖的对岸有一座占地面积很大的白色建筑物，看上去很有来历。从湖边到建筑物的露天阳台，都是绿色的草坪，草坪上是一条优雅的 S 形小路。此情此景只有在外国电影里才能看到。

"那座白色建筑物是什么？"阿久津问道。

"那是个餐馆，你看，前面的露天阳台上还有餐桌餐椅呢。"

阿久津借称赞英国的建筑物寒暄了几句之后，直奔主题。

"莫里斯教授还记得海尼根啤酒公司的社长弗雷迪·海尼根被绑架的事件吗？"

"当然记得。那时候我是一个报社的记者，虽然没有直接去采访，但我对那个事件非常感兴趣。"

"根据我得到的信息，当时有一个中国人在阿姆斯特丹四处打听海尼根绑架案，莫里斯教授听说过这件事吗？"

"中国人？那个事件的绑匪都是当地的年轻人吧？"

"啊，是的。不过，我在伦敦听说，那个住在苏豪区唐人街的中国人，在荷兰像个侦探似的四处活动，引起了荷兰警方和英国警方乃至英国军情六处的注意。"

"这我可是第一次听说。"

阿久津突然有一种不祥的预感。但是，已经到了这一步，无论如何也不能后退，只能一拼到底了。

"真的吗？恕我无礼，我还听说那个中国人跟莫里斯教授的关系非常亲密。"

苏菲·莫里斯手里拿着三明治哈哈大笑："是谁造的谣啊？真可惜，你就是因为相信了这种谣言才跑到谢菲尔德来的吗？"

"嘘——您小声点。"

"好的。那个事件发生在1982年还是1983年吧？我问你，那时候你出生了吗？算了，你也不用回答我。我非常明确地告诉你，当时，绝对不存在跟我有所谓亲密关系的任何一个中国人！"

看着苏菲·莫里斯那丝毫没有动摇的眼睛，阿久津只说了句"啊，是吗……"就沉默不语了。为了找到那个谜一样的中国人，从大阪跑到谢菲尔德，结果白来一趟。采访报告怎么写呢？还有更重要的，怎么向鸟居汇报呢？进行下一步采访的线索一点儿都没有了，阿久津顿时觉得浑身无力，眼前一片漆黑。

"实在对不起，没能帮到你。你也饿了吧？先吃块三明治怎么样？"苏菲·莫里斯把一个装着三明治的小饭盒伸到阿久津面前。阿久津先鞠了一个躬，然后拿起一块夹着火腿和黄瓜片的三明治。看着在阳光照射下波光粼粼的湖面，阿久津真想游到对岸去，在那个餐馆里喝个酩酊大醉。

自己到底是干什么来了？阿久津眼前浮现出在泰国料理店白吃白喝的克林的脸，怀着苦涩的心情把三明治塞进了嘴里。

什么味道都没有。

5

拆除了墙壁，把几个小房间打通之后，二楼显得格外宽敞，摆着很多古董家具。

曾根俊也身体弯成反弓形，观察着胡桃木柜橱。柜橱的中央是左右对开的两扇柜橱门，四根细细的柜橱腿让人怀疑它们能不能撑起这个柜橱。顶板很长，显得很不协调。深褐色在光线映照下显出橙红光泽，只是放在那里就让空间显得紧凑。俊也心想，用来装衬衣也许正合适，并一时沉浸在自己这个有趣的想象中。

三年前店铺装修的时候俊也来过这里，店老板堀田信二在向俊也解释古董家具的魅力时说："一个东西能经过数十年甚至上百年存续下来，就说明了一切。"只有真货才能经得起时间的历练。这句话也可以用来评价西装。用心做的西装，谁也不会觉得它在衣柜里占地方。

"让你久等了！"

头发已经花白、留着大背头的堀田迈着大步走近俊也。堀田穿着一身非常考究的西装，外行人也能一眼看出制作十分精良。他跟俊也的父亲是同学，今年应该是六十一岁了。他的皮肤很有光泽，看上去要比实际年龄年轻得多。

"还是您这里有好东西啊！"俊也指着胡桃木的柜橱说道。

"你喜欢吗？便宜点卖给你。"堀田笑了，眼角堆起了皱纹。

堀田在京都市左京区开的这家古董家具店已经有三十年的历史了。一楼是英国的古董家具，二楼是日本的古董家具。家具店的外墙是砖砌的，应景地烘托着店铺的气氛。

俊也的店铺装修的时候是请堀田帮的忙，理由之一是早就认识，更重要的理由是有"英国"这个共通点。具有厚重感和高贵感的英国家具，跟俊也追求的英式西装是一样的。

"咱们去里边谈吧。"堀田说完朝里边的会客室走去。枝形吊灯虽然不是很明亮，但走在这个空间里会使人觉得很雀跃。

会客室只有六叠大小，为了跟这个小房间相配，茶几也很小，不过很新，颜色也很亮。一对苹果绿的布艺沙发鲜艳得让人觉得炫目。

"会客室跟店铺的风格完全不同啊！"俊也感叹道。

堀田感到有些意外地问道："俊也，你没来过这个会客室吗？"

"第一次来。三年前我只参观了您的店铺和仓库。"

"哦，我想起来了。那装修后的店铺，你觉得还合适吗？"

"很好，甚至还有专门来看桌子的客人呢。"

堀田笑着端过来一杯热咖啡。杯子是英国产威治伍德牌的，用来沏红茶也许更合适。

"大热天的让你喝热咖啡，真对不起。我这边没有冰块呢。"

堀田跟俊也的父亲从小时候起就是好朋友，从小学到高中上的都是同一个学校。各自开店以后关系也很好。俊也多次看到堀田到"曾根西装定制"来玩。跟他的绅士外表一样，堀田是一个既有品位又稳重的人。

"俊也的店铺经营得怎么样啊？"

"还可以。最近年轻的客人增加了。"

"经营新战略的效果出来了嘛！"

"实在谈不上什么战略。"

俊也的父亲已经去世五年了。父亲去世前一年，俊也就接手了店铺，第二年跟女朋友亚美结了婚。虽说买卖还在继续，但如果还按照老辈的经营方法做下去，养家糊口就很难了。三年前，趁着改变经营方针的机会，俊也把店里起了毛的地毯揭掉，装修成一家洋溢着西洋情趣的古典风格裁缝铺。

"你母亲真由美身体怎么样？"

堀田是个非常健谈的人，一聊起来就收不住。堀田跟俊也的母亲也很熟。

"母亲嘛……还可以。"

母亲真由美看到独生子俊也的经营方法跟老辈不一样了，心里不高兴，站在新装修的店铺前皱着眉头嘟哝道："空有佛身没有佛心，还有什么意义。"妻子亚美提出把住宅部分也装修一下，结果引发了婆媳大战，简直就像电视剧里的情节。两年前女儿诗织出生，婆媳二人表面上和气多了，对于受夹板气的俊也来说，却等于又加了一块板子。

"做买卖，形成一种定式很难，但打破这种定式更难。不过，你只要从心底想做好，就一定能做好。你不是别人，你是曾根光雄的儿子，我会支援你的。家具需要修理的话，尽管跟我说，不要客气。"

自己家的事情都被堀田看透了，俊也觉得有点不好意思，同时又觉得堀田是一个可以依靠的人，心情便不那么沉重了。

堀田坐在对面，手上也拿着一只威治伍德牌的杯子，他看着俊也："当然，工作以外的事情，你也可以对我说。"说完，他和气地笑了。

最近这八天，俊也一直闷闷不乐。他不知道应该如何解释那盘录音磁带和那个笔记本。一心经营裁缝铺、沉默寡言的父亲，绝对不可能参与那样的事件。但是，既然那盘录音磁带和那个笔记本的内容跟银万事件有关，俊也又不能假装没有这回事。

这件事当然不能跟生病的母亲说，也不能跟每天带孩子搞得身心疲惫、在婆媳关系上神经过敏的妻子商量，那样只能造成更大的混乱。跟外人说吧，风险又太大。万一父亲真跟那个事件有关，自己一辈子都会被人戳脊梁骨："看！这就是那个在银万事件中录音威胁别人的孩子！"

说不定连女儿都会被卷入诽谤中伤的旋涡。无论如何也得保护诗织啊！

俊也曾查着词典阅读笔记本上的英文，但由于不认识的词语和查不到的惯用语太多，基本上理解不了。他又试着用网上的翻译软件翻译，翻译出来的也是无法读懂的日语，很快就举白旗投降了。

有没有既能为自己保守秘密，又能看懂英语的人呢？俊也脑海里浮现出一个人物。这个人就是父亲的好朋友，做古董家具生意的堀田信二。他经常去英国进口古董家具，英语一定没问题，而且也能为自己保守秘密。

"堀田先生还记得'银万事件'吗？"

"银万事件？你指的是那个跟狐目男有关、在糖果里下毒的事件？"

"对，就是那个事件。您是否记得我父亲对那个事件感兴趣？"

"这个可不好说。对了，那时候俊也还很小吧？"

"是的。那个事件发生在三十一年前。"

"这么说，那时候我三十岁……那时候我还没有独立支撑门面呢。事件发生在咱们关西地区，你父亲也许跟我提过这个事件，不过我已经不记得了。"

要不要就这样回家呢？俊也犹豫起来。这时候，堀田把杯子放在茶几上。

"俊也，不愿意说我也不勉强你。不过，有什么心事我还是希望你说出来。你父亲光雄可是把你托付给我了。"

五年前，在京都市一家医院里，站在俊也的父亲遗体旁的堀田信二满怀诚意地对俊也说："你父亲把你托付给我了。"想到这里，就像被谁推了一把似的，俊也从包里把放入了那盘录音磁带的老式录放机和那个黑色真皮笔记本拿了出来。虽然做好了准备，但心脏还是扑通扑通地跳了起来。

"前些天我帮助母亲找东西的时候，进了母亲的房间。"

俊也把那天在装着父亲遗物的抽屉里发现了录音磁带和笔记本的事告诉了堀田。

"好旧的盒式磁带呀!"堀田把老式录放机拿在手上,看看里面的盒式录音磁带,带着几分怀旧情绪说道。

"磁带里开始录的是我小时候唱歌的声音,后来内容变得很奇怪。"

"变得很奇怪?"

"是的。伏见区有一个城南宫吧?录音磁带里提到了那里的公交车站的长椅什么的,是我的声音。"

"哦?那你为什么觉得奇怪呢?"

俊也翻开那个黑色真皮笔记本:"除这一页以外都是英文。英文我看不懂,但这一页写的是日文。"

"银河,万堂……"

"您等一下。"俊也说着掏出自己的智能手机,找到关于银万事件纪实节目的录像,让堀田看。

"到京都去,走一号线……两公里,公——交——车——站,城——南——宫——的,长椅的,靠背的,后面……"

堀田脸上平和的表情消失了,严厉的目光越过手机落在俊也脸上。俊也马上按下老式录放机的放音键,扬声器里传出跟刚才智能手机里完全一样的声音。堀田长长地吐了一口气:"我想起来了,当时确实使用了孩子的录音。"说完双手按住了自己的头部。

堀田盯着茶几,沉默了好一阵。突然,他慢慢拿起了那个笔记本。

"这个笔记本和光雄的遗物放在一起?"

"是的。我母亲病了,老婆也靠不住,不知道跟谁说这件事才好,所以……"

"俊也做得对。事关重大,还是不告诉她们为好。"堀田翻看着泛黄的纸页，不时点头。看来他明白了一些俊也不明白的事情。

"您看到什么线索了吗？"

"比起内容来，有一件事更引起我的注意。"

"什么呀？不管是什么，请您一定告诉我。"

堀田用手势制止住身子几乎探过茶几的俊也，指着笔记本说："比如说centre这个词，这是英式英语。"

"英式英语？"

"对。如果是日本人一直在学的美式英语，最后的r和e前后顺序应该是相反的，应该写成center。"

"美国的英语和英国的英语不一样吗？"

"就像东北方言跟关西方言，不一样的地方多了。别的例子还有很多，这绝对是说英式英语的人写的。"

到底是个用英语做买卖的人，俊也非常佩服。但俊也并不觉得接近了事情的真相。堀田看了歪着头沉思的俊也一眼，合上笔记本问道："这个笔记本能在我这里放一段时间吗？"

"当然可以。您在这里边发现什么了吗？"

堀田盯着手指笔记本的俊也，严肃地点了点头。

6

俊也想起来一件事。

背景是浓雾，搞不清楚自己是在哪里。但是，肩膀很宽的狐目男的脸却记得很清楚。跟在狐目男身后，俊也走进了一座很小的建筑物。虽然很想确认一下狐目男想干什么，但又很害怕，再往里走也许就出不来了。他僵在那里，对自己说：也许我看错了吧……

"秋装和冬装的面料进货了吗？"是堀田的声音。

俊也从回忆中回过神来。自己的意识不知什么时候飞走了。

"啊，差不多进齐了。我正想把冬装的面料展示出来呢。"

俊也的裁缝铺从大阪一个批发商那里进货。春装和夏装3月进货，秋装和冬装9月进货。规模较大的裁缝铺和有门路的裁缝铺，因为是从国外直接进货，要比俊也早两个月。他们需求量大，不担心差旅费和交际费等费用，俊也没法像他们那样做。通过国内的面料批发商也能买到足够的面料，他并不感到有什么不方便。

"我打算冬天去欧洲转一圈，出发之前想在俊也这里做一套西装。"

"真的吗？谢谢您！我一定竭尽全力为您做一身好西装！"

没想到又要有一份额外的收入，俊也不禁舒展开笑脸。

"刚才我看见你一个人在这里发愣，不要紧吧？"

自从在母亲的卧室里看到录音磁带和笔记本以后，他经常想起一些好像在梦中梦到过的情景。比如跟踪那个狐目男，在现实中是否发生过，他无法肯定，也许只是记错了。但是，那个狐目男的脸非常清晰地印在脑子里，想忘都忘不掉。俊也想着告诉崛田也是徒增他的烦恼，于是随口敷衍："可能有点紧张。"

"今天要见的这个人我也是第一次见。"堀田说着拿起了茶杯。

在京都市河原町一个小餐馆后部，只有一个单间。此刻，堀田和俊也就在这个单间里。

今天早上，堀田给俊也打电话，说要跟他谈谈"前天那件事"，并告诉他在这个小餐馆见面。晚上扔下大病初愈的母亲和年幼的女儿外出，俊也有点放不下心来，但考虑到这个事件毕竟关系到自己家里人，不能交给别人自己就不管，就答应了。妻子亚美不高兴地皱起了眉头，俊也说了句"没办法，这是工作"，就从家里出来了。

"您指的是我伯父的同班同学吗？"

"是的。你伯父年轻时跟那个人关系很好，不过已经三十多年没见面了，打听出来的事情到底有多少是真实的，也说不好。"

俊也只知道伯父的名字叫达雄，比父亲光雄大两岁，但一次都没见过面。不仅如此，父亲生前从来没有提到过俊也还有个伯父，现在是否还活着俊也根本不知道。对于俊也来说，伯父完全是个外人。

"堀田先生跟我伯父关系不错吗？"

"小时候我们在同一个柔道俱乐部练柔道。曾根家只有达雄一个人身材高大，光雄和你祖父都是小个子，你也是小个子。"

的确如此。俊也身高还不到一米七，虽然没有见过祖父，但父亲确实个子很小，而且没听他说过练过柔道什么的。

"我跟光雄从小就是好朋友，达雄对我也不错，比如教我柔道什么的。虽说人有点怪，但不是坏人。"

"您知道他现在在哪里吗？"

"不知道，三十多年没见过他了。"

斩断缘分的亲戚并不少见，但是跟斩断缘分的亲戚的朋友见面，算是怎么一回事呢？俊也一看离见面的时间还有十分钟，就开始问笔记本的事。

"那个笔记本里都用英语写了些什么呢？"

"作为文字来说并不是很流畅，好像就是为了写给自己看的，自己能看懂就行了。俊也，你知道发生在荷兰的海尼根公司的社长海尼根被绑架的事件吗？"

"那个啤酒公司吗？"

"对。后来我上网查了一下。事件发生在荷兰，付给绑匪高额赎金以后，海尼根社长和他的司机才被放出来。不过，绑匪团伙都不是专业的，就是几个当地的年轻人，所以很快就被警察抓住了。你父亲留下的那个笔记本里，用英文整理了那几个年轻人绑架海尼根采用的手段，以及为什么很快就被警察抓住了，等等。"

"那个事件是什么时候发生的？"

"1983年11月。"

绑架企业家，而且是大企业银河公司的社长，是四个月以后的事情。这个时间点让人觉得很不舒服。在笔记本上写英文的人，或者说父亲，到底是什么目的呢？

"还有关于企业的股票、记者俱乐部、日本警察机构的记述。"

"这……是不是很奇怪？"

"当然奇怪。虽说做出判断可以依据的材料很少，但有几个线索引起了我的注意。"

"线索？"

"先说第一页，写着'The G. M. Case'，对吧？如果把Case翻译成事件，那么G不就是银河，M不就是万堂[1]吗？"

"原来如此……"

"还有两个线索。一个是曾根达雄三十年前在英国失踪了。"

"啊？"在意想不到的地方跟英国联系起来，俊也吃了一惊。笔记本上写的英语是英式英语，如果那个笔记本是曾根家的，很有可能就是伯父写的。可是，那盒录音磁带是怎么回事呢？

就在这时，老板娘操着柔和的京都方言在推拉门外边说话了。

1　银河用日语罗马字表示是Ginga，万堂用日语罗马字表示是Mando。

"对不起，打扰一下。你们的朋友来了。"老板娘说完拉开了推拉门。

门外出现了一个穿西装的男人。

"哟，您来啦？请！"堀田站起来迎接，俊也随着欠了欠身子。堀田伸手示意男人坐上座，男人在一瞬间犹豫了一下，还是坐了上座。啤酒端上来后，单间里只剩下三个人以后，气氛显得有些僵硬。男人似乎并不知道堀田为什么把他叫来。

堀田自我介绍以后，把俊也介绍给男人。男人吃惊地说了句"是吗……"，随后似乎叹了口气。虽然刚到8月下旬，天气还很炎热，男人的西装扣着扣子，但脸上一点汗都没有。已经有些谢顶却留着分头，眼镜后面的黑眼睛放射出些许怀疑的光。

俊也和堀田一齐把名片递过去，男人说了句"我姓藤崎"，然后找借口似的解释道："以前我在大阪的一家金融机关工作，但已经退休了，没有名片。"跟伯父是同班同学，那么应该六十三岁了，没有名片也可以理解。

生鱼片、乌鱼子等菜肴端上来之前，坐在下座的两个人一直在谈论买卖上的事情，借以缓和气氛。藤崎作为一个工作过多年的人，模棱两可地应对着，不紧不慢地喝着啤酒。

"要说帅气啊，那得数达雄先生，不管什么时候，穿衣打扮都非常讲究。"

堀田伺机转向正题，藤崎并未显出有任何动摇："是啊，达雄穿衣打扮的确很讲究。"

"藤崎先生，我没见过我伯父，他是一个什么样的人呢？"俊也紧接着问道。

藤崎轻轻地摇了摇头："不，你小时候应该见过他。因为他跟我谈起过你。"

"那是什么时候的事情？"

"至于是什么时候的事情嘛……我想不起来了。"

"我伯父一直在英国吗？"

"有一段时间往来于日本和欧洲，快三十岁的时候就一直住在伦敦了。"

堀田一边往藤崎的杯子里斟酒，一边看着俊也说："你伯父这个人有点过激。"

"可以说是个地地道道的过激派。"藤崎用开玩笑的口吻说道。

堀田听了藤崎的话，脸上浮现出谈生意时那种真诚的笑容。

"过激派？我伯父从事过左翼运动吗？"

"啊，可以这么说吧。不过，那也是有原因的。"堀田很痛快地回答了俊也的问题以后，看了藤崎一眼，意思是让他接着说。

藤崎看着传统的纸糊日式格子推拉门思索了一下，用有些沙哑的声音说道："达雄的父亲，也就是俊也的祖父，当年在东京只身赴任时，跟一个学生组织的关系很好。这个学生组织中的一部分人属于被称为'新左翼'的过激派。俊也，你知道'内斗'这个词吗？"

俊也暧昧地点了点头。堀田简短地解释道："新左翼是'内斗'中最有名的组织，特别是从1972年、1973年开始，左派组织内部相互对立的两派之间发生了全面对抗，残忍的互相杀戮成了家常便饭。"

"其中很多都是遭受残酷的私刑死去的，只看一看记录当时情况的文字，也会感到身心俱痛。杀人以后不但没有罪恶感，甚至还举行新闻发布会炫耀战果。而且，被杀害的还不只是那些参加了派别的人。"藤崎继续说道。

"跟两派都没有关系的人也有被杀害的吗？"俊也问道。

"有啊。这些人被称为'误杀'。"

听到这里，俊也大概知道藤崎接下来要说什么了。

"我祖父卷入了两派的对抗吗？"

看到藤崎点头，俊也心里乱糟糟的。俊也当然知道自己出生前祖父就去世了，但是，祖父究竟是怎么去世的，他从来没有听说过。

"事情发生在1974年的……年末。在东京的大街上，你的祖父曾根清太郎遭到过激派袭击。我也就不详细说了，总之是被铁管殴打，死因是脑部损伤。当时才四十五岁。"

祖父那么年轻就死了，俊也感到非常吃惊，同时也为自己直到今天才关心祖父的事情愕然无语。自己连祖父的照片都没见过，为什么在自己的人生中祖父是那么渺小的存在呢？也许父母基本上没有提起过，不，应该说一次也没有提起过祖父，是最大的原因。听到祖父不幸的死亡，虽然不能说不悲痛，但与其说是悲痛，倒不如说是困惑。

"作为'内斗'的一条新闻，报纸上报道了清太郎被殴打致死的事件，因此葬礼是在东京悄悄举行的。你祖父所在的公司被认为跟极左集团有关联，所以把参加葬礼的人数限制在最少数量。公司虽然给了一些抚恤金，但态度非常冷淡。后来袭击清太郎的罪犯被逮捕，清太郎也恢复了名誉，可是，公司连一根香都没给上。对此达雄极其愤慨。"

"这些事情父亲从来没对我说过。"

"在我看来，达雄和光雄看问题的方法完全不一样。裁缝专业学校毕业的光雄，比上过大学的达雄冷静多了。愤怒也好，悲伤也好，光雄从来不表现出来，而是默默地踏进了专门为别人制作西装的世界。"

听了藤崎的话，俊也心想：父亲就是这样一个人。自己如果陷入那样一种境地，恐怕也会像父亲那样。

"跟光雄形成鲜明对照的达雄却无法抑制自己的愤怒。那个袭击清太郎的罪犯被逮捕以后，在监狱里上吊自杀了。达雄失去了发泄愤怒的对象，转而恨起清太郎所在的公司。他的想法比较极端，认为公司用完了他的父亲就无情地抛弃了。就在这个时期，曾经跟清太郎关系不错的学生组织来到京都，见到了达雄。达雄跟这个学生组织的关系越来越亲密，后来达雄就加入了跟他心目中的敌人对立的左翼集团。从那时候起，就常听他说什么反对帝国主义、反对资本主义。"

俊也知道，1974年，日本学生运动已经转入低潮，过激派组织日本联合赤军制造的浅间山庄事件[1]也已经过去两年了。

"高呼反对资本主义的时候，达雄脑子里浮现出来的恐怕就是你祖父清太郎生前工作过的公司。"

"可是，我祖父是被过激派杀害的，伯父没有恨公司的道理呀。"

藤崎笑着对堀田说道："果然是光雄的儿子。"

堀田拿起酒瓶，一边往俊也的杯子里斟酒一边对他说："刚才我说过，在笔记本里找到了相关的线索，对吧？"

换句话说，也就是俊也的伯父跟银万事件有关的线索。其中一个线索是伯父三十多年前在英国失踪了，另一个还没来得及说。

作为回敬，俊也给堀田斟满了啤酒。堀田端起酒杯喝了一口："你祖父清太郎生前工作过的公司就是银河糖果公司。"

"啊？"俊也看了堀田一眼之后，又看了藤崎一眼。藤崎脸上假面似的笑容消失了。

"藤崎先生，今天我们请您到这里来，就是想确认一下俊也跟达雄先生和那个事件到底有没有关系。"

藤崎盯着自己面前盛着京都有名的日本料理汤叶刺身的小碟子，没有说话。从表情上看，好像他知道什么事情。

---

1 指1972年五名联合赤军成员在长野县绑架浅间山庄管理人妻子的事件。

"藤崎先生从中学到大学一直跟达雄先生在一起。据我了解，知道达雄先生的事情的，除你以外没有别人。"

上座后面的墙上，一幅京都的风景画映入了俊也的眼帘。那幅画应该是从上往下看的二宁坂的石阶。商店的屋顶环绕着石阶，淡淡的垂枝樱花是二宁坂的骄傲。藤崎坐在那幅美丽的风景画下面，表情很严肃。

"您最后一次见到达雄先生是什么时候？"堀田也不管藤崎表情严肃不严肃，继续追问。俊也更是豁出去了，压抑着内心的焦躁，恳求道："藤崎先生！"

"前些天，我在家里偶然发现了两件奇怪的东西：一件是老式的盒式录音磁带，一件是黑色皮革笔记本。笔记本里写的几乎都是英文，最后两页是银河糖果公司与万堂糕点公司的基本信息……"

俊也把录音磁带里收录了自己的声音，而且跟银万事件中绑匪使用的录音是一样的种种情况都告诉了藤崎。但是，面对这件足以在社会上引起震动的事情，藤崎居然连一点反应都没有。看着藤崎那缺乏变化的表情，俊也见最后一张王牌也不起作用，内心非常焦虑。本来以为把一切都说出来会轻松许多，看来根本不是那么回事儿。说不定自己这样做是打开了潘多拉魔盒，会招致极大的麻烦。想到这里，俊也害怕起来。

藤崎盯着俊也的脸看了一会儿之后，把视线移到别处，说了声"这样啊"，随后用手指梳理了一下稀疏的头发。

"对不起！打扰一下！"老板娘进来撤盘子。刚才吃的都是小菜，这次上了三碗米饭。

单间里再次剩下三个人以后，坐在下座的两个人一言不发，默默地等着藤崎开口。

"其实……达雄回过日本。"

一瞬间，堀田和俊也的呼吸都停止了。俊也先于堀田喘过气来，马上问道："那是什么时候的事情？"

"1984年2月。直到现在我都记得非常清楚。达雄突然给我家里打电话，我认为他一直在英国，接到电话吃了一惊，但我还是很高兴能跟他一起喝一杯。可是一见面，我更吃惊了，一向穿衣打扮都非常讲究的达雄，竟然穿得破破烂烂……"

看到藤崎的表情变得很难看，俊也预感将有重要的真相被披露出来。一想到达雄是自己的伯父，俊也全身都僵硬起来。

"我意识到他的生活一定非常窘迫，就半开玩笑地对他说'我借给你点钱吧'。没想到那小子说'我不要你的钱，只想让你告诉我一件事'。"

藤崎抬起头来，看了看堀田和俊也，继续说道："达雄说了五个公司的名字，说是要了解一下这几个上市公司股票的行情。我虽然在金融机关工作，也不能说了解所有公司股票的行情。当时的情况我为什么记得这么清楚呢？因为他说的那几个公司的名字中有又市食品公司、万堂糕点公司、希望食品公司。当然，我是后来才注意到的。"

"还有两个公司呢？银河、鸠屋或摄津屋吧？"堀田问道。

"都不是，不过，另外两个也是食品公司。"

藤崎虽然做出了否定的回答，但俊也一听另外两个也是食品公司，预感更强了。在银万事件初期，犯罪团伙攻击得最多的是四个公司，伯父要了解其中三个公司的股票行情，而且是在银河公司社长菊池政义被绑架一个月之前。

犯罪团伙犯罪时，伯父在日本！

"达雄还说出了四个人的名字，问我知道不知道。其中有两个人我听说过。说老实话，我绝对不想跟那两个人有任何关系。"

"四个人都是男的吗？"

"对。"

"您听说过的那两个人是谁？"堀田穷追不舍。

藤崎摘下眼镜眨了眨眼睛："这个嘛……"看来他不想说。

"都是三十多年以前的事情了，有什么不能说的？"

"不……我不是信不过你们。可是，这个世界上，无法断言谁跟谁有没有关联，而且那两个人都已经去世，想找也找不到了。"

"那是一个非常麻烦的事件，您不想被卷入的心情我能理解。不过，既然人已经去世了，就无所谓了吧？您放心，我们绝对不会对任何人说是听您说的。"

堀田逼得紧，俊也则向藤崎低头鞠躬。藤崎重新把眼镜戴上，又用手指梳理了一下稀疏的头发，总算说出了那两个人的身份。

"那两个人啊，一个是暴力团的成员，另一个是交易中介人。"

"交易中介人？"俊也不由得问道。

藤崎一边斟酌字句一边说道："在这个世界上啊，有很多钱不知道是从哪里冒出来的。跟金钱有关的交易中介最来钱。人哪，最害怕虚幻的东西。现在，虚幻的东西不吃香了，不过在昭和时代，虚幻的东西能变成钱。"

藤崎说话，始终就像要避开地雷似的。尽管如此，俊也心里还是有了一个轮廓。他已经活了三十六年，也经历过一两次理解不了的事情。

"那两个人都跟股票有密切关系，所以我劝达雄不要去找他们。我不知道他找他们的目的是什么，但我觉得还是应该离他们远点。"

在俊也的脑子里，连伯父的剪影都描绘不出来。他想给黑暗中伯父的脸上打上一束光，以便看清他的真面目。银万事件的罪犯就要在自己眼前浮出水面，俊也内心深处涌上来一股纯粹的兴奋。

至少藤崎先生知道事件的真相。不过他虽然知道，三十多年来却什么都没说。

"我伯父是怎么回答的？"

"他没说话，只是笑了笑。"

伯父的笔记本为什么在我家里呢？父亲是帮凶吗？

在银万事件里，有三个小孩子跟事件有关。另外两个小孩子的录音也被犯罪团伙使用过。除自己以外的另外两个小孩子是谁呢？现在在哪里？在干什么？如果是伯父和父亲让那两个孩子卷入了银万事件，自己作为跟伯父和父亲有血缘关系的人，是不是得承担一定的责任呢？想到这里，刚才那种纯粹的兴奋消失了，剩下的只有恐惧。

"那个暴力团成员和那个交易中介人的名字，您能告诉我们吗？"

堀田的声音打断了俊也正在朝负面方向回旋的思考。

"不能，您饶了我吧。"

当事人已经死去，而且发生在三十多年前，是什么让藤崎这个六十三岁、很有见识的男人如此恐惧呢？俊也心里明白，知道得越多越危险，但他有一个更强烈的想法，那就是不能就这么糊里糊涂地结束这件事。

"藤崎先生，初次见面就向您提这么高的要求，我也觉得过分。但是，我无论如何都想知道，为什么录音磁带会在我家里？为什么犯罪团伙使用我的声音去犯罪？"

俊也郑重地向藤崎鞠躬。藤崎皱起眉头，双臂交叉抱在胸前，心神不定地前后摇晃着身子。过了好一阵，才在叹了一口气的同时松开了交叉在一起的胳膊。俊也和堀田都没说话，只是静静地等待。

藤崎就像打定了主意似的点了一下头，眼睛看着桌子，用没有一点抑扬顿挫的声音说道："以后的事情我不会再参与了，但是现在我可以告诉你们一件事：我有一个熟人，他说他见过犯罪团伙聚在一起开会。"

chapter 2

1

咚、咚、咚，有规律地敲击纸盒的声音令人感到非常不舒服。

坐在红色椅子上的鸟居跷着二郎腿，用一支印着报社名字的圆珠笔不停地敲击着桌子上的一个纸盒子。《大日新闻》社会部的小会议室还是那样煞风景。会议室中央，几张白色的长方形桌子拼成一个大长方形，角落里摞着暂时不用的椅子。

阿久津心想：一个会议室没有情趣倒也罢了，可问题是连窗户都没有。

以前阿久津负责采访刑事事件期间，在一处火灾现场被一个喝醉了酒看热闹的人殴打过。事后对方承认自己打人，被警察抓了起来。阿久津作为被害人一同前往警察署，在调查室里写证明材料。当时是用手写，监督他的年轻警察只要发现他写错一个字，就让他从头写起，结果写了三个小时才放他出来。自己是受害者，却被关在警察署里一个除了门三面都是墙壁的房间里，精神压力之大是可想而知的。

"这么说，结论是没有收获？"

事件报道组主任鸟居闷闷不乐地摇了摇留着三七分的脑袋，故意叹了一口气。阿久津在鸟居的身旁笔挺地站着。

"我想确认一件事。"

鸟居面无表情地继续敲打着阿久津从英国带回来的伴手礼——约克郡茶的盒子。在阿久津眼里，鸟居与其说是一个活生生的人，倒不如说是根本无法与其沟通的妖怪。

"你是去英国采访了，还是去英国买红茶了？"

阿久津默默地站在那里，一动没动，只是呆呆地看着连一幅装饰画都没有的墙壁，心想：哪怕只开一个小窗户，也会使这个房间的气氛变得温柔一点嘛。

"问你呢！采访还是买红茶？！"鸟居翻着白眼盯着阿久津。

阿久津真想自暴自弃地回敬一句"买红茶"，但他的嘴唇好像是被冻僵了，说不出来。磨叽了半天才挤出两个字："采访。"

鸟居用愚弄人的口气"嗬——"了一声，然后说道："那你就按照银万事件采访计划的要求写一篇稿子吧！"

鸟居左手拿着圆珠笔继续敲打着红茶盒子，右手把五张装订在一起的A4纸扔到了桌子上。那是阿久津上交的采访记录，里边大部分是在苏豪区的英式酒吧里听克林介绍的情况。有国外企业家被绑架的概要，还有在南美与绑匪交涉的技巧等，无论怎么生拉硬拽也无法跟银万事件联系起来。

采访苏菲·莫里斯空手而归，阿久津在谢菲尔德车站给克林打电话表示抗议。但是克林冷静地说："我还会继续为您搜集信息的，请您耐心等待。"还说什么今年要去日本观光，到时候请阿久津为他做导游。对于这样一个厚颜无耻的要求，阿久津竟然答应了，连他自己都对自己这样一个好好先生感到吃惊。

从谢菲尔德回到伦敦后的第二天中午，阿久津就在希思罗机场搭乘回日本的飞机，又开始了一次经由多哈的大移动。到达日本的时候，阿久津简直成了一具丢掉了灵魂的空壳。虽说是一次艰难的采访，但不要说抓住那个神秘的亚洲人的尾巴，就连他的影子都没踩到。如果说拿到结果是当一个专业记者的前提的话，只拿回一盒红茶的自己实在是太丢人了。

"你采访到的这点东西，顶多写个五六行！花了那么多采访费，就写这么一点点？你写一行值几个钱？你以为你是退出职业棒球队之前的落合博满吗？"

北海道日本火腿斗士队的落合博满，在退役之前的比赛中曾被球迷揶揄"一个本垒打一亿日元"。阿久津想起这件事，心说鸟居真是一个会挖苦人的高手，差点笑出声来。

"以后的计划是什么？"

"啊？以后……"

"你以为上交这么几张采访记录就能解放啦？想错啦！"鸟居说完把跷着的二郎腿左右交换了一下。

"没有……"阿久津嗫嚅着答道。看来不到采写银万事件的计划完成那一天，自己就会一直被拘束在这里。阿久津感到绝望。

"海尼根不行了，找别的线索嘛！不管什么线索都行，马上去找！"

鸟居说完把那盒约克郡茶夹在腋下，也不管阿久津还在房间里，把电灯一关就走了。在照不进一丁点阳光的黑暗的会议室里，阿久津一想到采访一切都得从零开始，烦躁得抱住了自己的头。

为了呼吸新鲜空气，阿久津回到了文化部编辑室。刚坐下，桌上的电话就响了。

"是阿久津先生吗？我是会计科的冈田。"

阿久津不知道冈田是谁，就暧昧地答应了一声。冈田用事务性的口气对阿久津说，要跟他谈谈他在英国买的预付费手机的问题。冈田说，比起买一部预付费手机来，为自己用的智能手机设置国外通话功能要便宜得多。

"我听说用自己的智能手机在国外打电话特别贵。"

"所以要改变一下设定嘛。比起预付费手机加电话费来，便宜多了。"

"是吗？……"

"这回就算了，下次一定要先跟会计科商量一下。"

冈田不等阿久津说话就把电话挂断了。

这人真不懂礼貌！阿久津把听筒放在电话机上，环视了一下闲散的办公室。

"不容易吧？"附近办公桌的文艺组主任富田跟阿久津打了个招呼。

"都怪富田先生，您为什么不帮我拒绝一下呢？"

"我敢拒绝吗？在鸟居面前，我跟你一样，都是借来的猫[1]！"

听富田说到猫，阿久津耳边回响起鸟居以前说过的那句话："不但想借小猫小狗来帮我，就连一片沙丁鱼的胸鳍都想借来为我所用。"鸟居派一片沙丁鱼的胸鳍去伦敦采访，本身就是错误的。

"阿久津在吗？"门口传来一个男人的声音。

阿久津往门口那边一看，一个秃顶的小个子男人正在探头探脑地往里边东瞅瞅西瞧瞧。这个人是谁呀？阿久津想了足足有十秒钟才想起来。

"哟！水岛先生！"阿久津叫了一声，朝门口跑去。

"啊，在你正忙的时候打扰你，真对不起。我找你是想打听一件事。"

阿久津心想：真是稀客呀！记得七八年前，水岛担任了报社的社会

1　日本习语，借りてきた猫，意指一反常态，显得很老实。

部副部长，后来做什么不太清楚，但知道他在一家跟报社有关系的公司工作。刚当上记者在姬路分社工作的时候，支援大阪社会部采访世界杯足球赛的时候，阿久津都受到过水岛的关照。后来为了采访日本铁路福知山线列车脱轨事件等重大事故或案件被派到大阪总社支援时，他们也经常见面。虽说关系不是非常亲密，但也不陌生。

"听说你为了采访银万事件到英国去了？"

"啊……是的……"

阿久津不想让跟报社有关系的人知道自己去过英国，谁知道人们会说些什么呀。

"我想听你说说这次去英国的事。"

"不过，除了炸鱼薯条，我什么也说不出来。"

"什么？鱼薯片？那有什么好吃的？你到我公司来，啤酒管够！"

太阳还没落山就喝啤酒，阿久津有点不习惯。不过跟着水岛过去，说不定还能捡到一两条采访线索。于是阿久津拿起采访本和自动铅笔，跟着水岛出去了。

大阪大日广告公司在《大日新闻》总社大楼的三层，大概连十张办公桌都不到，是一个小公司。现在公司里只有一个女职员，水岛跟那个女职员打了个招呼，走进了里边一个挂着"总经理办公室"牌子的房间，阿久津也跟了进去。

"水岛先生当总经理啦？"

"是啊。离开社会部以后，到地方去当过分社社长，后来又去了广告局。六十岁以后空降到这个公司来的。"

"六十岁了还不能好好休息啊？"

称赞也不合适，同情也不合适，对于水岛的经历，阿久津真不知道说什么才好。总经理办公室很寒酸，绝对不能叫人心情舒畅。

"广告也有各种各样赚钱的方法，挺有意思，不过得会算账，也挺不容易的。好了好了，不说这些了，说到天黑也说不完。你坐吧。"

水岛完全不顾自己年龄比阿久津大很多，说了声"我去拿啤酒来"，就兴冲冲地出去了。看样子是太想跟阿久津聊聊银万事件了。过了一会儿，水岛用托盘端着两罐啤酒和一盘油浸沙丁鱼回来了。阿久津道谢之后，两人举起啤酒罐碰了一下就喝了起来。

"鸟居很可怕吧？"

"嗯，很可怕。"

"那么可怕的鸟居，在银万事件发生的时候也就是个高中生。真是个很久之前的案子了啊。"

阿久津想象不出鸟居上高中时是什么样子，肯定是个傲慢自大的男孩子，谁要是跟鸟居吵架，肯定吵不过他。

"已经过去三十多年了，但还留在人们的记忆中，可见这个事件影响有多大。从事件发生到年底，我只在8月份休息过一次，元旦那天还打电话四处采访呢。"

水岛从他在社会部当记者的时候有多忙讲起，越讲越得意。阿久津却不以为然，心想这正是我不愿意去社会部的理由。但他听到水岛说"当时我在驻刑事部搜查第一课的记者组做辅助"的时候，正想夹沙丁鱼的筷子停了下来。

"水岛先生当时在大阪府警察本部的记者组啊？"

"是啊。当然我只不过是三船先生手下的一个小喽啰。"

说到三船，报社里的人都知道他是在银万事件中驻大阪府警察本部刑事部搜查第一课的记者组组长，发表过许多先于其他报纸的引人注目的报道。阿久津虽然没见过三船，但他的大名不但在《大日新闻》报社的青年记者中，在别的报社青年记者中都是如雷贯耳。关于三船，有一件有名的逸事。当时他宣称"如果错过了采访抓到罪犯的瞬间，我就离开报社"，然后怀里揣着辞职信四处奔波。真可以说是昭和时代采访恶性事件的记者中的英雄。就连这样一位英雄，都没有在银万事件中抓住罪犯的狐狸尾巴，三十多年过去了，一个在报社文化部混日子的记者，能做什么呢？

"阿久津，关于昭和五十三年（1978年）的录音磁带，你怎么看？"

"啊，好像听说过录音磁带的事。"

"你……你小子得多做点功课啊！"

水岛的额头皱纹很深，跟巴哥犬似的，只见他站起身，走到门字形写字台后面，窸窸窣窣地拽出两个大纸袋，回到阿久津这边来。

"这是什么？"阿久津指着装得鼓鼓胀胀的纸袋问道。

水岛迫不及待地把纸袋里的东西一下子倒了出来。文件夹、宣传用的小册子、记事本、便条、报纸新闻记事的复印件等，雪崩似的抖落在桌子上。

"这是关于银万事件的资料，我家里还有一些，比较重要的都在这里。"

"为什么放在总经理办公室呢？"

"因为我听说报社有一个重新采访银万事件的计划，心想万一我被召回呢。"

水岛把这么重的资料从家里拿到办公室来，就像一个等待艳遇的女人在办公室里等待召唤，结果谁也没有来叫他。直接去社会部吧，又有点不好意思，所以才选择了暂时借调到社会部的文化部记者阿久津作为突破口。

"昭和五十三年，一盒录音磁带寄到了银河公司高管那里。磁带里录的是一个说关西方言的男人的声音。那个男人要求银河公司给他认识的过激派捐款，还威胁说，如果不捐的话就在银河公司生产的糖果里混入毒药，还要收购银河公司的商业伙伴……"

阿久津一边听水岛说话，一边查看那些资料，心想也许有用得着的。笔记本和便条上的字都是手写的，而且写得非常潦草，辨认起来很困难。

"阿久津，你在听我说话吗？"水岛不满地问道。

"当然在听啊。"阿久津心不在焉地应付了一句，把一则新闻记事的复印件拿在了手上。那是从一份叫作《股市日报》的证券报纸上复印下来的。《银河股票在欧洲持续被买进》这个标题引起了阿久津的注意。发行日期是1984年1月，内容是银河股票在上涨。"以伦敦为中心，买银河股票的外国投资家在增加"这句话吸引住了阿久津的眼球。"外国投资家"这个词很有时代感，但阿久津最感兴趣的还是"伦敦"这两个字。

"水岛先生，这股票的事，跟伦敦有关系吗？"

水岛接过那则新闻记事的复印件看了一遍，一边嘟哝着"我怎么一点印象都没有呢"，一边挠了挠脑袋一侧还有头发的部位。

"不过嘛，当时确实有一种说法，罪犯通过炒股赚了钱。"

对银万事件感兴趣的记者都知道有这种说法，更何况水岛当时就是驻大阪府警察本部记者组的记者。而阿久津却惊奇地问道："啊？是吗？"他再次把那则记事拿在了手里。这份报纸发行两个月以后，银河公司的菊池社长就被绑架了。犯罪之前两个月，被害企业的股票上涨，说不定跟伦敦有关系。

这里边一定有什么线索……

"你怎么对《股市日报》这么感兴趣？"水岛问道。

在桌子上那么一大堆资料中，比自己年轻许多的后辈记者阿久津，偏偏注意上了一份自己并不认为有什么价值的材料，这让水岛觉得很没趣。水岛叹了口气，身体靠在椅背上，冷冷地看着阿久津。

"报社里有熟悉股票的人吗？"阿久津向水岛打听道。

"有是有，不过，直接联系这家报社不是更快吗？"

说得也是！阿久津拿起啤酒罐，把剩下的啤酒一饮而尽，说了句"我马上去联系一下"就站了起来。

"三十多年以前的事件，用不着那么着急！"水岛劝说道。

阿久津虽然不忍心把难过得眉梢都垂了下来的总经理一个人留在办公室里，但还是向水岛鞠了一个躬，转身走出办公室，毫不客气地关上了房门。

2

在路上走了很长时间，阿久津才意识到林荫道两旁的树木是长满了绿叶的樱花树。

大阪府摄津市。浓烟似的乌云下面，视野中的一切都褪色了，只有水渠边的彼岸花红得还是那么耀眼，跟周围的环境不大协调。站在树枝上和长椅背上的乌鸦们，突然想起了什么似的，一下子全都飞了起来，但都飞得很低，几乎挡住行人的去路。看着眼前令人忧郁的景象，阿久津除了苦笑还能做什么呢？

附近的一个货车站，不时传出发车的铃声。已经9月中旬了，这里的天气比伦敦的夏天热得多。阿久津把衬衣袖子卷起来，照了几张上不了报纸版面的彼岸花的照片。

今天虽然不是周末，但今天是文化部倒休的日子。不过，阿久津既是采访电视台和戏剧界的主要负责人，又要采访音乐界和曲艺界，不可能把所有时间和精力都集中在"银万事件特辑"上。这样一来，休息日就休息不了了。本来可以喝着啤酒看小说的日子，也只好用来勘查现场。

在水岛的资料里看到《股市日报》的记事以后，阿久津马上就跟报社取得了联系，但是报社方面说无法确认那篇记事是哪个记者写的。因为没有采访理由，也不能指望人家给解说。阿久津想了解一下银万事件期间股市的变动情况。可是，能够准确地说明三十多年前证券交易市场情况的人很难找到，找各个渠道委托了很多人，等了半个月也没人回复。鸟居那边盯得很紧，干等着也不是个办法，于是阿久津就利用休息日去社会部的数据库查阅跟银万事件相关的新闻记事。结果鸟居认为他是做样子给别人看，狠狠地拍了他的头顶一下。

"不要只看跟事件相关的记事！要把1984年和1985年报纸的缩印版都看一遍！"

给部下增加工作以后甩手就走，是鸟居的惯用手段。阿久津作为一个已经三十六岁的大男人，还得在鸟居面前点头哈腰，真是可悲，但无论怎么努力，都无法跟鸟居那盛气凌人的威慑力相对抗。

但是，要读完一千页以上，而且字小得不用放大镜就看不清楚的厚厚的缩印版，是一项极其艰难的工作。阿久津一边翻阅一边做记录，然后把跟银万事件有关的记事复印下来。还没看完一个月的，他就看不下去了，于是看起好玩的广告来。"这个就是杨夫人吗？""名取裕子穿得也太暴露啦"之类跟事件没有任何关系的自言自语越来越多。有意思的是，在当年录像机的品种竞争中，索尼公司购买了整版广告，广告词是这样的：

索尼的Betamax摄像机，会从市场上消失吗？

回答当然是NO！

结果，Betamax摄像机的失败成了经典的市场销售案例。可见有时候广告的反效果是多么可怕。

阿久津用了两个星期的时间把两年份报纸的缩印版读完了。不管怎么说，先到事件发生的几个主要现场去观察一下吧。就这样，他来到了摄津市与茨木市交界处。这两个城市都是离大阪市不到十公里的卫星城。阿久津以前曾开车路过，但没有来玩过。

穿过林荫道，来到了沙石路上。右手侧被草丛挡住了视线，左手侧是等间隔的已经干枯的树木。昨天晚上下了雨，地上到处是水洼。越过草丛往右边看，可以看到几条向东北方向延伸的铁轨，其中一条铁轨上停着一列货车。阿久津在大脑里描绘着安威川周边的地图，觉得马上就要到达目的地了。他把视线移到左手侧，看到跟安威川平行的一条水渠那边有一个四角形的小屋。他的心脏剧烈地跳动起来，回过神来的时候发现自己正在沙石路上奔跑。

阿久津站在水渠这边看着那个小屋。以混凝土块为基础的小屋，粗糙的墙壁是淡灰色的，跟现在的天空是一个颜色。白铁皮房顶上落着七八只乌鸦。这个被时代淘汰的小屋，跟三十一年前拍摄下来的防汛器材仓库的照片完全吻合。三个绑匪监禁银河公司社长的地方就是这个仓库。

仓库前面有一座跨越水渠的小桥。阿久津扶着红褐色的栏杆，小心翼翼地向水渠对岸走去。走过小桥，刚一踩在茂密的杂草上，一群从未见过的透明飞虫"嗡"的一声飞起来。那声音好像惊动了屋顶上的乌鸦，乌鸦们拍着翅膀飞走了。

仓库东侧的出入口被杂草覆盖着，看起来很难靠近。阿久津认为，未经相关部门允许最好不要随便进去，就顺着旁边的石头台阶上了安威川的大堤。站在大堤上眺望安威川，看着缓缓流动的河水，听着附近草丛里蟋蟀的叫声，阿久津几乎忘了自己是在大阪。

"绑匪们是怎么找到这个地方的呢？"

阿久津回过头来，从上向下观察那个仓库。站在大堤上才看出那是个二层的建筑。二楼的窗户下面，挂着写有仓库名字的牌子，牌子周围有黄色的蝴蝶在飞舞。正如后来的定论所指出的那样，只有熟悉本地情况的人，才会知道有这么一个仓库。这地方太偏僻了，哪怕有人在里边大哭大叫，也不会有人听到。

大门是两扇平开门，菊池社长就是从那个门里逃出来的。阿久津看完大门以后，又看了看水渠另一侧的大阪货运站。菊池社长见没人看守，就从仓库里逃出来，走过那座红褐色栏杆的小桥，拼命向大阪货运站跑去。

1984年3月19日凌晨，菊池社长被绑架四个小时以后，银河公司一位高管在家里接到绑匪的电话。绑匪要求他到附近的电话亭里去看看。大阪府警察本部的警察接到报案之后，在那个电话亭里找到一个牛皮纸信封。绑匪在信中要求支付的赎金是现金十亿日元、黄金一百公斤，交接赎金的方法也写得很清楚。信不是手写的，是用打印机打印的。犯罪团伙在整个银万事件中给各被害企业一共发出七十一封恐吓信，这是第一封。

绑架大企业的社长，要求前所未有的赎金，这种从未有过的犯罪使警察和媒体一片混乱。混乱的象征是事件发生十个小时以后警察与媒体之间缔结的报道协定。报道协定的主要内容是：假装被绑架者家人还没有报警。早上的报纸第一版和社会版、电视的第一条新闻都已经报道了，再缔结那样的报道协定能有多大效果呢？

绑架实施后的第二天晚上，绑匪用菊池社长本人声音的录音证明身份，给那位公司高管打了四次电话，要求把赎金拿到一家餐馆去，但绑匪最终没有露面。

菊池社长本人的声音，就是在这个仓库里录制的。绑匪把菊池社长的手脚绑住，用胶带把他的嘴封起来，用滑雪帽遮住他的眼睛，给他光着的身子直接穿上一件黑大衣。虽然给他吃了带馅的面包，也给他喝了咖啡，但那不能说是同情，只能说是为了维持他生命的最低限度的措施。

事件发生后第三天，也就是21日下午2点多，国营铁路大阪货运站内，穿着黑大衣走在铁路线上的菊池社长被车站工作人员发现。身上的衣服是绑匪给他买的，右手腕上垂下来一条绳子，头发乱蓬蓬的，脸上还有伤痕。绑匪警告他说，要是逃跑的话就杀了他。但是因为绑匪曾用谎言威胁他，说把他的女儿也绑架了，他就冒着生命危险跑了出来。想到菊池社长担心女儿的心情，阿久津就觉得好心痛。

当时，在眼前这个仓库里，绑匪与菊池社长之间、绑匪与绑匪之间，都说了些什么呢？后来那些艰苦卓绝的日子，菊池社长预见到了吗？阿久津正在这样想着，突然听到了割草机的声音，吓了一跳。对岸的草地里，一个穿着工作服的男人，正站在斜坡上用棒状小型割草机割草。阿久津心想：绑架事件如果发生在夏天或秋天，说不定会有一两个目击者。

绑匪手上没有人质以后，依然在向企业索要现金。在这个过程中，绑匪于4月8日同时寄给两家全国性大报和警察一封挑战书。挑战书以"傻瓜警察们"为开头，说什么"我们用过的车是灰色的哟"，揶揄警察无能。这是在整个事件中寄给媒体和警察的八十一份挑战书的第一支响箭。犯罪团伙通过连续给企业寄恐吓信，以及连续给媒体和警方寄挑战书等一系列巧妙的操作，一直掌握着主动权。

让媒体和警方开始意识到犯罪团伙要动真格的，是4月10日晚上的连续放火事件。在银河公司总部大楼西端的实验室和银河集团旗下的银河食品公司的仓库里停放着的客货两用车被人烧毁了。日本警察厅认为事态严重，把这一系列事件指定为"第一百一十四号广域重要指定事件"，命令各地警察相互协作，尽快破案。犯罪团伙在恐吓信上署名"黑魔天狗"，向企业索要现金，同时给各大报社寄去"在银河公司生产的糖果里混入了剧毒氰化钠"之类的挑战书。虽然没有发现混入了氰化钠的糖果，但各报社报道了挑战书的内容之后，银河公司的产品被迫全部下架，股票开始下跌。

阿久津掏出刚才照彼岸花时用过的小型照相机，从各个角度把仓库照了下来。昭和时代犯罪的遗物被完好无损地保存下来，对于记者来说是一件幸运的事。虽然没有什么新的发现，但在现场感受一下秋风的吹拂，听一听秋虫的鸣叫，就会有一种绑匪曾在这里从事过可恶的犯罪活动的实感。

在阅读那些分析犯罪团伙都是些什么样的人的资料时，阿久津经常看到"银河原点说"这样一个词。"银河原点说"的理由如下：一、犯罪团伙在给除银河以外的五个公司寄恐吓信的时候，写的都是社长或高管的姓，而给银河公司寄恐吓信的时候，写的却是"政义"这个名；二、在闯入菊池社长宅邸的时候，先搞到了容易进入的主妇做家务房间的钥匙，好像很了解菊池家的情况；三、知道菊池社长司机的名字，了解没有写进有价证券报告书的银河公司的业绩；四、在银河公司实验室放火的时候选择的是最容易着火的地方。从以上四点可以推断，犯罪团伙里至少有一个人跟银河公司有接点。这就是所谓的"银河原点说"。从资料上来看，支持这个说法的警察和记者很多。

从经常下冰冷小雨的早春一直到初夏，"黑魔天狗"就像拳击运动员连续打击对手身体似的，不停地发着恐吓信。于是，大阪府警察本部坚定了逮捕罪犯的信念，断然展开了一次左右银万事件走向的大行动。

割草机的声音不知道什么时候已经停止了，穿着工作服割草的男人也不见了。

"一个人都没有了。"阿久津自言自语道。

跟寂静的景色相反，阿久津心潮澎湃，感觉自己好像就处于事件的中心。当年，大阪府警察本部的刑警和犯罪团伙的视线，全都集中在了离这里不到十分钟车程的摄津市一家叫"凯旋门"的烤肉店里。

1984年6月2日星期六，晚上7点10分，一辆载着三亿日元现金的白色卡罗拉轿车从银河公司总部大楼出发了。按照犯罪团伙的指示，晚上8点之前到达"凯旋门"烤肉店的停车场。一个穿着白色夹克衫的银河公司员工从车上下来走进烤肉店，坐在了靠窗的一个位置上。卡罗拉里留下一个银河公司员工和一个装扮成员工的刑警，还有一个刑警藏在卡罗拉的后备厢里。

晚上8点15分左右，离烤肉店三公里的淀川东侧的大堤公路上，停着一辆小轿车，车里坐着一对恋人。这时，三个绑匪靠近那辆小轿车，其中一个把双筒猎枪伸进驾驶座那边开着的窗户，顶住了坐在正驾驶座上的男子的头。

"下车！"持枪绑匪命令道。

被双筒猎枪顶住头的男子以前是个自卫队的军官，对自己的腕力还是很有自信的，打算下车后瞅机会制伏对方。没想到刚一下车，另一个绑匪扑上来照着他的脸就是一记直拳，将他打倒在地。第三个绑匪则扭住了坐在后座上的女子。

"反抗的话女的就没命了！"

男子被逼着重新坐在驾驶座上。由于后座上自己的女朋友被两个绑匪扭着，男子只好按照绑匪的命令开车驶向绑匪指定的地方。

晚上8点45分左右，绑匪命令男子一个人进入"凯旋门"烤肉店，从那个穿白色夹克衫的员工那里拿到一把卡罗拉的车钥匙。男子拿到车钥匙以后来到停车场里停着的那辆卡罗拉前面，让坐在车里的员工和装扮成员工的刑警下车，自己坐在了驾驶座上。

男子按照绑匪事先的指示，驾车重返大堤公路。但是刚刚往北走了五百五十米左右，车子的发动机突然停了。原来是藏在后备箱里的刑警通过专用按钮停了发动机。这辆卡罗拉已被刑警改造过，藏在后备厢里的刑警只要按一个按钮就可以让发动机停转，还可以从里边打开后备厢跳出来。单从这辆被改造的卡罗拉来看，就可以知道大阪府警察本部的刑警们下了多大的功夫。

这是大阪府警察本部搜查第一课特殊行动小组的刑警们赌上了自己威信的一次作战。实际上在这次作战之前，银河公司私下里跟犯罪团伙交易过一次。银河公司没有告诉警方就把现金运到了犯罪团伙指定的地方。因为那次只不过是犯罪团伙的一次试探，现金没有被夺走。可见银河公司已经到了山穷水尽的地步。警方料定下一次犯罪团伙会夺走现金，就展开了现场抓捕的模拟训练。事件搜查本部苦口婆心地说服了菊池社长，调集了约三十人的精锐部队埋伏在"凯旋门"烤肉店周围。为了不让犯罪团伙看出破绽，一些充当客人的刑警甚至把老婆孩子都带上了。

日本警察厅指定的广域重要指定事件，加上受害企业陷入极端的困境，犯罪团伙又急于拿到钱的状况，使1984年6月2日这一天，成了沉重的压力与极好的机会重叠在一起的一个决定性的焦点，成了表现大阪府警察本部刑警水平的关键时刻。

但是，从这一天起，接二连三的霉运开始降临在刑警们身上。

由于在执行任务中最重要的无线电设备发生了故障，卡罗拉的发动机停转的时间提早了。原计划是将白色卡罗拉诱导到小胡同里以后换一辆同样的车，结果没有成功。犯罪团伙袭击一对恋人是在淀川东侧，而刑警们把主要兵力布置在了淀川西侧，也是一大失误。还有，为了防止无线联络被窃听，禁止使用无线通信器材，大堤附近的刑警为了互通信息说话声音太大，被附近的居民误会为有人吵架报了警。本来是秘密作战，结果当地派出所不知情的警察开着警车过来盘查，让可疑车辆逃走了。特别行动小组的刑警发现了超速行驶的可疑车辆，但在追踪过程中被红灯拦住。后来才知道，可疑车辆正是被犯罪团伙袭击的那位当过自卫队军官的车。

大阪警方差一步就把犯罪团伙抓住了。但是，只要求抓现行的秘密作战，差一步和差百步没有什么区别。被绑架的女子在离犯罪现场大约两公里的一个私营铁路的火车站前被放了出来，可以说是不幸中的万幸。

结果，这次行动只抓住了一个跟犯罪团伙无关的当过自卫队军官的男子。屋漏偏逢连夜雨，6月4日星期一，有一家全国性大报发行的早报在头版头条以《银河绑架案绑匪被逮捕》为题做了误报。这是整个事件中媒体唯一察觉到警察动向的特讯，但距离逮捕绑匪还远着呢。

在大阪府警这次惨痛的失败之后，侦破行动更是由日本警察厅主导了。警察厅提出"一网打尽"的方针，并加快破案速度。同时，没有参加这次逮捕行动的其他大阪府警的刑警，通过报纸得知自己被置身事外之后，觉得非常扫兴。如何执行警察厅的指示，怎样应对内部的不和谐音调，使得大阪府警内外压力都很大。

如果说银万事件有三次高潮，阿久津认为，从菊池社长被绑架到这次逮捕行动失败为第一次高潮。

从各个角度拍了很多照片以后，阿久津默默地看着阴郁风景里的仓库。周围一个人也没有。在这个叫人隐隐约约感到不安的犯罪现场，阿久津切切实实地感到了一点，那就是尽管已经过去了三十多年，仍然能闻到银万事件浓重的气息。

罪犯是存在的。

这个理所当然的想法深深扎根的同时,在伦敦见过的厚厚乌云笼罩了阿久津的心。

6月26日,"黑魔天狗"突然给各大报社发了一个"放过银河"的通知,宣布休战。休战书中还特意写上了犯罪团伙的所在地。"我们就在苏黎世、伦敦、巴黎的某个地方。""要想抓住黑魔天狗,到欧洲去吧!"

犯罪团伙"放过"了银河公司,谁都认为这个事件就要落下帷幕了。但是,他们的魔掌已经伸向了新的目标。

3

在犯罪现场周围观察了一通之后,阿久津去了久违的父母家。

打扫得干干净净的铺着瓷砖的门厅里,只有父母的凉鞋和伞架。虽说没有特别的清香,回到父母家总会有一种安心感。

"我回来了。"阿久津有气无力地打了一个招呼,把采访包放在客厅里两年前新换的木地板上。

在厨房里忙活的母亲景子听见儿子的声音回过头来:"你怎么不穿拖鞋啊?门口不是有拖鞋吗?"

好久不见了,母亲不是先看儿子的脸,而是先看儿子的脚。阿久津不由得苦笑了一下,坐在摸起来很舒服的割绒面沙发上。眼前的茶几上放着好几本《日式玩偶小屋》杂志,好几年前父亲就迷上了玩偶小屋。

"这都迷了多少年了，还迷着哪？"阿久津指着杂志问道。

母亲眼角的皱纹更深了，无奈地点了点头。母亲慈祥的面容依然如故，但鼻唇沟和嘴边的皱纹不知从什么时候起已经跟年龄相当了。

在大葱味道很浓的厨房里，母亲正在利索地切菜。阿久津说了一句"我帮帮您吧"，母亲马上笑着制止道："你就在那儿坐着吧，回头切了手指就麻烦了。"餐厅的桌子上摆上了迷你燃气灶，燃气灶上放着一只黑铁锅。只要阿久津回家，母亲十有八九会做他喜欢吃的牛肉寿喜烧。

"噢，你回来啦？"

父亲阿久津将司拿着一个手电筒进来了。身材瘦长的父亲总是弯着腰，喜欢把法兰绒衬衣塞进长裤里。

"英士他妈，没五号电池啦？"

"啊，也许是没了。"

一直面向切菜板的母亲回过头来对父亲说："英士他爸，你把切成丝的魔芋豆腐装在盘子里好不好？"父亲说了声"好嘞"，放下手电筒就进了厨房。看着默默地准备牛肉寿喜烧的父母，阿久津觉得他们真是一对性格相投的夫妻。当记者以后感觉日子过得很快，不知不觉之中父母的年龄都已经过了六十五岁。

父亲退休以前在综合医院旁边的一家药店工作，从家到药店开车只需二十分钟。如果不是非加班不可，或者朋友聚会什么的，父亲一定回家吃晚饭。吃完晚饭不是坐在棋盘前面琢磨棋谱，就是看电视上的垂钓特别节目，总之喜欢一个人独处。父亲在家里从来不说工作上的事情，大概是因为在职场太压抑了。一旦决定了的事情父亲一定会干到底，不会去关心别的事情。虽然热心地参加医药知识学习会，对市场上卖的常用药能治什么病却不太清楚，这是父亲的生活中才会有的小插曲。这样看来，搭建已经预先设计好的日式玩偶小屋，对父亲来说是再合适不过的业余爱好了。父亲六十岁那年从正式职工转为合同工，去年六十五岁时彻底退休。母亲以前经常出去打零工，最近除了做家务就是看着父亲搭建那些永远也不能住的小屋。

"你去英国了？"父亲把魔芋豆腐清洗以后，一边控水一边问道，"对了，谢谢你给我们买的英国红茶。"

父亲一提到英国红茶，阿久津眼前就浮现出用圆珠笔敲打约克郡茶盒子的鸟居的脸，撇了撇嘴，就像真的喝了一口苦涩的红茶。

"跟事先商量好了似的，英国人都很冷淡，连餐馆里的服务生脸上都没有笑容。"阿久津说起了在英国的遭遇。

"那是为什么呀？微笑服务不是能招揽更多的顾客吗？"母亲把切好的杏鲍菇端到餐桌上来，不可思议地笑着。

"英士，把啤酒拿来。"

阿久津遵从父亲的指示站起来，走到厨房里打开冰箱，拿来两罐啤酒和母亲专用的装麦茶的玻璃瓶，放在了餐桌上。盘子里的牛肉布满犹如白霜的油脂，华美艳丽，真想拿起照相机来拍几张照片。

"这牛肉真好啊！"

"当然啦，一见钟情吧？"父亲得意地说道。

为了招待好长时间没见面的儿子，父亲特意跑到神户的三宫买的牛肉。阿久津向父亲表示感谢，给父亲斟满一杯啤酒。

"那咱们就开吃吧！"

父亲一声令下，寿喜烧家宴开始了。母亲先在铁锅的锅底抹上牛油，然后把大块的牛肉横着放在锅底，再放入酱油和大粒砂糖，刺啦一声，香气四溢，阿久津直咽口水。母亲夹出一块牛肉放在打好生蛋液的小碗里递给儿子，阿久津立刻把牛肉放入口中。柔嫩甘美的牛肉，配着黏稠光滑的生蛋液，那叫一个好吃啊！阿久津忍不住赞叹："太好吃了！"

听到儿子高兴得大叫，父母笑得眼睛眯成了一条缝："再吃一块！再吃一块！"已经三十六岁了，父母还把他当小孩子，阿久津心里美滋滋的。

全家人话题的中心是应季食材以及亲戚的孩子们的近况，谈论最多的是姐姐的儿子小豪。外甥已经两岁了，说话还不那么利索。

"还是女孩子学说话学得快。小豪现在说个'仙贝，外公的仙贝'都很费劲。"

母亲脸上浮现出幸福的笑容。那是外婆的笑容。

"好久没见到姐姐了，有时间去姐姐家看看。"

"应该去应该去，跟豪君一起玩玩，让你姐姐也轻松一下。"

姐姐以前在一家为各种国际会议和学会年会提供支持的公司工作，四年前跟大阪市政府一个公务员结婚以后就辞职了。姐姐家离阿久津住的公寓不太远，但由于工作太忙，已经半年以上没去过了。

父母一直不关心政治、案件、文化以及演艺界的事情，聊天也就是聊一些日常生活的话题。特别是到了青春期，阿久津和比他大三岁的姐姐觉得很没意思。不过，姐姐结婚有了孩子，自己也进了一家全国性大报的文化部当了记者，工作生活都很平稳，应该知足了。

《大日新闻》记者，阿久津上大学时对这个头衔是非常羡慕的，他认为只要能进《大日新闻》，自己就会成为一个人人羡慕的存在。但是，他想错了。最初他被分配到姬路分社，在警察署采访各种事件，跟警察和地方法院打交道。写稿子经常写到半夜，写得不好被上司敲打脑壳，有时候不小心走进刑警办公的房间被怒骂。但是，在这样的工作环境中，对于为了拿到诉讼状被律师嘲笑，或者被提供假信息的人渣支来支去地耍弄之类的事，他也能做到一笑了之了。现在想来，这种压抑自己、委曲求全的生活态度，也许跟父亲是一样的。

进报社的第三年他被调到了京都分社，开始还是在警察署采访各种事件，后来开始写关于大学教育和观光旅游的记事，工作和生活都趋于平静。但过了不久，他又被报社派到京都府警察本部搜查第一课和第三课的记者组，还是采访各种事件，那时候真想辞职不干了。不过运气还算不错，半年以后他被调到了大阪总社社会部。没想到在这里还是被派去警察署采访，还当了两年记者组组长。由于工作太忙，他在京都时交的女朋友认为他无暇顾及家庭，跟他分手了。当时，阿久津眼前一片漆黑。

　　五年前，阿久津被调到文化部的时候，已经三十一岁了。他已经累了，什么都无所谓了。那以后他又有过两次失恋，此外也没有遇到什么倒霉的事。就算不能一直在文化部干下去，将来到位于偏僻乡下的分社悠闲度日也是好的。在酒吧喝酒的时候，偶然被人问到"为什么当记者""您对这个社会有什么诉求"之类的问题时，也能应付自如了。虽然不会像父亲那样搭建玩偶小屋，但做一个优秀的阿久津将司二世是没有问题的。能经常吃上这么好吃的牛肉寿喜烧，阿久津就很满足了。

　　阿久津一点也不讨厌父亲那样的生活方式。父母家这座独幢小楼虽说位于神户市北区，但远离闹市，六甲山风景区尽收眼底，占地面积五十坪。房子的劣化是无法避免的，不过，过些年就装修一下，也没有什么不满意的。

　　"英儿，明天你出差去东京吧？你现在报道的这个事件，哪天才能结束啊？"

　　"这是个年末特辑，干到年底就解放了。没办法，抽了一个下下签。"

　　"对了，咱们搬到这所房子里来，正是发生银万事件那一年。"父亲漫不经心地说道。

　　"是的是的。"母亲也像想起来似的肯定了父亲的说法。

"公民馆附近那个糖果铺，现在已经没有了。当时英儿从那个糖果铺买过糖果，我记得我吓了一跳呢。"

"我可一点儿都不记得。对于银万事件，你们还记得什么事情？"

父母几乎同时摇了摇头。

"我有一个朋友那时在万堂的糖果厂做临时工，就因为制作的那种糖果被放进了毒药，被炒了鱿鱼。"母亲怜悯地叹道。

父亲却饶有兴致地说："犯罪团伙的挑战书，用的都是关西方言，这对他们很有利。"

阿久津告诉父母，一共有六家公司受到了犯罪团伙的威胁，损失巨大。父母喃喃地说，也许是那样的。看来他们也想不起什么来了。

虽然银万事件发生在关西地区，但市井里的人们还是觉得有距离感。而宛如活生生的证人一般，防汛器材仓库浮现在脑海里，阿久津确认银万事件就是发生在现实社会的犯罪事件。在追寻这个悬案时代足迹的过程中，当了多年记者的阿久津心中开始泛起阵阵涟漪。到底是银万事件的什么地方吸引了自己呢？阿久津沉浸在一种说不清道不明的兴奋之中。

明天去东京！阿久津将剩下的半杯啤酒一饮而尽，头脑不知不觉变成了记者的头脑，考虑起能否搜集到素材的问题来。

4

电梯门开了，迎面就是一家小酒馆。

模拟日式住宅的入口，中央是纯粹为了装饰的青瓦屋檐，两侧有写着店名的白色纸灯笼，是一家很常见的大众居酒屋。找到采访对象花费了相当大的精力，加上第一次接触操控股票的人士又很紧张，阿久津有点不知所措。一个笑容满面的年轻女店员迎上来，阿久津问道："有没有用立花先生的名字预订的位子？"女店员把拿在手上的纸夹翻了一页，答道："有，在里边等着呢。"

"啊？已经到啦？"

"是的。请跟我来。"

离约定的时间还有五分钟呢。看来对方也是一个守时的人。

因为没有找到水岛手上那篇关于股票记事的记者，阿久津决定找一个能解释记事内容和熟悉泡沫经济之前股价操控战的人，但是找了很长时间也没找到一个愿意接受他采访的。最后还是通过东京总社经济部的记者利用周刊的人脉，约好了马上就要见面的这位姓立花的先生。

"立花先生，您的朋友到了。"

这个日式房间并不是单间，只有屏风相隔。幸运的是旁边没有人，再隔开一个空间是几个吵吵嚷嚷的大学生。这样的环境说点不想让别人听到的话也没关系。

"啊，您来啦。"

靠屏风坐着的一位堪称巨汉的先生，块大膘肥，站起来的时候动作却很敏捷。

"今天给您添麻烦了……"阿久津十分客气。

交换名片之后，为了让正座又谦让了一番。立花先生说："我这大块头，那边坐不下。"阿久津只好坐在了墙壁那一侧的坐垫上。

"您现在在贸易公司工作？"阿久津把立花幸男的名片拿在手上问道。

立花的大手左右摇了一下。

阿久津再仔细一看，才看到公司的名字下面写着"顾问"两个小字。也不知道那是个大公司还是个小公司。

"朋友经营的一个小公司，也就是挂个名。我早就隐退了。"

"看不出您已经到了隐退的年龄。"

"哪里哪里，我已经五十七岁了。"

都说胖人显老，但立花一点不显老。他的胖简直可以说是年龄的隐身蓑衣。虽然已经有了几根白发，但那精悍的短发和有光泽的皮肤使他显得很年轻。

"立花先生以前在证券公司工作吧？"

"是的，五十岁那年就辞职了。身体搞坏了。在兜町[1]，您要是想干干净净的，根本就活不下去。我是身心疲惫呀。不过，泡沫经济时期及其前后的情况我还是了解的，一般的问题我都回答得上来。"

"我得先向您说声对不起，我对股票一无所知，可能会问一些最基本的问题……"

"没关系。听说您这次采访跟银万事件有关？"

"是的。大阪总社那边要搞一个未解决事件的年末特辑，正在组织记者采访。"

"说到银万，还应该从'魔力触手'谈起。"

"魔力触手"是20世纪80年代登场的一个股价操控团伙。他们把万堂股票和鸠屋股票几乎全部买下又卖掉，获得了巨额利益，被称为"股市黑魔天狗"，虽然被警方列为搜查对象，最后还是被认为无罪。但是，1985年犯罪团伙宣布结束银万事件两个月之后，"魔力触手"的头目在事务所里被发现已经死亡，兜町一片骚然。死因是心脏衰竭，但一些有关人士认为这是一起谋杀事件。

"我看了一些研究银万事件的书，感觉'魔力触手'很可疑。您认

---

1 日本东京市中央区的一个地名，东京证券交易所的所在地，日本证券市场的代名词。

为'魔力触手'跟银万事件有关吗？"

"没有没有。那么有名的股价操控团伙，早被警察盯上了。"

阿久津刚一说话就被立花顶了回来，有点泄气。见到专业人士，听了专业人士的见解，阿久津开始觉得仅研究银万事件的书面内容有些不靠谱了。

阿久津好像突然想起了什么似的，拿出采访本和录音笔，问立花可不可以录音，立花很痛快地同意了。店员把扎啤端上来了，二人碰杯。

"说老实话，所谓股价操控团伙到底是个什么组织，我根本想象不出来。他们都是些什么样的人呢？"

"这个嘛，它的构成是这样的。首先，有一个把握大方向的所谓股价操控本尊，他有四五个部下吧。当然，每个股价操控团伙的构成有所不同，总之都有上下级关系，他们的任务是发展金主。"

"金主就是出钱买股票的人吧？"

"是的。金主下面是内行投资家，最后是那些被忽悠来的个人投资家，也叫会员。"

"也就是说，后来参加的会员肯定赔钱。"

"没错。那是个地地道道的金字塔构造。所有会员都买同一只股票，股价肯定上涨。这时候再散布还要上涨的流言，会员们就会买得更多。股票上涨到一定程度的时候，股价操控团伙的上层人物将手中的股票全部抛出，他们倒是大赚特赚了，但那只股票的股价大跌，受损失的是那些基层的会员，全被套牢。"

"啊？我明白了，外行人还是不要轻易买股票。"

"可是，如果我对你说，给我一百万，你就能拿回去三百万！你买不买？"

"三百万……"

"你集资的时候不这样说，谁往外掏钱啊？"立花的玩笑话使紧张的空气缓和了一些。点的菜都齐了，扎啤也都是第二杯了。

"股价操控团伙是一个利益共同体。听一个朋友说，赚钱当然是最重要的，但能自由自在地操控股价，也让他们上瘾。"

"股价操控团伙里也有年轻人吗？"

"当然有啊，只要你有能力。不过，嘴巴不严的人绝对不行。"

"应该怎么称呼股价操控团伙的人呢？股价操控手？"

"如果硬要给个头衔，那就是投资家。平时，他们通过在一起喝酒接触各种各样的人，收集信息，打探某只股票的资金来源。谁吸引来的资金多谁的地位就高。"

"现在也有股价操控团伙吗？"

"有啊。不过，跟发生了银万事件的昭和时代不同，现在是以企业收购为名出钱。实际上要收购的企业实体并不存在，皮包公司而已。股价操控团伙以收购皮包公司为名集资，然后进行股价操控战。结果还是金字塔构造，倒霉的还是那些被忽悠来的个人投资家。皮包公司大多是新能源等可疑的公司。"

"这么说……银万那个时代还相对单纯一点。"

"毕竟时代不同了嘛。因为以前没有限制，各证券公司的交易商都是朋友，晚上在银座或赤坂的酒吧聚集在一起，商量明天买哪只股票，满不在乎地操控股价。股价操控团伙可以从这里获取详细信息。不只证券公司，银行也很过分，我听说，有的银行职员甚至公开去跟暴力团成员交涉。"

阿久津想起，就在几年前还发生过一家大银行跟暴力团进行融资交易的事件。自己跟他们同为工薪族，竟然有这么大的差别，他感到吃惊。同时他想到：外部的人看报界，恐怕也会有一件两件令人皱眉头的事情吧。

啤酒喝够了喝芋头烧酒和苏格兰威士忌，酒杯换了一种又一种，话题转向了过去发生的经济事件的内幕，不久又转向了政治家的性癖好和职业运动员中的美人计等下流话题。

很多事情阿久津都是第一次听说，痛感普通民众了解的信息只不过是冰山一角，越听越有点儿坐不住了。当然，这些内容无法写入采访报告。

阿久津从采访包里拿出那则《股市日报》的记事。这篇记事是银河公司社长被绑架之前两个月见报的，报道的是银河股票上涨的消息。标题是《银河股票在欧洲持续被买进》。

立花掏出老花镜看完那则记事以后嘴角浮现出一丝浅笑，小声嘟哝道："原来如此。"

"我不懂这篇记事是什么意思，但得到一种'只要买银河股票就会赚钱'的印象。应该是一种广告吧。"

"没错，就是一种广告。不过，这样的记事并不稀奇。"

"最引起我注意的是《银河股票在欧洲持续被买进》这个标题和正文里的'以伦敦为中心，买银河股票的外国投资家在增加'这句话。银万事件的罪犯在挑战书中常有去欧洲之类的说法，跟这个有关系吗？"

阿久津同时想起了驻布鲁塞尔分社的记者关于海尼根事件的便条。

没想到立花哈哈大笑起来。

"阿久津先生，这是百分之百的'黑眼睛的外国投资家'在买银河股票嘛！"

"黑眼睛的外国投资家？"

"就是日本人啊。所谓买银河股票的外国投资家，都是日本人！"

"您只看了这么短的一篇记事就能知道吗？"

"联系当时的时代背景，就知道一定是那样的。您先在脑子里放入一个前提，那就是昭和时代的这个时期，随便用个名字就能开一个账户。"

立花说到这里，像是要湿润一下嘴唇似的喝了一口烧酒："我给您举几个例子吧，恐怕这里边就有这样的情况。最常用的手段是，通过中国香港的日系证券分公司，在瑞士的日系证券分公司进行交易。"

"通过在外国的证券公司，就能消除痕迹吗？"

"因为账户用的是假名字，当然能消除痕迹。但更重要的是，在中国香港和瑞士，股票增值的收益是不上税的。"

"所谓的Tax Heaven，避税天堂？"

"不是Tax Heaven，是Tax Haven，避税港的意思。"

英语检定考试准一级水平丢了丑，阿久津除了苦笑还能怎么样呢？

"也有在香港直接交易的情况。当时中国香港还是英国的殖民地。还有的先去外资公司在日本的分公司，再通过香港在瑞士进行交易。"

"原来如此……那么，'以伦敦为中心'怎么解释呢？"

"我认为那是因为也有从香港流向伦敦金融城的资金。不过，在我的记忆中，还是在瑞士交易的比较多。写这篇记事的记者应该没有什么真凭实据。"

"所谓的外国投资家，肯定是日本人，对吧？"

"对，黑眼睛的。"

在痛感无论什么事情还是要问专业人士的同时，海尼根绑架案在阿久津心中占的位置更小了。操控股价，没有必要一定要住在伦敦的唐人街。原以为有关联的线索就这样简单地断掉了。文化部的记者敏感性太差了——阿久津不由得在心里自嘲道。

"您认为银万事件犯罪团伙跟银河股票上涨有关系的可能性大不大？"

"如果犯罪团伙是一些有知识的人的话，可能性很大。当时，日本只不过是东方的一端，外国人对日本的股票并不感兴趣。而且大藏省对外国人也很软弱，在外资问题上不敢说话。总之日本是在什么都跟不上的情况下开始了自由交易。"

立花的额头上已经冒出了汗珠，他解开领带，又要了一杯烧酒。

阿久津把反映银河与万堂的股票升降的图表拿出来，指出在银万事件发生之前，这两个公司的股票都上涨了很多。

"一下子涨了这么多，是不是犯罪团伙发起的股价操控战呢？"

"这个嘛，只看这张图表还不好说。不过，如果跟股价操控有关的话，我认为他们应该是分两阶段进行交易。"

"两阶段？"

"比如说某一只股票在涨，涨到比原价高八成左右的时候就卖一次，把本金收回来，为的是绝对不让金主有损失。这是第一阶段。因为还有很多会员在那里顶着，这只股票还会保持缓慢上涨的势头，涨到一定程度的时候，股价操控手就一口气卖空。这是第二阶段。"

"对不起，我是个外行，您能不能给我解释一下什么是卖空？"

"炒股票啊，只要交给证券公司一定数额的保证金，就可以卖出根本就没买的股票。卖出实际并不持有的股票，就叫卖空。在股价高的时候卖出，在股价下跌以后再买回来，这样就可以赚取其中的差价。"

"也就是说，只要预先知道某只股票要下跌，就可以卖空。"

"是的。挑战书一送出，股价就会下跌。"

"如果犯罪团伙同时卖空银河与万堂的股票，大概能赚多少钱？"

"这个要看有多少股票，还要看交了多少保证金，也要看证券公司收多少手续费。如果干得漂亮，赚几个亿是没有问题的。"

对阿久津这个知识贫乏的记者，立花没有一点儿不耐烦。阿久津弄懂了当时的股价操控战是怎么回事，同时也知道这并不等于得到了跟犯罪团伙有关的信息。但是，如果"黑魔天狗"参与了股价操控战，那么他们一定有另外一副面孔，那副面孔跟绑架银河公司社长和劫持那一对恋人时粗暴的面孔是完全不一样的。

阿久津意识到犯罪团伙是一帮很难对付的家伙，但就他们的复杂性而言，确实很吸引人。

"在兜町，除了魔力触手，还有什么引起过轰动的股价操控团伙吗？"

"嗯——这个嘛——"

立花把粗大的手指伸进广口杯里，摩挲着杯子里的冰块。作为经历过兜町的天堂与地狱的立花来说，记忆的焦点恐怕不会只集中在三十一年前。立花见过太多被金钱迷住、为金钱而身败名裂的人，提到以前的事情应该回避。但是，浮现在立花那红光满面的脸上的，是满足的笑容。

"那个时候啊，确实有一个神奇的股价操控团伙。您让我想想啊。对了，我听说是大阪暴力团下属的企业，要不就是京都的弹子房当过金主。啊……不对，是有很多金主。"

"很多金主？"

"肯定是在关西地区。好几个股价操控团伙联合起来，将万堂的股票全部买下。不过这件事在兜町没有引起议论，因为那件事本身也就是一个策略。"

立花用筷子捅了一下盘子里的煮牛蹄筋，抬起头来看着天花板："我想起来一件事。我在一个居酒屋见过一个很奇怪的年轻人，那个年轻人对关西地区地下交易市场的人脉了解得特别详细。虽然看上去是个不错的孩子，但他的脑瓜转得也太快了，令人感到害怕。聊天过程中他出去接过一次电话，回来以后他的朋友问他'谁给你来的电话'，他回答说'不知道是谁，好像是个股价操控手'。"

"那个年轻人是不是证券公司的？"

"不是不是，以前我根本没见过他，好像是一桥大学毕业的。那小子搞不好跟那个神奇的股价操控团伙是一伙的。"

"熟悉关西地区的事情，大概是关西人吧？"

"不是，说话不是关西口音。现在我还能想起他长什么样，但是我的大脑也不能连上打印机给您打印出来。对了，那小子好像还信口说谎，所以我才感到可怕。比起魔力触手，那个年轻人更可疑。开始我也说过了，在股价操控这个领域里，知名度高的最讨厌'劳多功少'，绝对不会为了几亿日元去绑架公司社长。"

对于阿久津来说，只这点信息还不够写一篇稿子，但是，在阿久津的脑海里，好像已经浮现出犯罪团伙的影子了。

一桥大学毕业的年轻人，又熟悉关西地区地下交易市场的人脉，这样的人不会有很多。这个年轻人就是"黑眼睛的外国投资家"吗？阿久津觉得自己越来越深地走进了黑暗里，不知道采访到底是不是向前推进了。

那个年轻人还活着吗？阿久津心里这样想着，端起了冰块融化后变得已经没有什么味道的苏格兰威士忌。

5

曾根俊也和堀田信二来到了大阪府中南部的堺市。

走出南海电气铁道堺市站，向西南方向走了将近一公里的时候，堀田和手持地图的俊也靠近了目的地。街道有一种阴暗的气氛。烤鸡肉串的小店、酒吧、色情按摩店、寿司店，五花八门。骑着自行车的中年男人从身旁掠过。9月的第一周，太阳还跟夏天一样，照射在身上感到灼热的刺痛。

从写着"一夜3980日元"的情人旅馆前面拐过去，又往前走了一段路，俊也对身旁的堀田说道："快到了。"

日式料理店"紫乃"在一个投币式停车场的前面，停车场里停放着奔驰和丰田陆地巡洋舰等高级轿车。料理店的灰瓦屋顶下面，是已有很多裂缝的灰泥墙壁。刚下午3点多，"紫乃"门前还没有挂上表示开始营业的门帘。颜色很深的木制推拉门让人感觉到这个日式料理店经历了漫长的岁月。一想到当年犯罪团伙曾在这里聚会，俊也不由得紧张起来。

"拐过去就是事务所。"堀田指着停车场那边的针灸治疗院说道。

俊也擦着额头的汗水点了点头。俊也和堀田了解到"紫乃"有一个事务所以后，决定在料理店开门之前先去事务所找老板娘谈谈。考虑到事先打电话会引起对方的警觉，堀田建议不打电话，直接见面。

跟藤崎见面之后已经过去了一周。今天堀田和俊也的店都关门休息，两人来到了当年犯罪团伙的聚会地点。藤崎所说的暴力团成员和交易中介人，连俊也自己都不知道是什么样的人。老板娘能介绍多少情况还不好说，但说不定还有记得伯父的可能性。

事务所在一座住商混合大楼的二层。一层是一家铁板烧餐馆，上楼的话，得爬大楼右侧那生了锈的铁制楼梯。俊也跟在堀田身后往上爬。爬上二楼以后，俊也看到西侧的一扇铁门旁边的墙上挂着一个写有"紫乃"两个字的牌子，就站住掏出手绢，擦了擦从额头上流下来的汗水。

"就是这里吧？"俊也看着堀田问道。

堀田点点头，走到门前轻轻敲了敲油漆已经剥落的铁门。

过了一会儿，从里面传出一个女人的声音——"谁呀？"声音里含着警惕。

"打扰了。"堀田推门走进去,俊也随后跟了进去。里边倒是比外边凉快,但空调吹出的冷风带着一股发霉的味道。俊也看到大楼的外观时就想到里边会很寒酸,果然如此。

柜台很小,里边的办公桌也很小。有一台小电视,一部带传真机的电话,一个低矮的小书架上放着几个纸箱子。里面可以看到一个门,也许是接待室吧。

"你们是干什么的?"

听说是日式料理店,还以为一定是一位穿和服的老板娘,出乎意料的是,办公桌前坐着的女人穿的是一件灰色的连衣裙。本以为由于是一家老店,老板娘一定很老了,没想到那个女人身材很好,还扎着马尾辫,并且很认真地化了妆。虽说手上和脖子上青筋暴起,但总体来说还算端庄秀丽。

"突然登门打扰,实在对不起!"

堀田说完马上掏出名片递上去,俊也紧随其后,也把名片递了上去。

"您就是'紫乃'的老板吗?"

女人疑惑地答应了一声"是的",离开堆满了记账单的办公桌,隔着柜台接过两个人的名片,看了一眼以后小声嘟哝道:"特意从京都来的呀?"

"是的。我们想向您打听一件很久以前发生的事情……三十多年前发生过一起引起社会骚乱的事件,叫银万事件……"

老板娘一听银万事件这几个字,马上就皱起了眉头。

"我们听说,跟事件有关的几个人曾经在您的'紫乃'聚会。"

"没有,没有这种事。大老远地跑过来,对不起了。"老板娘非常冷淡地鞠了一个躬。

俊也见事情有点不好办,赶紧说道:"您听我说,确实有人……请原谅我不能说出那个人的名字……告诉我们，跟银万事件有关的几个人曾经在这里聚会，那……"

"怎么知道那几个人就是跟银万事件有关的人呢？"

老板娘这么一问，俊也才想到人家当然会有这样的疑问。自己盲目地相信了藤崎的话，连这个最基本的疑问都没过过脑子。

堀田说："我们也想知道是怎么知道的，希望您也帮我们解释一下这个问题。"

但是，堀田的这句话一点作用都没有，老板娘再次非常冷淡地鞠了一个躬，又说了一句"对不起了"。俊也看到老板娘那不耐烦的表情，打算知难而退了，但转念一想，既然已经来了，还是应该再努一把力。

"请您听我解释，我们绝对不是觉得好玩才打听这件事的。在银万事件中，犯罪团伙威胁受害公司的时候，用的是孩子的录音……"

俊也虽然觉得这样说有点强拉硬拽，但还是把银万事件的概要和在自己家里发现了犯罪团伙使用过的孩子的录音，而且那录音就是自己小时候的声音，以及黑色皮革笔记本里有受害企业的信息，等等，毫不隐瞒地告诉了老板娘，还说自己家的人可能跟事件有关。

"罪犯到底是谁，我并不感兴趣。而且到了今天我作为一个普通人还找罪犯，肯定是找不到的。不过，我想至少确认一下我父亲跟那个事件是没有关系的。"

自己也许说得太多了——俊也一边说一边觉得自己说出了很多不该说出的秘密，不由得感到害怕。但是，他实在忍受不了蒙在鼓里活受罪的现状，不想在内心深处的某个角落里残存一点对父亲的怀疑。

老板娘还是面无表情，不过不像刚才那么不耐烦了。

"您今天跟我说的这些话我都埋在心里，不会对任何人说。但是，我对您二位没有什么可说的。二位还是请回吧。"

这次老板娘没有直接否定跟银万事件有关的人在这里聚会的事实，这让俊也看到了一丝希望。

老板娘回到办公桌前，俊也没有再跟她说话，但在心里更想知道"紫乃"跟犯罪团伙的关系了。

从事务所里出来以后，俊也和堀田默默地走下生了锈的铁楼梯。

"糟糕，我们连老板娘的名片都没拿到。"堀田丧气地挠了挠后脑勺。虽然没有得到任何信息，但奇怪的是，并不觉得白跑了一趟。

"到'紫乃'店里去看看吗？"俊也提议道。因为只有"紫乃"这一条线索，俊也不想轻易放弃。

"去看看！"堀田做了一个鬼脸。他也打算去"紫乃"看看呢。

再次回到"紫乃"那扇古旧的推拉门前，俊也轻轻敲了敲门。薄薄的玻璃颤抖着发出了声响，却听不到里边有人答应。俊也说了声"对不起"就伸手拉门。推拉门也许是抹了油吧，很轻松地就拉开了。

进门以后右侧是一张可以坐四个人的桌子，长长的柜台前面摆着十来把带靠背的椅子。里边有通向二楼的楼梯，二楼也许有日式房间。当年，跟银万事件有关的人也许就在二楼聚会。柜台上面还没有任何餐具，灯光也很昏暗。料理店里散发着鲣鱼干高汤的香味。

"有人吗？"俊也叫道。

"来啦！"柜台深处一个粗嗓门男人应了一声。随着木屐吧嗒吧嗒的声音越来越大，一个穿着白色厨师服的大块头厨师走了过来。他的头上缠着藏蓝色大手帕，白多黑少的胡子大概有好多天没刮了。

"有事吗？"大块头厨师问道。

俊也问道："您是这里的大厨吗？"

大块头厨师爽朗地笑了笑，双手撑在了柜台上。

看来大厨跟老板娘不一样，是个好说话的人。但是，俊也还是感到压力很大，因为他太想找到往下调查的线索了，紧张得身体僵硬。他认为不告诉大厨已经去过事务所为好，就直接切入了正题。

"突然冒昧地问您一个问题，实在对不起。我听说跟银万事件有关的人曾在这个料理店里聚会……我就是为了了解这方面的情况来这里的。"

"那可是好多年以前的事件了……您吓了我一跳。"

大厨显出困惑的样子，俊也焦急地看了堀田一眼。堀田鼓励似的点了点头，俊也才冷静下来。于是，俊也把在自己家里发现了跟银万事件有关的写着英文的笔记本和录有自己声音的录音带的事情，以及笔记本上的英文的内容、自己的伯父等详细地对大厨说了一遍，比对老板娘说的还要详细。这是为了让对方相信自己不是开玩笑，是认真的。

"哎呀……这可真是一件烦心事。不过，说是在家里发现了录音磁带，是在谁家……"

俊也听大厨这样说，才想起来自己还没说自己是谁呢，赶紧把名片递了过去，堀田也紧跟着把名片递了过去。大厨也像老板娘那样小声嘟哝了一句："特意从京都来的呀？"

"求求您，不管多么小的事情都可以，求求您告诉我。"俊也说着向前迈了半步。

大厨为难地摸了摸缠在头上的藏蓝色大手帕。

"我不是因为对事件感兴趣才来调查的，对于我来说，这是纯粹的家庭问题。"

听了俊也的话，大厨就像在说服自己似的连连点头，然后皱起眉头，闭上眼睛思索了一阵才说话。

"这种事情说出来也不是什么值得高兴的事情，我们也有我们的难处……不过嘛，三十多年前的事情了……"

看到大厨动摇了，俊也内心充满了期待。也许状况会有变化。

"求求您了，请您告诉我们吧！"

俊也和堀田同时向大厨鞠躬。

但是，大厨也许是害怕老板娘生气吧，看上去内心非常矛盾。老板娘也许现在就到店里来了。大厨一副坐立不安的样子。

俊也直起腰来，看着大厨的眼睛。只见他双臂交叉抱在胸前，勉强点了点头。

"正如曾根先生所说。"

本来就认为藤崎说的话是可信的，但一经证实，还是有点心情激动。

"真的在这里有过聚会吗？"俊也追问道。

大厨用眼神表示认可。

"那是什么时候的事情呢？"

"银万事件发生的那一年的……应该是秋天。"

"1984年，也就是昭和五十九年吧？对不起，请问大厨先生就在这个店里吗？"

"是的。不过，那时候我还不是大厨。"大厨苦笑了一下说道，似乎是对刚才冷淡的态度表示歉意。

"麻烦您给看看这个。"站在旁边一直没说话的堀田从包里拿出来一张照片，放在了柜台上。那是一张穿着立领学生制服的倔强的高中男生的照片。俊也的伯父不喜欢照相，这张照片是藤崎手上伯父的照片中年龄最大的一张。

"那次聚会，有没有这个人？"

"照这张照片的时候太年轻了，虽然我这个人善于记住别人的长相，但这么年轻时照的照片，我也认不出来呀。我对参加那次聚会的人印象都很深。他们就在二楼，吵吵嚷嚷，可热闹了。"

也许是老花眼吧，大厨把照片举起来，尽量使照片远离自己的眼睛，歪着头仔细端详起来。俊也想问问大厨，为什么知道那些人就是犯罪团伙，还想问问暴力团成员和交易中介人的事，但堀田抢先问了一个别的问题。

"那么，您是否记得有一个块头特别大的人，就好像是一个重量级柔道运动员？"

"啊，有，有一个……"

"头发是不是自然卷？耳朵是不是柔道耳[1]？"

"是的是的，确实有一个大块头、柔道耳的人。我记得那个人两次打翻了烧酒的玻璃杯，还拿去擦拭来着。"

如果当时不是发生了什么，三十多年前的事情不会记得这么清楚吧？俊也感到，曾经在这个料理店二楼集合的犯罪团伙的存在更清晰了。

"你好！"

里边传来一个年轻人的声音。

大厨想起了什么似的说道："哎呀！对不起，我那边正在进货呢，刚弄到一半。"

也许是供应商送食材来了。大厨好不容易才开口，话还没说完就被打断，俊也觉得十分窝火。大厨向俊也和堀田行了一个礼，转身就到里边去了。

听着远去的木屐声，俊也盯住了眼前的照片。

头发是直的，耳朵也没有变形。照片上这个高中生在曾根家个子也许算高的，但以后不管长多么快也长不到重量级柔道运动员那么大吧？

"咱们赶紧走吧，说不定老板娘该过来了。"堀田转身拉开了推拉门。

1　在柔道、摔跤等运动中，运动员的耳朵与垫子、对手的衣服、身体等摩擦挤压造成耳廓皮肤与软骨之间出血，形成血块残留，逐渐纤维化，由此引起的耳朵变形俗称"柔道耳"。

俊也明白了：浮现在堀田脑海里的那个人肯定不是伯父，而是一个自己不知道的人，而那个人恐怕跟银万事件有关。

走出"紫乃"以后，俊也回头看了看二楼的窗户。在那个房间里，犯罪团伙在一起都谈了些什么呢？

再往上看，是一只站在屋顶上的乌鸦。乌鸦瞥了俊也一眼，突然沙哑着嗓子叫了一声，好像是在对俊也说：别捣乱！

6

确认了工作日程安排以后，俊也挂断了电话。

在记事本上记下前往京都市内的一个作坊的时间的同时，俊也想起了以前认识的一个缝制工匠。他们已经三年没见面了。

随着俊也经营方针的改变，跟他有来往的缝制工匠也发生了变化。父亲健在的时候，从剪纸样到粗缝，从粗缝到缝制，都在店里做。当然，只靠父子二人完不成所有定做西装的缝制工作的时候，顽固的父亲也得把西装送到他最信任的三个缝制工匠那里去。这三个工匠的特长是能一个人完成缝制一套西装的所有工序。当然，工匠也是人，也会有波动，但即便有波动，也只是涟漪程度的波动，缝制水平可以保持在一个定值以上。

现在，"曾根西装定制"的西装缝制靠的是一个集合了二十来位工匠的作坊。虽然不是一个人完成缝制一套西装的所有工序，而是几个人分工合作，不过因为是几个人集中在一个地方缝制，西装的均衡性不会被破坏。相当于设计图的纸样也委托这个作坊调整。这个作坊里都是技术很高的工匠，俊也对他们缝制的西装很满意。

但是，看着一套崭新的西装从剪纸样到做好的喜悦，现在体会不到了。对过去的怀念跟后悔常常只隔着一层纸，事到如今，想回到过去也回不去了。父亲最信任的三个缝制工匠，一个退休，一个去年去世，俊也刚才想起的那个缝制工匠也音信不通了。当俊也对他说要改变方针，走接近于"简易订货"的经营路线时，他只说了一句"是吗"，打那以后连贺年卡都不给俊也寄了。

为了在这个行业生存下去，改变经营方针是一条绕不过去的路。但是，因此断了维持了几十年的人际关系，心里不痛那是假话。就算下决心不再跟他联系，也会像油性马克笔写在白板上的字很难擦掉一样，内心的罪恶感是抹不掉的。当某些时候无意中想起时，还是会感受到内心将自己的行为正当化时的仓皇。

站在柜台里边的俊也，把一直放在电话上的手拿了下来。今天是星期天，本以为客人会比平时多，结果上午只来了两个男人和一对夫妻，而且都是先看看，没有一个打算定做。

9月已经过去了一半，阳光变得柔和一些了。俊也拿起空调的遥控器，把温度调高了一摄氏度。合上记事本看看手表，快下午2点了。堀田下午2点要来店里量尺寸，因为他今年冬天去欧洲出差，打算做一套新西装。关于这套西装的颜色和样式，上次去大阪回来，俊也在一家居酒屋已经问过堀田了。一般情况下，对第一次来店里做西装的客人，要花上四十分钟的时间，了解客人穿西装要去的地方、兴趣爱好、工作性质等。但是，堀田从俊也的父亲那一代起就是店里的顾客，已经有很多资料，简单地了解一下就可以了。

俊也回忆了一下堀田在居酒屋跟他说过的话。堀田在"紫乃"向大厨打听的那个人叫生岛秀树，京都人，少年时代跟堀田及伯父达雄在一个柔道培训班学柔道，年龄比堀田和达雄大。当时堀田刚十岁，达雄只有八岁，生岛秀树对他们很好。

"生岛秀树原来是滋贺县警察本部负责对付暴力团的刑警，后来因为跟暴力团有牵连被开除。他被开除以后我没跟他联系过，但达雄一直跟他有联系，有关他的情况我都是从达雄那里听到的。"

堀田从一开始就认为，如果达雄跟银万事件有关系的话，很有可能跟生岛秀树搅和在一起。堀田还说，在银万事件中，犯罪团伙粗暴的一面和撤退时掌握得当的娴熟技巧，都很像职业罪犯。堀田打算找以前的朋友再打听一下，俊也一直在等待堀田联系他。这件事俊也对家里人依然保密。

昨天晚上堀田在电话里对俊也说："明天我去你店里量尺寸。"虽然没有提及生岛秀树这个人的名字，但堀田也没问问俊也是否同意就单方面确定了见面的时间，看来关于银万事件的调查，应该有了一些进展。

俊也忽然听到一阵吧嗒吧嗒的声音，回头一看，门开了，女儿诗织跑了进来。

"爸爸！你看！我有蘑菇！"

仔细一看，诗织手里提着一个大人巴掌大小的手提包。

"诗织有蘑菇啊，真好！"俊也伸手去抚摸女儿的头。

女儿却使劲摇着脑袋喊道："爸爸！不要工作，不要工作！"

"为什么呀？"

"啊……啊……不要工作，不要工作！"

女儿诗织两岁零五个月了，会说的话一天比一天多。前些日子还分不清黄牛和蜗牛呢，现在都能说成句的话了。俊也蹲下身子，与女儿视线平齐。看着女儿那天真纯洁的大眼睛直视着自己，俊也心头一热，一把将女儿抱在怀里。今天早上俊也的母亲真由美对儿媳这么早就让诗织学钢琴什么的表示不满，婆媳之间的关系紧张起来。诗织一定是敏感地察觉到了，所以才离开心情不愉快的妈妈来找爸爸了。

由于胃溃疡吐血住院的母亲出院以后情绪特别好，坚决不让家里人把她当病人看待。不仅如此，脾气也比住院之前大了，无论什么事情都坚持自己的主张。对于这样的婆婆，俊也的妻子亚美也是毫不客气地应战。

"走啊！"

诗织大叫了一声，把装在手提包里的五个小蘑菇扔在了地板上。这种用手一按就出声的塑料蘑菇，是去儿科看病时接受的小礼物。诗织把扔在地上的小蘑菇捡起来，开始往柜台内侧的架子上摆。说到蘑菇，前几天诗织曾拿着装在袋子里做菜用的蘑菇在家里到处走。为什么要拿着蘑菇到处走，连她自己也不知道，大概是想让蘑菇做她散步时的伙伴吧。

"茶茶，茶茶，我要喝茶茶！"

"诗织，你想喝茶吗？"

见诗织点头，俊也站起身来，正准备给诗织找茶水的时候，无意中往开着门的操作间里看了一眼。他看到熨衣板的时候，想起有一块面料还没有处理，走了一下神。谁知就这么一瞬间的工夫，诗织拿起纸箱上的一个纸杯就要喝里边的茶。

那个纸杯里的茶已经很长时间了。

"诗织！"

俊也大吼一声，诗织吓得呆住了。俊也三步并作两步跑过去，劈手夺下了纸杯。诗织哇哇大哭，俊也拍着她的肩膀说道："这茶不能喝，喝了会肚子疼的。"好在诗织还没喝，俊也放心了，视线落在了纸杯上。

这件小事让俊也想起了三十多年前的电视新闻。因为害怕犯罪团伙把混入了剧毒氰化钠的糖果放在货架上，超市里所有的点心全部下架，货架空空如也。犯罪团伙把孩子们置于最危险的境地，是地地道道的杀人未遂。一想到那么可怕的事件也许跟自己的父亲有关，俊也的心一下子就提到了喉咙口。

那个笔记本和那盘录音磁带，为什么会在抽屉里呢？俊也一边祈祷着父亲跟事件无关，一边又觉得很难撇清关系。

"怎么了？"

妻子不慌不忙地从二楼下来了。被俊也吼了一嗓子正在害怕的诗织，一看见妈妈就立刻跑过去，抱住了妈妈的大腿。

"这孩子，差点喝了这杯剩茶。"俊也拿起纸杯解释道。

亚美脸色铁青，一言不发地抱起诗织。像这种日常生活中由于疏忽大意造成的危险，不能简单地归咎于丈夫，也不能简单地归咎于妻子。所以接下来谁也不知道说什么才好，令人尴尬的沉默持续着。

"在家吗？"

从店铺那边传来的堀田的声音把夫妻二人从尴尬中解救了出来。亚美抱着诗织上楼去了，俊也把纸杯扔进垃圾桶里，舒缓了一下僵硬的表情，走进店铺。

"欢迎欢迎！一直等着您呢！"俊也说着把堀田让到椅子上。

堀田把一个纸袋递给俊也："你母亲很喜欢吃这家店的点心。"

俊也说声谢谢，接过点心，坐在了堀田对面。堀田今天穿得也很讲究。西装面料是世界上最好的面料之一——苏格兰产的荷兰雪莉，里面的衬衣一看就知道也是量身定做的。

"我忽然想到，自从你父亲光雄去世以后，我还没在俊也这里做过西装呢。"

"是的，所以您说要在我这里做西装，我特别高兴。"

给堀田做西装，是俊也把粗缝和纸样等活计交给作坊以后做的第一套西装，再加上跟堀田关系亲密，不免有点紧张。他们面对面地详细商量扣子的数目和位置、领子的宽窄、口袋的设计等。在商量的过程中，俊也很快就抓住了重点：关于这套西装，堀田追求的主题是"自然而不造作"。

两人商量了二十分钟以后，开始量尺寸。俊也让堀田脱掉上衣，站在中央的大镜子前面。堀田练过柔道，肌肉发达，胸部厚实。俊也虽然事先对堀田以前的型号了然于胸，但因为有时间，还是决定重新量一下。全身一共十八处，很快用软尺量了一遍。上衣的重点是胸围和肩宽，袖窿要恰到好处，既不能太宽，又要保证能灵活地转动手臂。裤子的重点是臀围。腰围是可以调整的，臀围一经确定就改不了了。要想达到穿着舒服又看着美观的境界，臀围的测量非常重要。

"我胖多了吧？"堀田不好意思地问道。

俊也夸张地摇着手说："哪里哪里，四十多岁的人也不能像您的身体绷得这么紧。"

"哟，俊也越来越会说话了。"堀田高兴地笑了。

其实俊也并不是完全拍马屁，至少有一半是真心话。现在量的尺寸确实比以前的尺寸大了一点，但腰围和臀围完全可以证明堀田一直在坚持锻炼。

接下来俊也让堀田穿上一件样衣，然后沿着堀田身体的线条别大头针。俊也先让堀田放松站好，然后确认哪些地方有皱褶。这是最考验一个裁缝技术的地方。堀田的右手是正手，比左手下垂多一点，俊也就多加了一个大头针，然后后退一步确认整体效果。俊也又让堀田转动了几下身体，调整了几个大头针的位置。操作过程中几乎没有聊天，集中精力操作了半个小时才结束。

"好了。您辛苦了！"

"看你说的，俊也累了吧？谢谢你！"

俊也对堀田的关心表示感谢以后，就去操作间旁边的开水房给堀田冲了两杯速溶咖啡，用托盘端着回到了堀田身边。

"我非常高兴地等着你把这身西装做好。"堀田对俊也说。

"绝不辜负您的期待，我一定全力以赴。"

话是这么说，但下一步的制作工序都交给缝纫作坊，俊也就没什么事了。作为一个裁缝，不免感到有几分寂寞。想起别上了大头针的样衣，好久没剪纸样的俊也手痒了。

"关于咱们调查的那件事嘛……"

堀田把咖啡杯放在杯垫上，从西装内兜里掏出一张照片来。那是一张褪了色的一次成像的彩色照片。照片上的人身高体壮，穿着柔道服，双臂抱在胸前，似乎是在夸耀自己的勇武有力。他的脚下是榻榻米，大概是在武道场拍摄的。

俊也看到照片上的那个人是卷曲的短发，也是柔道耳，抬起头来问道："这个人就是堀田先生在'紫乃'打听过的……"

"对。他叫生岛秀树，一定参加了在'紫乃'的那次聚会。"

俊也把桌子上的圆珠笔和便笺拿到自己这边来。堀田见他做好了记录的准备，就开始给他讲生岛秀树的经历。

"他是京都人，曾经跟我和达雄在一个柔道俱乐部练柔道，以前我对你说过吧？生岛秀树高中毕业以后，也就是1963年，到滋贺县当了一名警察。"

"警察还会去参加那样的聚会……"

"说得更严谨一点，生岛秀树刚当警察的时候不是在县警察本部，而是一个地方警察署的普通警察。后来升任巡查部长，1973年在那个地方警察署的刑事课当了刑警，1977年升任警部补，第二年才调到警察本部，被分配到暴对课。"

"暴对课？负责取缔暴力团的吧？"

"是的。警察内部的监察机关发现生岛秀树接受了暴力团的钱财，生岛秀树本人强调那只是自己工作的一个环节，但实际上有好几次搜查暴力团可疑人住宅的行动被事先泄露出去过。不过警方并没有对生岛秀树实施逮捕或把相关资料送交检察厅，对媒体也没有披露，只是让他辞职了。这是1982年的事。"

所有的事情好像全都装在堀田的大脑里，俊也拼命地做着记录。听堀田说话的口气，他很了解警察的情况。

"也就是说，生岛秀树参加'紫乃'聚会的时候，已经不是警察了？"

"你说得对。那时候他只不过是一个当过警察的人。"

"这么短的时间，您就调查得这么清楚啊？"

"我父亲原来是京都府警察本部的刑警，因此我才练柔道的。"

"这我还是第一次听说。"

"我父亲喜欢把他的部下带到家里来，有的部下直到现在我还能联系上，滋贺县的事就是从他们那里打听来的。"堀田笑笑，喝了一口咖啡。

"生岛秀树辞职以后，好像在京都市的一家保安公司工作，到底是哪家保安公司不是很清楚。在滋贺县的时候有老婆，还有两个孩子。"

"生岛秀树跟我伯父一直有联系吗？"

俊也想，如果把伯父跟生岛秀树的关系搞清楚，就可能判断出伯父是否参加了"紫乃"那次聚会。

"我听人说过一件奇怪的事情。"堀田说话的声音变了。

俊也赶紧做好了记录的准备。

"有人说，有那么一天，生岛秀树和他的老婆孩子突然就失踪了。"

"失踪……"

俊也好久没有听到过这个词了，顿时觉得毛骨悚然，直愣愣地看着堀田。

"当时生岛秀树有一个正在上初中三年级的女儿和一个正在上小学二年级的儿子。说不定我们能找到教过他女儿的中学老师，俊也跟我一起去，怎么样？"

俊也知道堀田想调查什么了。根据与银万事件相关的书籍、纪实节目等资料，可以了解到犯罪团伙使用的恐吓录音用了三个孩子的声音，其中一个是学龄前儿童，也就是自己。另外两个呢，一个是十几岁的女孩，还有一个是小学二年级的男孩。

俊也一听堀田说那两个孩子失踪了，更加意识到此事关系重大，精神上不由得产生了动摇。自己的家人说不定跟银万事件有关，而自己却把家里发现了笔记本和录音磁带的事说给外人听，太危险了。

"堀田先生，这事本来是我求您帮忙的，不知道这样说合适不合适……"俊也说到这里不知道怎么往下说了。

"有什么话你尽管说。"

"我不想……知道更多了……"

堀田像是在选择合适的词语似的，直视着俊也的眼睛："也许我说的话不中听。这可是俊也自己决定的事情，你要是不后悔的话，我无所谓。"

把自己对曾根家的怀疑就这样置于一个上不着天下不着地的状态，好吗？他又动摇了。

那两个孩子现在还活着吗？当时上初中三年级的姐姐和上小学二年级的弟弟，他们的年龄跟犯罪团伙用来录音的孩子的年龄，是完全吻合的。

第三章

罪の声

Chapter 3

1

还不到五分钟，房间里就充满了章鱼烧的味道。

在大阪大日广告公司的总经理办公室，阿久津英士和总经理水岛面对面地坐在一起，每人面前放着一盘章鱼烧，当然也少不了啤酒。

"好久没吃章鱼烧了，真好吃！"阿久津恭维道。

"好吃吧？我就喜欢这外焦里嫩的章鱼丸子，味道好极了！"

水岛摇晃着章鱼丸子似的脑袋在那里强调章鱼丸子有多好吃，真的很有意思。但是，关于章鱼烧这种面食的讲义，阿久津一点都不想听。刚才在文化部待得好好的，接到水岛的电话到这里来，可不是为了来吃吃喝喝的。

去东京采访回来已经过去了一个星期，关于股票的知识多少懂了那么一点点，不过，现在只靠推测还写不出一篇稿子来。犯罪团伙里要是有所谓的股价操控手，最起码也得有个轮廓。立花说的那个年轻的股价操控手，跟银万事件有没有关系现在还不知道，连线索的线索都没有。

"黑眼睛外国人，在香港买股票，也可以说是在欧洲买。"阿久津把自己了解到的情况告诉了水岛。

"知道了犯罪团伙可能采取的手段，按说就等于靠近了犯罪团伙。"阿久津又说。

"不要着急。这就跟口感很好的酒一样，过一阵酒劲才会上来呢。"水岛鼓励道。

"但愿如此吧。到头来，能让人看清楚本来面目的，还只有这个人。"阿久津从文件夹里把狐目男的肖像画拿起来用手指弹了一下。大边框眼镜后面是一双又小又细的吊眼梢的小眼睛，感觉不到一点情感的薄薄的嘴唇，自然卷的黑头发。虽说是很常见的亚洲人，但那双单眼皮的狐狸眼睛，总让人觉得有什么意思。从小时候起就觉得狐目男很可怕，现在看着照片也感到毛骨悚然。

"这个男人现在在哪里，在干什么呢？"阿久津问道。

"也许已经不在日本了。"水岛一边嚼着章鱼烧一边又加上了一句，"甚至都不知道他是否还活着。"

绑架银河公司社长，在总公司和分公司放火，袭击一对谈恋爱的男女，并逼着他们去夺取现金，威胁要在糖果里混入氰化钠，致使全国的商店撤掉所有的糖果和点心——就像软刀架住脖子似的犯罪行为，谁都能意识到犯罪团伙对银河公司怀有刻骨仇恨。但是，事件发生后三个月，犯罪团伙突然宣布放过银河公司。犯罪团伙是出于什么目的这样折磨一个企业呢？世上的人正在歪着头琢磨是怎么一回事的时候，犯罪团伙又把黑手伸向了另外一家食品加工企业。

1984年6月22日，"黑魔天狗"给新闻媒体发出与银河公司休战的通知前四天，大阪府又市食品公司收到了要求支付五千万日元的恐吓信，信中写道："如果不按照我们的吩咐去做，你们的下场将跟银河一样。"为了证明自己不是模仿犯，还特意附上了一盘在防汛器材仓库录制的银河公司社长菊池政义本人的录音。又市食品公司遵照警方的指示，按犯罪团伙的吩咐在报纸刊登广告，假意应承支付五千万日元。

对于被称为精锐部队的大阪府警察本部搜查一课特别行动小组来说，绝对不允许再出现像6月2日那样在"凯旋门"烤肉店让罪犯逃之夭夭的情况。1984年6月28日晚上8点多，又市食品公司一位高管在家里接到了罪犯的电话。**"到高槻市西武百货商店旁边的三井银行南边，去市内公交车站的观光指南板后面。"**

罪犯使用的是一个年龄不详的女性录音。当时，不要说一般市民，就连媒体都不知道罪犯与警察之间已经展开了攻防战。装扮成又市食品公司职员的刑警，背着装有五千万日元的挎包，冒雨直奔高槻火车站。十分钟以后，刑警在罪犯指定的地方发现了装在一个信封里的"指示"。

"指示"的内容如下：

在高槻火车站乘坐开往京都各站停车的电车，打开行进方向左侧的窗户，看见白旗之后立刻把装有现金的挎包扔出去。

"这个从火车上把装有现金的挎包扔下去的方法，跟黑泽明的电影《天堂与地狱》中罪犯的方法是一样的。"水岛发现阿久津正在翻阅又市食品公司的相关资料，耐不住寂寞，开口说话了。

"是的，的确如此。罪犯甚至买好火车票，放进了装着'指示'的信封里，可见计划得非常周密。"

"最初我还以为罪犯是开玩笑呢，没想到他们就是要那么干，真不敢相信。"

装扮成又市食品公司职员去送钱的刑警，用小型无线报话机跟指挥部取得联系，在罪犯指定的两列慢车中选择时间较晚的一列上了车。上车后没有按照罪犯的指示坐在"倒数第二节车厢画着圆圈的座位"上，而是按照指挥部的指示，坐在了第一节车厢里。指挥部认为，罪犯如果在列车上，就会在各车厢转着找人。

指挥部的战术使刑警们盯上了一个男人。那个男人的年龄在三十五岁到四十五岁之间，身高一米七五到一米七八，目光敏锐，身材魁梧，让人感到有威胁感。在列车上负责警戒的刑警向指挥部汇报说，那个男人拿着一把黑雨伞和一份报纸，好像在找人似的从最后一节车厢移动到最前面的一节车厢。

这个男人后来被称为"狐目男"。男人时而把戴在左手腕上的手表摘下来戴在右手腕上，时而把装在裤兜里的一千日元钞票拿出来装进衬衣兜里，行为举止非常可疑。列车里还有一个一直在摆弄无线通信器材的人，有可能是在向同伴发信号。

发车还不到十分钟，拿着五千万日元的刑警就看到了车窗外有人晃动白旗，但是装作没看见，没有把装着钱的挎包扔下车去。顺便说一句，模仿电影《天堂与地狱》，从为了换气只能打开七厘米的火车的窗户把钱扔下去的把戏，在现实中也确实发生过好几起，但一次都没有成功过。

坐在第二节车厢里的狐目男，一直盯着坐在第一节车厢里背着挎包的刑警。晚上9点之前，列车到达京都站。背着挎包的刑警出站之后买了一张回高槻的车票，再次进站，坐上了回高槻的火车。狐目男紧随其后，甚至在刑警上厕所的时候都跟着。

不管怎么想，这个狐目男都是犯罪团伙的成员。现场特别行动队的刑警们两次向指挥部请示，要不要对狐目男进行查问。但是，自从6月2日在"凯旋门"烤肉店让罪犯逃走之后，指挥权就被警察厅掌握了，警察厅坚持"一网打尽"的方针，不让现场特别行动队的刑警们采取行动。背着挎包的刑警在高槻站下车以后，狐目男仍然跟在其身后。但是狐目男没有跟着刑警出站，而是转身上了回京都的列车。在京都站，狐目男一会儿突然往回走，一会儿四处观察是否被跟踪，从出站口出去以后就消失在人群里了。

"当时应该对这个狐目男进行查问，您说是吧？"

听阿久津这么问，水岛一边喝啤酒一边"嗯、嗯"地点了两次头。

"进行中的事件，应该交给现场的刑警来判断。指挥部看不到现场的情况，不可能体察到可疑者的行动有多么异样。"

"跟踪不是那么简单的事。"

"那当然。在火车上不能只是一个刑警跟踪，替换着跟踪吧，人手又有限，加上被跟踪的人警惕性又很高，很难保证不跟丢。"

警方又是还差一步没把犯罪嫌疑人抓住。在电车里看到过狐目男的刑警之一，曾站在抓着吊环站着的狐目男身边。通过目测以及减去鞋底厚度等计算，确定了狐目男的身高，肖像画也经过所有见过他的刑警点头。警方决定用狐狸的英语FOX的字头F作为代号，展开追捕F的行动。

那以后犯罪团伙又给又市食品公司发出恐吓信，要求送钱。装扮成公司职员的刑警开车去送钱，罪犯没有露面。但是，罪犯指挥送钱的车向跟事先准备的地图相反的方向行驶，可见罪犯警惕性很高。7月9日，犯罪团伙留下一句"我们要去欧洲了，明年再联系你们"，结束了对又市食品公司的威胁。

阿久津的视线离开资料，转向办公桌后面的小窗户。被水岛叫过来的时候是傍晚，现在已经完全是黑天了。还有一个星期就要进入10月了，这个时期是电视台节目换档的时期，作为文化部的记者，阿久津手上堆着很多非写不可的稿件。银万事件的采访计划必须尽快找到头绪。时间过得很快，转眼就是年底。

最初还认为水岛那一大堆资料是一座宝藏，后来才发现里边有很多假证词，根本用不上。这回，阿久津把手伸向了因为字迹潦草难读难解而避开的一沓笔记本。封面上印着银河公司的名字，写着"昭和五十三年恐吓录音带"。翻开一看，就连编号都不统一。阿久津又拿起来一本封面上什么字都没写的笔记本。

这个笔记本里的字就像是蚯蚓爬的，痛苦地扭曲着，一看就心烦。阿久津坚持着看下去，看着看着发现笔记本中间夹着一张贴上去的纸条，直接翻到那一页一看，首先看到的是"搜查对象逃亡"几个大字，一张打了很多×的住宅地图贴在那一页上。

"搜查对象？发现过可疑的人吗？"

正要吃最后一个章鱼烧的水岛扭过脸来看了一眼阿久津手上的笔记本。

"哦？那个……对了！那件事也很遗憾。纸条上写着'山根'两个字吧？山根是一个人的姓，他也许监听到了犯罪团伙的无线通话。"

当时，犯罪团伙经常使用无线通信器材取得联系。第四家受到恐吓的是希望食品公司。这起事件以滋贺县为舞台，当时滋贺县警察就监听到了犯罪集团的无线联系。在银万事件中，有几个精通无线电通信器材的人监听到了犯罪团伙的无线通话，这是有定论的。

1984年12月，北海道一位业余无线电爱好者，就监听到了一个说普通话的男人和一个说关西方言的男人之间的无线通话。他们谈到了第五家受害企业鸠屋食品公司。"鸠屋也不会给钱"等内容，引起了警方设置的银万事件搜查本部的注意。

"您指的是北海道那位业余无线电爱好者吗？"

水岛摇摇头："不是的不是的。我找到的是名古屋的一位跑长途的大卡车司机，姓山根。当年我四处打听的时候，有人告诉我，那个姓山根的人把犯罪团伙的无线通话录下来了。听说那是连警察都没监听到的，希望食品公司被恐吓敲诈之前的无线通话。"

"这是一条很重要的线索嘛。咱们报社当时也报道说，跑长途的卡车司机中有很多业余无线电爱好者。"阿久津虽然不太相信水岛的话，但还是给他捧了捧场。

"没错！我找到那个姓山根的大卡车司机可是花了不少时间。我是在名古屋市内找到他的。我说要采访他，他很痛快地就答应了。我心想这次可找到好素材了，准能写一篇引起轰动的报道，高兴得不得了。不过，他说在接受采访之前要先去一个地方，让我在原地等一下。我想得先给报社打个电话，让他们把版面给我留出来，就跑着进了一个电话亭。"

"这么说，他没在你的视野之内？"

"就算没在我的视野之内，也就是三十秒左右的时间。离我很近的地方就有一个电话亭，我很快就打完了电话。那是安静的住宅区，路上几乎没有行人。我放下电话就朝山根拐弯的方向追了过去……"

"没追上吧？"

"可不是嘛！于是我就从第一家开始挨家挨户地按门铃。"

笔记本里贴着的那张打着很多×的地图，大概就是当年水岛挨家挨户按门铃做的记号吧。复印了地图，应该是想以后再去。水岛懊悔的心情阿久津很能理解，但他紧接着发现了一件非常重大的事情。

"水岛先生，从地图上来看，山根拐过去以后是个死胡同。电话亭是在这里吧？如果是那样的话，山根不回到跟您见面的地方来，就哪里也去不了吧。"

"是啊，所以我觉得非常不可思议。"

"这真是个死胡同吗？"

"确实是个死胡同。我确认过好几次呢。"

的确如水岛所说，胡同走到头是一家运输公司的围墙，走不通的。

"围墙高吗？翻过围墙溜走了吧？"

"不可能不可能！那围墙比这个办公室的天花板还要高得多，要是那么容易就能翻过去，小偷不就随便进了吗？"

"那，山根到底跑到哪里去了呢？"

"我要是知道他跑到哪里去了，早就找到他了。"

"那倒也是。"

阿久津讨好地笑着，随声附和着，但在心里已经找到了答案。

山根跑进了死胡同，没有回到原来的地方。那样的话可能性只有一个：水岛打了×的这些人家之中，有一家说了谎。

2

沉淀于耳朵深处的车轮行驶在铁轨上的声音，叫阿久津感到心烦意乱。

眼前突然漆黑一片，随着"轰"的一声，列车摇晃起来。新干线列车钻进隧道里，车窗外宁静的风景被遮住了。坐在不对号入座的车厢里，阿久津扫兴地把视线落在了拿在手上的一叠A4纸上。买不对号入座的车票，一是因为去英国和东京采访都没有收获，鸟居一直骂他是"经费窃贼"；二是为了应付一下前些日子埋怨他不应该买预付费式手机的会计科的冈田。冈田那家伙肯定会说"又不是周末，不对号入座的车厢也能找到座位"之类的话。

阿久津拿在手上的，是犯罪团伙寄给受害企业的恐吓信，和寄给媒体与警察当局的挑战书的复印件，共一百五十二封。看着手上这一沓材料，阿久津想起了水岛在把资料交给他时说的话："这可是从三船先生那里拿到的，你要重视啊。"

犯罪团伙能够在整个事件中掌握主动权，是因为"黑魔天狗"分别寄出恐吓信和挑战书的时机把握得非常好。在挑战书中用"兵库犬"等语句揶揄警察，还利用复制的纸牌游戏电视广告，并巧妙地用关西方言引人发笑，以淡薄人们对其凶恶性的认识。这个与当时大量报道的警察的丑闻也不无关系。嘲笑警察成为反特权的象征，特别是关西地区，对强权和守规的嘲讽很受一般民众欢迎。

如果说挑战书表现的是犯罪团伙光亮的一面，恐吓信表现的则是犯罪团伙阴暗的一面。犯罪团伙在给媒体和警方寄送挑战书的同时，毫不留情地给企业寄送恐吓信。犯罪团伙知道，不管什么企业，对有损于企业形象的信息都想掩盖，不想让公众知道自己正在受到"黑魔天狗"的威胁，于是他们就故意使用极其恶毒的语言写恐吓信。当然，媒体得到那些恐吓信的复印件，是犯罪团伙宣布结束事件之后的事。

水岛分析道："犯罪团伙每次都要在挑战书中写上警方在破案过程中的失误，给人一种警察靠不住的印象，离间警察和一般民众的关系，使一般民众跟犯罪团伙产生同感。警察厅亲自出马，是不允许有任何失误的。一旦失误，就会遭到一般民众的冷眼。'黑魔天狗'真的是一群可恶的畜生！"

水岛到底是亲历过银万事件的记者，分析得很准确。

不知什么时候，新干线列车已经穿过了隧道。阿久津的视线落在了万堂糕点公司关西地区销售中心收到的第一封恐吓信上。

"我们要活抓你们的会长、社长，把他们扔进装满了盐酸的浴缸里活活烧死。"

这才是"黑魔天狗"的本性。在那活泼开朗的挑战书背后，他们一直在用这种残暴的语言威胁企业。

犯罪团伙在发表了放过又市食品公司的宣言之后,把魔掌伸向了第三个目标——万堂糕点公司。在1984年9月12日的恐吓信中,为了证明他们不是模仿犯,就像亮明身份似的,特意附上了银河公司菊池社长的录音以及混入了氰化钠的万堂公司生产的奶糖。他们要求万堂公司支付一亿日元,如果同意支付的话,就在报纸上以广告形式登出。

9月18日,按照"黑魔天狗"发出的指令,装扮成送钱的万堂公司职员的刑警在大阪府守口市待机时,犯罪团伙给万堂糕点关西地区销售中心打电话,使用的是一个男童的录音。录音说的是下一个指令放在守口市市民会馆附近的过街天桥下面。送钱的刑警赶到那里拿到指令之后,按照指令走到距离那里七百米处的一家理发店对面,往一个塑料容器里一看,里面有一张纸,纸上写着"把装着钱的包放在这里以后回去"的指令。送钱的刑警执行了那个指令,但罪犯并没有出现。

9月20日早晨,一份全国性大报刊登了一则独家新闻,题目是《犯罪团伙给万堂公司的恐吓信》。10月7日,犯罪团伙开始报复。他们给各大报社寄去一份挑战书,题为《致全国的母亲们》。

"食欲旺盛之秋,好想吃糖果。说到糖果,万堂的最好吃。我们要给万堂生产的糖果加点特别的味道,那就是氰化钠,口味有点重。"

当天上午11点45分,在距银河公司社长菊池政义的宅邸只有六十米的兵库县西宫市内的便利店里,发现一个水果糖罐的表面贴着一张纸,纸上写着"有毒危险,食之必死"。紧接着,在大阪、京都、兵库的超市和便利店中共有七个店铺都受到了类似的攻击。当真的在糖果里检查出氰化钠之后,消费者立刻陷入恐慌状态。在身边的超市和便利店里有可以置人于死地的毒药,自己的孩子也许会吃下去——多么恐怖!

从第二天起,被害范围扩大到名古屋、东京。到10月22日为止,一共有十五个店铺,加上NHK大阪广播电台,总共十六处,发现了混入了毒药的糖果和氰化钠锭剂。银万事件至此发展为空前规模的杀人未遂事件。

阿久津认为银万事件有三个高潮，第二个高潮就是犯罪团伙在全国范围内散布混入了氰化钠的糖果点心。从这时候起，事件就不再只是几个大企业的事情了。

在这一系列的杀人未遂事件中，警方抓住了一条线索。第一个发现了混入氰化钠的糖果的，是西宫市内的一个便利店。这个便利店的监控录像，捕捉到一个可疑的男人的身影。这个可疑的男人戴着棒球帽、金属框眼镜，米色（或许是灰色）的西装上衣，喇叭裤，身高一米七左右，微胖，头发较长，还烫了发。被监控录像拍下来的这个男人，心神不定地在店里走来走去之后，走到糖果货架边，上身呈反弓形，把手伸向放着罐装水果糖的货架。

警方于10月15日公开了这段录像以后，就连街头的电视也播放了。这是一般民众第一次看到犯罪嫌疑人，当时还没有公开狐目男的肖像画。

由于产品全部下架，工厂停产，临时工全部被解雇，股价大跌，万堂糕点公司眼看着就衰落下去了。

10月底，犯罪团伙送出"知道我们的厉害了吧？"的恐吓信，要求全国的报纸以广告形式刊登，后来又提出两次同样的要求。12月以后就没有动静了。

"简直是一塌糊涂……"

阿久津下意识地说出了声，结果被坐在他旁边的一个男人瞪了一眼，赶紧低下头去。

第二年，也就是1985年，经过了其间间歇性的骚扰事件之后，犯罪团伙于2月27日通过寄给媒体的信，发出了"赦免万堂"的终结宣言。

卑劣的罪犯的"赦免"，对于企业来说是比什么都好的消息。总公司的高管们甚至欢呼起来。有着悠久历史的大企业，竟然被一群流氓无赖玩得团团转，到哪里说理去？又能跟谁诉说这一百六十九天的苦涩呢？不过，现实是万堂糕点借此机会起死回生了。当时有一种说法，如果终结宣言再晚五十天，万堂就破产了。

犯罪团伙散布混入了氰化钠的糖果以后，行动就显得迟缓了。但是，事件又进入下一个阶段，犯罪团伙把刀锋转向了希望食品公司。特别是1984年11月14日，为了夺取一亿日元赌一把的"黑魔天狗"与关西地区和东海地区的二府四县的警察展开的搏斗，堪称银万事件的天王山之战[1]，在昭和犯罪史上留下了惊心动魄的一页。

新干线快要到站的铃声响了，阿久津看了看前面车门上方的电子显示板。电子显示板上显示的文字是"下一站名古屋"。他把那一沓A4纸的资料装进采访包里，将放倒的靠背恢复到原来的位置。

他知道这次采访的成功率很低。三十多年前发生的大事件，该调查的都调查了，该报道的都报道了。如果把报道过的东西重新写一遍，在鸟居那里肯定是通不过的。只有"发现新事实"，才是通知你隧道就要过完的光亮。关于海尼根绑架案和股价操控手，都没有看到那道光亮。如果能把犯罪团伙用无线电联系的录音搞到手，情况就会发生逆转，重新报道这个事件的稿子就能有一个大架子了。

一方面是已经骑虎难下，另一方面阿久津觉得自己就像是被陷阱里的诱饵吸引住了，欲罢而不能。这个颇有深意的悬案，越来越让他着迷。还有更重要的，他想找到一条大线索，让那个狂妄自大的鸟居看看，我们文化部的记者也不是吃素的。不就是跑一趟名古屋吗？比起伦敦来，就等于去邻居家串个门。

---

1 天王山之战，又称山崎合战。1582年，丰臣秀吉在天王山麓的山崎与明智光秀展开决战，结果丰臣秀吉取得胜利。此战奠定了丰臣秀吉后来统一日本的基础。

刚从新干线上下来，仿佛有人计算好了似的，兜里的手机就振动起来。是文化部文艺组主任富田打来的。

"喂！正忙着哪？对不起啊！"

听到富田这个乐天派的声音，阿久津先是松了一口气，然后就是一阵烦躁。

"阿久津，吃没吃砸大虾？"

"那是关于名古屋的都市传说之一，您知道？"

"知道。在名古屋，都管炸大虾叫砸大虾。"

"不管他炸大虾还是砸大虾，您给我打电话不是为了说这个吧？"

"当然不是。我要告诉你的是，女演员篠原美月，同意我们采访她了。"

"啊？真的吗？"

"三天以后，你最好马上就联系摄影记者。"

"篠原美月是哪个艺人事务所的来着？"

"不知道。反正不是美朝事务所的。"

"我正忙着呢，挂了啊。"

每年春天和秋天，电视台节目编排都会有所变化，这个时期采访到名演员的机会多一些。篠原美月今年10月就四十岁了，但还是美貌如初。她不到二十岁就走红，活跃在银屏上已经二十多年了。阿久津上中学的时候就是她的粉丝，她主演的电视剧他都看过，他一直跟富田说如果有机会采访她，一定派自己去。最近天天采访这个没有一点女色的银万事件，抑郁得要命。富田带来的这个好消息让他精神为之一振。

走出名古屋站，换乘名古屋地方铁路的特快列车向南行进，三十分钟以后就到了目的地。走出车站以后，站在跟车站连为一体的自行车存车处前，马上就看到了住宅区。

到了9月下旬，虽说凉快一点了，但中午的太阳跟夏天没有什么两样。阿久津脱掉西装上衣，挂在采访包上，抓着衬衣的胸襟呼扇着，扇出聊胜于无的微风。

从落下了卷帘门的香烟铺子和涂装工厂前走过，就看到了市营住宅楼。这边远离市中心，建筑物的密度比大阪小多了。木造住宅也比较少，水岛的地图里给他留下印象的建筑物几乎一个都看不到。

来到一个建筑师事务所前面的时候，阿久津把从水岛那里借来的笔记本打开，对着地图确认了一下。三十一年前，这里不是建筑师事务所，而是一个叫"太平庄"的公寓和一些自行车铺、杂货铺。水岛用过的公用电话亭好像就在杂货铺前面。从电话亭那个位置再往前三十米左右，可以看到一个丁字路口，这边的马路跟三十一年前还是一样的。

阿久津走到丁字路口往左拐，三十一年前那里是个死胡同，但拐过去以后一看，胡同那头运输公司的围墙不见了，变成了一个没有红绿灯的十字路口。阿久津来之前当然查过谷歌地图，可亲眼看到变化如此之大，还是非常吃惊：这简直就是另外一条街道。

"建这么多投币式停车场干什么？"阿久津一边小声嘟哝着一边往前走。

这条路只能勉强通过相向而行的两辆小轿车，路两旁都是民房和公寓。从丁字路口到以前的运输公司还不到五十米，阿久津拿着夹在笔记本里的老地图，一家挨着一家地确认。

结果，民房的数量和形状都发生了很大变化，除公寓以外的十四家民房之中，门前牌子上的姓氏只有三户跟三十一年前一样。其中一家是一个小电器商店，玻璃上的艺人广告都被太阳晒成蓝色的了。过的是什么日子呀——阿久津多余地担心起别人的生活来。他走进那个小电器商店，向柜台里面的一位七十多岁的老人打听了一阵子，毫无收获。

他从店里走出来以后，心想只有夹着道路的南北各一家了，继续打听吧。他先走到路南边那一家，按了一下对讲式门铃。里边的女人通过对讲机告诉他"我们是两年以前才搬来的"。还用往下问吗？

十四家中有十二家都换了主人。买一所房子不是要住一辈子吗？租房子住的阿久津气呼呼地说了一句"既然如此，为什么还要贷款三十五年买房子呢"，然后向路北边那一家走去。

这一家姓木村，这是最后的希望了。黄土色的围墙已经有了很多裂缝，院子里的树却修剪得整整齐齐。院门还是从前那种低矮的铁栅栏门，有对讲门铃，但没有摄像头，里边的人不能通过监视器看到外面的人。看来这所房子没有改建过。阿久津登上铺着瓷砖的台阶，按下对讲门铃，马上就有一个沉稳的女人的声音答应了他。

"百忙之中打扰您了，我是《大日新闻》的……"

阿久津说明来意之后，女人说了声"请等一下"，马上就从房门里边出来了。女人看上去年龄比阿久津大一些，给人的印象是一个性格开朗的人，身穿一件连帽衫、一条牛仔裤，打扮很随意。女人小跑着穿过从房门到院门只有三四米的瓷砖铺就的小路，来到阿久津面前。

"突然上门打搅，真的很对不起。"

阿久津向女人鞠了一个躬，递上自己的名片。女人看了看名片，感慨地说了句"从大阪来的呀"。

"不知道能不能帮上您。以前的事情还是得问老人。"女人又说。

"老人一直住在这里吗？"

"是的。我公公一直住在这里，这所房子是四十多年前盖的。"

阿久津觉得很有希望，立刻笑容满面。女人也微笑着说："请您稍等一下。"说完就回房子里去了。瓷砖铺就的小路左侧的院子是一个种着黄瓜的小菜园，还有几个花盆、晾衣杆和一条涂了鲜亮的清漆的长椅。

院子真够宽敞的。阿久津想起去年夏天在自家的院子里放烟花的情景。那时候，小外甥高兴得又蹦又跳。对了，好长时间没去看小外甥了。

"记者先生，请进来吧！"

不知什么时候房门已经打开，女人笑着向阿久津招手呢。阿久津心头忽然冒出一种预感，采访一直不顺利的形势可能要发生逆转！他快步走过去，走进散发着线香香味的门厅。

阿久津脱掉皮鞋，在女人的引领之下走进了一个开着推拉门的八叠大小的日式榻榻米房间。房间中央是一张涂漆矮桌。女人让阿久津坐在厚实的坐垫上，说了声"我去给您沏茶"，转身走了出去。

矮桌上的梅花图案，艳丽高雅，房间一角是佛坛，擦得非常干净。刚才那个女人一定是一位勤劳的家庭主妇。

"对不起，让您久等了。"侧面另一扇推拉门被拉开，一个穿着工作服的老人走了进来。他慢慢走到矮桌旁边，把裤子向上提了提，坐在了阿久津对面。

"突然打搅，实在对不起。"

这种四处打听似的采访，见人就得鞠躬。老人看了有礼貌的阿久津一眼，只说了一句"我是木村由纪夫"。头部两侧和后部残留的头发全都白了，脸上的皱纹让老人显得很严肃。

等女人把茶端上来以后，阿久津马上进入了正题。

"您还记得发生在昭和五十九年的银万事件吗？"

"记得记得，那个往糖果里放毒的事件吧？"

"对。现在，我正在采访那个事件……"

如果解释自己想找到那个叫山根的家伙监听到的犯罪团伙无线通信录音的话，太过复杂，阿久津就把水岛那个笔记本的地图翻出来，说了说水岛当时正要采访山根，山根却溜走了的情况。

"是的是的，当年，森冈的小店前面确实有个电话亭。"

森冈的小店当年是个杂货店。木村还告诉阿久津，造成了死胡同的运输公司是二十年前拆迁的。老人的动作虽然不那么利索了，但记忆力还是相当好。

"那个姓山根的男人，肯定是拐进了这个胡同。运输公司的围墙很高，他不可能跳过去，肯定是藏进了哪家的房子里。"

阿久津说到这里停下来，观察了一下木村的表情，但什么也没看出来。

"冒昧地问一句，木村先生不认识姓山根的男人吧？"

"山根……"

木村拼命回忆似的闭上了眼睛，过了一会儿却摇了摇头。

"不认识。你听谁说我认识山根，就跑到我家里来问我了？"

"没有没有。什么线索都找不到，心想只能一家挨一家地打听。"

"是吗？很遗憾，我不认识山根。"

"当年报社记者找过您吗？"

"这个我倒是不记得。"

期望越高，失望也就越大。特意把记者让到家里来坐，只不过是热情好客而已。阿久津一边尽量使自己感情不外露，一边喝起已经晾凉了的茶来。

"您家院子里的黄瓜真好，一定很好吃。"

"啊，你说那黄瓜呀，比在超市买的好吃多了，个儿也大。"

女人又给阿久津倒了一杯茶，还拿来了点心。阿久津错过了离开的机会，只好陪木村老人闲聊。阿久津一边假装耐心地听这位当过中学老师的木村老人东拉西扯，一边在想怎么去会计科报销来名古屋的路费。

管他呢，吃了名古屋的"砸大虾"再回去！

3

大阪的高层建筑群依稀可见。

天空布满厚重的云层，叫人感到压抑，阿久津不由得想长叹一口气。这间会议室位于电视台大楼较高的楼层，天晴时可以看到远处的六甲山，今天是绝对看不到的。

"马上就要来了。"

节目宣传部留短发的男职员脸上露出灿烂的笑容。阿久津想起就是跟这个男职员一起看新电视剧的DVD的时候，富田来电话让他去见鸟居的。从那个炎热的夏日开始，阿久津的生活就全乱套了。

"好激动啊！"跪在摄影包前面换单反镜头的摄影部记者对阿久津说。这个摄影部记者比阿久津早两年进报社，年龄比阿久津大五岁。曾在陆上自卫队干过，改行干起了摄影记者，性格就像快刀劈竹子，又爽快又干脆。

"对了，您是所谓美月时代的人吧？"

"在自卫队的时候，美月的笑脸给了我多大的鼓励啊。那天真无邪的笑脸，简直太迷人了！那时候我总想，怎么才能找到那样的老婆呢？我是到处挖掘呀！"

"您的梦想实现了吗？"

"你还没见过我老婆吗？整个一个巴哥犬。"

"您说她是巴哥犬，她就是巴哥犬了吗？"

他们一边用玩笑话掩饰着紧张感，一边等待崇拜已久的女演员的到来。对了，水岛额头上的皱纹就跟巴哥犬一样——阿久津突然意识到现在不该想这些毫无意义的事情，赶紧拿出采访本，把事先准备的问题重新看了一遍。为了写稿子的需要准备了二十五个问题，为了制造气氛准备了七个问题。采访只有三十分钟的时间，准备的这些问题恐怕连一半都问不完，于是阿久津赶紧在心里按主次排了一下顺序。

"打扰了！"

一个戴黑框眼镜的中年男人走了进来，是篠原美月的经纪人。

阿久津赶紧站起来，和摄影记者一起迎了上去。

"谢谢您！我来介绍一下，这位是《大日新闻》的记者阿久津先生。"电视台节目宣传部的男职员站在中间介绍道。

阿久津和摄影记者刚跟那个戴黑框眼镜的经纪人交换完名片，篠原美月就和另外两位女子一起进来了。

"请多关照！"篠原美月莞尔一笑。

娇小的脸盘，窈窕的身材，惊得阿久津屏住了呼吸。来文化部五年多，见过的美女演员并不少，篠原美月的美丽是超群的。

"我是《大日新闻》的阿久津。"

站着说话的时候，篠原美月微笑着，眼睛是向上看的。在电视上觉得她的眼睛不是很大，但看到本人的时候觉得她的眼睛很大。她身上散发出来的香气，让阿久津感到全身无力。水蓝色无袖连衣裙跟她那明朗的表情很相称。身旁的摄影记者只说了一下自己的名字就磕磕巴巴，逗得大家都笑了。气氛很融洽。

篠原美月主演的电视剧的情节是这样的：医疗系一位医术高超的外科女医生，本来事业一帆风顺，但结婚生子以后，在医院里地位下降，陷于能否做到工作与家庭两不误的烦恼。就在这时，女医生发现自己的孩子出了大问题……

在阿久津看来，这部电视剧过于贪心，企图涵盖如何平衡工作与生活以及性别角色两大主题，拍成一部社会问题剧。但是，看了电视台提供的两集录像之后，阿久津认为编剧与导演缺乏对医疗系统现状的了解，演员阵容也不给力，让人觉得乏味。尽管篠原美月演得非常投入，但她那苦恼的表情并没有什么感染力。

关于篠原美月对医生的印象是否有改变、她如何演好这个角色等，通过拍摄秘闻等渠道已经都有所了解。今天的采访进展虽然很顺利，不过没有阿久津预想的那么有趣。

采访过程中，阿久津发现篠原美月说话的时候明显是在瞎对付。笑得很甜，但一直是问一句说一句，除了表情明朗、脸蛋美丽，没有任何独特之处。当然，这也是采访女演员遇到的最正常的情况，迄今为止也没有什么不满。但是，今天篠原美月说的每一句话都让阿久津感到失落。

"我有很多您的歌曲CD。以前，您既是歌手又是演员，两者兼顾一定很难吧？现在主要从事演艺事业，您觉得跟以前相比有没有意识上的变化？"

"这个嘛……歌手也好演员也好，也就是一种头衔吧。我对头衔不感兴趣，头衔没什么意义，拼命做好眼前的工作就是了。"

"您在做女演员这个工作的时候，有没有一个原则？比如说只有这样做才可以，或者说绝对不能这样做。您能把您想法的核心告诉广大读者吗？"

"这个问题很难回答。不过，怎么说呢？对于我来说都是听其自然。我不喜欢装样子，不行就是不行。我是什么样就是什么样，从来不装，永远是真实的自己。"

阿久津随声附和了一句"原来如此"，心里却有疑问：听其自然做工作，会把工作做成什么样子呢？敢说"不行就是不行"的人在这个世界上有几个呢？这种肤浅的对话阿久津不想继续下去。

不到三十分钟，事先准备的二十五个问题就问完了。特意准备的七个问题当场决定废弃。采访结束了，接下来要以厚厚的云层为背景拍照片。

"对不起，耽误您一会儿行吗？"

戴黑框眼镜的经纪人对阿久津说，刚才篠原美月说的"头衔没什么意义"那部分，写成记事的时候请表现得柔软一些。

"篠原本人没有冷淡别人的意思，最好不要给读者留下这种印象。她就是这样一个性格开朗、心直口快的人。"

"知道了。我就写成头衔并不重要，重要的是拼命做好眼前的工作。"

"真不愧是《大日新闻》的记者。我的话多余了，请您多包涵。"

用不着摄影记者说话，篠原美月就摆出各种各样的姿势，做出各种各样的表情。阿久津心想：那也是一种才能啊，如果是录像采访，篠原美月回答得可能要好一些。不过那也是白费——想到这里，阿久津把采访本卷成筒状，敲了自己的大腿一下。

采访结束，阿久津跟摄影记者一起离开电视台大楼，在大厅里遇到一个他认识的体育报的记者。

"阿久津！好久不见了！今天采访谁呀？"

"篠原美月，秋天要播出的电视连续剧的主角。"

"噢，听说她结婚了，刚才没谈到这个话题吗？"

"啊？是吗？"

"不过嘛，也不好问。这消息也不准确。回头见！"

阿久津想：刚才采访的时候要是提到结婚这个话题会怎么样呢？阿久津眼前浮现出周围的几个人惊愕的表情。但是，他并不觉得很有意思。不知为什么，今天情绪不高。

下午4点多，阿久津在电视台大楼前面跟摄影记者分手以后，忽然想去看看好久没见的小外甥了，他拿出手机，拨了姐姐的电话号码。

阿久津刚把滚到脚边的蓝色皮球捡起来，小外甥就吧嗒吧嗒地跑了过来。

"给我！给我！"

外甥豪君仰着小圆脸看着阿久津伸出手来。阿久津盘腿坐在地板上，让豪君坐在自己的大腿上，把皮球塞给他。豪君高兴地笑着，脸上出现两个酒窝。阿久津也笑了。

"又重了不少啊！"

阿久津抚摸了一下豪君的头发，豪君大声叫着，往厨房那边跑去。阿久津买来的图画书他看都不看，不免叫人感到伤心。不过能看到豪君那欢蹦乱跳的样子，心里就痛快多了。

"我回来啦！"

提着一大包东西的姐姐从超市回来了。

"今天吃咖喱饭。"

"噢！太棒了！"

阿久津特别喜欢吃姐姐做的日式咖喱饭。姐姐回家后连口气都没喘就进了厨房。

"给姐姐添麻烦了。"

"看你说的！老公出差了，你来得正好，我一个人带着豪君也累了。"

"还不能送幼儿园吗？"

"才两岁，幼儿园不收。"

又是干家务，又是带孩子，姐姐一定很累。神户的父母家要是在城里，姐姐也许会经常带着孩子回娘家。可是父母家在乡下，交通不便，带着孩子回去很辛苦。姐夫的老家在和歌山，也挺远。结果，爷爷奶奶来看孙子、外公外婆来看外孙就成了常态，也熬过来了。

阿久津从来没跟比自己大三岁的姐姐吵过架。性格温和的姐姐没有所谓的叛逆期，外国语大学毕业以后，因为德语说得好，主要工作是协助国际会议的运营，当德语翻译。连阿久津这个弟弟都没想到姐姐这么能干。

姐姐用高压锅做的咖喱饭和泡菜、沙拉摆上饭桌以后，阿久津把豪君抱到小连桌椅上，又给他戴上塑料围嘴。豪君咚咚咚地敲着小桌子，嚷嚷着要吃咖喱饭。

"这孩子，可真精神啊。"

"可皮实了，摔多少跤都不带哭一声的。"

三人一起合掌，说了声"吃饭啦"，就各自吃了起来。咖喱饭浓香可口，阿久津不由得嗯嗯起来。

"真的不喝啤酒吗？"姐姐问道。

"过会儿还要去报社，还有工作。"

"最近够忙的呀。"

"我在电话里不是跟你说了吗？我现在兼着社会部年末特辑的采访工作呢。"

"你就是为这个去了一趟英国吧？"

"是的。在英国，时间来不及了坐出租车，结果司机走错了路。"

阿久津跟姐姐说起跑了一趟谢菲尔德，什么也没采访到，还有甜得无法下咽的泰国炒米粉，逗得姐姐哈哈大笑。看到妈妈笑，豪君也欢快地大叫。

"姐姐，你不想再去工作了吗？"

姐姐见阿久津把一盘咖喱饭都吃光了，拿起他的盘子去厨房又给他盛了一大盘，咖喱把米饭都盖住了。

"外语老不用就不会说了，放弃了很可惜。可是，没有自己的时间啊。豪君上了幼儿园可能会好一些。"

"可是，幼儿园放学很早啊。"

"是啊，大概是下午2点放学。收拾完家里这一大摊子事，一眨眼就是下午2点。幼儿园的暑假也很长。"

已经习惯了单身生活的阿久津，不管多忙也希望有自己的时间。没有自己时间的生活他是无法接受的。

"带孩子真辛苦啊。"

姐姐一边给满脸都是咖喱的豪君擦拭，一边笑着说："每天都是这一套。叫人生气的事多了去了。可是呢，昨天还不会的，今天突然就会了，真是叫你又惊又喜。有时候对你那个亲啊，感动死你。"

"谁都不记得这么小的时候的事，真是太残酷了。要是都记得，我想所有的人都会孝敬父母的。"

"那倒是。不过，大脑发育时期才会做那么有趣的事。长成了大人，谁也不会有孩子那样天真的笑脸，也不能像孩子那样痛痛快快地哇哇大哭了。"

刚才还在老老实实地吃咖喱饭的豪君，突然开始用勺子敲打起塑料盘子来。姐姐把豪君的勺子夺过来，豪君向妈妈伸出小手，大叫着"给我，给我"，怪声怪气地大哭。

"我可带不了孩子。"

"不要紧，能习惯的。"

豪君不停地哭，姐姐只好用小毛巾把儿子的小手擦干净，然后把儿子抱了起来。但豪君还是趴在妈妈怀里大哭，弄得妈妈的衬衣上都是鼻涕眼泪。

姐姐一边哄儿子一边对阿久津说："虽然我也想有自己的时间，但我还是无法想象没有这孩子的生活。"

吃完饭，豪君开始在客厅里看动画片《面包超人》的DVD。只有这时候孩子才能安静下来。阿久津和姐姐在餐桌边喝红茶，那是阿久津带给姐姐的英国特产。

"这么说，你一直到年底都会很忙喽。"

"不仅仅是英国，东京和名古屋也都白跑了。如果什么线索都找不到，得被鸟居主任骂一辈子。鸟居主任太可怕。"

"我记得正是因为发生了银万事件，糖果的包装才在纸盒里又加了一层塑料袋或锡纸袋，只能打开一次。"

"事件发生以前不是这样的吗？"

"那以前糖果都是直接装在纸盒里的。"

"罪犯还真敢往糖果里放毒。我的记忆中只有那个令人毛骨悚然的狐目男。也许是因为最近一直在采访这个事件吧，我也想见见制造这个事件的罪犯了，见一眼也好。"

"罪犯确实叫人痛恨，但我更关心的是那几个孩子的录音，那么小就被罪犯利用，真可怜。直到现在我还清楚地记得他们的声音。"

"是的，那也很恐怖。"

"我已经是做母亲的人了，可以体会到做父母的人的心情，精神正常的父母绝对不会让自己的孩子卷入任何事件。"

"就是的。我和姐姐那个时候还都是孩子。事件发生在关西地区，说不定我们曾经跟他们擦肩而过呢。"

"真的嘞。不知道他们是否意识到自己帮了罪犯的忙。"

阿久津把视线转向豪君，看着聚精会神地看DVD的小外甥。事件过去了三十多年，阿久津依然能感到罪犯的冷酷。在他的意识深处，被犯罪团伙利用了录音的孩子们的存在感，也越来越强了。

也许当年被录音的孩子们就在这个国家的某个地方过着平凡的日

子，但是，背负着银万事件这个沉重的十字架，能安心地生活吗？

在姐姐家，阿久津意外地感觉到自己离银万事件更近了。

当时他们还是小孩子，现在应该还活着。

4

密室一般的会议室里，人挤得满满的。人体发出的热气使室温增高，人们却感到阴冷的空气在流淌。

会议室中央，几张白色的长方形桌子拼成一个大的长方形，坐在周围的是《大日新闻》社会部事件报道组主任鸟居以及常驻大阪府警察本部的记者组组长、驻大阪府警察本部搜查第一课的记者、社会部的待命记者、经济部的记者等共十二人，阿久津和神户总分社、京都总分社的记者们坐在门口附近。这个会议室不大，没有窗户，空调也没开，将近二十个人挤在里边，空气混浊自不必说，更可怕的是这里边还有一个让人产生精神压力的根源。这个人就是坐在上座的鸟居。

"今天为什么把各位召集在一起，相信各位心里都有数。是年末特辑的誓师大会吗？不对吧？誓师大会一个半月以前就开过了嘛！"

鸟居用睥睨的目光扫射着每一个人。哪怕是身经百战的常驻大阪府警察本部的记者组组长，在这里也会变成一个中学生。谁也不敢开口说话，只能偶尔听到一两声尴尬的干咳。社会部的这个小会议室变成了审讯室。

鸟居要搞一个题为《住在深渊里的人（暂定）》的年末特辑。这个特辑要追踪跨越了昭和与平成两个时代却始终未破案的大事件——银河万堂事件。现在正在召开的是关于这个特辑的临时会议。今天早上，鸟居给参与这个特辑的记者们群发了一个短信，叫大家晚上8点回报社开会。8月刚过完盂兰盆节就开始准备，现在在马上要进入10月了，各路记者恐怕都还没有成果吧。鸟居的第一句话就是："谁要是不想干这个特辑了，举手！"吓得所有与会者胆战心惊。

采访组的记者们一个挨一个地汇报了自己的采访经过，没有一点新线索。当年的刑警大部分已退休，虽然说话不受什么限制了，但记忆都很模糊，加上当时是秘密侦破，每位刑警提供的信息都是片段式的。有的通过《大日新闻》的老记者跟企业取得了联系，可是一接触呢，所有的企业都不愿意开口说话，有的人直到现在也不相信新闻媒体。

"喂！阿久津！你小子比谁花的路费都多，总有点收获吧？"

"……是……我……"

"你那么喜欢旅行，我看你还是去当导游吧！"

阿久津在心里恨恨地想，怎么就没人教教鸟居这家伙什么叫职权骚扰呢？但他也只是想想而已，连抬头看鸟居一眼的勇气都没有，低着头熬时间。

"好了！今天就算是真正的誓师大会！还有不到三个月的时间，到时候哭也好笑也好，无论如何都要给我搞一个独家新闻出来！散会！"

一听鸟居说散会，记者们就像一群急着从就要沉没的轮船上逃离的老鼠似的，争先恐后地离开了会议室。阿久津害怕鸟居叫住他，溜得比谁都快。

走楼梯回到楼下的文化部，还不能回家。今天晚上得把采访篠原美月的稿子写好。

阿久津在自动售货机买了一杯拿铁咖啡，端着回自己的办公桌。虽然文化部跟社会部在同一座大楼里，但流淌着的空气差别太大了，就像大阪跟六百多公里以外的久屋岛一样。

"哟！事件记者回来啦？"

主任富田并无恶意的嘲笑，引来其他记者同情的目光。

"富田先生！您知道银万事件的罪犯是谁吗？"

"是谁呢？反正不是我。"富田用手轻轻敲打了一下自己的脖子。

阿久津无可奈何地坐在了自己的椅子上，打开笔记本电脑，先查了一下报社内网的邮件。有一份希望调动工作部门的调查表，但是填写调查表不能只填想去的部门，还要写理由和今后的工作计划。刚被鸟居骂了一顿，实在没心思填写这个调查表，就把邮箱界面关了。界面关掉之后，阿久津忽然惊愕地意识到自己从来没有特别想去的部门，也没有工作计划。脑子里只有一个通过排除法剩下的文化部。回头看看在文化部当记者这五年，自己连一份计划书都没有主动写过。

"啊，对了，有你的包裹！"

富田滑动带轮子的椅子，从身后的书架上拿下来一个包裹。阿久津偶尔也收到关心他写的记事的读者寄来的信件或明信片，但从来没收到过包裹。

"银万事件的罪犯寄给你的吧？"富田开玩笑地说。

阿久津没理他，接过那个包裹回到了自己的座位上。

先看看是谁寄来的吧。

木村由纪夫——

是一个熟悉的名字，但一下子想不起是谁了。但他一看地址，是名古屋南区，马上就想起来了。这是他前几天去名古屋打听山根的去向，被让进一户人家之后见到的那位老人。阿久津一边想是不是自己有什么东西忘在他家了，一边撕开了封着小纸箱的胶带。

先拿出来的是用报纸包着的东西。打开一看，是几根黄瓜。

"哟！好水灵的黄瓜呀！肯定很好吃！"富田大惊小怪地叫道。

是在木村家的院子里见过的黄瓜，一共三根。当时自己没话找话，说了句"院子里的黄瓜真好"，老人就记住了。阿久津觉得有点难为情，但一想到老人特意给一个突然登门造访的记者寄黄瓜来，也很高兴。

"前几天去名古屋打听情况，打听到一位老大爷家里，这是老大爷在自家院子里种的黄瓜。采访没收获，却收获了几根黄瓜。"

"还是老人讲礼仪。给我一根。"

阿久津把拿在手上的那根向富田扔过去，富田非常利索地接住，端详着那根黄瓜说："回家做一个暴腌黄瓜。"

阿久津用报纸把黄瓜包好放在办公桌上，又从纸箱里拿出来一个白信封和一盘装在透明塑料CD盒里的CD。CD表面是白色的，什么字都没写。

信封里装的好像是信，有好几张信笺折叠在一起。打开一看，首先映入眼帘的是"阿久津英士先生"几个字。信是用钢笔写的，蓝墨水。字写得很漂亮，但由于写的是行草，不容易辨认。阿久津端着拿铁咖啡，慎重地读下去。

……阿久津先生提到的那个姓山根的男人，我认为很可能就是山根治郎……

看到这一句的时候，阿久津惊得呼吸都停止了。他放下拿铁咖啡，双手抓住了信笺。

这是一封道歉信。当时老人说过他当过中学老师，让阿久津没有想到的是，老人把他教过山根等事实全部写在了信中。

木村是山根上初中二年级和三年级时的班主任，当时的山根是一个品行不端的少年，木村为他可是操了不少心。毕业以后也关照过他。

——当时山根二十七岁，本来应该是一个懂事的大人了，但由于什么本事都没有，一直没找到正式的工作。不仅如此，还因为偷汽车被通缉。

当年警察向木村打听山根的下落，木村才知道山根正在被警察通缉。他正在担心的时候，山根跑到他家里来了。办事认真的木村认为首先应该做的是带山根去警察那里自首，于是便把找上门来的水岛打发走了。

——对水岛记者说了谎以后，三十年来我一直觉得很对不起他。水岛记者第二次来我家时，我不在家，没有见到他。本来早就应该联系他的，但一直下不了决心，乃至拖到今日。

阿久津离开木村家以后，木村联系上在名古屋市中区荣町经营酒吧的山根治郎，让他把当年监听到的犯罪团伙的无线通话的录音找出来。

——随信寄上CD一盘。这可能就是水岛记者所说的无线通话的录音。顺便说一句，山根后来改邪归正，结了婚，生了孩子，建立了幸福的家庭……

"什么？！"

阿久津腾地一下站起来，把CD拿在了手上。连见都没见过的山根改不改邪归正跟我没关系，他监听到的无线通话的内容才是最重要的，那可是犯罪团伙互相联络的记录啊！阿久津慌忙打开CD盒，把里边的CD拿出来，放入笔记本电脑的光驱，又把插在iPad上的耳机拔下来，插在了笔记本电脑上。CD自动播放起来。

"以下无线通话，是昭和五十九年十一月四日监听到的。"

首先听到的是令人厌恶的电脑合成的声音，然后就是一阵杂音，接下来就是两个人的无线通话。阿久津全神贯注地听了一阵，忽然想起来什么似的翻开了桌子上的笔记本，笔记本上按照时间的先后顺序排列着一系列事件。

监听录音长达二分五十秒。阿久津看着半空愣了一会儿，想起木村的信还没看完，慌忙抓起信笺继续看起来。

木村向阿久津提了一个要求：在写报道时不要公开山根的名字。然后写道："以下是山根写给您的信。"木村的信到此戛然而止。

翻到下一页信笺，明显变成了另一个人写得很难看的字：

阿久津英士先生：

我是在名古屋市中区荣町经营酒吧的山根治郎。昭和五十九年冬天，我从《大日新闻》一位记者眼皮底下逃走了。

我逃走的理由当然是逃避警察的追捕，除此之外还有一个理由。我是一个卑鄙的汽车盗贼，但很讲哥们儿义气，认为出卖了朋友就不配做男人。

我的那个朋友叫金田哲司，是个在日韩国人，以前帮我卖过一辆我偷的车。我不知道他具体多大岁数了，但我知道他比我年长许多。我偷来的车他顺利地帮我卖掉了。虽然我跟他只合作过一次，但我对他的印象很好。

毫无头绪地写了这么多，让您看糊涂了吧？现在我就来说说我无意中录下的这段无线通话。其中一个男人说的是关西方言，这个说关西方言的男人就是金田哲司。不但说话的声音像，就连说话的方式和笑的方式都是一样的。我喝醉了以后在酒吧里把这件事说了出来，不知怎么传到了《大日新闻》那位记者耳朵里。当时，我就是不想出卖金田哲司这个朋友，虽然我们只合作过一次。所以我就从那位记者身边逃走了。不过说真的，我也不知道那样做对不对。现在时效已经过了，金田也许早已不在人世了，我就跟您说实话吧。真不敢相信，三十多年过去了，同一个报社的记者又来找我问同一个问题。

关于金田，我只记得他个子很小，驼背，头发稀疏。还有就是他有一个情人，是大阪堺市一个叫"紫乃"的日式料理店的老板娘。金田帮我卖偷来的车的时候，带我去那个料理店喝过酒。那个老板娘很漂亮。

我不会写信，东一榔头西一棒子的，大概您很难看懂。虽说时效已过，现在再提供这些信息也许没什么用处，不过，如果能帮上记者先生的忙，我还是很高兴的。最后请您多多保重身体。

又及：请您代我向三十年前想采访我的那位记者先生转达我深深的歉意。

山根治郎

阿久津看完了信，不由得扑哧一声笑出声来。这真是踏破铁鞋无觅处，得来全不费工夫。自己磨穿了鞋底都得不到的重要信息，突然有这么一天，竟然用包裹寄过来了。关于事件的采访竟是如此变化无常。

阿久津有一种打开了电源开关的感觉。

他把CD、信还有专门为银万事件整理的采访本归拢在一起抱在怀里，对富田说了句"我到楼上去一下"就向楼梯跑去。以前一跨上楼梯就感到抑郁，今天则是两个台阶并作一个台阶往上飞奔。一跑进社会部所在的楼层，阿久津就大声喊道："鸟居先生！"社会部的记者们甚至其他部门的记者们都吃了一惊，一齐把目光转向阿久津。人们的目光里充满了疑惑：是谁在这么兴奋地叫那个遭人讨厌的事件报道组主任的名字呀？

阿久津跑到鸟居身边，喘了一口气以后，把CD拿起来说道：

"无线通话录音！"

"谁的？"

不只是刚才参加会议的记者，就连没有参加会议的记者也都围了过来。阿久津说："上次去名古屋的木村家采访，这是木村先生寄来的。"说完把信递给了鸟居。鸟居迅速地看起信来，看到山根的信时，渐渐皱起了眉头。

"听听这盘CD！"

鸟居把CD放进自己面前的台式电脑里，把音量开到最大。与此同时，记者们开始传阅木村和山根的信。

"以下无线通话，是昭和五十九年十一月四日监听到的。"

电脑合成的声音之后，经济部和体育部的记者们也围了过来。整个楼层都变得非常安静。"咂咂咂"的一阵杂音之后，无线通话开始了。

"听到我了吗？牛若丸，我是天丸！"

"听到了，信号很好。天丸，我是牛若丸！"

"关于复印的事，场所可以确定了吗？"

"复印是在京都吗？"

"对。在京都大学前面的复印店。"

"那个店让顾客自己复印吗？"

"是的。那个复印店的店员根本不想干活，一天到晚在那里拔鼻毛。"

"（笑声）那就交给我吧！"

接下来是一阵杂音。天丸说的是关西方言，牛若丸说的是普通话。根据山根的来信，天丸就是金田哲司。记者们叽叽喳喳地议论起来。

"希望食品公司的股票买入情况怎么样了？牛若丸，我是天丸。"

"事前的卖出要暂缓，跌到最低点就买入。只要干得漂亮，就一定能

大赚特赚。"

"知道了。资金没问题吗？"

"正在筹集。"

"由先生好像不高兴了。"

"你听谁说的？"

又是杂音。记者们听到希望食品这个公司的名字的时候，又是一阵骚乱。无线通话好像没有一点警戒心，这就是那个银万事件的罪犯吗？社会部的记者们非常兴奋。

"阪神不行了吧？"

"已经没戏了。明年就看牛若丸的了。"

"（笑声）明年能得第一吗？"

"能！日本第一！"

社会部的记者们都笑了。天丸所说的牛若丸，指的是1985年指挥阪神老虎队的教练吉田义男。吉田义男当棒球运动员时，被称为"当代牛若丸"。实际上他那一年取得了日本职业棒球联盟第一名。这个"预言"让记者们都笑了。

接下来牛若丸谈到他去动物园看了第一次来到日本的澳大利亚国宝考拉，谈到他跟卷入《周刊文春》连载的《疑惑的枪弹》事件中的三浦和义一起喝过酒，等等，天丸则给他帮腔。

"对了，咱们应该换个频率了。"

"为什么？"

"老用一个频率容易被人监听到。"

"知道了。那样就麻烦了。"

1　牛若丸是日本平安时代末期的武将源义经（1159—1189）的幼名。历史上的牛若丸战功彪炳，威名显赫，是日本人爱戴的传奇英雄。

"先说到这里吧，以后再聊。"

天丸担心被监听，无线通话录音到此结束了。

鸟居用鼠标点了一下停止键。杂音消失后，听到的是记者们感慨的"嗯、嗯"声。

"首先可以肯定的是，天丸就是金田，对吧？"鸟居问阿久津。

阿久津点了点头。

"天丸四十多岁，牛若丸也就是二十多岁或三十多岁吧？"

"我也这么认为。"

"根据山根的信，天丸是个汽车盗贼，牛若丸是个搞股票的，股价操控手。"

"山根说的话可信度有多高呢？"

"这倒也是……我想问一个无聊的问题。我知道鞍马天狗[1]把剑术教给了牛若丸，那么这个天丸是个什么人物呢？"

阿久津歪着头回答不上来，别的记者也都苦笑着不作声。这时，驻大阪府警察本部记者部主任战战兢兢地把拿在手上的透明文件夹举了起来。

"很久以前，我看过一个叫《伏魔小旋风》的动画片，里边的主人公就叫鞍马天丸。"

由于此前办公室里的空气一直很紧张，听了这话记者们哄堂大笑起来。有的说"我好像也记得"，有的说"我跟那个动画片感觉有代沟"，七嘴八舌地议论着。只有鸟居认真地利用谷歌搜索引擎检索着。

"找到了！《伏魔小旋风》！1983年5月到9月在电视上播放过，也许真的跟这个动画片有关系。"

1　日本传说中住在鞍马山深处的强大天狗，曾教牛若丸练剑。——编注

听鸟居这么一说，大家都觉得有一定的说服力。

阿久津又考虑起可信度的问题来。这个线索是他找到的，他想把这段无线通话录音当作突破口，将困难的采访进行下去。

"我最关心的是复印店的问题。正如天丸所说，罪犯的挑战书中，的确有在京都大学前面百万遍地区的复印店复印的，这一点已有定论。那个复印店的复印机的感光鼓上损伤的部位，跟复印的挑战书上的痕迹是一致的，警方也认为罪犯使用的是那个复印店的复印机。顾客自己复印这一点也是吻合的。"

阿久津停顿了一下，把自己专门为银万事件整理的采访本翻开，继续说道："监听这段无线通话的日子是1984年11月4日，希望食品公司收到恐吓信的日子是同月7日，在百万遍地区的复印店复印的挑战书，送到各报社的日子是同月24日。时间的先后顺序没有矛盾的地方。"

不知什么时候，围在阿久津身边的记者已经有将近三十个了。昭和时代遗留下来的悬案，罪犯的声音三十多年以后被发现。重新寂静下去的大办公室，给人一种通向特大独家新闻的预感。

"大家分头去搜集有关金田哲司的信息。把放在仓库的纸箱子里的资料全都翻出来，把三船先生那里的资料也翻出来，还要到堺市那家叫'紫乃'的日式料理店去。驻警察本部的记者，要把有可能提供线索的刑警列一个名单出来。至于时机，等我的命令。行动吧！"

鸟居使劲一拍桌子，采访小组的记者们一齐行动起来。

"我也去仓库里找资料。"阿久津说完转身就走。

"等等！"鸟居把他叫住了，"去仓库之前，先把收到了无线通话录音的事向水岛先生通报一声。"

"啊，对了！"

"你小子，忘了是从谁那里得到的线索啦？"

"我怎么……"

"那老头，一定会非常高兴的！"

用牙签插章鱼烧的水岛浮现在阿久津眼前。一走进那个充满章鱼烧味道的总经理办公室，不听水岛唠叨上两个小时是走不出来的。但是，正如鸟居所说，不能忘恩负义。阿久津犹豫了三秒钟之后，下了决心。

"改天一定去！"

5

出租车司机说了句"快到了"，按下了计价器的停止按钮。

一个起步价的距离，挺对不起司机的。不过这时已经看到了院墙的门柱上镶嵌着"大岛"名匾的住家。慢慢行走的出租车刚一停下来，堀田就默默地塞给司机一张一千日元的钞票。

曾根俊也从车上下来，掏出钱包说道："车钱应该我付。"

堀田摇摇头："别争了，约定的时间到了。"

先坐日本铁路公司的火车到石山站，然后再换乘京阪电气铁路公司的火车，来到滋贺县离目的地最近的一个车站。出站坐上出租车以后以为可以提前五分钟到达，没想到时间过得这么快。他们在出租车上只顾想心事了。约好了2点见面，迟到了就不好了。

"那好吧。恭敬不如从命。"

堀田站在大岛家门前一按对讲门铃，马上就有一个女人硬邦邦地答应了一声。

"我们是约好今天过来的堀田和曾根。"

"啊，请等一下。"

这一带新房子很多，只有大岛家的房子很旧。还不及人的胸部高的低矮的围墙上，摆放着残缺不全的瓦片，粗糙的铁门上的油漆都已剥落。猫脸大的院子里杂草丛生，久未修剪的矮树上僵硬的叶子颜色灰暗。这所房子占地也就是二十坪吧，房子的外墙是白色的，但一点都不显得鲜艳，二楼的防雨窗都生了红锈。

褪了色的木制推拉门被拉开，露出一个披着淡青色毛衣的薄命女人的脸。女人向堀田和俊也鞠躬时没有一点笑容，鞠躬之后用细细的声音说了声"请进"。

"打扰了。"

堀田说着把院门推开走进小院，俊也紧跟着走进来之后把院门关好。门厅里有鱼的腥味，由于没开灯，有些昏暗。正对着门厅的是很陡的楼梯，站在门厅里可以看到楼梯后边有一扇镶着磨砂玻璃的门。

"对不起，家里太窄了。请二位到里边的房间里等一下。啊，光线太暗了。"

将已经花白的头发拢在脑后的女人打开了门厅的电灯，橘黄色的小电灯泡发出似有似无的光。"就是那个房间。"女人说着指了指左边的一扇推拉门。

堀田拉开门一看，是个日式房间，榻榻米已经很旧了。中央是一张矮桌，矮桌上什么也没有，矮桌旁边摆着两把无腿靠椅。房间右侧是一个几乎顶到天花板的大衣柜和一个玻璃门橱柜。房间里还有一个梳妆台，梳妆台前面是一个小圆凳。还没走进房间就感受到一种压迫感和一种毫无生气的气氛。俊也在看到这个房间的同时，也看到了主人的身心疲惫。

二人跪坐在无腿靠椅上。印着菊花的红色坐垫硬邦邦、冷冰冰的。

"在这种地方招待客人，真是对不起。家里只有我和母亲两个人，没有年轻人。"

刚才那个花白头发的女人用托盘端着两杯茶进来，跪在堀田和俊也对面，把布杯垫和两杯茶放在了矮桌上。

"您母亲呢？"

"在那边的起居室里。岁数大了，耳朵也不好使，你们就不用跟她打招呼了。"女人好像已经习惯这样说话了，"您二位盘腿坐吧。"她这样劝客人，自己却依然跪坐着。

"这是点小意思。"

俊也递给女人一盒装在纸袋里的点心。女人夸张地表示感谢之后接了过去。

"谢谢您今天抽出时间来接待我们。是吉野先生介绍我们来的。我姓堀田，他姓曾根。"堀田和俊也掏出名片递了过去。

女人接过名片放在桌子上，鞠了一个躬，然后说了一句"我叫大岛美津子"。俊也听堀田说这位大岛美津子现在是一位中学老师，是因为不愿意把自己的名片给他们呢，还是因为本来就没有名片呢，不管是因为什么，都使俊也产生了距离感，不由得端正了一下坐姿。

"堀田先生跟吉野先生……"

"其实我并不认识吉野先生，是通过别人介绍……"

是通过什么关系找到大岛家来的，俊也并没有详细地问过堀田。堀田好几次提到大岛，都只说是一个熟人，让俊也感到这是堀田拼命抓在手里的仅有的一条线索。

堀田在百忙之中还费这么大劲帮助俊也寻找线索，俊也从心底里感谢他。但是，俊也依然在犹豫，依然在前进还是撤退之间摇摆。自己家的事情毫不隐瞒地告诉别人，到底应不应该呢？俊也一天比一天害怕起来。

"我听吉野先生说，您是为了向我打听生岛望的事？"大岛美津子问道。

"是的。我听说大岛老师当过生岛望的班主任。我小时候跟她的父亲生岛秀树先生在同一个柔道俱乐部一起练过柔道。"

大岛美津子慎重地点了点头。她还不理解堀田和俊也的真实意图，因此直到现在还保持着警惕性。

"我们在找一个人，就是我旁边这位曾根俊也的伯父曾根达雄。达雄先生也跟我在一个柔道俱乐部练过柔道，也受到过生岛秀树先生的关照。我们打听了很多人，发现了一件不可思议的事情，那就是秀树先生和达雄先生同时在昭和五十九年，也就是1984年失踪，或者说是去向不明了。"

美津子没说话，看了俊也一眼之后，躲开了堀田的视线。

堀田继续说道："而且，不仅秀树先生本人，就连他的家人也同时去向不明了，我觉得这件事不容乐观。大岛老师跟生岛家有接触，所以我们希望能在您这里了解到一些情况。"

美津子低头沉默了一阵，抬起头来看着俊也问道："曾根先生的伯父是做什么工作的？"

"其实我也是最近才知道的，好像是一个政治活动家。"

"政治活动家？"

俊也从祖父清太郎的事件说起，将达雄成为一名新左翼政治活动家，二十五岁以后去了英国的事简单地说了一下。

"最后一次见到伯父的人是他从中学到大学的同学，时间是1984年2月，那时候伯父是临时回国。"

"是吗？……"

美津子疲惫的脸转向窗户，脏兮兮的玻璃窗外杂草丛生。

"生岛望初中三年级的时候，我是她的班主任。"

美津子把脸转过来，看着堀田和俊也，以一种决意把一切都说出来的表情讲述起来。她说话的声音很小，而且没有气力，完全不像一个当老师的。

"生岛望是个很安静的女生，学习很用心，没有任何一门科目是她不喜欢的。特别爱学习，尤其是英语成绩出类拔萃。她说她的理想是将来给外国电影配日文字幕，经常来找我谈论外国电影……"

美津子说到这里说不下去了，用手绢擦起眼角来。

"对不起。那孩子真的跟我很亲近。当时我也就是二十多岁，跟她聊天很愉快。还有就是我对她有一种特别的关心。"

"为什么呢？"堀田问道。

美津子好像在挑选合适的词语，稍微停顿了一下，继续说道："她上初中一年级的时候，她爸爸的工作单位……您知道她爸爸曾经在滋贺县警察本部当刑警吗？"

"知道。1982年辞职离开警察本部的理由我也知道。"

"辞职的具体理由我不知道，但我听说好像是做了什么有损于警察形象的事情，因为这种事情总会有学生家长跟自己的孩子说的。"

"我想问一个关系不大的问题，生岛望有一个比她小好几岁的弟弟吧？"

"有，叫聪一郎，比他姐姐生岛望小七岁。"

"他们的母亲叫什么名字，当时多大岁数，您知道吗？"

"名字叫千代子，当时的年龄嘛，我一下子想不起来了。不过我家二楼有当时的材料，查一下就知道了。"

"谢谢您。您提供的信息说不定会成为突破口，如果方便的话，我们想看一看当时的材料。"

在俊也看来，美津子连生岛一家的名字都记得清清楚楚，可见生岛一家的失踪对这位当年的班主任刺激还是很大的。

"关于生岛望她爸爸的风言风语传得尽人皆知，但是，俗话说传言不过一阵风，后来谁也不提这件事了，生岛望上三年级时我当她的班主任，她在班上有很多好朋友，每天都快快乐乐地来上学。"

"生岛一家去向不明之前，生岛望有什么变化吗？"堀田又问了一个问题。

俊也从包里拿出笔记本和圆珠笔，开始做记录。正在皱着眉头回忆往事的美津子看着俊也手上的圆珠笔，想起来什么似的说道：

"我想起来一件事。生岛望她爸爸辞职以后，我曾担心她家经济上会遇到困难。千代子是个家庭主妇，没有收入怎么生活呢？"

"发生过不按时交学费的情况吗？"

"没有，一次都没有。不但没有，而且看起来还很有钱。生岛望刚上初三不久，拿来一支名牌自动铅笔给我看。我一看，是法国有名的奢侈品牌圣罗兰，就问她是从哪儿来的，她说是她爸爸给她买的。"

"秀树先生后来也就是个保安吧？"

"是的。大概是第一个学期[1]的期末吧，有一天下课后，生岛望对我说，高中毕业以后她可能出国留学。"

"那可需要不少钱呢。"

"可是，我怎么能说那样的话呢？生岛望一个劲儿地问我，去哪个国家留学好呢？还是去美国最好吧？她的眼睛放着光，我怎么忍心给孩子泼冷水呢？我在替她感到高兴的同时，又有一种不祥的预感……"

美津子的预感在那年秋天变成了现实。一心做记录的俊也心情沉重起来。

---

1 日本的小学、中学都是三个学期，相对也有三个假期，即暑假、寒假、春假。

"生岛一家去向不明之前，没有任何征兆吗？"

"没有，完全没有。生岛望每天都高高兴兴地来学校。"

俊也为了找到跟父亲和伯父有关的线索，反复阅读过很多关于银万事件的书籍和资料，把这个复杂事件的年表粗略地整理出来，并记在了心里。

第一个学期的期末，也就是7月下旬。那段时间处于银万事件的第二起敲诈与第三起敲诈，也就是对又市食品公司的敲诈与对万堂糕点的敲诈之间，犯罪团伙的活动不那么猖獗了。在那种时候，生岛秀树还是有足够的精力送女儿去国外留学的。

"所以，生岛望突然不上学了，您非常吃惊，是吧？"

"可不是吗！当时我简直无法想象。当时我当班主任的那个班，还因为从来没有学生缺席得过全勤奖呢。我不相信生岛望会无故缺席，还以为是出了交通事故什么的，就给她家里打电话，打了好多次都没有打通。"

"您去过她家吗？"

"那当然。她缺席第一天我就去了。门锁着，家里没人。我想起她跟我说她要出国留学时我那种不祥的预感再次出现，觉得可能出大事了。"

虽然已经过去了三十多年，美津子谈到这件事脸上还是失去了血色。看来这件事对她的打击很大。俊也虽然不知道生岛家的房子是什么样子的，此刻眼前却浮现出慌慌张张的美津子在生岛家房子前来回走的情景。

"那是什么时候的事情？"

"我是绝对忘不了的。那是1984年11月14日的事情。"

"11月14日……"

俊也不由得说出声来。11月14日那天，犯罪团伙"黑魔天狗"敲诈希望食品公司巨额现金未遂，而且就发生在滋贺县。也就是这一天，生岛一家突然失踪了。

看着对面两个沉默的男人，美津子觉得很奇怪。

"你们怎么了？"

"没报警吗？"堀田问道。

"这个嘛……校长给当地警察署打电话，反复强调事情很蹊跷。可是，警察根本不当回事，说什么生岛一家可能是为了躲债跑路了。校长认为，也许是因为生岛望的父亲在滋贺县警察本部当过刑警，警察才不愿意管的。"

当时由于警方跟媒体有一个协定，关于银万事件的很多情况不能及时报道。警察抓捕罪犯失败的事情，是12月10日才公之于众的。俊也心想：一个月以后，难道没有人把生岛一家的失踪跟银万事件联系起来吗？

想到这里，俊也虽然没有准备，也忍不住说话了："对不起，我想问大岛老师一个问题。您还记得当年发生的银万事件吗？"

美津子点点头："当然记得。"

"生岛一家失踪的那天，也就是11月14日，犯罪团伙敲诈希望食品公司，曾经在滋贺县出现过。我怀疑银万事件跟生岛秀树有关。"

美津子暧昧地歪着头，等着俊也往下说。

俊也在犹豫要不要把盒式录音磁带和黑皮笔记本的事说出来。虽然不说出来也不影响继续问下去，但是，生岛秀树的孩子们也去向不明这个沉重的事实，让他的恐惧心理变成了内疚。如果什么也不说，就等于眼睁睁地看着生岛秀树的孩子们被人杀害而见死不救。

"我伯父也许跟银万事件有关。"

俊也把恐惧吞下去，把发现盒式录音磁带和黑皮笔记本，以及所有相关事情全都说了出来，还说，生岛秀树可能在大阪堺市的一家日式料理店跟犯罪团伙一起喝过酒。

"您的意思是说，生岛秀树跟制造银万事件的罪犯是一伙的？"

"现在还不知道。但是，他跟我伯父一样值得怀疑。当时，您听到过生岛秀树跟银万事件有关的传言吗？"

俊也自己也意识到自己的语速加快了，但他很激动，控制不住自己了。对面的美津子咬着嘴唇，就像在拼命挖掘记忆似的闭上了眼睛。

"因为是本地发生的事情，所以成了街谈巷议的话题。是啊……生岛秀树为了躲债跑路，这个说法值得怀疑——学生们也这样议论过，我也批评过他们。"

"您作为老师，也觉得这件事很可疑吧？"

美津子没有回答俊也的问题，又把视线转向了窗户。事件发生的时候，她二十五岁，现在还差好几年才六十岁呢。但是，她看上去要比实际年龄老得多。她神情倦怠，本来应该一点一点逝去的青春，不知何故一下子就逝去了。

俊也再次环视这个房间，想象着如果自己跟母亲两个人生活会是怎样一种情况。他想象不出来，只感到一种莫名的抑郁。这不是讨厌父母还是喜欢父母的感情问题，而是家中有没有光明的问题。大人们全力以赴为了诗织的幸福共同奋斗，这才像个家。为了多争取一个顾客，为了餐桌上多一盘菜，都是因为有下一代。下一代是推动大人们的最大动力。

美津子的母亲跟自己的母亲真由美应该是同一代人。这一代以前的那一代人，就像已经决出了第一名之后其他棒球队的比赛，只不过是为这个赛季拖延时间，或者说只不过是守望着火苗变得越来越小的煤油灯。

"这话也许不应该说。"美津子说话了。

沉思中的俊也回过神来，看着发出湿漉漉的声音的美津子。

"生岛望的父亲，确实跟一般人不一样，我也想过，说不定……"美津子说到这里不再往下说了。

在俊也看来，美津子这句话表示的是对生岛秀树的愤慨，因为生岛秀树给她那个可爱的学生生岛望带来了不幸。

"后来，生岛望联系过您吗？"

"没有，一次也没有。从那天开始，好像世界上就没有生岛望这个人了，直到今天我都不愿意相信。现在我做梦经常梦到生岛望，有时是在学校，有时是在咖啡馆，我和她在一起谈论外国电影。梦中的我心想，这孩子平安无事，真是太好了。可是，醒过来才知道是一个梦，回到现实世界，我的心好痛。"

美津子又用手绢按住了眼角。

"如果是家庭内部的事情，孩子能有什么办法呢？孩子可怜啊。可是，如果是卷入了银万事件，那就更可怜了。哪怕见不到面也没关系，只要能得到一个生岛望那孩子还在某个地方幸福地生活着的消息，我也就心满意足了……"

美津子说到这里眼泪止不住地流下来，用手绢捂着两个眼睛，默默地坐在那里。俊也找不到合适的词语来安慰她，只能作为一个旁观者默默地看着她。这时候俊也才意识到，美津子上的茶，他和堀田一口也没喝。

Chapter 4

1

　　阿久津乘坐南海电气铁路公司的火车，在离目的地最近的一个车站下了车。

　　阿久津虽然是大阪府的人，但还没有来过位于大阪府中南部的堺市。不过没关系，有手机导航，不用担心迷路。走了十分钟左右，就到达了目的地。从早晨就开始下的小雨，不仅打湿了鞋子，连裤脚都打湿了。当了好多年记者了，雨天采访还是很郁闷。走在热闹的大街上心情也好不到哪里去。

　　撑着雨伞来到一个叫"紫乃"的日式料理店前面，抬起头来端详了一阵。日式料理店二楼墙上的两条裂缝在一楼的屋檐处重合，就像漫画里画的闪电。镶着玻璃的木制推拉门破旧不堪，让人不由得产生一个疑问：这个小店是否欢迎客人前来？

　　昨天，在社会部听了那段无线通话录音以后，阿久津等记者到被称为仓库的资料保管室去，把装着银万事件资料的纸箱子翻了个底朝天，还把书架上的文件夹从头到尾查了一遍。放在这里的资料都是以前认为不需要的，例如跟受害企业有业务关系的资料，以及被判定为可能性很低的罪犯的分析记录等。

一位记者找到一个写着"金田哲司"几个字的大信封，里边有一张很粗糙的纸，纸上是用圆珠笔记录的关于金田哲司的信息。

金田哲司，家住兵库县西川市，职业是大卡车司机，工作单位不明，昭和十五年6月9日出生，可能有妻子儿女，但具体不详。备注：有无线电通信知识，有三次盗窃前科（没搞到诉讼状和判决书），专门盗窃汽车，对大阪、北摄、京都南部很熟悉。

记录比较杂乱，一眼看上去跟银万事件有关的信息只有无线通信知识和对大阪、北摄、京都南部很熟悉这两条，没有关于"紫乃"的信息。既然特意准备了一个大信封，材料为什么这么少呢？这引起了阿久津的注意。虽说是个大报社，但对很久以前发生的事件，在资料整理方面还是很不到位的。关于金田哲司的材料也许散见于别处。在这个用圆珠笔记录的关于金田哲司的信息基础上，阿久津又根据山根来信的内容，在自己的脑子里加上了"小个子，驼背，头发稀疏"这个信息。

现在的问题是如何进行采访。突然来了个报社记者，向老板娘打听三十多年前跟她相好的一个男人，未免显得过于唐突。而且，阿久津手上并没有证据证明老板娘知道金田哲司跟银万事件有关。如果不知道，现在再挑明这件事，等于在老板娘身上留下一个污点。尽管如此，阿久津手上只有这一张牌，没有别的选择。

阿久津吐了一口气，走到还没有挂上表示开始营业的门帘的推拉门前面，把手放在推拉门上，轻轻一拉。

店门很轻松地就被拉开了。也许是由于还没有开始营业吧，店里面光线比较暗。右侧是一张可以坐四个人的桌子，长长的柜台前面摆着十来把带靠背的椅子，虽说不是很宽敞，但也不能说是很局促。

"有人吗？"

过了两三秒钟，就有一个男人答应了一声，木屐敲击　　地面的声音越来越近，一个大块头男人从里面走了出来。男人身　　色厨师服与缠在头上的藏蓝色大手帕显得有些不协调，不过，　　的圆脸跟藏蓝色大手帕倒是很相配。

"有事吗？"大块头男人问道。

"您是这家料理店的大厨吗？"

"是的，您要预订宴会吗？"男人双手撑在　　　容可掬地反问道。

"我不是要预订宴会，我是《大日新闻》的

阿久津说着掏出名片递过去，大厨高　　　您要采访我们？"这个大厨看起来是个好人，也是个　　　，一定会有什么说什么。

"我想找你们老板娘问一件事

"不在。这个时间她都是在事务所里。

"事务所？"

"对，离这里不远。前边有一个停车场，停车场旁边是一家针灸治疗院，在那里拐弯，拐过去就能看到一座大楼，大楼的一层是一家铁板烧餐馆，事务所在二层。"

"谢谢您！我这就去！"

"请多多关照！给我们写好一点！"

阿久津从日式料理店里出来，按照大厨指的路，走了还不到两分钟就找到了那座大楼。顺着右侧的铁制楼梯上楼以后，马上就在西侧一扇铁门旁边的墙壁上看到了写有"紫乃"两个字的牌子。他轻轻地敲了敲门，然后站在门外等着里边的人说话。

"请进！"

是一个女人沉着的声音。

阿久津走进去一看，很小的柜台后面是一张办公桌，办公桌前坐着一个女人。女人穿的是黑衬衫、灰夹克，长发在脑后扎成一个马尾辫，面容给人清爽的感觉。女人看到阿久津以后，脸上露出惊讶的神色。

"对不起，打扰您了。我是《大日新闻》的记者，您就是'紫乃'的老板娘吗？"

"是的，您找我有什么事？"女人说着走到柜台这边来。

阿久津把自己的名片递给老板娘，并为自己打扰了对方的工作道歉。

"哦，文化部的记者啊。"

"是的，我今天过来，是想向您打听一个人，我听说您知道那个人的情况。"

"什么？"

"那个人的名字叫金田哲司。"

老板娘愣了一下，表情变得僵硬起来。这种反应说明她认识金田哲司。女人拿着阿久津的名片没说话。

阿久津见老板娘不说话，继续说道："我听说金田先生是'紫乃'的常客。"

"你听谁说的？"

"别的记者打听到的。"阿久津当然不能告诉老板娘实情。

老板娘冷笑道："确实有一段时间金田先生常到我的小店里来，不过嘛，那是很久很久以前的事了。"

"具体是什么时候呢？"

"这个嘛，我已经不记得了。"

"有人说，金田先生跟您的关系非常亲密，而且不是一般亲密。"

"是谁在那里胡说八道！金田先生干什么坏事了吗？"

160

阿久津心想：与其装作不知道，还不如直截了当地问。如果没有关系的话就算了，没有必要跟她客气。

"您还记得银河万堂事件吗？"

"当然记得。怎么了？找到罪犯了吗？"

"没有。我们报社要采访这个未解决的事件，计划出一个特辑。我找金田先生，只不过是采访的一个环节。"

"这么说，金田先生是罪犯？"

"哪里哪里，采访刚进入找线索的阶段。"

"不管怎么说，我帮不上忙。"

老板娘用一种"您还有别的事吗"的眼神看着阿久津。阿久津虽然感到压力很大，但不想就这样无功而返。

"您不用考虑跟事件有没有关系，就跟我谈谈金田先生的事情就可以了。比如他的职业、家里都有什么人等。"

"一点都不记得了。"

"那么，他最后一次到您的店里来是哪年？"

"不知道！我这里的客人也不是只有金田先生一个人。快到营业时间了，我这里还有好多准备工作要做呢，您可以回去了。"

阿久津意识到自己提问的先后顺序错了，应该先问金田的事，再提银万事件。老板娘也不等阿久津答话，转身回到办公桌前坐下，看着不知所措的阿久津，皱起了眉头。

"记者先生，我真的没有什么好说的。"老板娘说话的时候都没看着阿久津。

阿久津没办法，有气无力地转身离去。

高层公寓后面是一些低矮的饮食店，再往后则是高层写字楼。

遭受"紫乃"老板娘的冷遇之后第六天，阿久津驾车行驶在距"紫乃"约三十五公里处的兵库县川西市的国道上。这边本来应该是绿树成荫，可是在车里看到的是没有规划性的建筑，真是煞风景。从国道下来之后是很窄的小路。

　　阿久津开的是报社的车，那是一辆本田飞度。根据导航仪的指示，离目的地还有两百米。这条路太窄了，虽然不是单行线，但能否错车让人怀疑。过了牙科诊所，前方五十米可以看到一块写着"梦想租车公司"的黄色招牌，还有四面同样颜色、印着"梦想租车"几个字的旗子在迎风招展。来到公司前面一看，大约十辆小轿车停在院子里，小轿车的前挡风玻璃上标着价格。里面预制板搭建的房子前面有一块竖着的招牌。本田飞度的导航仪告诉阿久津目的地到了。

　　虽然院子里有空车位，但阿久津不知道那是不是给来客用的，就继续往前开，找到一个投币式停车场把车停在那里，然后走回"梦想租车公司"。虽然已经完全是秋天了，但在太阳的照射下还是觉得很热。

　　跟六天前在堺市采访一样，阿久津一边走一边想如何采访。绝对不能重复在"紫乃"的错误，所以他决定最后再提银万事件。可是，如果不提银万事件，一个新闻记者现在找金田哲司的理由是什么呢？有过三次前科的汽车盗窃犯，任何人一听就能想到跟犯罪有关。失败过一次的阿久津，脚步变得沉重起来。

　　昨天晚上11点半，阿久津接到了鸟居的电话。当时阿久津正要睡觉，手机响了。鸟居告诉他，找到了金田哲司的一个同学。鸟居也不管阿久津是什么情况，只顾一个劲儿地说金田哲司那个同学的情况。

　　金田哲司的同学叫秋山宏昌，跟金田哲司一样，也是第二代在日韩国人，现在七十五岁了，在西川市经营过一家二手车店，十五年前由长子继承家业。现在在同样的地方帮着长子经营着一个租车店。秋山宏昌跟金田哲司小学初中都是同学，但秋山宏昌没有前科。

来到刚才看到的预制板搭建的房子前面，阿久津掏出名片，跟里边的人打了个招呼。

"来了来了！"

一个胖胖的男人露出脸来，看上去有五十来岁，大眼睛，双眼皮，蛮讨人喜欢的。

"您要租车？"

"不是，我是《大日新闻》的记者。请问，秋山宏昌先生在吗？"

胖男人接过名片，惊叫道："啊？我家老爷子犯什么事了吗？"眼睛变得更大了。看来这个人就是继承了秋山宏昌家业的长子。

"我在找一个人，听说我找的这个人跟秋山宏昌先生是同学。"

"我家老爷子的同学，那可得赶快找，不然不等你找到就死了。"

阿久津听了这句玩笑话，捧场似的笑了笑。

秋山家的长子紧接着问道："找谁呀？"

阿久津没有立刻回答。如果这时候就把金田哲司的名字说出来，说不定在见到金田哲司的同学之前就被人家赶出去。但是，这种时候说"我直接问秋山宏昌吧"，肯定不合适。假装翻看采访本消磨时间的阿久津，最后还是老老实实地说道："金田哲司。"

"您要找金田叔叔啊？好令人怀念啊！他现在在干什么？哦，对了，您在找他呢。"

听秋山家的长子傻乎乎地这样说，阿久津就像得到了拯救似的。

"您等一下，我家老爷子在家呢，我现在就把他叫过来！"

"别别别，还是我过去吧。"

"没关系没关系，走过来也就是十八秒。"

秋山家的长子一边开玩笑一边拿起了桌上的电话。铺着乳白色地毯的租车公司，桌子后边是书架，靠窗摆着沙发和茶几。

"喂，爸爸，是我。睡觉哪？现在呀，有一个《大日新闻》的记者来咱们公司了。对，记者，记者，报社的记者，对。这位记者呀，说要找金田叔叔。您能过来一下吗？好，好，我们在这边等您。"

秋山家的长子说话很有礼貌，"老爷子"变成了"爸爸"也很有意思。

"老爷子马上就过来，您进来坐吧，我得去擦车了。"

阿久津脱掉鞋子进来，秋山家的长子穿上鞋子出去了。地毯比想象中还要软和，坐在皮沙发上也很舒服。阿久津从采访包里把采访本拿出来放在茶几上，把他喜欢用的自动铅笔放在笔记本上。

这回阿久津打算不提银万事件，哪怕有点牵强，也要先了解金田这个人的情况。他的脑海里浮现出皱着眉头的老板娘的脸。最近五年以来，还没有遇到过这么难采访的对象。阿久津痛感自己被别人安排好的采访惯坏了。这回无论如何也要弄一个好结果出来。

不知什么时候进来了一位老人。老人慢慢脱掉凉鞋向沙发这边走来，他那浓密的白发跟浅黑色的皮肤形成了鲜明的对照。这位老人一定就是秋山宏昌了。秋山把一个镀膜纸袋放在地毯上，盘腿坐在了阿久津对面。秋山脸上的老人斑和脖子上、手上的青筋很显眼。阿久津心想：金田要是活着的话，也是这个样子。岁月流逝得真是太快了。

"老人家，您坐在沙发上吧。"

"不用，没关系的，这样更舒服。"

这样的话，阿久津稍微有点俯视老人的感觉，觉得有些不好意思，不过老人既然坚持盘腿坐，阿久津也只好就这样把名片递了过去。

"你在找金田？"

"是的。听说秋山先生跟金田先生从小学到初中都是同学。"

"从战后连肚子都吃不饱的时候起，我们就在一起，还一起干过钣金工。不过，已经好几十年没有联系了。"

"最后一次见面是什么时候？"

"不记得了。什么时候呢……我家长子已经工作了……应该是昭和快结束的时候吧？"

"昭和六十年以后吗？"

"记不清了……"

"当时的总理大臣是谁？……对了，阪神老虎队获得全日本冠军的时候，你们一起喝酒庆祝过吗？"

"我是南海棒球队的球迷，阪神冠军不冠军，我不关心。"

"……是吗？对了，是不是南海棒球队改名大荣的时候？"

"南海卖给大荣株式会社是昭和六十三年的事，南海结束于昭和时代。那时候金田早就逃走了吧？"

"逃走了？这是怎么回事？"阿久津惊叫起来。没想到鱼儿自己跳进网里来了。

"你们现在找金田，跟他犯罪有关系吧？"

秋山老人这话说得也太直接了。阿久津都没来得及思考怎么回答，下意识地点了点头，说了声"是的"。

"那小子是个专业偷车贼，偷汽车那可是一把好手。先把话说在前头，我可没干过坏事。我只不过是装作看不见而已。"

"我跟您说实话吧。正如您所说，金田先生说不定知道某个事件是怎么回事……"

"你就不用绕那么大圈子了，金田没少干坏事。你说的某个事件是哪个事件？"

阿久津虽然意识到自己是在被对方牵着鼻子走，但走的方向并不坏，于是阿久津决定顺着秋山往下说。

"银万事件。"

"哦，知道知道。"

"您知道什么情况吗？"

"很久以前，刑警找过我。"

"关于银万事件？"

"是啊。我都忘了。刑警好像还问过我汽车的事。"

既然连报社里都有资料，刑警过来找过秋山也不奇怪。

"关于银万事件，您听金田先生说过什么吗？"

"银万的社长，是自己从防汛器材仓库里跑出来的，对吧？当时我在电视上看到这条新闻的时候，就觉得很奇怪。我就说，仓库里为什么没人看着他呢？肯定有幕后交易。金田听我这样说，就说，哪有那么简单的事！"

阿久津暂时停止了记录。事实上，那以后犯罪团伙又是放火又是恐吓信，如果幕后交易成立的话，就用不着放火也用不着恐吓信了，那样太夸张了。

"您还听金田说什么了？"

"不记得了。"

"那么咱们还回到刚才的问题，您最后一次见到金田先生，是银万事件过程中吗？"

"说不准。"

"日本航空公司客机坠落的事故[1]您还记得吧？您跟金田先生议论过那个事故吗？"

1　指的是发生于1985年8月12日的日本航空123号班机事故。此次事故造成520人罹难，是世界上单一客机空难中死亡人数最多的。

"没有……在我的记忆里没有。不过嘛，也许议论过，只不过我给忘了。"

阿久津有些急躁，他不想总在一个问题上纠缠，他想得到更多的信息。

"秋山先生，您认为金田先生跟银万事件有关吗？"

"这个嘛，我看十之八九有关。"秋山的口气是肯定的。

阿久津内心深处一股热流涌了上来：秋山一定还知道什么！

"为什么说十之八九有关呢？"

秋山瞥了急不可待的阿久津一眼，然后把脸转向了窗外，几秒钟之后，他转过脸来对阿久津说道："记者先生，你如果找到了金田，能告诉我吗？"

"能！一定给您打电话。"

在想到报警这个词之前，阿久津条件反射似的答应了秋山的请求。

秋山从刚才放在地毯上的纸袋里拿出来一本相册。蓝色的布封面，质量相当好，看上去有些年头了。

"金田虽然淘气，但绝对不会去杀人，这个他早就心里有数。"

散布混入了剧毒的糖果，万一哪个孩子买回家吃了，那就是杀人。不过为了让秋山继续说下去，阿久津频频点头称是。

"时效也过了，我想死前再见他一面。"

秋山记忆力很好，说话口齿清晰，但在打开相册给阿久津看的时候，表情显得很疲惫。他打开的那一页有八张照片。有的可以看出是一群钓鱼的伙伴一起照的。没有写日期，从褪色的情况来看，都是很久以前照的。

其中一张合影，是一群满面笑容的男人。有的穿着夹克衫，有的穿着有很多口袋的坎肩。前排的四个人蹲着，后排的四个人站着。阿久津首先注意到的是前排中央一个抱着一条大鲷鱼的男人，头发稀疏，小个子，皮肤被太阳晒得黝黑。

"这个抱着鲷鱼的就是金田，他旁边是我。"

确实能看出是年轻时的秋山。头发黑黑的，也就是四十来岁。

"你没发现什么吗？"

"嗯？什么？"

"你看看后排最右边站着的这个人。"

刚才只顾看前排的人了，听秋山这么说，阿久津才把视线移到了后排。一看到那个比别人高一头的男人的脸，阿久津就像被吸住了似的，呼吸都停止了。

狐目男！

那是一种虚构的人物突然出现在自己眼前的感觉。除了服装不一样以外，薄嘴唇、圆脸、头发的密度、眼镜的大小，全都跟警方绘制的肖像画一模一样。特别是眼镜后面那一双吊眼梢的小眼睛……脸上各个部位就像是用尺子量过的，只能说跟肖像画是同一个人。阿久津心跳加快，浑身发冷。

"这张照片，您给警察……"

"当然没给警察看，那时候时效还没过。要是给警察看了，还不立马被抓起来？"

阿久津的眼睛看着狐目男不动了，不，是动不了了。就像青蛙被蛇盯住了似的，阿久津觉得自己就要被照片上的狐目男吞噬了。

狐目男，在这个世界上存在过！

2

阿久津快步走在六天前走过的路上。

就像昨日的晴朗延长到了今日一样，找到狐目男之后兴奋的余韵，依然把阿久津的心填得满满的。

采访完秋山老人之后，阿久津回到《大日新闻》社会部，把有狐目男的合影拿出来让大家传看。就连身经百战的鸟居都没有挑毛病，立刻召开了紧急会议。

"我也见过好几个所谓的狐目男，跟肖像画这么一致的狐目男，还真没有见过。"

鸟居说话的声音不大，但那种要大干一场的昂扬斗志，已经传达给坐在会议室里的每一个记者了。狐目男是犯罪团伙里唯一露过面的人物，不用说将其活捉，哪怕只能确认一下他的生死也会是一个特大独家新闻。

"狐目男的名字叫金田贵志，原名金贵成。"

阿久津翻看采访本刚念了一句，会议室里的十几个记者就欢呼起来。那个被警方绘制了肖像画的狐目男第一次有了名字。

"但是，秋山老人说，这个名字也不能保证是真的。金田哲司的亲戚说狐目男叫金田贵志，但没有亲耳听人叫过。金田哲司也不知道金田贵志的家庭状况。"

那次去钓鱼，是1983年秋天的事。秋山老人跟金田贵志那时是第一次见面，后来又一起喝过几次酒。秋山老人还说，金田贵志说关西方言，跟身材瘦小的金田哲司相反，金田贵志身材高大。

"根据以上情况分析，金田贵志这个名字很有可能是假的，我认为他是跟金田哲司一起偷汽车的同伙。"

刚有了名字又说是假的，大家都很失望，转而唉声叹气起来。接下来，阿久津向大家报告了从秋山老人那里听来的金田哲司的经历。金田哲司初中毕业后，干过十几种工作。大家一致认为，采访组当前的主要任务应该是摸清金田哲司的人生足迹。

会议结束后，鸟居让阿久津留了下来。本以为鸟居会表扬自己几句的，没想到这位事件报道组主任却严厉地说道："没有旁证的素材算不上素材！"逼着阿久津去找旁证。

如果是在以前，阿久津马上就会垂头丧气，但是这次他想得开。他找到了连警察都没见过的狐目男的照片，基本确定了犯罪团伙的一个成员。如果顺藤摸瓜，进行得顺利的话，也许能钓到大鱼，那可是所有的事件记者梦寐以求的事情。

这种梦寐以求的事情将由一个平凡的文化部记者去完成，想想都觉得痛快。

来到日式料理店前面，阿久津穿好了上衣。表示开始营业的门帘还没挂上。时机把握得好不好，取决于老板娘在不在。

"对不起，打扰了。"

阿久津刚把推拉门拉开，就看见大厨正在往柜台上放一个大盘子。

"哟，这不是前几天来过的记者先生吗？"

"再次打扰，实在对不起。我是《大日新闻》的阿久津。"

"听说了。你是在调查一个什么事件吧？上次我还以为你要写写我们这个料理店呢。"

"实在对不起。今天再次来到这里，是想跟您单独谈谈。"

"不行不行！老板娘说了，不能说关于事件的事，可严厉了。"

阿久津已经预想到大厨会这样说了，早有精神准备。成功与失败，就看接下来怎么采访了。看到大盘子里的东西，阿久津灵感来了。

"您那个大盘子里装的是鲷鱼吧？"

"这是真鲷，可好吃啦！"

阿久津走到柜台边上，把一张照片放在大盘子旁边。

"您看看这条鲷鱼怎么样？"

大厨把那张照片拿在手上，也许是老花眼吧，只见他伸直手臂，让照片远离眼睛。看了一会儿以后，他嘴边露出一丝苦笑。

"记者先生，你是从哪里找到这张照片的？"

"我钓到这条鲷鱼可是费了不少功夫呢。这个抱着大鲷鱼的人叫金田哲司，我听说他是你们老板娘的情人。"

"……这个嘛……"

大厨呆呆地摸了摸扎在脑袋上的藏蓝色大手帕。

"后排最右边这个狐目男，到这个店里来过吧？"

"……真的嘞。"

大厨再次把手臂伸直，端详着照片，泄露心声似的小声嘟哝起来。

"我从现在开始听到的，都是您的自言自语，当然不会告诉老板娘。为了我这个不怎么样的记者，您就帮我一把吧。"

阿久津说着向大厨深深地鞠了一个躬。

大厨哼哼唧唧地嘟哝了句什么，然后说道："其实，三十多年前的事情了，说说也没什么，不过……"

阿久津看着懦弱地垂下眉毛的大厨，意识到他犹豫的原因在于老板娘。

"大厨先生，上次我也把我的名片给了您，请您相信我，绝对为您保密，这也是我们工作的铁则。我知道您是个讲义气的人，不过，那个银万事件啊，是我们关西地区的人尤其不能放过的，您说呢？"

"我说不过你……"

阿久津靠近满脸为难的大厨："其实，类似这样的照片还会被找到的。"

大厨连着说了好几个"知道了"，双手合十向阿久津作揖："今天可是第一次，也是最后一次。老板娘对我一直都很关照的。"

"谢谢您！"

大厨把照片放在柜台上，指着后排最左边的一个小个子说道："最吸引我注意的是这个人，最左边这个年轻人。这个人我也记得。"

这个人留着小平头，看上去在八个人里最年轻。

"这个人和金田哲司一起到您的料理店里来过？"

"啊。他的脸没有什么特征，我不能随便乱说。"

"您想起什么就说什么吧，求求您了！"阿久津又深深地鞠了一个躬。

"我只说一次，你可要注意听啊。"大厨无可奈何地说起来，"银万事件发生的那年秋天，是哪个月我想不起来了，总之不是夏天也不是冬天，有一伙人把二楼包了下来，我听见他们说话了。"

"您听见他们说什么了？"

"那时候我还是个跑堂的，上二楼好多次，或者问客人点什么菜，或者上菜，或者撤盘子。我看见他们的宴会可热闹了。"

"参加宴会的有几个人？"

"七个。"

"您记得可真清楚。照片上这两个人都在吗？"

"都在。"

"狐目男也在吗？是真的吗？"阿久津不由得向前探着身子问道。

"这是我第一次说，也是最后一次说。我看到了我不该看到的。"大厨的态度跟刚才完全不一样了，只见他得意地摸了摸缠在头上的藏蓝色大手帕。那是要对别人讲出自己知道的秘密时的表情。

"我记得这个小平头的哥哥当时也在场。"

"事情都过去三十一年了，您的记忆力真好。"

大厨愉快地笑了："我从小就擅长记住别人的长相。虽然一直在厨房里，但毕竟是个餐馆，经常跟客人打招呼……这些咱们就不用说了。"

说到这里他指了指二楼："忘不了啊。那天，我负责给二楼的客人们送酒，觉得他们喝得差不多了就往上送，那是我的工作。有一次我刚一上去，就听见他们在唱歌，不，不是唱歌，而是在吟诵川柳[1]。"

"川柳？"

"是啊。什么'会找借口的，要数警察本部的，搜查一课长'啦，还有什么'乌鸦都会说，你们这些大傻瓜，将尔等嘲笑'啦，五花八门。"

听了这些奇妙的五七五川柳，阿久津马上就联想到了挖苦警察的纸牌游戏的内容。"黑魔天狗"为了掩藏自己的獠牙，在挑战书中用诙谐的语言揶揄警察是常用的手段。犯罪团伙写的挑战书，阿久津读过很多次，已经烂熟于心。此刻浮现在阿久津脑海里的，是1985年1月报社收到的挑战书。

犯罪团伙在挑战书中说："我们为大家编写了正月里在温泉旅馆玩的纸牌游戏。"接下来就是按日语平假名顺序排列的每张纸牌上的语句，全都是讽刺挖苦警方的，其中有两句就是"会找借口的，要数警察本部的，搜查一课长""乌鸦都会说，你们这些大傻瓜，将尔等嘲笑"。犯罪团伙嘲笑无法破案的警察本部搜查第一课课长，讽刺警方采取地毯式

1　日本定型诗之一。由十七个（顺序为五、七、五）音节构成的诙谐或讽刺短诗。

搜查也没有取得任何成果。其他还有"哇哇怪叫的，歇斯底里大发作，警察本部长""好喜欢你哦，可爱的警察先生，真的喜欢你"等。这种所谓的诙谐幽默实际上是烟幕弹，这是人们后来才意识到的。

"当时气氛非常热烈，我不知道什么时候进去合适，就在屏风后面等着，结果他们说的好多话我都听到了。那时候我不懂一课长是什么意思，还以为他们是在说上司的坏话。"

"后来挑战书公开了，您就知道是怎么回事了吧？"

"不过嘛，金田先生和我们老板娘很要好，我所能做的就是把当时参加宴会的那些人的长相牢牢记住。"

阿久津对"要好"这个词有些反感，但他此刻顾不上反不反感了，因为他很兴奋：讽刺挖苦警方的纸牌上的语句，就是在这个日式料理店的二楼创作的。

阿久津看了看店铺深处狭窄的楼梯，仿佛看到了罪犯们正一个挨着一个地上楼。尽管知道那只是一种错觉，但他还是觉得听到了罪犯们呼吸的声音。

"后来他们就开始谈论怎么握手言和了。"

"握手言和？"

"嗯。内容我听不懂。不过，我记得他们说出'握手言和'这个词时，好像是在开玩笑。"

"他们是不是吵架来着？"

"不知道。不过嘛，历史剧里不是常有'握手言和'的说法吗？也许他们要联合起来再去恐吓敲诈那些企业吧。"

"原来如此……"

"不管怎么说，那些人的川柳和那个狐目男，被我牢牢记住了。"

"也就是说，老板娘是银万事件犯罪嫌疑人的情人，您忘不了？"

"别那么说。很久以前的事情，时效也过了。虽然我说不准是从哪天开始的，总之银万事件之后，再也没见过那些人。"

跟这些严肃的话相反，大厨脸上浮现出一丝浅笑。阿久津回想起刚才大厨说过的"要好"这个词，发现眼前这个大厨对老板娘有一种复杂的感情。

三十年的沉默，也许就是为了保护一直照顾他的老板娘，他认为这就是讲义气。但是，阿久津认为这种讲义气跟良心是相违背的。那种浅笑难道是他有了一点点良心发现，从而获得了某种精神上的解放？银万事件是昭和史上最大的悬案。亲眼见过制造事件的罪犯，心情当然跟知道"国王长着驴耳朵"的理发师一样。时效已过，前来采访的阿久津就成了那口深井，供其冲着井里大声喊出在心里憋了很久的那句"国王长着驴耳朵"。

"犯罪团伙里还有您知道名字的人吗？"

"没有了。知道名字的只有金田哲司一个。"

就在阿久津想继续打听犯罪团伙其他人的特征时，大厨竖起食指放在嘴唇上"嘘"了一声。

"老板娘来了！"

看着紧张得表情僵硬的大厨，阿久津竖起耳朵，确实听到了越来越近的细碎的脚步声。大厨弯着腰，指着进出柜台的通道小声说道：

"快进来，从后门出去。以后不要再到这里来。老板娘可敏感了。"

3

静静的房间里，不时可以听到翻纸页的声音。

阿久津放下记录着有关事件资料的笔记本，伸了个懒腰，靠在椅背上。透过社会部会议室的玻璃门，可以看到编辑部大办公室里还有人影。在这个三连休期间，关西地区各地举行的运动会的比赛成绩不断地通过传真或邮件送到报社来。从打印机里吐出来的A4纸和从传真机里吐出来的传真纸，一叠一叠地摆在经济部和体育部之间的大桌子上。临时来报社打工的女人们默默地用电脑输入着比赛成绩。

这个假日是星期一。会议室里有三个加班的，其中一个是外人。他们把各种资料和文件摆在会议室中央拼起来的四张长桌上，一件一件地翻阅。

他们上午就在会议室里了，不知不觉已经到了下午5点。阿久津的肚子已经饿得咕咕叫了，中午他只吃了两个饭团。

"你小子可真悠闲哪！"鸟居见阿久津靠在椅背上休息，厉声挖苦道。

阿久津条件反射似的坐直身子，继续翻阅资料。

"还是那么严厉，一点都没变！"水岛用开玩笑的口吻缓和了一下紧张的气氛。

所谓的外人，指的就是水岛。

"阿久津干得不错嘛！"水岛又说。

"这小子经费花得最多，我就得让他多干活。他周游世界用的是报社的钱。"

鸟居对阿久津去英国采访一无所获这件事一直耿耿于怀。但是，阿久津自负地认为，自己采访到了特大独家新闻，对得起那点经费。

把金田哲司与说普通话的男人的无线通话录音搞到手，是在赌上微小可能性后去了一趟名古屋的成果。紧接着又从金田哲司的同学秋山宏昌那里拿到了狐目男的照片，然后又掌握了犯罪团伙在"紫乃"聚会的情报，如果再把那次聚会时创作了讽刺警察的川柳写进报道，一定很有可读性。

当然，并不是所有的材料都是阿久津一个人搜集来的，另外，时效已过，相关人员口风不那么紧了也是事实。但是，无线通话录音、犯罪嫌疑人的照片、犯罪团伙在"紫乃"聚会的证词，都能写成很好的报道，都可以成为引人注目的独家新闻。阿久津认为鸟居怎么也应该说几句慰劳的话，表扬表扬他。

与此同时，阿久津觉得采访还可以深入下去，因为人与人之间的关系不是点，而是线，如果把金田哲司这个点跟四面八方连线，一定能连接上某个人物。现在能做的，就是耐心地去摸索任何一种可能性。

"那个大厨所说的'握手言和'，到底是什么意思呢？"水岛把桌上的柿子籽形状的米果抓起几个塞进嘴里。水岛非常高兴看到能够重新采访银万事件，脸上和没有头发的头部都散发着红润的光泽。

"我认为是那些家伙决定握手言和以后一起对付大企业和警察。特别是喝了酒以后，借着酒劲，就开始编写耍弄警察的川柳了。"

水岛对阿久津的意见表示赞成："就是，那些家伙得意忘形了。"

跷着二郎腿的鸟居"砰"的一声把一个文件夹摔在桌子上："不能忘了犯罪团伙有七个人。人类这种生物，哪怕只有三个人也会形成派系之分。犯罪团伙也会分成两派，也会有交易，他们一起喝酒，也许就是为了握手言和。"

水岛是个墙头草，马上又点头表示同意："原来如此，有道理有道理。"的确，精通企业信息、会偷汽车、有无线电知识、熟悉股价操控，需要多方面的能力，只有一个小组是不可能制造那么大的事件的。"黑魔天狗"应该是一个既狡猾又残暴的双头怪。

"也许那个大厨还会想起什么，你再去找他一次。"鸟居对阿久津说道。

不用鸟居说，阿久津也想那样做。虽然大厨说他一直受到老板娘关照，但明显可以看出他对老板娘有一种不正常的感情。从他的表情和说话的口气来看，他的心里一定有什么想法。听到老板娘的脚步声表情变得僵硬的脸，就是他们之间不正常的证据。尽管他警告阿久津说"不要再到这里来"，那也只是说说而已，再去了他也不能把阿久津怎么样。

"对了，水岛先生，当时您的干劲可真大呀！"鸟居指着桌子上的文件夹说道。那是当时跟银万事件相关的剪报。

"那有什么用？离审判还远着呢。不管是好是坏，反正我是拼命去干了。有人说，关西地区的记者，政治和经济是弱项。为了采访那个事件展开的竞赛，是互相没有防备的竞赛。"

"这么大的悬案，警方连个像样的总结都没有，不用说是一件奇怪的事情。每天都为了抢先刊出独家新闻混战的各家报社，为剧场型犯罪提供了舞台的媒体，也没有对当时的报道做出任何结论。"鸟居感慨地说道。

奉行"独家新闻至上主义"的鸟居能说出这番话来，阿久津感到有些意外。

"在昭和时代，报纸的责任比现在大得多。这么说也许有点不礼貌，当时我们认为电视的作用就是娱乐。要说新闻，还得看报纸。特别是在地方上，这个倾向更严重。银万事件发生的时候，在常驻大阪府警察本部的各种媒体记者中，除了各报社的记者，只有NHK电视台的记者能收到相关信息，其他民间电视台的记者都收不到。"

水岛骄傲地夸耀着以前报纸的辉煌时代。实际上，阿久津对此也深有体会。小时候，邻居中没有一户人家不订报纸。

"现在谁也不要求报纸的速报性了，我担任常驻大阪府警察本部记者时，最重要的就是要比别的报社快，要是别的报社慢了，肯定被降职。"

阿久津想起了水岛的上司三船的故事。当时三船是驻大阪府警察本部记者组组长，曾宣称："如果错过了采访抓到罪犯的瞬间，我就离开报社。"然后怀里揣着辞职信四处奔波。

"当时是互相没有防备的竞赛吗？"阿久津问道。

鸟居笑着点点头："那时候完全是自己强迫自己。一心想着在对方写出来之前发表，渐渐地就控制不住自己了，竞赛到了最后就是不管质量如何，只管数量优先了。而且编辑部每天都给银万事件留着版面。朝刊夕刊都留着版面，连续几个月填满版面是非常困难的。"

"现在轻松多了。"

听了阿久津的话，鸟居脸上浮现出难得一见的笑容。

"完全没有必要勉强写下去。连续一个月写同一个事件的报道，值得见报的材料还能有多少呢？"鸟居似乎在反省以前的做法。

阿久津想，也许正是因为有诸多反省，鸟居才留在了他的位置上。

阿久津虽然已经当了十多年记者，但还没有做好面对社会的心理准备。现在，如果再发生跟银万事件同样的事件，自己有不刊登犯罪团伙的挑战书的勇气吗？罪犯来通知说在某个商店散布了混入剧毒的糖果，敢装作没看见吗？如果不登报的话，万一哪个孩子吃了混入剧毒的糖果，谁负责呢？

恐吓信送到企业以后呢？如果不向社会披露，罪犯可能会以为企业有可能私下里跟罪犯交易，罪犯前来接触的可能性就会增大，当然逮捕罪犯的概率就会增加。这也可以看作一种"社会正义"吧。但是，作为一家民间企业，有权利隐瞒吗？

"不知道"或者"不得不想一想"，是阿久津最实在的回答。

"我认为电视的力量强大起来是在银万事件以后。罪犯的目标是糖果对吧？一想到自己的孩子有可能吃到有毒的糖果，家庭主妇肯定会看电视。电视台的综合节目必然会报道。在电视上可以看到监控录像录下来的画面，也可以听到罪犯利用孩子录的所谓指示。报纸做不到的事，电视可以做到。"

两位老记者的感慨，是对古老的报纸的怀念呢，还是对报纸的存在感一年不如一年的现状的悲叹呢？阿久津说不上来，但有一点可以肯定，自己如果不被拉进这个年末特辑的采访组，就意识不到新闻报道应该是个什么样子的。

经过长时间的查阅，精力越来越不能集中了。但是，把鸟居扔在这里自己先走，阿久津又说不出口。

"加了一天班，咱们去吃烤肉吧！"水岛不慌不忙地提议道。

阿久津立刻响应："太好了！同意！"出去吃烤肉是离开报社的一个不错的理由。疲倦的身体需要烤肉滋补，再喝点酒，当场解散回家的可能性很大。本来就是休息日，鸟居也不会要求再回来继续加班。

"嗯？"鸟居好像没有听见水岛吃烤肉的提议，盯着拿在手上的一张照片仔细看起来。那张照片是从装着有关股价操控的资料的大信封里拿出来的。他好像发现了什么新线索。

"怎么了？"阿久津问道。

"阿久津，把秋山老人借给你的那张钓鱼的照片拿过来！"

阿久津把那张照片递给鸟居，鸟居把两张照片并排摆在了桌子上。

"果然一样。"

水岛也走过来，站在鸟居身后，掏出老花镜问道："什么一样啊？"

"钓鱼的照片后排，站在狐目男相反一侧的这个小平头，大厨说过记得他，是吧？"

"是的。他也许参加了在'紫乃'的聚会。"

"你们看看这个。"

另一张照片是一个业余棒球队的合影。球员们穿的是白色棒球服，戴的是黑色的帽子。胸前的刺绣是龙飞凤舞的英文字母，看不出来是什么文字。照片装在一个证券公司的信封里，可以认为是这个公司的业余棒球队。

"这个棒球队正好九个人。"水岛说道。

正如水岛所说，以有棒球得分记录板的棒球场为背景，四个人蹲着，五个人站着。球员中有年轻人，也有中年人，有胖子，也有瘦子。一看就知道是个业余棒球队。不管怎么说，在公司里工作的人利用休息日打棒球，是阿久津无法想象的。

鸟居伸出左右两只手的食指，同时指着照片上同为后排最左边的一个人。

"啊！真的！"水岛叫道。

与此同时，阿久津屏住了呼吸。棒球队这张照片上那个人虽然戴着棒球帽，但还是能看出跟钓鱼的照片上的小平头是同一个人。体形也一样，可以断定是同一个人。阿久津又反复对比着看了半天，两张照片上相同的人物只有小平头一个。

"这个公司在什么地方？"水岛问道。

"东京。以前是一家很有影响力的公司，不知道现在还有没有。"

"这个棒球场也在东京吗？"

"这个说不好。这张照片不知道是谁拍的，也不知道是哪个记者搜集来的，照片背面什么也没写。"

"这个小平头是证券公司的职员吗？"

"棒球比赛一个队出场的人数最少为九人，他们一定还有帮手。"

听着水岛和鸟居的对话，阿久津心想：这个人肯定参加了"紫乃"的聚会。就在这一瞬间，无线通话录音在他耳边响起。

"事前的卖出要暂缓，跌到最低点就买入。只要干得漂亮，就一定能大赚特赚。"

年龄、普通话、东京的证券公司、股票、金田哲司的朋友……不就是无线通话里的牛若丸吗？想到这里，阿久津的脑子里又挂上了一个线索。在东京采访立花的时候，立花说，在兜町有一个传闻，说是有一个很奇妙的股价操控团伙。在这个股价操控团伙里，有一个引起过立花注意的人物。阿久津闭上眼睛，拼命刺激着大脑里的海马。

男青年、一桥大学、不会说关西方言、熟悉关西地区地下交易市场的人脉、出没于兜町、信口说谎……浮现在脑海中的一条条信息，都被小平头吸过去了。在记者生涯中阿久津有过好多次这样的感觉——所有的光线都集中在一个焦点上的感觉。

"对不起，这张照片我用一下！"

阿久津拿起棒球队的合影，回到自己刚才坐过的位子上。他从采访包里拿出数码相机，利用微距模式拍了一张照片。然后他从相机里拿出SD卡，插入电脑，拨通了立花的手机。

"是立花先生吗？我是以前采访过您的《大日新闻》的阿久津。休息天给您打电话，真对不起。您现在有时间吗？我想跟您说几句话。谢谢！我给您发了一张照片，发到您以前告诉我的邮箱里了，希望您能看看这张照片……"

4

上升的箭头亮着，箭头下面的数字越来越大。

高速电梯里只有阿久津一个人。这次采访，比起一个月以前那次采访立花，手中的王牌数量不一样。马上就要开始采访了，什么信息需要说出，什么信息不需要说出，什么信息说出来好，什么信息说出来不好，最合适的那一条线应该画在哪里，阿久津都还没有想好。

给立花打电话以后，今天正好是第十天。立花看了阿久津发给他的业余棒球队的照片以后，马上就给阿久津回了电话，说话的语气非常兴奋。

"没错！没错！就是他！那小子还是业余棒球队的哪！你是在哪里看到这张照片的？"

立花马上跟那个证券公司联系，问了三个人，结果谁都不记得照片上这个小平头。不，正确的说法应该是，不记得的，只有这个小平头。也就是说，其余八个人，穿着棒球服，跟一个不认识的人在一起照了一张照片。还有比这更叫人觉得诡异的事情吗？最后可以断定的是，这个小平头根本就不是那个证券公司的人。

那以后，立花用一个星期的时间，拿着照片在兜町通过各种关系四处打听，终于找到了一个人，就是阿久津马上要见的姓西田的男人。这个西田提出的采访条件极为异常：不许问他本人的情况，不许录音，不许照相，采访时间不能超过十分钟，只能采访一次。立花也不认识西田。因此，这是一次只许成功不许失败的采访。

采访的地方定在东京饭田桥车站附近的一家酒店的一个房间里。立花和西田在那个房间里等着阿久津。阿久津从车站往酒店走的时候，把提问的先后顺序在脑子里整理了一下。与此同时，抹掉了刚才浮现在脑海里的王牌。

电梯在二十一层停了下来。阿久津走出电梯，先向左边看了一眼，又看看墙壁上标记房间号码的数字，然后向右看。阿久津出差都是在网上预约商务酒店，这么高级的酒店从来没有住过。楼道很宽，亮度适宜，绝对没有商务酒店那种阴森森的气氛。

阿久津踏着舒适的地毯往前走，站在约好的房间门前的时候正好是下午2点55分。阿久津短短地吐了一口气，轻轻地敲了敲门。几秒钟之后，听到立花说了声"请进"。

进门之后第一个感觉是光线很暗。遮光窗帘严严实实，窗帘前边站着一个男人，个子很高，白发较长，跟站在他旁边的大块头立花形成了鲜明的对照，这两个人看上去就是兜町的象征。

这是个比较宽敞的双人房，应该是提前预订的吧。房间中央摆着几把椅子。阿久津和西田见面后，用握手代替了交换名片。让阿久津感到意外的，是西田那一脸灿烂的笑容。

"我是《大日新闻》的阿久津，今天给您添麻烦了。"

"哪里哪里，我应该向您说声对不起，采访条件太苛刻。理由我就不详细说了，总之我是不能在人前露面的。顺便说一句，西田这个姓也是假的。"

见面之前阿久津一直提心吊胆，还以为西田是一个多么令人感到恐怖的人物，一见面才发现是一个既懂礼貌又很温和的人。阿久津很想知道西田为什么"不能在人前露面"，但时间不允许他问这个问题。

"那我就开始采访了。我想了解一下照片上后排最左边这个人的情况。"

坐下之后，阿久津立刻拿出采访本开始提问。立花一直在窗户那边站着。

"他叫什么名字？"

"吉高弘行。"

阿久津确认了是哪几个汉字之后，把这个名字记在了采访本上。

"西田先生跟吉高先生是怎么认识的？"

"吉高上大学的时候，教他炒股的人就是我。后来我们又一起搞过股价操控。"

"他现在在哪里？"

"不知道。三十多年没有联系了。"

是继续了解吉高的情况呢，还是直接进入银万事件这个正题呢？阿久津选择了后者。

"也许您已经知道了，我现在正在采访银万事件。刚才您说跟吉高先生三十多年没有联系了，三十多年前，正是银万事件发生的时候。"

西田点了点头。

阿久津决定投一个直线球："西田先生，您认为吉高先生跟银万事件有关系吗？"

西田右手的手指尖顶着下巴，扭头看了看窗户那边。西田脖子很长，这个动作使他很像一只仙鹤。阿久津犹豫着要不要再加上一句什么，但最终选择了等待。

"我认为很有可能。至少比'魔力触手'可能性大。"

站在窗前的立花表情松弛下来。因为他也说过同样的话。

"为什么呢？"

"因为吉高在事件发生之前查过跟食品有关的股票。我当时就觉得有点不正常，后来发现他查过的股票中囊括了银河、又市、万堂、希望、鸠屋、摄津屋，也就是说，在银万事件中所有受害的公司。"

"所有……"

吉高原来在阿久津心目中只是一个被怀疑的对象，现在几乎可以确认吉高是罪犯之一了。所谓的"黑眼睛的外国投资家"就是吉高吗？

"吉高先生是哪个股价操控团伙的，您知道吗？"

"我不知道。这是真话。银万事件发生之前，他就开始渐渐疏远我。理由很简单，他找到了别的地方，也就是说，加入了别的股价操控团伙。"

"希望您能把您所知道的都告诉我。"

"那个股价操控团伙的本尊是谁我不清楚，但我知道本尊下边的股价操控手应该有三四个，而且都是嘴很严的人。那三四个股价操控手里，除了吉高以外，还有一个东京大学毕业的女人。"

"那个女人是干什么的？"

"不知道。干这行的高学历一点都不新鲜。那个女人比吉高年龄大，不是关西人。我知道的只有这些了。"

"那个股价操控团伙的金主是谁？"

"应该有好几个吧。基本上都是关西地区的。吉高最主要的金主叫上东忠彦。"

确认了是哪几个汉字之后，阿久津把这个名字也记在了采访本上，并画上了一个圆圈。这时，阿久津马上意识到无线通话里提到的由先生是姓氏的罗马字第一个字母。

"这位上东先生是干什么的？"

"您连上东忠彦都不知道吗？"

对西田感到意外的问话，阿久津只能老老实实地摇头。阿久津痛感自己这个文化部的记者太欠缺这方面的知识。

"建筑业的交易中介人。如果有什么重建项目，百分之百由他承担。"

"上东先生现在在哪里？"

"已经去世了。以前，就连都市银行的高管都得定期去拜见他。"

"吉高先生没有其他的投资人吗？"

"不知道。但是，以前一提到黑钱，想到的一定是暴力团系统、朝鲜半岛[1]、宗教。暴力团是通过自己经营的企业赚钱，朝鲜半岛1990年前后就赚到了五千亿韩元，至于所谓的新兴宗教，赚的钱就更多了。能够那么巧妙地隐藏起来的股价操控本尊，金主不可能只有上东忠彦一个人。在那个股价操控团伙里，恐怕每个股价操控手都会把相当数量的金主抓在手里。"

遗憾的是，采访到现在，除了吉高和上东，没有什么具体的东西。看来，谜一样的股价操控团伙也只能了解到这些了。阿久津一边想着在什么时候打出什么样的王牌，一边注视着面前的男人。

"您跟吉高先生三十多年没有联系了，那么您间接地听到过他的消息吗？"

"没有，一点都没有。恐怕……下面的话我不想说，他从这个世界上消失，应该是失手了。我只能祈祷他还活在这个世界上。"

"您和吉高先生是怎么认识的？"

"这个我不能说。"西田毫不客气地拒绝回答。

阿久津决定把王牌甩出来。虽说有风险，但采访西田只能有一次，不能错过机会。

"请您看看这个。"

阿久津把夹在记事本里的一张照片拿了出来。那是金田哲司一个人的照片。不出所料，立花立刻凑了过来。

---

1 此处指在日韩国人的势力。

"您认识这个人吗？"

"不……"

站在西田身边的立花歪着头，也表示不认识。看来在这里得不到关于金田哲司的信息。这时候阿久津认为没有把狐目男的照片拿出来太对了，否则就会把《大日新闻》的独家消息泄露出去。

阿久津看了看手表，采访时间只剩四分钟了。在干燥而安静的房间里，只能偶尔听到楼道里有些许动静。寂静逼迫着阿久津做出决断。

要不要让西田听一听无线通话录音呢？录音长达两分五十秒，确认说普通话的男人是不是吉高需要十秒。如果让西田听了那段录音，《大日新闻》手上有罪犯的无线通话录音的事，很有可能被其他报社知道。万一别的报社找到这段录音并报道出去可就惨了。

如履薄冰的阿久津又看了一眼手表，同时计算了一下今天取得的成果：吉高和上东的名字，吉高所在的股价操控团伙里一个东京大学毕业的女人。

远远不够！

一想到再也不可能见到西田，阿久津就下了决心，迅速从采访包里把微型录放机拿了出来。立花见状慌忙制止道："阿久津先生，不能录音。"

"我不是录音，也不想录音，我是想让西田先生听一段录音。西田先生，可以吗？"

西田眼神里流露出一丝困惑，但很快同意了。

"求二位一件事，听了这段录音以后，千万不要告诉别人。能答应我吗？"

立花和西田对视了一下，一齐面向阿久津点了点头。

"现在开始播放两个男人的无线通话录音，请二位认真听。现在开始。”

听到电脑合成的声音之后，阿久津感觉到立花和西田都做好了准备。“咂咂咂”的杂音打破了寂静。

“听到我了吗？牛若丸，我是天丸！”

“听到了，信号很好。天丸，我是牛若丸！”

刚听到牛若丸的声音，西田就看着阿久津点了一下头。

证据有了！这是吉高弘行的声音。他是犯罪团伙一员的可能性增大了。

关于在位于百万遍地区的复印店复印材料的对话之后，又是一阵杂音。

“希望食品公司的股票买入情况怎么样了？牛若丸，我是天丸。”

“事前的卖出要暂缓，跌到最低点就买入。只要干得漂亮，就一定能大赚特赚。”

“知道了。资金没问题吗？”

“正在筹集。”

“由先生好像不高兴了。”

“你听谁说的？”

杂音再次响起，接下来是关于阪神老虎队的对话、澳大利亚国宝考拉、跟《周刊文春》连载的《疑惑的枪弹》事件中的三浦和义一起喝过酒等话题。天丸担心被监听，二人结束通话时，阿久津按下了停止键。

“阿久津先生，您拿出照片的时候我就想，您真不简单啊，居然能把这个搞到手。”

立花是感慨还是询问，阿久津没有细想。不管什么信息，立花都能将其跟金钱联系在一起，而且在兜町有强大的人脉。对于这样一个人，阿久津只是笑了笑，没说别的。也许立花和西田也意识到天丸就是金田哲司了。

"录音里说普通话的年轻人，自称牛若丸的，就是吉高先生吧？"

"没错，就是他的声音。不只是声音，就连说话的口气都是吉高的。"

"他们谈到了希望食品的股票，好像警惕性很高。"

"如果不想暴露身份，又想买卖股票，比什么都重要的就是抽身的时机。希望食品是第几家受害企业？"

"第四家。"

"如果是第四家的话，那就是对前三家得到的利益还不满意。本来是抽身的时机，还想着卖光是不行的。当然也要看把利益上限定在多少。"

"听了西田先生一席话，才知道股价操控团伙里都是一些聪明绝顶的人。"

"我认为他们肯定是赚了。但是，他们是怎么从金主那里把本金吸引过去的，这是个疑问。特别是在中央，那是要花很多钱的。"

"中央？"阿久津没听懂。

"从饭田桥去的话，坐有乐町线，向南三站。"立花的话帮了阿久津的忙。

西田抬起手腕看了看手表，阿久津跟立花对视了一下。采访结束的时间到了。

阿久津把采访本和微型录放机装进采访包，跟西田握手道别。因为事先已经约好了西田和立花留下，阿久津一个人先离开，于是阿久津转身走出了房间。

等电梯的时候，阿久津掏出智能手机，检索了一下有乐町线的路线图。饭田桥向南三站是永田町[1]站，看到"永田町"这三个字的时候，阿

---

1 东京都千代田南端的地名，日本国家政治的中枢地区。国会议事堂、日本首相府、众议院议长官邸、参议院议长官邸等都在这里。

久津就像站在了一堵不可逾越的高墙前面，长长地叹了一口气。那与其说是高墙，倒不如说是一个巨大的黑洞。

三十多年前，记者们可能也追到了这里。如果他们在黑暗中没见到一丝光亮，那光亮也照不到自己身上。此前还以为自己已经接近昭和史上最大悬案的罪犯了，看来自己把问题想得太简单了。

作为生活在平成时代的一名记者，此后能做到的事情是什么呢？

阿久津连回答的轮廓都描画不出来，混混沌沌地上了电梯。

5

就要出门了，诗织却开始脱袜子。

"你这孩子，怎么这么淘气啊！"亚美大声斥责着女儿。

诗织却抬起头来，看着奶奶真由美笑了。诗织好像学会在淘气中找到快乐了。真由美蹲在诗织身边，笑着夸奖道："小诗织真聪明！"真由美对儿子和儿媳都很严厉，一见诗织就满脸笑容。

亚美跪在诗织另一侧，拿起女儿刚脱掉的袜子，要给她穿上。

"不要妈妈穿！我要奶奶穿！我要奶奶穿！"诗织大喊大叫。

"随你的便！"

亚美一大早就起来准备野餐时吃的盒饭，觉没睡够，心情烦躁。

"生那么大气干吗？"奶奶真由美一边给孙女穿袜子一边不满地嘟哝道。

亚美装作没听见，拿起了餐桌上的饭盒。

曾根俊也敏感地意识到亚美有可能迁怒于自己，赶紧拿起孩子的东西和铺地用的塑料布等走出了家门。车库在店铺的对面，俊也走过去打开后备箱把东西放在里边。满脸不高兴的妻子亚美坐在副驾驶座上，母亲坐在亚美后边，诗织坐在固定在奶奶旁边的儿童安全座椅上，大家都系好安全带以后就出发了。

每次出去玩都是一个忙碌的早晨，不过还好，总算按照预定的时间出发了。今天是"曾根西装定制"的定休日，俊也一家要去的地方是京都市内的水族馆。水族馆和动物园都是诗织喜欢的地方。

"喂，这是刚从咱家邮箱里拿出来的。"

等红灯的时候，亚美从包里拿出来一个白信封。信封上的收信人地址和收信人姓名，都是方方正正没有特征的字。没有写寄信人的名字。

"谁寄来的？"俊也问道。

亚美看了看信封，说了声"奇怪"，递给了俊也。俊也随手把信装进了上衣的内兜里。

三年前刚建好的水族馆在展示海洋生物方面下了很大功夫，因此特别有人气。到了周末和休息日，来水族馆的人很多，周围的停车场全都停得满满的。不过，"曾根西装定制"的定休日不是周末，水族馆人不是很多，诗织可以自由地到处乱跑。

"大山椒鱼！大山椒鱼！"

刚走进水族馆，诗织就欢快地叫起来。紧挨着入口处，是一个按照京都的河川意象建造的水槽，水槽的角落里有十几条大山椒鱼重叠在一起，一动也不动。远远看上去，就像一块大石头。

"今天也有很多大山椒鱼！"

诗织激动地叫着，靠近水槽。

亚美看着那一堆大山椒鱼皱起了眉头。俊也觉得不可思议的是，一个两岁的孩子，为什么会对一点都不华丽，而且一动不动的大山椒鱼感兴趣呢？

"小诗织真了不起！"奶奶笑着说道。

不管孙女喜欢什么，奶奶都无条件支持。诗织就像那些大山椒鱼一样，蹲在水槽前面，一声不响地盯着看起来。俊也见诗织不想动地方了，就把她抱起来继续往前走。看完了海豹和海狗，又在企鹅馆前隔着玻璃照了相，后来又看了海豚表演，还在出口附近买了几个超级球。每次来都是这一套，但诗织好像永远都玩不够。

快到中午的时候，全家人来到宽广的大草坪上。秋高气爽，非常舒服。来水族馆游玩的人们，有的铺开塑料布坐在上面吃午饭，有的在玩飞盘，有的在弹吉他，玩得都很快乐。

俊也和亚美一起把塑料布铺开，解开包着三层饭盒的包袱皮，打开了饭盒的盖子。炖牛肉的香味钻进鼻孔，肚子马上就跟着咕咕叫了起来。

"我要吃饭团！"

诗织一把抓起妈妈专门给她做的三个小饭团，大人们都笑了。

"诗织！一个一个地吃！"亚美教训道。

诗织不理妈妈，伸手又去抓炒鸡蛋。

"用叉子吃！"

母女俩之间的小战争不只在家里上演。有孩子在不能安心吃饭，但也不闷得慌。

诗织一吃完饭就光着脚丫子在草坪上奔跑起来。俊也抓住女儿，给她穿上袜子和鞋子，拿出一个供孩子玩的小足球和女儿一起玩。后来加入的亚美一脚把球踢出老远，诗织大笑着追了过去，亚美跟在女儿身后。

看着女儿欢快的笑脸，俊也心里热乎乎的。休息日虽然也想在家里睡个懒觉，但睡懒觉绝对敌不过女儿的笑脸。工作上了轨道，女儿也很可爱。年轻的时候认为平凡的生活很无聊，现在觉得这才是幸福。

俊也又看了坐在草坪上的母亲真由美一眼，真由美正在看着水族馆那个方向。一想到自己小时候母亲也像亚美跟着诗织跑那样跟着自己跑，就觉得母亲老了。母亲显得很疲倦，脸色也不好。母亲夏天吐血的事不知什么时候已经忘记了，正所谓好了伤疤忘了疼。俊也正要过去陪母亲聊聊天，诗织和亚美先跑过去了。

"奶奶！我来给您当医生！"

难道说自己的心情传达给两岁的孩子了？只见诗织拿着刚才买的超级球当听诊器，放在了奶奶的肚子上。诗织每个月总有一两次去小儿科看病，她是在模仿医院的医生。

"谢谢你我的好孙女，诗织真是个好孩子！"真由美抚摸着诗织的头夸奖着。

诗织高兴得又蹦又跳："奶奶！这个给您！"说着就把超级球使劲往奶奶怀里塞，差点把奶奶推倒。

俊也奔过去："妈，不要紧吧？"

真由美摆摆手站起来："我去一下卫生间。"

"我也去！我也去！"

亚美想把诗织叫住，但诗织根本不听，最后祖孙三代一起去了。

俊也盘腿坐在草坪上，拿起瓶子喝茶。喘了一口气之后，想起了亚美在车上给他的那封信。他从上衣的内兜里把信拿出来，虽然没有寄信人的名字，但一眼就看到了邮戳上的"堺"字，心里顿时乱作一团。自己跟堺市的关系只有"紫乃"。

直到看不见那祖孙三代了，俊也才小心翼翼地拆开信封。

信纸上的字跟信封上的字一样，也是方方正正的。抬头是"曾根俊也先生"，落款果然是"紫乃"的大厨。

信纸只有一张，开头连简单的问候语都没有，直接就写道：

有一件事想告诉您。

——进入10月以后，有一个报社的记者到"紫乃"来过两次。他也是为银万事件而来的。让我感到吃惊的是，他手上竟然有狐目男的照片——

俊也倒吸一口凉气。报社记者在采访银万事件……

思考能力停止了一瞬间之后，有一种胃疼时胃里的东西往上涌的感觉，那是恐惧造成的。报社记者在追查事件的真相。为什么要在这时候追查事件的真相呢？可能性只有一个，那就是有人把黑皮笔记本和盒式磁带的事透露出去了。

想到这里，俊也浑身发冷。

俊也把手放在剧烈跳动的心脏部位，拼命使自己平静下来。把自己家里的事情到处乱说，实在是太不应该了。

在那祖孙三代从卫生间回来之前，俊也一直在胡思乱想。

如果打情报战，打信息战，自己绝对不是对手。专业记者是有组织的，要是想调查的话，自己的名字啦，住址啦，马上就能找到。现在他们已经把狐目男的照片搞到手了。

自己本来是一个追踪别人的人，转眼间就反转过来，成了被追踪的人。俊也一时转不过弯来。一想到记者会把一切公之于世，俊也浑身颤抖起来。出了汗的右手拿着"紫乃"大厨来的那封信，什么都没拿的左手攥拳放了膝盖上。看着滚落在塑料布上的超级球，心想无论如何也要保护诗织……

大厨说，他没有对记者说堀田和俊也去过"紫乃"的事，这让俊也感到一丝安慰。大厨还说，可以给记者打电话了解到更多的信息。俊也心想，躲还躲不及呢，还自投罗网？

大厨最后说，随信寄去记者的名片，希望能帮到俊也。

俊也战战兢兢地打开用薄纸包着的名片，同时意识到，自己已经没有退路了。他死盯着名片上的字，确认着"追踪者"的名字。

——《大日新闻》文化部记者　阿久津英士——

6

在黄油奶糖似的甘甜之后略有一丝苦味，很少喝咖啡的俊也觉得这种咖啡好喝。

俊也把咖啡杯放在茶几上，看着站在不远处的老缝制工匠河村和信。把西装裤子拿在手上的河村，既认真又迅速地检查着裤子缝制的质量。看着河村不时把老花镜往上推一推的样子，俊也怀念起以前见过的河村来。那时候河村也是不时把老花镜往上推一推。

10月中旬，变得柔和的阳光从窗外照射进来。河村和信曾经是为"曾根西装定制"缝制西装的工匠。三年前俊也改变经营方针以后，河村再也不接俊也的电话，俊也给他寄贺年片他也不理。

昨天，俊也去跟"曾根西装定制"签约的工匠作坊的时候，听说河村两个月以前退休了，便决定去河村家看望他。河村家不大，但缝制工作室很宽敞。有工作台，有熨衣板，一面墙都是摆满了顾客的原始资料的架子，还有装满衣架的纸箱，但并不显得拥挤。

"我这里的咖啡怎么样？"河村突然问道。

俊也没有想到河村突然问这样一个问题，结结巴巴地答道："好……好喝。"在老前辈面前，俊也显得有些紧张。

"我买了一台咖啡机。以前我一直认为老伴冲的咖啡最好喝，其实这个更好喝。"

刚才听河村说，老伴已经在一年前去世了。俊也心里很难过。从小时候起，俊也就经常跟着父亲到河村家来，最初河村夫妇住在公寓里。河村太太脸圆圆的，很和气。河村夫妇没孩子，所以特别喜欢俊也。

"听说您退休了，过来看看您。"

"啊，我老啦。眼睛也看不清了，手也不利索了。"

想想也是，俊也看着河村缝制西装也有三十多年了。对于这样一位老前辈，俊也只有敬佩，因为俊也经常为自己的买卖能不能继续下去而烦恼。同时，俊也又为这位已经六十五岁的老人担心，以后怎么生活呢？

河村把裤线笔直的西装裤子放在工作台上，然后站在了挂在衣架上的西装上衣前面。

这套西装是堀田委托俊也做的。英国爱丁堡哈里森的特级面料，既柔软又富有弹性，适度光泽，高贵典雅。俊也自己也有一套这种面料的西装。深沉大气的灰色看上去沉着庄重。内衬是深蓝色，具有扣人心弦的魅力。右侧腰部加一个零钱口袋、袖口的扣子重叠起来等，又添了几分情趣。

俊也把堀田的西装拿到河村这里来，理由之一是堀田是父亲的朋友，也是父亲的顾客，更重要的理由是想让河村认可自己经营方针的改变没有错，希望为了守旧不再理睬俊也的河村说一句"好东西就是好东西"。

河村看得很仔细，一直没说话。俊也敬仰河村的技术和精神，正因为如此，他也害怕河村说话。

"这位客人以前爱好运动吧？"

俊也点点头。

河村盯着西装又问："是不是堀田先生定做的？"

西装上衣没有绣名字。俊也惊奇地问道："您是怎么知道的？"

河村笑着答道："看体形，看情趣，就知道是堀田先生的。"

俊也看着河村的脸，想起了自己年轻时跟河村学艺的情景。

当时俊也为一位老师做了一套西装，可是无论怎么修改，也去不掉肩部的皱褶，于是就向父亲请教。严厉的父亲对他说，自己遇到的问题要自己解决。没办法，俊也就悄悄地来到了河村家里。

河村听俊也说明情况之后，随手抽出一张面巾纸来，灵活的手指把面巾纸折成三种皱褶："这是拉拽的时候形成的皱褶，这是折回去的时候形成的皱褶，这是面料多余的时候形成的皱褶。你做的那套西装肩部的皱褶是哪一种？"

俊也答道："是折回去的时候形成的皱褶。"

河村听了俊也的回答，就把剪纸样的方法告诉了俊也。俊也回去后按照河村说的方法改了纸样，就像变戏法似的，皱褶消失了。俊也对此感慨万端，那以后更加谦虚地学艺，手艺越来越好。

俊也在河村这里受到启发，再加上多年的实践，掌握了不使西装出现皱褶的方法，省掉了粗缝这道工序，没想到这竟成了河村远离"曾根西装定制"的原因，真是让人哭笑不得。

"光雄先生可是我的恩人呢。"河村说着把西装上衣从衣架上拿下来放在工作台上，然后把西装裤子挂在衣架上，"我家原来是一家酒铺，父亲去世后我把酒铺改成了裁缝铺。当时我二十七岁。但是，什么也不考虑就开店是不行的。过去是这样，现在也是这样。过了好多年也还不上贷款，只好含着眼泪把房子和土地都卖了。没有工作，也没有住处，我和母亲连饭都吃不上了。就在那时，光雄先生对我说，他要开店了，问我能不能帮他缝制西装。"

"您跟我父亲是裁缝专科学校的同学吧？"

"是的，虽然我岁数比他大，但我们是同班同学。我的铺子关了以后，你父亲给了我很多活计，让我能养家糊口了。好几次都是先给加工费。最让我高兴的是，我又能缝制西装了，而且是一个人从头到尾缝制一套。"

河村把西装上衣也挂在衣架上，宣布检查完毕。

"光雄先生刚开店的时候资金一定很紧张，但他一直在用我。我们在一个仓库似的集装箱里谈这谈那，有时候还一起去看面料。每天很累，但是很快活。"

河村怀念了一阵过去之后，感叹道："真是好人不长寿啊。"

往往是父母去世后，儿女才念父母的好。不只是儿女，就连跟父亲一起合作过的裁缝都感谢父亲。俊也为有这样一个父亲感到自豪，越来越觉得父亲不可能参与银万事件。

俊也站起来，从河村手里接过堀田定做的那套西装。

"能展示男子汉风采的好西装！这么好的西装，拿到哪里去都不逊色！"

"真的吗？"俊也高兴地叫起来。

"西装的事我从来不说假话。俊也，以后就是你的时代了，朝着你看准的目标走下去吧！我给你鼓掌加油！"

听了河村发自内心的话语，俊也心头一热。自己的裁缝铺走到今天，没有什么后悔的，但这三年来，一直怕见到河村。

这样的话就可以大胆地朝前走了。俊也觉得一身轻松。

这一个星期以来，俊也脑子里想的都是"紫乃"大厨的来信，特别是记者的名片，没有睡过一个好觉，躺在床上不住地翻身，甚至觉得阿久津英士随时都会出现在自己面前。夜深人静的时候，就像是滚雪球似的，越想越多。什么将来诗织不得不转校啦，"曾根西装定制"的牌子不得不摘下来啦，等等，不一而足。

俊也用谷歌搜索引擎搜索了一下阿久津英士这个名字，没有找到一张照片，只有一些对方以前写过的记事。主要是有关文艺界的记事，但在数年前也报道过发生在大阪的事件和事故。由于看不到本人的样子，俊也就更感到害怕。俊也的朋友里没有一个当记者的，所以，一个有能力有才干、薄情寡义的记者形象，在俊也心中一天天鲜明起来。

自己今天到河村这里来，也许是因为在不知不觉之中想依靠很久以前就认识的河村，也许是希望从河村这里了解一下父亲的情况才能安心。

今天，河村肯定了俊也做的西装，使俊也稍微平静了一些。自己能做的事情从一开始就确定了，那就是保护自己的家人，做好每一套西装。

一介裁缝能做的事情，还能有什么呢？

Chapter 5

1

高速公路两侧高高的隔音屏障，让人陷入一种错觉：隔音屏障不是死的，而是一种有意识的生物，可以随时按照它自己的意愿打开。

灰色的云彩下面映入眼帘的是鲜艳的绿色。在依然跟红叶无缘的群山前面，阿久津以每小时八十五公里的速度，驾车行驶在名古屋到神户的高速公路上。过了京都东出口以后，有一种来到了外地的感觉。

11月14日，阿久津决定去现场观察一下。他无论如何都要做这件事，为的是把在这里发生过的事件深深地刻在心上。

费了那么大劲才问出了两个人名，没想到一个都没挂上钩。特别是上东忠彦跟关西地区的地下交易网络有联系这个事实，使阿久津受到很大冲击。"您连上东忠彦都不知道吗？"从西田的口气可以知道上东忠彦是个大人物，但一问鸟居，鸟居连一点反应都没有。这使阿久津产生了一种不祥的预感。

"重建项目百分之百由他承担""就连都市银行的高管都得定期去拜见他""建筑业的交易中介人"，在这样一个人身上，找不到跟暴力团系统和半岛势力的地下交易市场的关联，是无法解释的。特别是在关西地区，更无法解释。

前天，阿久津终于在大阪警察本部搜查第二课一位退休刑警那里看到了上东忠彦的名字。不过，并没有找到跟银万事件有关联的任何线索。上东忠彦的名字出现在那位退休刑警绘制的一份很旧的出资违法者系统图上。在"消费者金融"这个项目下面，有一个箭头指向上东忠彦这个名字，但那件事并没有立案，上东忠彦从中起的作用是什么，也没有说明，甚至连他的出生年月日都没有。

阿久津的采访本上记录着那位退休刑警说过的话：这个人大概是个假部落民[1]吧。在跟竞标有关的案子上，倒是经常听到他的名字，不过没听说他干过偷盗之类的事。他本人也不是部落民地区出生的。上东忠彦这个名字说不定是个假名字。

退休刑警这些话没有提供任何线索。现在几乎听不到所谓部落民问题了，但在昭和时代，打着部落民解放运动的幌子集资的人确实有不少。如果就连上东忠彦这个名字都是假的，距离真相就更加遥远了。

这回用不着鸟居催促，阿久津自己就很着急。金田哲司、狐目男、吉高弘行、上东忠彦……这些线索已经达到构成一个特辑的标准了。但是，既然跟上面提到的那些人一个都没接触过，写出的报道也就跳不出臆测的范围。

距年末特辑连载还有一个多月的时间。连警方的特别搜查部都没有介入股价操控团伙，要想弄清楚其黑暗内幕非常困难，描画出跟银万事件所有相关者的关系图，几乎是不可能的。但是，真的毫无办法了吗？阿久津决定再到犯罪现场去一次。

阿久津驾驶着报社的本田飞度到达高速公路大津服务区以后，花了

1　日本的部落民是封建时代贱民阶级的后代，社会地位低下，世世代代住在固定的地区。

很长时间才找到一个停车位。从车里一出来，他立刻被眼前美丽的景色吸引住了。

东北方向是扇形的琵琶湖，它应该是这个服务区最引人注目之处。崭新的长椅一共有八个，都坐着人。还有几个正在拍照的中国人。服务区的主建筑一点都不显得旧，看上去还是新的，里边还有餐馆和小卖部。这个高速公路服务区，成了一个小小的旅游胜地。

来到一块上面写着"请您感受琵琶湖之美"的地图牌子旁边，阿久津扶着栏杆，默默地眺望琵琶湖。天空有云，但不厚。反射着微弱阳光的湖面上，两艘白色游览船在缓缓移动。离游览船不远的地方，许多帆板张着五颜六色的风帆，在风中自由自在地航行。

三十一年前，眼前这美景也同样存在，也同样迷人。那个狐目男，也许就在这里欣赏过这美景。

1984年10月上旬到下旬，发生了在万堂糕点公司生产的糖果里放入剧毒氰化钠的大规模无差别杀人未遂事件。对于这个史无前例的事件，报纸连日在第一版显著位置给予报道，电视的综合节目也每天播出，并以特别节目的形式吸引国民的眼球。不用说，周刊杂志也不甘落后。犯罪团伙开始被媒体称为"人民公敌"。

但是，具有讽刺意味的是，整个社会陷于恐慌和混乱，对于"黑魔天狗"来说，是最好的保护伞。就在万堂糕点的受害成为社会的关注焦点时，他们在背后向着其他企业亮出了獠牙巨齿。

11月7日，大阪市内的希望食品公司的一位高管收到了一封恐吓信。"希望食品事件"，实际上是整个银万事件中，警方与犯罪团伙之间最后一次交锋。这次交锋的序幕，就是这封很长的恐吓信。恐吓信的前半部分是幼稚的虚张声势，后半部分是详细的指示。

"摧毁你们希望食品公司是很简单的一件事。我们有长枪，有手枪，有炸药，有盐酸，有氰化钠，但是，警察只有手枪。我们比警察厉害得多。"

罪犯的详细指示如下：一、准备两个挎包，每个挎包放入五千万日元现金，必须全部为旧钞票；二、派总务科两名职员，拿着装有现金的挎包，驾驶一辆白色面包车；三、于11月14日晚上7点半，进入我们指定的京都市内的日式餐馆等待联系；四、那两个总务科的职员要随身携带关西地区的交通地图和京都、大阪府的北摄地区、兵库县的阪神之间的地图；五、当天晚上8点，那两个职员要给希望食品公司驻大阪府吹田市的办事处打电话；六、我们将于11月9日或12日的晚上8点给那个办事处打电话，如果你们肯出钱，就在11月14日晚上8点接到那两个职员的电话以后，把我们的指示传达给那两个职员……在这封恐吓信里，罪犯也同时装进了在防汛器材仓库录制的银河公司的社长菊池政义本人的声音，以及注入了氰化钠的希望食品公司生产的炖牛肉调料。

希望食品公司的高管们在位于奈良县的培训中心召开紧急会议商量对策，并于11月9日下午3点向大阪府警察本部报警。五个小时以后，希望食品公司驻大阪府吹田市的办事处接到罪犯的电话。那里的职员按照警方的指示应对，一场由警方直接指挥的假交易开始了。

另一方面，11月13日凌晨1点15分，警方与媒体之间缔结了报道规制协定，规定没有警方的同意，媒体不得披露任何关于事件的消息。在没有人质被绑匪绑架的情况下缔结这种协定，是没有前例的。那时候虽然媒体方面意见并不完全一致，但在警察势在必得的气势面前，再考虑到受害企业已经疲于奔命，媒体方面除了签署这个协定，别无选择。

阿久津通过反复倾听当时驻大阪府警察本部记者水岛的介绍，反复阅读当时的采访记录，对发生在三十一年前的"那一天"的事情，就像自己亲身经历过一样，记得清清楚楚。

1984年11月14日上午11点，担任搜查指挥的大阪府警察本部，向接受了报道规制协定的记者们宣布：大阪府、京都府、兵库县、滋贺县、爱知县、岐阜县共六个警察本部，将出动九百二十四名警察、两百零八辆警车。对于一个恐吓事件，动用人数和装备的规模是空前的。记者们经过八个月的日夜奔波已经疲惫不堪，他们看到警方这次动真格的了，纷纷开始打腹稿，准备写一篇"罪犯被一举抓获"的报道。

　　在大阪府警察本部二楼，有五家全国性大报、两家通讯社和NHK共八家媒体的常驻记者。他们的办公室对面是宣传室，宣传室旁边有一个大房间，通常记者们都聚集在那个大房间里，但这天与往日不同，记者们都聚集在办公室旁边的会议室里了。五六十个记者挤在会议室里，在异样的热烈气氛中，等待着警察本部内部的有线广播喇叭播放的实况信息。

　　下午6点10分，也就是大阪府警察本部搜查一课课长等指挥官在四楼的综合对策室等了三个多小时以后，有线广播喇叭里传出"运送现金的白色面包车从希望食品公司总公司出发了"的声音，漫长的一天开始了。白色面包车里坐着装扮成希望食品公司总务科职员的两个刑警。一个是特别搜查队的，机智敏捷，另一个是机动搜查队的，开车技术特棒。他们都是三十多岁的精锐。

　　约四十分钟以后，运送现金的白色面包车到达距罪犯指定的京都市内的日式餐馆三百米处的待命地点。多名刑警假扮吃饭的客人进入了那家日式餐馆。晚上7点半，两位刑警从白色面包车上下来，也进入了日式餐馆。

　　晚上8点21分，正如罪犯预先告知的那样，希望食品公司驻大阪府吹田市办事处的电话铃声响了。手握电话听筒的公司高管听到的是从录放机里传出的一个男童的录音。

　　"到京都去，走一号线……两公里，公——交——车——站，城——南宫——的，长椅的，靠背的，后面……"

录音播放了四遍，用时一分十六秒，罪犯挂断了电话。大阪府警察本部二楼会议室的有线广播喇叭传出的声音是"罪犯来电话了"。记者们骚动起来，在办公室里的记者们也纷纷跑到会议室里来。大阪府警察本部的参事官飞跑进来，告诉大家电话是一个男童的录音，然后又飞跑出去。

警方对"黑魔天狗"的天王山之战揭开了序幕。

晚上8点半多一点，按照罪犯的指示，负责运送现金的两个刑警在京都市城南宫公共汽车站长椅靠背的后面，发现了一个贴在那里的茶色信封。信封里是一纸"指示书"和一张名古屋到神户的高速公路大津服务区的地图。其中一个刑警利用藏在胸前的小型无线通信机小声念了一遍罪犯的所谓"指示书"，向指挥部通报。

"你们被人监视了，赶快上名古屋到神户的高速公路。从京都南入口上去，朝着名古屋方向，以每小时八十五公里的速度，前进！"

"指示书"上还写着："到了高速公路大津服务区以后，把车停在残疾人专用停车场，然后到观光指南板后面，取下贴在那里的一封信，并按照信里的指示去做。"

听到这个消息，很多刑警仰天长叹。

事件搜查本部投入了大量的警员和警车，在有报道规制协定的前提下，确定了逮捕罪犯的地域，其实存在很大问题。首先是当时还不普及的数码式无线电通信设备的配置问题。虽然从东京警视厅借来了二十部无线通信机，但远远不够使用。更为严重的问题是，当时全国仅有的四台可移动式数码中继机，警方只借到一台，其余三台留在了东京。

由于犯罪团伙事前指示希望食品公司准备京都以西的地图，警方就把那台数码中继机设置在了京都西边的生驹山上。如果能再借一台，就可以设置在京都东边的比叡山上。也就是说，罪犯不管把运送现金的白色面包车指挥到京都的东边去还是西边去，都可以利用不必担心被窃听的数码式无线通信机及时取得联系。

"结果，东京那帮家伙只考虑保卫首都，只考虑政治。关西地区不管发生多大的事件，在东京那帮家伙的眼里都只不过是刑事案件，没有什么大不了的。如果不是那样的话，怎么会把三台数码中继机都留在了东京呢？"

水岛喝醉以后曾在阿久津面前大发牢骚。其实，现在日本的现实情况依然如水岛所说，怎么说大阪也只不过是一个地方城市。

由于大阪地位不及东京，就造成了无法挽回的失败。

在缺少一台数码中继机的情况下，事件搜查本部只好命令警员在比叡山上用老式的模拟信号式无线机通知附近的其他警员，再通过接力方式传达命令。

果然是怕什么来什么。犯罪团伙指挥运送现金的白色面包车向跟事先提供的地图相反的方向移动，用的是跟7月里发生的又市食品事件相同的手段，而这种手段是搜查本部预料到了的。总之一句话，当时至少需要两台可移动式数码中继机。

阿久津回忆到这里，向着大津服务区主建筑走去。主建筑里有餐馆，也有小卖部。连接出入口的台阶前边有一个小超市，还有摆着京都有名的八桥米饼的带轮子的售货台和卖串烧、烤肠的移动售货车，吸引着众多游客。在观光指南板后面，卫生间的前面有铁栏杆。

观光指南板上，在"祝您在滋贺旅游更愉快"的标语下面，有地图，还有旅游胜地的照片。当然，这些都不是三十一年前的东西，但为了万一能用上，阿久津还是用数码相机照了下来。由于观光指南板换了地方，阿久津知道这已经不是三十一年前罪犯贴"指示书"的那块了，感慨的同时又觉得有点异样。不过这种异样也就是心情的问题，没有清晰地描画出具体的轮廓来。

阿久津沿原路返回，看到了三个排列在一起的电话亭。现在看上去十分平静，但是，在三十一年前，在这个大津服务区，发生过紧急情况。

运送现金的白色面包车到达大津服务区之前十分钟，作为先遣队的特别行动队的刑警发现了一个在晚上也戴墨镜的可疑人物。那个可疑人物手里拿着公用电话，却不打电话，而是一直盯着观光指南板。刑警走近可疑人物，可疑人物猛然回过头来，刑警惊呆了。

狐目男！

虽然大边框眼镜换成了茶色墨镜，但挡不住那双独特的又小又细、吊眼梢的眼睛。黑夹克，戴帽子，服装也换了，可身高和年龄是换不了的。特别行动队的刑警确信这个人就是狐目男，因为太巧了，在又市食品事件中，在列车上见过狐目男的，就是这个刑警。

"我想对他进行查问！强烈要求搜查本部批准！"

刑警回到自己的车上，紧握无线机向搜查本部请示。在重要的犯罪现场再次出现的可疑人物，十有八九是犯罪团伙的成员，而且是警察见过的唯一的可疑人物，再放过他可能就永远也找不到了。

当时在大津服务区待命的刑警们心情是一样的，都要求对狐目男进行查问。狐目男曾经让日本警界水平最高的大阪府警察本部搜查第一课的刑警们大丢面子，而现在狐目男就在眼前！刑警们遭到犯罪团伙的挑战，总会面临着内有警察厅管辖而毫无话语权，被其他府警嘲笑，外有国民们冷眼相向的状态。自尊心比常人强一倍的搜查第一课的刑警们，已经忍耐了很久很久了。

但是，比起刑警们的自尊心来，将犯罪团伙一网打尽更重要。那些罪犯以史无前例的规模散布混入了剧毒氰化钠的糖果，万一哪个孩子吃了就会丧命的。当时在现场的刑警们一定发誓说"绝对不会再让他跑

210

了"，阿久津可以想象到刑警们的心情有多么迫切。

但是，指挥部不同意。警察厅的方针直到最后也是"一网打尽"。警察厅认为，不管多么小心谨慎的罪犯，在夺取现金的时候，总要冒一次险，这是最基本的常识。搜查本部认为机会来了，因为这次犯罪团伙从一开始就是冲着夺取现金来的，犯罪团伙内部一定由于某种原因很着急，这次肯定能抓他一个现行。

搜查本部的判断是正确的吗？

阿久津想起了水岛懊悔的话语。

"什么公开监控录像啦，什么地毯式搜查啦，警察厅主导的搜查手法让犯罪团伙停止了行动。为了一网打尽，禁止下面的刑警查问可疑人物，结果适得其反。一名普通刑警就是一条鱼，离开了警察组织这片水就活不下去。所以现场的刑警就是想查问也不能查问，一切听上边的指令，一句'不是我决定的'，就心安理得了。"

阿久津跟水岛的意见是一致的。从结果论的观点来看，如果当时刑警查问了狐目男，形势就可能发生逆转。所有的人都不是孤立的，都有一定的人际关系。就算狐目男行使沉默权，一旦弄清了他的身份，就可以找到跟他有来往的人，从而找到突破口。对于一个连续两次出现在犯罪现场的人，实施不够彻底的跟踪是对的吗？把唯一的可能性就那样简单地舍弃，是正确的决定吗？

阿久津在向东南方向移动的过程中，发现摩托车停车处后边有一条通路，顺着那条通路走到尽头，是通向下面的很陡的台阶。台阶只有一米多宽，中间是生了锈的扶手，将台阶左右隔开，便于上下台阶的人利用。

当年狐目男也许就是从这里逃走的！

阿久津一口气跑下昏暗的台阶。一百多级台阶只有三个路灯，到了晚上肯定看不清。

台阶下面有围栏，但围栏的门是开着的。有三个地方挂着牌子，说明这个台阶仅供管理员使用。围栏外边有停放摩托车的地方，三辆小型摩托车停放在那里。再往前走就是画着中黄线的县道。

阿久津站在县道一侧往台阶上看了看。通过台阶逃出大津服务区是完全有可能的。

那天，两次见过狐目男的刑警进行查问的要求被否定之后，为了不引起狐目男的警觉，由别的刑警负责跟踪，结果跟丢了。狐目男可能就是顺着这个台阶逃走的。阿久津想到这里，就像站在曾经监禁过银河公司社长的防汛仓库前面一样，感受到了罪犯的气息，不由得环视了一下四周。

在刑警于高速公路大津服务区跟踪狐目男的同时，负责运送现金的两个刑警在该服务区的观光指南地图板后面，找到了贴在那里的一封信。信中指示他们驾驶白色面包车去草津服务区，在那个服务区的长椅后面去拿新的指示。贴在长椅后面的信中指示道："看到这个指示以后马上行动！朝着名古屋方向，以每小时六十公里的速度，前进！"

信中还指示运送现金的人在高速公路左侧的栏杆上看到白布以后马上停车。白布下面有一个空啤酒罐，啤酒罐里有新的指示。

运送现金的白色面包车于晚上9点23分从草津服务区出发。警方的先遣队很快就在草津服务区以东五公里处发现了白布，那时候白色面包车还没有到达。白布下面就是县道，罪犯有可能要求把现金扔下去。

犯罪团伙与警方的斗智开始进入高潮。听到发现了白布的报告以后，聚集在大阪府警察本部的记者们屏住呼吸，密切关注着事态的发展。最后的结局，究竟是警察抓住罪犯，还是罪犯抢走现金呢？

晚上9点40分左右，警方在以白布为中心半径一公里范围内，配备好了警员和车辆。为了拖延时间，运送现金的白色面包车以每小时四十公里的速度行驶，于9点45分到达挂着白布的位置。两个装扮成希望食品公司总务科职员的刑警打着手电筒从车上下来，两米高的围栏上确实挂着白布。但是，找不到那个至关重要的空啤酒罐。

"没有空啤酒罐！"

"到高速公路上找！"

"过往车速太快，上不去！"

"一定在附近，仔细找！"

现场的刑警跟综合对策室的指挥官通过无线通信机大声叫喊。

两个刑警在雨中趴在地上四处寻找，就是找不到空啤酒罐。

晚上10点20分，指挥部决定结束行动，运送现金的白色面包车离开了现场。事后调查分析的结果是，那片白布其实是一件扯掉了袖子的白衬衣，是那天晚上8点50分至9点18分之间挂上去的。也就是在9点18分，高速公路下面另一出大戏开演了。

距离挂着白布的地方仅五十米的县道上，停着一辆后来证明是罪犯乘坐过的小型客货两用车。特别行动队的刑警用手电筒往车里一照，坐在驾驶座上的，竟然是滋贺县警察本部的一名警察。

2

"听我父亲说，那天晚上，他突然听到了巨大的声响，还以为是谁开车失控撞了我家的店铺。"

"撞了你家的店铺？"

"啊，比如说撞了我家店铺前面的自动售货机什么的。不过后来仔细一想，也许是关车门用力太大发出的巨响。"

"你认为那是罪犯的车？"

"有可能。哐的一声巨响。警察也来调查过，记者也来采访过，前几年一家周刊还给我们打过电话呢。"

香烟铺的老板还很年轻，年龄跟阿久津差不多。这个香烟铺位于商店街南端，以前也卖药，现在只卖香烟。老板的父亲两年前去世了。

离草津站不远的商店街，大白天就有很多商店放下了卷帘门。实在无法说是一条有活力的商店街。这是很多地方城市常见的情景。但是，对于采访银万事件的阿久津来说，这个以前也卖过药的香烟铺是一个特殊的存在。

斜阳有气无力地照在写着"香烟"两个白色大字的红色招牌上。拐角处的这个店铺有三个门，只有中间的烟草铺的门开着。右侧的门以前可能是药铺的门，左侧的推拉门上贴着很多广告，好像很久都没有拉开过了，门前是一台自动售货机。

阿久津拿来了当时的地图，他对照地图查看了一下周围店铺的位置，发现跟三十一年前相比没有什么变化。

有人慢悠悠地骑着自行车从商店街穿过。阿久津谢过香烟铺的老板，拿出数码相机开始照相。以高速公路为主战场的罪犯夺取现金与警察抓捕罪犯的争夺战，最后竟结束在这条普通的商店街上。三十一年前的那个晚上，罪犯把那辆小型客货两用车扔在了这里。

运送现金的白色面包车沿着高速公路开往草津服务区的时候，滋贺县警察本部机动搜查队的一辆警车发现了停在县道上的可疑车辆——一辆白色的小型客货两用车。警车上有三个警察，他们都不知道当晚的行动是抓捕希望食品事件的罪犯，出发前只接到上级一条指示：不准去名古屋至神户的高速公路附近。

县道只有五米宽，没有路灯，夜间通行车辆很少。警车开到那辆白色的小型客货两用车旁边，用手电筒往车里照。驾驶座上是一个胡子拉碴、两腮没肉、四十来岁的男人，身上穿一件前面是藏蓝色、侧面是黄色的毛衣，看上去十分健壮。那人戴着帽子，耳朵里插着耳机。被警察用手电筒一照，他吓得打了个激灵，头顶差点撞到车顶。

男人猛踩油门往前开，警车拉响警笛追上去。逃跑的小型客货两用车从高速公路下面的隧道钻过去，马上右拐，驶过当时的栗东町营下户山住宅区，然后从高速公路下面的另一隧道钻回去，向草津市区逃去。

"停车！停车！"

警车紧追不舍。坐在副驾驶座上的刑警不停地用高音喇叭叫喊。小型客货两用车在黑暗的田园地带、杂木林、没有路灯的小路上，以令人难以置信的高超技术逃窜，上了沿着草津川修建的堤岸道路，跨过小桥逃到对岸，在前宿场町的街道上以时速八十公里的速度飞驰。鸣着警笛的警车最初死死咬住不放，但在距开始追击的地点三点七公里处的一个三岔路口，小型客货两用车不见了。据追击的刑警介绍，在追击期间，只看见可疑车的刹车灯亮过一次，其速度之快可想而知。

阿久津站在作为东海道与中山道分岔点的三岔路口，摊开了当时的住宅地图的复印件。刚才那个卖过药的香烟铺，离旧草津川隧道只有三十米。

草津川已经没有了吗？

草津川在银万事件时效到期两年之后就被人为地废弃了。阿久津从不再有河水流过的草津川旧河道面前，感到了时光的流逝。从老地图上看，附近应该还有一个三岔路口。老地图上标记的台阶，由于人为地废弃了草津川，已经禁止通行，不能靠近，或者是从这里看不见了。阿久津町着地图上的三岔路口看了一会儿，又回到了香烟铺。

老板的父亲说他听到的是关车门用力太大发出的巨响，但被扔掉的那辆小型客货两用车正驾驶座那边的车门是开着的，发动机也没关。滋贺县警察本部机动搜查队发现那辆车的时间是晚上9点25分，运送现金的白色面包车刚离开草津服务区。

那以后，临时配合大阪府警察本部行动的滋贺县警察发现了几个骑自行车的可疑人，在查问之后把他们放了，没有一个是小型客货两用车的司机。作为参考，晚上10点20分左右，虽然滋贺县警察本部向大阪府警察本部报告了这些情况，但大阪府警察本部没当回事。

晚上11点45分，草津市警察署周边的九个警察署都结束了配合行动以后，才发现挂白布的地方离小型客货两用车只有五十米，而此前的判断是两公里。五分钟后大阪府警察本部要求滋贺县警察再次紧急出动，以配合行动，但为时已晚。

留在小型客货两用车上的东西有十四种、二十五件。挎包、帽子、小型吸尘器等，特别值得一提的是有一台经过改造的无线通信机。这台无线通信机可以监听警察的无线通信，被发现的时候频率定在滋贺县警察本部使用的频率上，电源是开着的。车上发现了人的头发，但没有发现指纹。后来经过调查，才知道这辆车是偷来的。

阿久津认为，1984年11月14日这一天，是整个银万事件的第三个高潮，也可以说是警方离罪犯最近的一天。

警方没有成为胜利者，而是成了失败者。这次惨败，本来第二天早晨就可以见报的，但是，大阪府警察本部向失望而愤怒的记者们鞠躬谢罪，要求延长报道规制协定。警方的理由是：追击小型客货两用车的是一辆一般的警车，罪犯并不知道运送现金的白色面包车上是两个刑警。大阪的八个报社的社会部和报道部的部长经过激烈辩论，最终决定同意延长报道规制协定。

但是，犯罪团伙夺取现金未遂事件发生一个星期之后，左派报纸在大阪火车站前分发号外，揭露了事件的真相和报道规制协定的内幕。如果是现在，通过社交网络服务软件也许一下子就能传开，但是在网络社会到来之前，不管是好是坏，新闻媒体都能控制信息的传播。由于左派报纸发行量很小，社会影响力不大，警察和新闻媒体都对左派报纸发的号外采取了置之不理的态度。

11月24日，犯罪团伙把挑战书送到了大阪的三家全国性大报。后来查出这些挑战书是在京都百万遍的复印店复印的，挑战书预告说要在一个月以内跟大阪府或兵库县的公司进行背后交易。犯罪团伙在同一天还给一位作家写信，因为那位作家在周刊杂志上向犯罪团伙发出过"如果你们停止恐吓行为，我愿意送给你们一亿两千万日元"的呼吁。犯罪团伙用侠盗口吻写道"我们不是要饭的""我们要是想要钱的话，从大款那里，从公司那边，想拿多少拿多少。我们不是因为没有钱才要钱的"，等等。结束语是："我们的人生是灰暗的人生，窝心的事太多了。我们变坏，都是因为这个社会太坏了。是谁把我们弄成这样的？明天将是我们的天下。"

12月10日出版的一本月刊披露了事件的全过程。同日，事实上已经崩溃的报道规制协定宣布解除。各新闻媒体犹如发泄忧愤似的报道了警方的"大失态"。报道中指责本来不了解情况的滋贺县警察本部的机动搜索队，说他们把罪犯的小型客货两用车"放跑了"。犯罪团伙在事件发生一周之后，寄给大阪各新闻媒体第十三份挑战书。在挑战书中，犯罪团伙除了挪揄大阪的警察，也讽刺了新闻媒体，说："新闻媒体也别吹牛，此前的报道规制协定算什么？那不是新闻自由的自杀吗？"

翌年1月26日，希望食品公司生产工厂的厂长家里收到恐吓信，被要求交付两亿日元现金，指定的交付日期为1月29日。装扮成工厂员工的两个刑警按照犯罪团伙的指示，在大阪府丰中市一家咖啡馆待命。但是，犯罪团伙给希望食品公司名古屋分公司的电话用的是一个孩子的录音，由于杂音太大，没听清下一个指示放在哪里，交付现金的行动没能往下进行。后来才弄清下一个指示贴在大阪市一个地铁站出口的卷帘门和大阪市内一座大楼里。

2月2日，犯罪团伙宣布停止对希望食品公司的恐吓。结果，犯罪团伙从第四家企业这里也是什么都没得到。

阿久津站在从前的药铺前面，看了一遍自己用数码相机拍的照片，看看是否有漏掉的场面，一边看一边下意识地思考着事件的方方面面。

罪犯们是幸运的。当然，警方只有一台数码式中继机，各地警察的协作也有失误，这些因素对于罪犯们来说都是幸运的。还有，罪犯之一在城南宫公共汽车站的长椅后面贴指示信的时候，被京都府的警察看到了，但是，那个警察认为那是"大阪府警察的事"，竟然没有上前盘问，也没有跟踪。

阿久津把数码相机装进采访包，向停放在投币式停车场的那辆本田飞度走去。走在旧宿场町的街道上的时候，阿久津忽然想起了自己在高速公路大津服务区产生过的异样的感觉。当"滋贺县警察本部"这个词语出现在脑海里的那个瞬间，阿久津就像突然悟到了什么似的停下了脚步。

他的脑海里浮现出以银万事件为题材的一个纪实性电视节目的影像。一个滋贺县的刑警，坐在高速公路大津服务区的长椅上，正在再现罪犯在椅背上贴指示信的动作。这是那个纪实性电视节目发掘出来的新的事实。虽然按照当时的分工，高速公路上的刑侦工作应该由大阪府警察本部负责，但在实际上，滋贺县警察本部也秘密派遣刑警潜入了大津服务区和草津服务区。滋贺县的刑警说："自己的县要自己来保卫。"阿久津当时听了这句话很受感动，但现在已经不是抽象的感动了，刑警的那句话引起了阿久津的注意。

那是因为有两个事实是不吻合的。

阿久津不由自主地说了声"不对",撒腿就以最快速度向停车场跑去。在奔跑的过程中,他心中的声音越来越大:不对!不对!不对!采访包从肩上滑下来,他又背上去,反反复复很多次也顾不上麻烦。

奔跑了大约两百米,终于来到了停车场。他用遥控器打开车门上的锁,拉开后车门,先把采访包扔进去,然后一边喘着粗气,一边把装资料的手提包的拉锁拉开。

他从手提包里拿出一本黑色封面的书。这本书的腰封上是那个狐目男的肖像画。一家很有名的出版社,把阿久津刚才想起的那个纪实性电视节目编成了这本书,内容跟那个纪实性电视节目是完全一样的。

阿久津把书翻到正好一半的地方,找到描写滋贺县警察秘密介入希望食品公司事件的部分,开始认真阅读滋贺县警察本部搜查一课的刑警在大津服务区看到狐目男的记述。那位刑警在大阪府警察本部的先遣队还没有到达之前,就进入了警戒态势。他最初看到狐目男是在服务区的餐馆里,然后开始跟踪。狐目男为了确认是否有人跟踪,曾走进卫生间又突然转身出来,行动很可疑。后来,狐目男走到外面去坐在了长椅上,一看就知道不是好人。那位刑警说:"我看见狐目男好像在椅背后面贴上了什么东西。"

阿久津又把这本书翻到最后的事件发生时间列表,在11月14日晚上8点57分后面,写的是"运送现金的白色面包车到达大津服务区,在高速公路周边观光指南板后面找到了贴在那里的指示信"。

"果然不吻合!"

阿久津再一次阅读了那位刑警的回忆部分。那位刑警说,他看见"狐目男好像在椅背后面贴上了什么东西"。翻到下一页,可以看到那位刑警再现当时情景的黑白照片。但是，实际上指示信贴在了观光指南板后面。

这种不一致说明了什么问题呢？

再次翻阅那本书，找不到关于这种不一致的解释。不用说，那个纪实性节目收录在DVD里的时候也没有解释。这个矛盾的现象应该怎样解释才合理呢？

难道说是狐目男开始假装在椅背上贴指示信，后来又把指示信贴到观光指南板后面去了？不对！在城南宫公共汽车站贴的第一封指示信，已经写明下一个指示在"大津服务区的观光指南板后面"。狐目男有什么必要采取假装在椅背上贴指示信的可疑行动呢？那样做不是更容易被人怀疑吗？狐目男这个行动，跟为了确认是否有人跟踪，走进卫生间又突然转身出来的行动比起来，可是有着本质上的区别的。阿久津怎么想也找不到合理的解释。

那么，是那位刑警在撒谎吗？为了引人注目，恬不知耻地在录像机前面撒谎吗？也不对。那位刑警在三十一年前，也是那样向上司报告的。如此重大的事件，作为一名普通刑警，向上司做虚假报告的可能性是很低的。

阿久津拿着那本书坐在后座，闭上眼睛靠在椅背上，用了很长时间整理自己的思绪。当想到唯一的可能性时，他全身震颤起来。罪犯方面的行动，是谁也想不到的。

狐目男可能有两个！

阿久津拿起手机，按下事件报道组主任鸟居的直拨电话，马上就听到了《大日新闻》社会部那个压倒对方的有气势的声音。

"我是阿久津。请您耐心听我说，不要笑……"

不但因为听电话的人是鸟居，而且因为自己本身也是刚刚把相关事实堆积在一起，只能是尽可能做到条理分明。鸟居连一句随声附和的话都不说，一直在静静地听。在强大的压力之下，阿久津拼命解释着自己的观点。当他说出"狐目男可能有两个"这个结论以后，只听鸟居说了一句"你等一下"，然后听到的是电话放在办公桌上的声音和翻动纸页的声音。

阿久津现在才意识到，自己的脉搏相当乱。不是因为全速跑了两百米，而是因为自己也许拿到了照亮黑暗的强光手电筒，因此沉浸在莫名的兴奋之中。

"果然如此！"鸟居说话的声音显得有些僵硬。

阿久津马上问道："什么呀？"

"根据当时的采访记录，大阪府警察本部直到最后都不想公开狐目男的肖像画。"

读者也许会感到意外。公开那个有名的狐目男的肖像画，是1985年1月10日，希望食品公司事件两个月之后的事情。

"肖像画一直被扣在大阪府警察本部，警察厅也许知道，但其他府县的警察本部直到最后才看到。"

"什么？滋贺县的警察们也没看到吗？这么说，当时，那位刑警可能不知道有狐目男这么个人吗？"

"恐怕是的。那位刑警只不过是觉得狐目男可疑才跟踪他的。也就是说，坐在长椅上的男人很可能是另外一个人。"

这时候，阿久津脑子里掠过一道闪电。

指示信也有可能是两封！

3

前挡风玻璃上都是雾气。透过雾气,可以隐约看到橘黄色的街灯。

确实快到冬天了。车门车窗虽然都关得很严,穿着大衣围着围脖还是觉得冷。

晚上9点多了,阿久津坐在关了发动机的本田飞度里,打了一个哈欠。像现在这样没日没夜地采访,已经久违五年了。五年前,作为一名社会部记者,担任常驻一个警察署的记者组组长的时候,也是这么忙。尽管经历过,还是觉得太累了。三十六岁的人,说年轻还算年轻,说不年轻也不年轻了。身体吃不消还是小事,更主要的是精神上的损伤太大了。不只是采访警察,采访任何人都是一种人际关系交往。不认识的人没有一个愿意接受采访,不是把你轰出来,就是瞎应付你。

今天这次采访将会遇到怎样的情况呢?

在送走一个又一个徒然的日子的过程中,阿久津逐渐回到了以前的自己。

狐目男可能有两个,指示信可能有两封——提出这种假说六天之后的这个周末,阿久津开始觉得这种假说有点突发奇想,脱离现实。

阿久津给鸟居打电话之后的第二天,他在《大日新闻》大津分社附近租了一间公寓,开始采访取证。当然这是根据社会部事件报道组主任鸟居的指令做的。阿久津在一个大学毕业刚两年的年轻女记者协助下,四处采访参与侦破银万事件有关的老人,其中主要是退休的刑警。早晨只能采访一个人,晚上可以采访三四个人,但是,已经采访了六天,直到今天还没有什么结果。

六天以来,阿久津听到最多的一句话就是:

"什么？你脑子没毛病吧？"

每当听到退休的老刑警说这句话时，阿久津都会觉得自己是在做一件荒唐无稽的事。

前方亮起一股强光，一辆小轿车开过来，前照灯照着阿久津就要采访的人家的房子。阿久津用手掌擦了一下挡风玻璃上的雾气，看见从小轿车上下来一个男人，拉开了停车位前面的伸缩门。是一个小个子男人。

看到那个小个子男人把车开进停车位以后，阿久津从车上下来了。被外面的风一吹，身上更冷了。阿久津不失时机地向正在关伸缩门的男人打招呼。

"请问，您是时田先生吗？"

男人吓了一跳，看着阿久津警惕地反问道："是啊，你是谁？"男人的短发全白了，资料上说他生于1948年，年龄是相应的。

"我是《大日新闻》的记者阿久津。突然造访，非常抱歉。"

阿久津递上名片，说明自己是为了采访银万事件来找时田的。时田是参加过希望食品公司事件中围堵罪犯行动的刑警之一。

"哦，听说了，有一个记者在四处打听一件奇怪的事。"

"奇怪的事？"

"什么狐目男有两个啦……"时田脸上浮现出鄙夷的笑。看来阿久津采访的事已经在退休刑警之间传开了，今天的采访估计也不会有收获。

"不可能有这种事的，又不是漫画！"

时田好像已经知道阿久津要问什么了，没等阿久津开始采访就把他堵了回去。这是今天晚上第三家以失败告终的采访。

"你不是文化部的记者吗？干吗要采访三十多年前的事件？"

听那口气，分明是看不起文化部的记者。但是，为了日后的采访，阿久津还是耐心地向时田解释了一下：为了搞年末特辑，自己是被临时调到社会部帮忙的。否则再有什么不利于自己的传言传出去就更不好办了。

"天冷了，当心别感冒了。"时田说完转身走向家门。

目送时田进了家门之后，阿久津回到了自己的车上。今天他不打算再去采访别人了。

打开笔记本电脑，查一下有没有新来的邮件吧。有五封新邮件，其中一封是英文的。

——About my beautiful journey——

是伦敦的克林发来的。一看邮件标题"关于我的美好旅行"，就知道内容也是荒唐至极的。什么"我终于下决心去日本旅行了"，请阿久津帮他找可以看到"日本具有艺术感的色情女明星的地方"，还让阿久津给他当导游。"我的美好旅行能否成功，全靠日本武士阿久津了"。为了能让阿久津给他介绍色情女明星，还说"关于谢菲尔德的信息绝对不是假的，苏菲·莫里斯现在还跟那个中国人住在一起呢"。阿久津后悔自己答应给克林当导游了，不过，观察一下克林看了日本以后是怎样一种反应，也许是一件有意思的事。

还有一封标题为"我是藤岛"的邮件，引起了阿久津的注意。打开一看，才知道是在谢菲尔德大学帮过他的日本留学生。那个日本留学生曾耐心地告诉阿久津，苏菲·莫里斯在什么地方。当时忘了问他叫什么名字，看了这个邮件才知道他叫藤岛优作。他在邮件里说，回到日本以后，希望阿久津跟他谈谈日本报界的事情。

一下子从英国来了两个邮件，一直精神紧张的阿久津似乎得到了一丝喘息。不过，他没有心情立刻给他们回邮件，关上电脑装进了电脑包。发动车子以后，从空调口吹出的冷气吹在脸上，阿久津皱起了眉头。

松开手刹，正要挂前进挡的时候，上衣内兜里的手机振动起来。掏出来一看，是大津分社那个协助他的女记者打来的。

"我是岸谷玲子，百忙之中打扰您，实在对不起。"

听到岸谷玲子清晰悦耳的声音，阿久津说了声"你辛苦了"。阿久津年龄虽然比岸谷大很多，但提出要进行这种艰难采访的是他，所以跟玲子说话的时候尽量做到有礼貌。

"我现在在一个已经去世的刑警家里。"

还能进到家里去？阿久津吃了一惊。刑警或刑警的家人没有让记者进家的，况且是已经去世的刑警的家人，就更不可能让记者进家了。考虑到玲子刚当了两年记者，很可能是第一次有这么好的运气。不管怎么说，能进到家里就很了不起。

"他儿子拿出来一个记事本，引起了我的注意。"

"是已经去世的刑警的遗物吗？"

"是的。我想让您看一下。"

"现在去可以吗？"

"可以。您就在大津市内吧？在哪一带呀？"

阿久津把自己的位置告诉玲子之后，玲子马上说："开车的话，也就是十五分钟。"玲子虽然是奈良人，但在大津当了两年记者的她，大津的地图已经装在她的心里了。阿久津问清了那位已经去世的刑警的家的地址以后挂断电话，在导航仪上设定了位于琵琶湖南边的目的地。据说滋贺县一半人口都住在琵琶湖南边。导航仪显示的所需时间是十二分钟。

开车前往目的地的过程中，由于最近这段时间只靠方便面和营养饮料补充能量，饥饿和困倦同时袭击着阿久津。为了不让去世刑警的家人等太久，他不能找地方吃点东西，必须赶紧过去。

十二分钟以后，阿久津到了去世刑警的家。二层的房子，一层是车库，可以停两辆车，现在停着一辆丰田皇冠，一辆日产玛驰。一看那辆日产玛驰的车牌号就知道，那是玲子开来的报社的公用车。这个小姑娘，连人家的停车场都借用了。

那是一所三角形屋檐的很长的房子，占地面积大约五十坪。房子的一层看上去没有房间，车库左侧是一扇白色的门，门后面是通向二层的楼梯。阿久津怕到处找车位耽误时间，就把车停在了车库前面。下车后来到门前，他看到门上挂着写有"中村"两个字的牌子，正是刚才玲子在电话里说的姓氏，就按了一下牌子下面的门铃。

家里的人答应了一声之后，楼梯上面的门开了，走下来一位身材魁梧的男人。

"这么晚了还来打扰您，实在对不起。我是《大日新闻》的记者阿久津。"

"啊，大老远特意到我家来，您辛苦了。您的车就放在那里吧，不碍事。请进！"

阿久津表示感谢之后，跟着中村上楼。中村四十岁上下，只穿一件跟寒冷的季节不太相称的 T 恤衫，粗壮的胳膊肌肉发达。阿久津再次表示感谢，掏出名片递给中村，中村说道："如果我能帮上忙的话再好不过了。"说完爽朗地一笑，露出一口白牙。

门厅里有五双鞋，有凉鞋，有球鞋，那双小巧玲珑的半高跟鞋应该是玲子的。伞架上还插着金属棒球棒和护身用具，看来中村的儿子是个棒球少年。

这所房子虽然说不上新，但十分清爽，是个叫人感到心情愉快的好住处。木地板擦得很干净。中村在前面带路，走进过道，拉开了右边的一个门。

"家里乱七八糟的，别介意。"

阿久津把大衣和围脖搭在胳膊上，肩上背着采访包，脱掉鞋子，也没穿拖鞋，穿着袜子跟在中村身后往里走。所幸住进大津的公寓以后买了几双新袜子，现在脚上穿的这双是今天第一次穿。

客厅和餐厅是一体的，没有隔断，足有三十叠，显得特别宽敞。天花板上有三组灯具，相当于客厅部位的是豪华的枝形吊灯。

"啊，辛苦您了。"身穿一套灰色西装套装的玲子站起来，向阿久津鞠了一个躬。客厅里摆着一套L字形的沙发，沙发前是玻璃茶几，茶几上堆着笔记本、记录纸、照片等，应该是已经去世的刑警留下的资料。

玲子的身后站着一个小个子女人，她很有礼貌地向阿久津鞠躬。

"这是我太太。"中村有点不好意思地介绍道。

中村太太沉静温和，做过拉直的长发给人印象很深，年龄大概比阿久津还要小。

"大晚上的打扰您，真的很抱歉。"

"哪里哪里，不要客气。给您冲杯热咖啡吧。"

阿久津把大衣、围脖和采访包放在沙发旁边，坐在了沙发上。弹性适中的布面沙发，坐上去很舒服。

"这房子真好！"阿久津由衷地赞叹道。

中村搬了一把扶手椅过来，坐在阿久津对面："这个客厅是前不久重新装修的。不过，有个淘气的儿子，很快就脏了。"中村愉快地说道。

"您儿子打棒球？"

"是啊，您看见棒球棒了吧？现在上小学六年级，比起学习来，我看棒球更适合他。"

"真棒！我什么运动都不会，特别羡慕运动细胞发达的人。"

这时，玲子插嘴道："中村先生是个大社长呢。"

中村摆了摆手："什么大社长，我那个小公司，一阵大风都能刮跑。"话是这么说，但从说话的口气可以听出中村对自己的公司还是很满意的。

玲子又介绍说，中村经营的酒吧在滋贺县有两家，在京都市有三家，马上还要在大阪的梅田开一家。玲子还说她去过中村开的酒吧，店里的气氛特别好，酒杯特新颖。不管是真是假，中村听了肯定高兴。

阿久津在心里赞叹道：这才是会采访的记者哪！

玲子很聪明，夸奖别人总是恰到好处，只会让人觉得高兴，不会让人觉得讨嫌。皮肤虽然不能说白皙，但换个角度来看就是健康。大眼睛，双眼皮，也有几分娇媚。

"让您二位久等了。"中村夫人端来三杯咖啡。雅致的杯碟，冒着热气的咖啡，飘散着叫人心旷神怡的香气。茶几上虽然有不少资料，但由于茶几很大，一点都不显得挤。所谓"富贵夫妻不吵架"，还是有道理的，阿久津端起杯子喝了一小口。

"我去看看翔儿。"中村夫人跟丈夫打了个招呼，走出客厅看儿子去了。

安定下来之后，阿久津问玲子是哪个记事本引起了她的注意。

"就是这个。"玲子说着从茶几上拿起一个磨破了角的记事本。记事本的封面上写着"昭和五十九年二月—六十年一月"几个字。

阿久津随意翻了几下，看到记事本里写的都是很难看懂的铅笔字，跟水岛的采访本似的。看起来不像是整理过的，而是当时记录下来的。不时会看到用铅笔画的关系图，暴力团方面的信息比较多。

"您父亲是暴对刑警？"

"是的。不过，我父亲只不过是一个小警察署的刑警。"

阿久津感到有些意外，因为他认为中村的父亲应该是滋贺县警察本部搜查第一课的刑警。根据警察署的大小，暴对刑警隶属刑事课或刑事第二课，工作内容是收集辖区内暴力团事务所的信息。

侦破银万事件，为什么连警察署的暴对刑警也出动了呢？

"引起了我注意的是这一页。"

当阿久津把记事本翻到中间空白的一页的时候，玲子指着那一页说道。也不能说完全是空白，因为左上角日期栏里写着"11.14"几个数字，页面上还有铅笔写上去之后又擦掉的痕迹。阿久津对着灯光试图看出擦掉之后凹下去的线条是什么字，结果没看出来。

"不行，看不出来……"

"要不用铅笔涂一下试试？"中村提议道。

玲子早就在等中村这句话了，向前探着身子问道："可以吗？"

中村马上站起来，从放电话的小桌上拿来一支六棱铅笔递给阿久津。

"我手笨，还是请阿久津先生来吧。"

阿久津看了玲子一眼，道声"谢谢"，然后像指挥家拿指挥棒那样接过铅笔，把铅笔横过来，轻轻地、慢慢地在记事本的空白页上来回涂抹。随着轻微沙沙沙的叫人心情舒畅的声音，空白页慢慢变成了浅黑色。

玲子小声嘟哝了一句："还是看不清啊……"

"这里写的好像是'京都'和'人去屋空'……"阿久津沉吟着指了指空白页左侧中间部位和右下角。

中村脸上流露出不理解的神情。

手持铅笔的阿久津感到自己责任重大，勉强解释道："难道说，犯罪团伙在京都曾经有个窝点，您父亲他们扑了个空？"

坐在阿久津身旁的玲子歪着头没有发表意见，对面坐在扶手椅上的中村却小声说道："原来如此……"

"中村先生，这天晚上的事，您已经不记得了吧？"阿久津问道。

"不记得了。我和弟弟还小，母亲比父亲死得还要早。父母谁都没跟我们提过。"

阿久津这才意识到自己还不知道中村的刑警父亲是什么时候去世

的，再问的话又不合适，就考虑起在这种状况下如何进行采访的问题来。玲子还不甘心，拿着被阿久津用铅笔涂黑的记事本在灯光下反反复复地看着。

"中村先生，您知道当时哪位刑警跟您父亲关系比较好吗？"

中村好像察觉到阿久津为什么要问这个问题了，双手抱着脑袋，默默地看着天花板。阿久津也不催他，耐心地等待着。

"这个嘛……我想起来一个。"

阿久津对自己刚才那个明知不行却勉强为之的提问没抱什么希望，没想到没白问。

"也是同一个警察署的暴对刑警吗？"

"不是。那位刑警是滋贺县警察本部暴力团对策课的，以前是我父亲的部下，特别仰慕我父亲，现在也经常到我经营的酒吧里来。"

"您最近见到他是什么时候？"

"大概是五天前吧。"

有戏！

阿久津和玲子对视了一下，然后一齐向中村深深鞠躬，要求见那位刑警一面。

4

房间里非常安静，只能听到空调的声音。

离晚上7点还有三分钟。阿久津坐在中村家客厅的沙发上，细长的手指旋转着手中的自动铅笔。他的身边是玲子，玲子身边是《大日新闻》大津分社一位男记者。那位男记者进报社已经八年了，是阿久津请来做速记员的。中村坐在餐厅的椅子上，他的手机一响，阿久津就坐到他的身边去——事前是这样约定的。

昨天傍晚，阿久津接到中村的电话，说是他父亲的刑警朋友可以接受采访。但是，由于还没退休，那位刑警提出了非常苛刻的条件。

首先是不能问那位刑警的名字等涉及个人信息的问题，然后是不准录音，手机必须用中村的，手机屏幕显示的来电者名字要设定为假名字。虽然没有限制采访时间，但什么时候结束采访完全看那位刑警的心情，高兴挂断就挂断，挂断后不准再打过去。单从看不见对方这一点来看，就比在东京采访西田要困难得多。看不见对方点头或摇头，要想凭感觉捕捉到对方同意还是反对，是非常困难的。

由于不准录音，阿久津叫来两个速记员。虽说打字比手写要快，但在提问和回答会在瞬间转换的电话采访过程中，绝对准确地记录也是做不到的。阿久津事前对两位速记员说，不用汉字用假名也可以，最重要的是尽可能把原话记录下来。

"时间快到了。"中村对三位记者说道。

等待手机铃响的独特的紧张感，使中村的表情显得有些僵硬。他的父亲是一名普通的刑警，一直到退休都没有得到提升。儿子经营酒吧，跟父亲走的完全不是一条路。刑警父亲不规律的生活和母亲的早逝，也许对中村的人生选择产生了影响。但是，中村这样竭尽全力帮助阿久津采访银万事件，应该说是对父亲的人生的一种怀念吧。

手机铃声响了。

阿久津迅速看了一眼手表，晚上7点1分。他向两位速记员使了个眼色，拿着笔记本和自动铅笔站了起来。中村用手指划了一下手机屏幕，接通了电话。

"喂……我是中村，那天谢谢您了！……哪里哪里……对对对，今天让您为难了……当然，我都跟记者说了，绝对接受您提出的条件。"

中村向阿久津点点头，阿久津立刻向餐厅那边走去。阿久津坐在椅子上以后，中村把手机的免提通话打开，放在了餐桌上。手机屏幕上显示的来电者名字是"山田"。当然，这是个假名字。

阿久津看了看客厅里的两位速记员。并排坐在沙发上的两位速记员已经把手指放在了笔记本电脑的键盘上，随时准备做记录。他们冲阿久津点了点头。

机会只有这一次，压力很大，但是并没有在东京见西田时那么紧张。也许是通过这一段时间的采访，又找到了以前担任常驻警察本部记者时的感觉吧。他把自己那支爱用的自动铅笔紧紧地握在了手里。

"您好！我是《大日新闻》的记者阿久津。这次采访让您感到为难了，实在对不起。"

"啊，你好！对不起，我不能告诉你我的真实姓名。"

"那我就称呼您山田先生，可以吗？"

坐在旁边的中村表情松弛下来。

"我听说山田先生以前是刑警中村先生的部下，1984年的时候，您也和中村先生在一个部门工作吗？"

按照事前的约定，是不能问涉及个人信息的问题的，但是，根据在东京采访西田时得到的经验，其实稍微脸皮厚一点也是没有太大的关系的。而且山田作为一名现役警官，刚一开始通话就能让人感觉到不是一个特别死板的人。问一两个对方不能回答的问题，可以在对方心里植入歉意，采访就容易深入下去。

"这个嘛……我不能说。"

"不过，既然您是中村先生的部下，应该在一个部门工作过吧？"

"也……也可以这么说。"

"中村先生是暴对刑警，山田先生您呢？"

"我的工作不只是暴对……"

"不过，暴对是您的强项吧？"

"……是的。"

从山田说话的声音，可以明显听出他是一个上了岁数的很沉稳的人。现在，阿久津觉得自己逐渐掌握了主动权。

"我想向您打听一下1984年11月14日希望食品事件的事。我的第一个问题是：山田先生参加了这个事件的搜查行动吗？"

"这个……怎么回答你呢？表面上没有参加。"

"也就是说，滋贺县参加那次行动的八十三名警察中，没有山田先生您的名字？"

"可以这么说。"

"中村先生也跟您一样吗？"

"是的。"

"您说表面上没参加，那么背后呢？"

"这个嘛……可以有各种各样的解释。"

阿久津意识到只问抽象的问题不能取得进展，他的大脑飞快地转动了一两秒之后，认为只能靠假说来突破了。

"四年前电视上播放过一个关于银万事件的纪实节目，您看过吗？"

山田问阿久津是不是某某电视台播放的，阿久津回答说是。

"啊，看了。我还有那个纪实节目的DVD呢。"

山田说话的声音里含着笑意，阿久津也跟着笑了。

"有几个在滋贺县警察本部当过刑警的上了那个纪实节目，引起我注意的是高速公路大津服务区那一段。"

"大津服务区……"

"是的。在那里，一个刑警坐在长椅上，对着镜头说，狐目男就像他那样坐在长椅上，往长椅靠背后面贴什么东西来着。但是，后来指示信是在观光指南板后面找到的，而不是在椅背后面找到的。"

山田没有说话。

"还有，那时候大阪府警察本部还没有公开狐目男的肖像画，也就是说，滋贺县的警察们事前可能并不知道有个狐目男！"

山田还是不说话。

"山田先生？"

"我听着呢。"

"我认为可能性有两个：第一个可能性是狐目男有两个，第二个可能性是指示信有两封。您看呢？"

说到这里，阿久津意识到自己有先入之见了。另外一封也可以不是指示信，里面写的是什么，阿久津并不知道。

山田又不说话了。电话接通以后，山田第一次沉默这么长时间。阿久津一边担心山田就这样挂断电话，一边耐心地等待着，用还没有露出笔芯的自动铅笔轻轻敲打着采访本。

"事件前一天，我和中村先生以及另外一名刑警，分别接到了命令。至于是接到了谁的命令，我不能告诉你。"

"您三位是一个部门的吗？"

"这个也不能告诉你。"

"都是暴对刑警吗？"

"……是的。"

"明白了。请您继续往下说。"

"命令说，如果犯罪团伙让运送现金的车往滋贺方面开，要保证做到及时出动。那时候我们确定了集合地点，也准备好了车辆。"

跟采访金田哲司的同学秋山宏昌时一样，一股热流从心底涌上来。那是看到狐目男的照片之前的感觉，通向未知世界的门就要打开时的感觉。

"11月14日那天您是几点接到的行动命令？顺便说一下，运送现金的车到达大津服务区的时间是晚上8点57分，离开的时间是晚上9点3分，到达草津服务区的时间是晚上9点20分。"

"记不太清了。大概是9点半到10点之间接到的行动命令。"

"您三位接到命令后在集合地点上车的时间是几点？"

"应该是接到行动命令之后十分钟之内。"

"也就是说，您三位都在集合地点附近待命来着？"

"是的。"

"目的地是京都吧？"阿久津这样问是为了套出山田不肯说的话来。

山田很痛快地答道："是的。"

"中村先生的记事本里记录着11月14日的行动，有'京都'和'人去屋空'等字样。山田先生，您三位是去捣毁犯罪团伙的窝点吗？"

这是阿久津再次使用套话的手段。用好像已经了解内情的口气来诱导被采访者回答，并不是值得赞扬的手段。但是，阿久津手上的王牌只有这一张。山田再次陷入长时间的沉默，对此阿久津只能一边祈祷一边等待了。

"是中村先生最先接到的行动命令，中村先生立刻联系了我和另外一名刑警。当时我们三个不在一起，因为如果被别人看见我们三个在一起的话，会引起不必要的猜疑。具体情况我是上车之后才听中村先生说的。"山田说到这里不往下说了。

阿久津不失时机地问道："什么具体情况？"

"中村先生说：'我们接到了特殊命令，现在就去京都。在大津服务区，犯罪团伙中的一个人掉了一张字条。'"

"掉了一张字条？"

"是的。总之不是贴在观光指南板后面的指示信，而是另外一张字条。"

"掉在哪里了？"

"被认为是狐目男逃走的通向县道的台阶附近。不过，据中村先生说，掉了那张字条的很可能不是狐目男，而是另外一个罪犯。"

阿久津想起了那个昏暗的台阶。那张字条大概就是罪犯之一想贴在长椅的椅背后面的东西吧，结果被犯罪团伙中的另外一个罪犯掉在了台阶附近，也许是故意，也许是过失。

"大阪府警察本部不知道有过那样一张字条。至于那张字条是谁捡到的，我们也不知道。大概是跟我们一样接到了特殊命令的滋贺县的刑警吧。"

"不是出现在电视的纪实节目里的刑警吧？"

"不是的。那是搜查第一课的刑警。"

"接到了特殊命令的，都是暴对刑警吗？"

"……是的。"

"那张字条上写的是什么？"

"据我所知，只写着京都的一个地址。字是用电脑打的，而且肯定是犯罪团伙掉的。"

"于是您三位就直奔京都，对吧？"

"对。"

阿久津自己都能感觉到自己非常兴奋。从客厅传来的两位速记员敲击键盘的声音越来越大了。

1984年11月14日，在滋贺县这个舞台上同时上演着三出大戏：一出是围绕着一亿日元现金，警方与"黑魔天狗"之间的攻防战；一出是高速公路下边追击小型客货两用车的追车剧；还有一出是山田他们的绝密行动，即奔袭京都，捣毁犯罪团伙窝点的奇袭剧。前两出均以罪犯逃离现场告终，那么，最后一出奇袭剧怎么样呢？

"为什么没跟大阪府警察本部联系呢？"

"这个我不能说。"

"字条上写着的地址，是京都的什么地方？"

"……南部。"

"您指的是京都府的南部，还是京都市的南部？"

"……这个我也不能说。"

"那么就请您告诉我结果吧。您三位赶到位于京都的那个窝点以后，抓到罪犯了吗？"

"没有。也许他们察觉到了吧。所以中村先生写下了'人去屋空'这几个字。"

"那个窝点是在公寓里吗？"

"不是公寓，但我不能告诉你更详细的情况。我们是强行打开门进去的，房间里明显有急急忙忙逃跑的样子。"

"可以确定身份的物品一件都没有留下吗？"

"没收了一些餐具。但我们还要给京都府的警察留一点面子，早早就撤出了。"

"可以确定身份的物品呢？"同一个问题阿久津问了两遍，因为直觉告诉他，这里面一定还有文章，"在你们没收的东西上，没有检出指纹吗？"

采访到了关键时刻。山田他们赶到之前，到底谁在窝点里呢？

"山田先生，一定检出了指纹吧？"

"对不起，我已经没有什么可说的了。"

"您要是这么回答我的问题的话，我们就认为您承认检出了指纹！"阿久津加强了说话的语气。

山田沉默着，不再说话。电话那头是可怕的寂静，可以隐约听到山田的呼吸声。

"……你们在报道里不是写过我们放跑了罪犯吗？"山田终于说话了。

阿久津知道山田指的是追车剧，但山田突然这样一反问，阿久津一时没有反应过来，对于山田责备记者的语气也感到困惑。

接下来又是沉默。山田心里到底是对媒体愤怒呢，还是在犹豫要不要说出实情呢？现在的状况就像在走钢丝，连一个词都不能说错。阿久津出汗的手紧紧攥成了拳头。

"悔恨哪！"山田说完这句话就把电话挂断了。餐桌上的手机发出短促的嘟嘟的声音。

眼前的大幕突然落下，阿久津的心情一下子失去了平静，心脏剧烈地跳动起来。山田的最后一句台词在他的耳边回响。最后从山田嘴里挤出的"悔恨哪"这三个字，渗透了作为一名刑警没有抓到罪犯的懊恼之情。

仅此一次的采访结束了。

虽然感觉到了中村的视线，但阿久津并没有看中村，而是仰头看着天花板在想：这十分钟的采访得到的东西是什么呢？在大津服务区出现的另一个罪犯是谁呢？为什么他的手上有一张字条呢？为什么字条上写的是位于京都的窝点的地址呢？

握手言和——大厨说过的这个词浮现在阿久津的脑海里。

那时候，犯罪团伙握手言和以后是不是又分裂了呢？那张字条是故意泄露给警方的？

阿久津合上了采访本，向中村表示感谢。

"别客气。真没想到我父亲还去抓过银万事件的罪犯呢。"

刚才在客厅里当速记员的两个记者也走到餐厅这边来了。在他们两个跟中村寒暄的过程中，阿久津终于意识到，自己最为关注的一点，清晰起来了。

滋贺县警察本部，为什么在事前接到了特殊命令的，都是暴对刑警呢？对自己人也保密的理由是什么呢？疑问点明确了，解决问题就不难了。阿久津看着合上的采访本，在心里一字一句地说道：

在没收的东西上，验出了他们认识的人的指纹！

5

挂在墙上的，是一幅海面上漂浮着几艘帆船的照片。

看着墙上的照片，曾根俊也忽然想到，还没带女儿诗织去看过大海呢，自己也好几年没去过海滩了。

"好几年没去海里游泳了。"俊也看着照片自语道。

身旁的堀田笑了："那不是海，是琵琶湖。"

"啊？是吗？"俊也仔细一看，果然没有海平线，远处是参差不齐的楼群。俊也这时才实实在在地感觉到自己来到了滋贺县。

这里是大津市内的一家咖啡馆。虽说现在不管走到哪里，都可以找到既宽敞又高雅的咖啡馆，但不知从什么时候起，俊也已经不能在咖啡馆悠闲地享受所谓"纯吃茶"的乐趣了。

自己为什么到这里来？俊也到现在还不能理解。自己心中还从来没有过这么多看不到未来的东西。他已经下定决心，要保护自己的家庭，不想再去触碰那个事件。但是，当堀田给他来电话约他出来的时候，他还是连想都没想就答应了。犹豫总是在挂断电话之后才来。是因为关心生岛秀树的孩子的下落呢，还是想证实父亲跟事件没有关系呢，连他自己都搞不清楚。

不管是为什么，今天都是最后一次了——俊也再次下定了决心。

站在柜台后面的店主人的装束是象征"纯吃茶"的西装背心和蝴蝶结。咖啡豆的清香让人心旷神怡，音响恰到好处的音量播放着爱德华·埃尔加的乐曲，烘托着优雅的气氛。

俊也和堀田坐在咖啡馆靠里边的位子上。今天不是周末，加上是下午，咖啡馆里除了俊也和堀田，只有一个坐在柜台前面的老太太。那个老太太背冲着入口，不时回头看看是否有人进来。俊也不太喜欢在下午这个心神不定的时间到咖啡馆喝咖啡。

四天前，生岛望中学时代的班主任大岛美津子给堀田打电话说，她想起有一位叫天地幸子的女性，上中学时跟生岛望是好朋友，并且把天地幸子的联系方式告诉了堀田。堀田马上给天地幸子打电话，根据对方的要求，见面地点定在了这个咖啡馆。

来这个咖啡馆之前，俊也还不知道天地幸子这个名字。如果只是说说以前的事情，倒也没什么，不过，堀田说天地幸子在电话里说话的声音有点奇怪，也许知道生岛一家失踪的情况。俊也对家人撒了个谎离开家的时候，全身紧张得发僵。他有一种不祥的预感：这次来滋贺，很可能是自掘坟墓。

俊也撸起袖口看看手表，离约定的时间还有两分钟。

把袖口放回去的时候，从咖啡馆外面进来一位女性。那位女性身穿一件朴素的藏蓝色大衣，看到俊也和堀田之后，向他们略施一礼，俊也则低头还礼。女性又向店主人鞠了一个躬，然后轻手轻脚地来到了俊也和堀田面前。

"您就是天地女士吗？"堀田问道。

女性小声答道："是的。"

堀田让幸子坐上座，幸子顺从地走到上座的位置，脱掉大衣，把大衣和手包放在旁边的椅子上，静静地坐下来。

"给您添麻烦了……"堀田客气了几句之后做了自我介绍，简单地把俊也的事说了一下。幸子听堀田说完，看了俊也一眼："基本情况大岛老师都告诉我了。"看来幸子已经知道俊也在家里发现了录音磁带和笔记本的事了。

幸子烫着大波浪齐肩短发，端庄秀丽。因为个子不高身材苗条，虽然应该跟生岛望年龄差不多，有四十五六岁了，但看上去比实际年龄显得年轻。虽然说是在找孩子，实际上生岛望比俊也还要大十岁呢。

店主人把咖啡送过来之前，幸子一直在谈自己的事情。她现在是单身，跟母亲一起生活，妹妹已经结婚了，住在长野县。幸子在大津市内一家百货商店当售货员，专卖女士服装，每周休息两天。她的工资加上母亲的养老金，凑合着过日子。不过在俊也看来，幸子并不像那种日子过得紧巴巴的人。

"您知道我们要找生岛一家的理由吧？"堀田问道。

幸子轻轻点了点头。从走进咖啡馆到现在，幸子连一次都没笑过，看来相当紧张。

"生岛望的事……我也有责任。"

听幸子突然这样说，俊也不由得屏住了呼吸，堀田也吃了一惊。

"我跟生岛望从小学三年级起就是一个班的，干什么都在一起。不但一起去学校，一起回家，晚上学钢琴、学珠算，上的也是同一家私塾。

她家里的事情我都知道，我家里的事情她也都知道，就连喜欢哪个男孩子都互相知道。"

"您见过她的父亲生岛秀树吗？"

"见过。我去她家玩的时候见过好几次呢。"

"您对她的父亲印象怎么样？有什么您就直说。"今天也是堀田负责提问。俊也从包里拿出笔记本和圆珠笔，开始做记录。

"我觉得她父亲是一个很可怕的人。所以我去她家玩的时候，如果赶上她父亲在家，就感到特别失望。我们说话声音大了他都会骂我们。怎么说呢？有一种很危险的感觉。"

幸子对生岛秀树的印象跟美津子是一样的。换句话说，生岛秀树是一个让人猜不透他要干什么的人。

"生岛一家突然失踪，您一定非常吃惊吧？"

听堀田这样问，幸子没有回答，默默地低下了头。她咬着嘴唇想了好一阵，才下了很大决心似的说道："其实，生岛望跟我一直有联系。"

"什么？"俊也不由得说出声来。今天见到的这位天地幸子，是第一个知道"那以后"的人。生岛一家到底发生了什么呢？这个意想不到的进展，使俊也心跳加快。

"您的意思是，1984年11月14日以后也一直有联系吗？"

"是的。每次都是生岛望给我打电话。"

"是吗？真叫我感到吃惊。我都不知道应该先问什么了。那就请您按照时间顺序说吧，这样说可能容易一些。"

"那我就按时间顺序说。我下面要说的，都是从生岛望那里听来的。先从11月14日早晨说起吧。"

说到这里，幸子清了清嗓子，喝了一口黑咖啡。

"那天早晨，生岛望和母亲千代子、弟弟聪一郎一起吃早饭，父亲生岛秀树不在家。父亲经常连个电话都不打就不回家，全家人谁也没在意。一家三口刚刚吃完早饭，家里来了两个男人。"

"两个男人吗？"堀田确认似的问道。

幸子没看堀田，而是看着俊也答道："其中一个姓曾根。"

"曾根……"俊也在心里默念了一遍。一定是伯父！曾根达雄果然跟事件有关。因为没有心理准备，突然被人叫出家族的姓氏，俊也感到很狼狈，脑子都木了。

"还有一个姓山下。"幸子继续说道。

俊也在笔记本上把"山下"这个名字记了下来。

"千代子好像知道曾根和山下，所以让他们进了家。"

堀田和俊也点了点头，幸子继续往下说："那两个男人对千代子说'马上收拾一下跟我们走，具体情况在车上跟你们讲'，然后又说'这个家暂时回不来了，常用的东西尽量都带上'。"

14日早上，运送现金的车当然还没有出发。看来犯罪团伙很早就开始动作了。

"整理东西的时间也就是十分钟左右。曾根还对生岛望说，校服不用带了。一家人慌慌张张地上了山下开的一辆面包车。曾根在千代子耳边小声说了一会儿什么，由于车上的收音机声音太大，生岛望没听清楚，但她记得母亲听着听着就用双手抱住了头，好像非常痛苦的样子……"

生岛望一家三口被曾根和山下带到奈良市一座独栋小楼，在那里暂住一时。那里是山下的情人的家。曾根和山下走的时候，曾根给了千代子一个很厚的信封。千代子对孩子们说很快就能回家，但生岛望不相信。

"生岛望第一次给我打电话是11月下旬的事。她对我说，现在住在奈良的一个不认识的阿姨家里，她是偷着给我打的电话。她一直在哭。那以后几乎每个星期都会给我打一次电话。她对我说，如果她的事情被别人知道了，她父亲就再也不能去接他们了，所以我没对任何人说过这件事，对我的父母都没说过。所以，晚上一有电话我就赶紧去接，因为生岛望一听是我父母的声音就会把电话挂断。"

山下的情人态度一天比一天恶劣，生岛望很害怕。千代子不在的时候，生岛望还被山下的情人踢打过。一家人觉得在那里住不下去了。有一次，山下的情人正要偷千代子的信封里的钱的时候，被千代子发现，两人大吵了一架，彻底决裂了。

1985年新年刚过，山下开车把生岛望一家带到了兵库县南部的一个小城市。那个小城市离海很近，有妓院的旧址，现在是个工业城市，但已经没有什么活力。生岛望一家被安排在一个建筑公司的家属宿舍里。

孩子们不能去学校，生岛望还经常被周围一些坏男人调戏。曾根给的钱花光了，千代子只好坐公交车去城里繁华街的酒吧打工。生岛望害怕留在家属宿舍里，就去酒吧帮妈妈干活。聪一郎一个人在家里待着没意思，就跟附近的男孩子们在一起疯玩。

"生岛望每次给我打电话都会哭着说想上学。她喜欢看电影，她的理想是将来当一名电影字幕翻译家。陷入那种状态之前，她说过她爸爸可能送她出国留学，可高兴了……"

正如班主任大岛老师所说，生岛望很想当一名翻译家。对留学充满了希望、拼命学习的少女，突然被强迫离开自己的家，不但再也不能上学，还要去酒吧打工。想到这里俊也感到心痛。但是，自己的心痛跟幸子是没法比的。幸子流着眼泪继续说下去。

"有一天，生岛望的心情很不好。我问她发生什么事了，她就是不告诉我。我还以为她被坏男人强奸了，特别担心。在我的反复追问之下，她跟我说起了银万事件……"

话题转向了核心部分，俊也握紧了圆珠笔。

"生岛望说，罪犯使用的录音磁带，录的是她的声音。不过，我没有看电视，也没有办法确认那到底是不是生岛望的声音，所以我不相信。你们也知道，当时还没有互联网。生岛望说，是他们的父亲生岛秀树逼着她和她弟弟录的。"

不知从什么时候开始，幸子开始看着俊也说话，目光里包含的感情很复杂。从被银万事件的犯罪团伙利用这一点来说，生岛望、聪一郎和俊也都是受害者。但是他们的人生道路是完全不同的。生岛望和聪一郎四处漂泊，有家不能回，而俊也则穿着高级西装坐在幸子的对面喝咖啡。

俊也一直想知道另外两个孩子的录音是谁的，现在终于知道了，俊也在感到惊奇和兴奋之前，涌上心头的是强烈的罪恶感。同时，俊也希望知道那姐弟俩后来怎么样了，祈祷他们还健康地活着。

"生岛望突然不上学了，她和她的家人突然失踪了，在我们学校引起了很大的震动。我在接到生岛望的电话之前也非常担心。"

"生岛望一直给您来电话的事，您真的跟谁都没说过吗？"堀田问道。

"真的跟谁都没说过。连家里人都没说过。我认为说出来会给生岛望带来可怕的灾难，不过，憋在心里是非常痛苦的……"

生岛望的电话越来越少了，幸子也初中毕业了，在苦恼得身心疲惫的状态下，开始了高中生活。

"虽然我也意识到生岛望电话越来越少是有问题的，但接不到电话也不那么着急了。换句话说，对于那种严重的状态已经习惯了。"

"你们在电话里都谈些什么呢？"

"生岛望总是诉说她那绝望的心情，骂那些泡酒吧的男人，骂那个不来接她的父亲。使用的词汇也越来越不文雅。说老实话，接她的电话是一件痛苦的事。有时候我会想，这样下去她就完了。高中一年级放暑假之前，生岛望突然提出想见我。"

"见到了吗？"

"约好什么时候、在什么地方见面了。但是……"

幸子说话的口气抑郁低沉，使俊也感到不安。

"那是什么时候的事？"

"1985年7月下旬，我们约好在大阪的心斋桥见面。她开玩笑说，在道顿堀的银万广告牌前面见面吧。"

银万广告牌是大阪有名的观光景点。以前是霓虹灯，现在已经换上了LED（发光二极管）。伸展着双臂的跑步人，是大阪的象征之一。跑步人穿的背心中央，印着"银万"两个红色的大字。

"结果她没来，是吗？"

"是的。三天前她给我打电话的时候，虽然不能说是很高兴，但也没有表现出慌乱……我们约好中午见面，可是我等到晚上8点也没等到她。回家的路上我一直在想，也许她讨厌我了，心里很难过。转念一想，也许给我打电话的事情暴露了，她被人关起来了。我越想越担心，想给她打电话，可是不知道她的电话号码。我盼着她再来电话，每天焦躁不安。"

"后来生岛望来电话了吗？"

听了堀田这句问话，幸子哭了起来，哭得眼睛都红了。她从手包里拿出手绢擦了擦眼睛，又吸了吸鼻子。俊也静静地呼出一口气，等着幸子往下说。

"后来的电话是那年10月。不过不是生岛望打来的，是她的母亲千代子打来的。"

幸子又擦了擦眼睛，调整了一下呼吸，用痛苦的口气说道："阿姨是个性格特别开朗的人，但那沙哑的声音就像变成了另外一个人似的。"

幸子紧紧地闭上眼睛，从牙缝里挤出一句话："阿姨说，小望……

死了……"说完又压低声音哭了起来。

俊也感到痛苦不堪，拿起桌上的冰水，润了润发苦的嗓子。虽然大脑一隅已经想到了最坏的结果，可听了幸子的话还是觉得接受不了。幸子流着眼泪，断断续续地说下去。

千代子说，在生岛望与幸子约好见面的日子两天前，也就是她们通话之后第二天，生岛望就死了。幸子很生气，问她为什么过了三个月才打电话过来，并认为一定发生了什么事情，不相信生岛望已经死了。

"千代子阿姨说，小望是被人杀死的。我简直怀疑自己的耳朵。为什么生岛望非要过这种逃亡的生活呢？她的父亲生岛秀树到哪里去了呢？我根本不知道，而且我已经决定，生岛望不对我说，我绝对不问。不过，那时候我第一次相信了以前生岛望说过的银万事件的事，相信了罪犯使用的录音是生岛望录的。"

千代子在电话里跟幸子说了生岛望死去当天的情况。

那天中午，生岛望从家属宿舍给正在酒吧打工的千代子打电话，说有一个男人在追她。千代子一听吓坏了。生岛望问妈妈可不可以报警。

"在那么危险的情况下，生岛望也不想给家里添麻烦，也要先问问母亲。生岛望就是这样一个好孩子。直到现在我都忘不了千代子阿姨的那个电话，想起生岛望我心里就难过……"幸子用已经被泪水打湿的手绢擦了好几下眼睛，用谴责自己的口气往下说。

千代子让女儿赶快报警，问了问女儿在哪里之后就赶了过去。

可是，女儿已经不见踪影。这时，她听到了救护车的声音，直觉告诉她女儿出事了，就拼命向救护车鸣笛的方向跑去。可是，救护车已经跑远了，急得她在附近四处徘徊。突然，她发现一座公寓楼的停车场里有很多人，跑过去一看，地上有一大摊血，还有警察在那里，正在用镊子夹什么东西。她脑子一片混乱，转身离开了那里。但一把眼前的光景跟女儿联系在一起，她就拼命捶打自己的脑袋。

"千代子阿姨不知道怎么办才好，到处乱转。在附近的公园里，她看到一个小男孩捂着肚子倒在地上，立刻发现那是自己的儿子聪一郎。她慌忙跑过去把聪一郎扶起来，聪一郎看着母亲的脸哭叫着：'姐姐死了！'……"

俊也听不下去了，真想把耳朵捂上。现在的俊也不想知道什么真相了，只想赶紧逃走。他自己也有女儿，失去女儿的痛苦他比谁都能理解，他真的受不了。堀田也不说话了。

"聪一郎看见姐姐倒下了，拼命跑过去。那时候也不知道从哪里蹿出来一个男人，抓起聪一郎，把他塞进一辆汽车里。那个男人打了他好几个耳光，还踹了他肚子一脚，并威胁说，老老实实地在这里过日子，不然连你妈也活不成！然后把他从车上扔了下来。"

俊也想象着一个低年级小学生被殴打的情景，想象着聪一郎恐惧的样子，心乱如麻。生岛望的死他很难接受，不由自主地停止了记录，把圆珠笔放在了笔记本上。

"我对千代子阿姨说，要到她那边去看一看。阿姨说，不行，不要来找我们，对不起，真的很对不起，你就忍耐一下吧。阿姨说完就把电话挂断了。那以后，阿姨再也没有给我来过电话。"

坐在下座的两个大男人一句话也没说，只是深深地叹了一口气。堀田也被幸子谈到的事件幕后的事情震撼了。"黑魔天狗"不但向企业伸出了魔掌，也向孩子们张开了血盆大口，亮出了巨齿獠牙，录音磁带是如此，混入了氰化钠的糖果也是如此。

"我好几次想去报警，最后都犹豫了。我担心因为我报了警，千代子阿姨和聪一郎会遭到杀害。我也害怕别人知道我隐瞒了这件事。我是一个卑怯的人，一个软弱的人。"

幸子把湿得已经不能用的手绢放在桌子上，用两手擦着眼泪继续说道："要是第一次接到生岛望的电话就告诉我父母的话，我父母一定会去报警。那样的话，警察也许能帮到她，也许就能把她救出来。是我把她害了。我……我错了……"

幸子说不下去了，一个劲儿地哭。三十年了，跟谁都不敢说，一直在痛苦中生活。事件在当时还是个多愁善感的少女心里，投下了多大的阴影啊！

在大岛美津子家里看过的一张照片浮现在俊也的脑海里。夏日的庙会上，背景是挂满了灯笼的古城楼。照片上有美津子、生岛秀树、千代子、身穿浅红色浴衣的生岛望和身穿蓝色甚平服[1]的聪一郎。大概是在庙会上偶遇吧。跟故意看着别处淘气的聪一郎相对照，留着短发的生岛望则看着镜头微笑，一副聪明伶俐的样子，大眼睛、高鼻梁、典型的美少女。俊也眼前浮现出那个美少女被罪犯杀害时由于恐惧而扭曲的脸，胸口被压抑得喘不上来气。

魔鬼！

俊也在心里怒骂罪犯。想到自己的伯父跟那些魔鬼是一伙的，俊也气愤得浑身发抖。与此同时，在水族馆玩耍的女儿诗织的笑脸浮现在眼前，他不由得攥紧了双拳。

愤怒背后的恐惧，使俊也心烦意乱。

1　甚平服是一种和服便服。现代通常为男性或儿童在夏天穿着的居家服。

6

俊也吃完一碗碎豆腐乌冬面，又喝了一杯冰水。俊也旁边的堀田还在吃他自己那碗牛肉乌冬面。车站里只有站位的面馆，平日里穿着西装站在里边吃面的男士很显眼。

"走吧。"

不知什么时候，堀田也吃完了。他放下筷子，向面馆的老板娘说了声谢谢，转身走出了面馆。俊也跟在堀田身后出了车站，本来以为要换乘地铁的，没想到堀田却向出租车站走去："累了，坐出租车吧。"

虽说刚吃过饭，但那是站着吃的，确实想坐一会儿。这个周末堀田就要去欧洲出差了。看了经过河村鉴定的西装以后，堀田特别满意，笑着说："真想立刻就穿上这身西装到伦敦的大街上去走一圈。"

看到那笑脸，俊也感到些许安慰，但是，跟着堀田调查银万事件，也许应该到此为止了。他真的不想再继续调查下去了。

出租车向南行驶的时候，俊也在车里回想着上午调查的经过。

在滋贺县见过天地幸子之后的第四天，堀田在出差之前挤出来一天时间，约俊也一起去生岛望和她的母亲弟弟生活过一段时间的兵库县。这天正好是俊也的裁缝铺关门休息的日子，他就跟着堀田过来了。但是，调查了整整一个上午，什么收获也没有。

建筑公司的家属宿舍已经变成一片废墟，而且也不能确定生岛望和她的母亲弟弟就在这里住过。周边还零零散散地有几家个人经营的小商店，但到处是所有者不明的空地，街上几乎没有人影。好不容易才看到一家大众餐馆，招牌上的字就像是涂鸦。还看到一个投币式洗衣房，但没有人在里面洗衣服。整个街道弥漫着时间已经停止的空气。

从那里坐公交车去繁华街，开始一家酒吧挨着一家酒吧地打听。在酒吧打工用的肯定是所谓艺名，于是就打听三十年前有没有年轻的母女在这里打过工。结果在第一家就被当头泼了一盆冷水：这种情况多了去了。他们打听了半天也没打听出千代子母女打过工的酒吧是哪一家。

在四处打听的过程中，堀田给生岛望中学时代的班主任大岛美津子打电话，向她报告了见到天地幸子的情况。美津子在电话里对堀田说："我也许能找到生岛千代子娘家的地址。"快到中午的时候，美津子在电话中说，千代子的娘家在京都。于是，堀田和俊也急忙赶回京都，去找千代子的娘家。

看着出租车外面的景象，身心疲倦的俊也用右手的拇指和中指按住了自己的太阳穴。

坐在另一侧的堀田自言自语道："到底发生了什么事情呢？……"

俊也知道堀田指的是生岛一家突然失踪的事情。引起俊也注意的是，生岛秀树下落不明，千代子听了伯父达雄的话以后双手抱住了头。伯父达雄对千代子说了些什么呢？

"生岛秀树跑到哪里去了呢？"俊也提出了自己的疑问。

"生岛秀树肯定是遇到什么事了。达雄和他的同伴一定把他的情况告诉了千代子。"

"不可理解。为什么一定要逃走呢？犯罪团伙内部分裂了吗？"

"恐怕是分裂了。一直在国外的达雄不会认识那么多可疑的人，关键人物是生岛秀树。大厨说犯罪团伙在'紫乃'聚会是1984年秋天的事，那以后，也许生岛秀树跟犯罪团伙里某个人产生了矛盾。"

那么，追杀生岛望的，也是犯罪团伙里的人吗？俊也想问问堀田是什么看法，但看了看堀田那疲倦的神色，就没有说出来。

"到了。"司机刚按下双闪灯，堀田就把两千日元递了过去。今天又让堀田付了出租车钱。俊也苦笑了一下，说了声"又让您破费了"，然后下了出租车。

这里是京都市南部。首先让俊也感到吃惊的是此处离"曾根西装定制"不远，开车的话也就是二十分钟的距离。

罪犯威胁过聪一郎之后，千代子隐匿的意义就不大了，再加上女儿被害带给她精神上的巨大痛苦，回娘家找依靠的可能性很大。

聪一郎也许跟俊也同在京都市。

两个同在京都市的人，命运却截然不同，可以说是一明一暗。俊也这边是"明"，在什么都不知道的情况下长大成人，还开着一家西装定制店。聪一郎那边是"暗"，被迫离开自己的家，父亲不知去向，姐姐被人杀害。屈指算来，聪一郎目睹姐姐被人杀害的时候也就是一个八岁或九岁的小孩。如果是伯父达雄伙同生岛秀树参与银万事件，或者是自己的父亲光雄以某种形式参与了银万事件的话，自己应该向聪一郎道歉。虽然自己能为他做的事情是有限的，但至少应该道歉。

虽说这里也属于京都市内，但俊也并没有到这边来过。他的西装定制店跟住房是一体的，活动范围本来就很窄，出门的话也就是去作坊或银行，再就是跟一些年轻的个体经营者一起聚会什么的。堀田把地址告诉俊也之后，俊也掏出智能手机，启动了导航仪。

街道很整齐，道路也比较新，但是，他们跟着导航仪往前走着走着就走进了密集的住宅区。只能通过一辆汽车的狭窄道路两旁，是古旧的公寓或木造的平房。与其说是道路，还不如说是胡同。尽管路很窄，路旁还是有盖着塑料布的摩托车、脏兮兮的塑料棒球棒。

跟上午去过的街道一样，这边也有很多空地。不知道经过允许没有，绿色的围栏里晾着很多洗涤物，五颜六色的洗涤物在风中招展。

在一座生锈的白铁皮屋顶的公寓旁边，有一座木造二层小楼，那就是生岛（旧姓井上）千代子的娘家。煤气罐暴露在房子外边，煤气罐旁边放着一辆自行车。房子侧面的排水沟边上种着三棵花，由于已经枯萎了，看不出是什么花。

镶着玻璃的推拉门右上角，挂着一个写有"井上"两个字的小木牌。堀田走上前去，摁响了门铃。

过了一会儿，里边才有人懒懒地答应了一声。

"打扰您了，我们想打听一下井上千代子的情况。"

里边响起沉重的脚步声，一个穿着拖鞋的胖女人把门拉开，看着堀田和俊也皱起了眉头。堀田再次说明来意，胖女人回答说："她早就离开这个家了，不知道跑到哪里去了。"

然后，胖女人又说，千代子的父母都已经去世了，自己是井上家的亲戚。胖女人是千代子叔叔的孩子，也就是说，是千代子的堂妹。

"你们找千代子干什么？"千代子的堂妹用怀疑的目光看着堀田他们。

"千代子是什么时候离开这个家的？"

"这事说起来就有点复杂了。"

"其实我们是想找千代子的丈夫生岛秀树。我们不会给您找麻烦的，您要是知道什么情况，请告诉我们。"

堀田又说："生岛秀树当刑警的时候关照过我。"这样说可以使自己找千代子的理由显得更为合理。大概是由于堀田和俊也看上去都很绅士吧，胖女人警觉性不那么高了，手扶着推拉门跟堀田他们聊了起来。

"我记得是阪神老虎队刚获得冠军的时候，千代子突然带着聪一郎回娘家来了。"

阪神老虎队获得冠军，应该是1985年秋天的事。

"千代子的样子可狼狈了。她父母问她：'怎么小望没来呀？'千代子就说了一句话：'死了。'这怎么能让人相信呢？她也不说是怎么死的，也不说是在哪里举办的葬礼，只拿来一个骨灰盒。她父母大发雷霆。肯定生气嘛，您说是不是？我听说的时候，也是惊得目瞪口呆呀！"

千代子的父亲以前经营过一个小电器商店，千代子来的时候已经关掉了，老两口靠养老金过日子。本来老两口就反对千代子嫁给生岛秀树，看到女儿回来了，不但不高兴，反而怒气冲冲地对女儿说："把聪一郎留下，你滚蛋！"也不知道千代子打算怎么养活自己和儿子，总之老两口一直没有原谅她。

千代子在娘家住了大约一个月，就搬到离这里不远的一座木造公寓楼里去了。这位堂妹不知道具体地址，只知道大概位置。俊也用手机把谷歌地图打开让堂妹看，堂妹说太小了看不清楚，就回到里边拿来一张很旧的京都市地图。

"听说就在这一带。"堂妹指着地图上的一个位置说道。

由于那张地图不是住宅地图，无法确定具体位置，但离这里也就是一点五公里，只能靠在那附近转着打听了。

"不管怎么说，我们跟千代子已经没有任何关系了。"堂妹想要划清界限似的说了这么一句之后，又说"我得去打工"，就把门关上了。

尽管堂妹不那么热情，但堀田他们得到了一条重要信息：千代子和聪一郎在京都生活过，说不定现在还在京都生活。也就是说，犯罪团伙录制他们的指令利用过的两个男孩子，都在京都生活着或生活过。

在走向堂妹说的位置的路上，堀田在一个家庭用品商店前面站住了。

"我记得以前这里是一家建筑公司。"

路边的这个家庭用品商店不太大，停车场只能停大约三十辆车。商店的入口处有各种型号的木板，离入口稍远处是园艺卖场，摆着一品红等鲜艳夺目的花卉。

"俊也，我想先去这个家庭用品商店里调查一下，你先去打听千代子住过的公寓吧。"堀田说完径直走进了商店。

俊也一个人继续往前走。千代子三十年前住进了那座公寓，现在还住在那里的可能性不大，然而事已至此，只能去打听一下。

走到距离千代子的娘家一点五公里处，俊也不知道怎么办好了。手头掌握的信息过于模糊，根本看不到木造公寓楼。虽然也有停车场、福利机构、便利店等，但流淌在这一带的空气是陈旧的。

找不到木造公寓楼，俊也就走进一个小酒铺打听。店主人一听，马上就不耐烦地摆着手说："不知道不知道，到别处打听去！"俊也心里很不舒服。

走出小酒铺，俊也很有感慨：自己绝对不是当记者的料。在这种情况下，记者会怎样做呢？想到这里，他不由得想到了从未见过的阿久津英士，立刻心惊肉跳。

接下来又摁了几所比较旧的房子的门铃，没有人耐心听他说话。就在他心灰意冷的时候，有一个独身老太太把他让进了自家的门厅。老太太驼背很厉害，但头脑很清楚。不过，问她附近以前有没有过木造公寓楼，她只知道"有过很多"，不知道别的。俊也再次受挫。

俊也跟老太太聊了五分钟左右，打算跟老太太告别的时候，忽然看到门厅里挂着一个脏兮兮的塑料购物袋，大概是用来装垃圾的。购物袋上印着堀田去的那个家庭用品商店的名字，就随口问道："您经常去这个家庭用品商店买东西吗？"

"啊，对不起，太脏了。那个家庭用品商店哪，我儿子倒是常去，因为他的爱好是做木匠活。那里没有我想买的东西，离我家又远，我不去。"

"听说那个家庭用品商店原来是一家建筑公司？"俊也这样说并没有什么目的，也就是随便问问，因为刚才堀田就是这样说的。

"啊，好像是一个什么公司来着。着火，烧了。"

"发生了火灾？"

"嗯，有人故意放的火，烧死了好几个人呢，真可怜。"

原来是一起放火事件。堀田想进去调查一下，大概是因为知道那里发生过事件吧。

"放火事件是哪年发生的？"

"很久以前的事了，怎么也得有二十多年了。"

俊也谢过老太太走到外边来，马上给堀田打电话，可是打了好几次都没打通。反正在这里等着也没有什么意义，俊也就想过去找堀田，就在这时，他的手机振动起来。

"啊，俊也，对不起对不起，刚才听别人说话来着。"

"打扰您了。我在这边打听到一件很有意思的事，想跟您说说。"

"打听到生岛千代子的下落了？"

"很遗憾，不是关于千代子的下落。您去的那个家庭用品商店，二十多年前发生过一起放火事件！"

俊也很兴奋，可是堀田很平静地说："哦，我也在调查那个放火事件呢。"堀田果然知道那里发生过事件，俊也的兴奋劲一下子减弱了许多。

"以前我跟你说过吧，我父亲当过刑警，我利用以前的关系打电话一问，得知这里以前是暴力团青木组的地盘，我刚才说的建筑公司，实际上是暴力团的下属企业。"

一听暴力团这个词，俊也立刻感到有现实味了。

"放火事件发生于1991年。两三个暴力团成员被烧死。引起我兴趣的是，据说当时放火的暴力团成员带着一个中学生模样的少年逃走了。"

"少年？"

"还有，据说有个叫井上千代子的女职员在这个建筑公司里工作过。"

俊也为了在混乱中梳理出头绪，就想请堀田从头说起，于是问道："青木和生岛秀树是怎样一种关系呢？"

"不知道。不过，千代子很可能认识青木。暴对刑警生岛秀树与暴力团青木组的组长青木，滋贺县与京都市，相互交换过信息也不奇怪。"

"青木参与了银万事件吗？如果说生岛望死后千代子就来青木这里上班了，至少不能说追杀生岛望的那些家伙跟青木有关系吧？"

"你说的也有道理，不过也可能是相反。"

"相反？"

"很有可能是青木在'黑魔天狗'的内讧中杀了生岛秀树，然后把千代子弄到自己的公司当职员，圈养起来。"

堀田所说"杀了生岛秀树"让俊也感到吃惊。千代子在杀害了自己的丈夫和女儿的恶魔手下当员工，俊也是无法想象的。

"那么，跟放火犯一起逃走的那个少年，有可能是聪一郎吗？"

"年龄是一致的。对于青木来说，只要让聪一郎加入暴力团青木组，就可以封住千代子的口了。"

俊也对这个突如其来的假说一时还消化不了，认真地思考起来。

杀人是无法挽回的犯罪行为。谁也不知道由于什么契机警方就会开始调查。尸体处理不好很容易暴露。千代子不想让儿子背负父亲是银万事件的罪犯这个十字架，青木就利用千代子这种心理，给她一个工作，让她生活有保障，就不用再脏了自己的手。总之，就是把这母子俩逼入进退维谷的地步。

用生活和儿子压迫千代子，这是暴力团常用的手段，理论上也许是成立的。但是，如果青木是杀害千代子的丈夫和女儿的凶手，千代子能忍受一直被青木控制的状态吗？

想到这里，俊也开始推测聪一郎的心境。就算千代子为了儿子能忍受，儿子能忍受吗？跟放火犯一起逃走的，说不定真是聪一郎。

　　被烧毁的公司现在已经改建为家庭用品商店，就像什么事件都没发生过。俊也想起了刚才在园艺卖场看到的鲜花。迎接圣诞节用的艳丽的一品红，跟俊也记忆中火焰般的红莲重叠在一起。

　　在心情压抑的状态下迎来青春期的聪一郎，每天都是怎样生活的呢？建筑公司被烧毁了，对母子俩的生活肯定有影响。但是，如果换个角度考虑问题，什么都没有了，也许有机会重新开始自己的人生。

　　寻找聪一郎，恐怕是一种自以为是的想法吧？聪一郎恐怕也像我俊也一样，不希望别人再打搅自己吧？俊也忽然意识到，自己已经变成了阿久津英士。

　　"堀田先生！"俊也对着手机叫道。

　　堀田从俊也的声音里听出了问题的严重性，不知所措地答应了一声："怎么了？"

　　俊也想起了从河村那里听到的关于父亲光雄的事，想到了自己应该做的事，他不想再追究录音磁带和那个黑皮笔记本到底是怎么回事了。虽然知道这样做对堀田是很不礼貌的，但他还是忍不住了。

　　"堀田先生，这件事就到此为止吧，我不想再追究下去了。"

Chapter 6

1

别人投来的视线的变化，原来不用眼睛，用身体都能感受得到。

穿着西装太热了，阿久津把领带放松，脱下西装上衣，挂在了椅背上。

这里是社会部的会议室。这个没有窗户的小房间里坐着二十来个记者，都在阅读阿久津写的采访报告。无线通话录音、股价操控团伙，阿久津采访到的证据都很重要。由于这些证据跟银万事件的犯罪团伙联系在一起的可能性很大，年末特辑将以记者们正在阅读的采访报告为中心构成。

离特辑开始连载的时间已经不到一个月了，采访也接近了尾声。毫无疑问，目前采访已经取得的成果，足以成为街谈巷议的话题，引起不小的轰动。但是，现在还不能清楚地看到"黑魔天狗"的整体，需要解决的问题还有很多。最后的冲刺，就是要全体总动员，弄清楚犯罪团伙的全貌。

为了激励所有参与年末特辑采访的记者，今天要开一个全体会。大家早早就在会议室里集合了，可头面人物不在这里。晚上8点会议开始之前，拿着手机回到社会部的鸟居命令常驻大阪府警察本部记者组组长主持会议，自己穿上大衣就出去了，也没说出去干什么。大概是得到什么重要信息了吧，但从他那张感情从来不外露的脸上根本看不出来。

白板上写着金田哲司、金田贵志（假名字？狐目男）、吉高弘行、上东忠彦（假名字？）等人名。放大的钓鱼时拍的照片也贴在白板上，但是没有上东忠彦的照片。

"准备了一辆偷来的汽车的人是金田哲司。主导股价操控的人是吉高弘行，他可能利用了国外的日系证券公司或外资证券公司。金主之一是上东忠彦。狐目男两次出现在犯罪现场，但还不知道他扮演的是什么角色。根据堺市的日式料理店'紫乃'的大厨提供的情况，参加聚会的是七个人。目前无法确认上东忠彦是否参加了聚会。除了上东忠彦，至少还有三个人不能确定是谁。如果确定了这三个人是谁，采访就接近于成功了。"

不管是老记者还是年轻记者，不管是不是社会部的，大家都在很认真地听阿久津的讲解。现在跟鸟居骂他浪费差旅费的时候完全不一样，他成了中心人物。不管采访什么事件，谁能搞到重要信息谁就是头儿。

"被便利店的监控录像录下来的那个可疑的男人也没有确定呢。"

说话的是常驻大阪府警察本部记者组组长。

的确如他所说，在西宫市内的便利店里往罐装水果糖里放氰化钠时被监控录像录下来的那个男人，好像不在钓鱼时拍的照片里。

"还有呢。比如搞到氰化钠的人，还有熟悉无线通话的人……七个人忙不过来吧？"常驻大阪府警察本部搜查第一课的记者提出疑问。

对于这个疑问，阿久津觉得有道理。七个人，确实少了一点。

"还有帮着贴指示书的罪犯呢，虽说不是主犯，也不能不算数吧？"经济部的记者也提出一个问题。

"当然应该算数。那些跑腿的人三十年以上都没说漏过嘴，本身就很奇怪。参与了那么大的事件，没有主犯从犯之分，我看啊，都是主犯！"常驻大阪府警察本部记者组组长回答了经济部记者的问题。

那以后，记者们议论纷纷。什么犯罪团伙也需要警察或退役警察的配合啦，什么原来在银河公司工作过的员工有没有值得怀疑的啦……不一而足。鸟居不在，记者们就像被捞起的鱼儿放回了水里，欢蹦乱跳。

这时，主持会议的组长大声说道："下面进入今天的主题，由阿久津介绍在滋贺县采访的主要内容。"

阿久津站着给大家念采访报告。报告里提到了在高速公路大津服务区还有一封指示信或什么信的假说，也提到了大津分社的女记者岸谷玲子找到的中村。

"中村先生在滋贺县和京都市经营酒吧，他的父亲已经去世了，以前当过刑警，是负责对付暴力团的刑警。在这位已故刑警的遗物中的一本笔记本里，发现了一个值得注意的地方。这就是在滋贺县采访的开端。"

接下来阿久津报告了笔记本里1984年11月14日那一页有写上去又擦掉的痕迹，后来判明擦掉的字是"京都"和"人去屋空"。还报告了电话采访已故刑警的部下山田（假名）刑警的过程。

大家虽然已经看过阿久津写的报告，但听采访者本人亲口念报告，还是非常兴奋。犯罪团伙的窝点在京都，滋贺县的刑警接到特殊命令，秘密前去捣毁窝点，结果扑了空。单是这些内容就可以上头版了。

阿久津说："特别值得写的内容有两点。第一点，犯罪团伙可能产生了分裂。"

"你的意思是说，犯罪团伙在'紫乃'聚会的时候，大厨听到他们说'握手言和'了，但是后来又分裂了，分裂的事实指的就是在大津服务区发生的事情吗？"常驻大阪府警察本部搜查第一课的记者问道。

"窝点地址告密，说明握手言和只不过是一时的。犯罪团伙已经分裂了，希望食品事件还没发生的时候就分裂了。表面上推杯换盏，其实各怀鬼胎。就要抢希望食品公司支付的一亿日元的时候，发生了矛盾，都派人去了大津服务区。"

"不过，假如犯罪团伙分裂为两个组，京都那个窝点是A组的，A组和B组也是一莲托生啊，A组被抓起来以后，肯定会把B组供出来，一个也跑不了。这一点我想不通。"

常驻搜查第一课记者的意见得到了多数记者的赞同。

"就是啊……如果A组不把B组供出来，一定得有某种必要条件。"

"那样的必要条件一定很复杂。"

记者们议论纷纷。

常驻大阪府警察本部记者组组长十指交叉放在后脑勺上，催促阿久津说下去。

"第二点，冲进京都窝点的山田刑警，没有明说检出了指纹。但是，三位接受了特殊命令的刑警，都是暴对刑警，这也就是说……"

就在这时，会议室的门被悄悄地打开了。那个瘦小的留着三七开分头的男人一进来，热腾腾的空气一下子冻住了。鸟居连个招呼都不打，径直走到白板前，用磁铁把一张照片贴在了白板上。

中餐馆常见的圆桌前面，一个穿着西装的男人举着一个小酒杯。浓密的黑发，银边眼镜，看上去是一个很能干的人，又给人一种低级下流的印象。至少不像是一个"受害者"。

"这个人就是青木龙一！"

鸟居说着在白板上写上"青木龙一"四个字。

"一个很有知识的暴力团成员，在京都有他自己的事务所，拥有好几家暴力团下属公司。对了，先说一句，这小子五年前就病死了。学历虽然是高中毕业，但那所高中是兵库县有名的私立高中。这小子数学成绩特别好。银万事件发生两年前，经过修订的商法开始实施，有的企业钻法律的空子，利用股东会上的捣乱分子占便宜。青木龙一见有利可图，就钻进捣乱分子和企业之间，大发横财。这小子很可能在那时候搞到了很多企业的内部信息。"

鸟居连句客气话都没说，就开始介绍重要人物的情况。空气确实很紧张，但阿久津和记者们都被他的话吸引住了。

"这小子是个中心人物。金田哲司偷来的汽车他给转卖，和吉高弘行一起动员京都一家弹子房老板当金主，在大阪的重建项目上，跟仰上东忠彦鼻息的承包商一起炒地皮。跟狐目男有没有联系还不知道，但跟上述三个人都有接触。"

阿久津认为青木龙一是犯罪团伙这只双头鹰的一头。但是，如果狐目男跟青木龙一是一伙的，这一头就是五个人。犯罪团伙是七个人，分裂的话就是五对二，势力不均衡，能分裂吗？或许从一开始青木龙一就是头儿，是独头鹰？

"警方没有把青木龙一列为怀疑对象吗？"常驻大阪府警察本部记者组组长问道。

"没有把他列入银万事件的怀疑对象。这小子虽然特别能捞钱，但在暴力团里，青木组很小。前科只有一件，违反老证券交易法，是京都府警察本部检举的。"

"他的暴力团下属企业都是做什么的？"

"主要是房地产和建筑公司，还有不清不楚的咨询公司。"

以上对话记者们都在采访本上记了下来。掌握青木龙一的情况意义重大。

"还有一个值得一提的情况。"鸟居说完这句话，指了指阿久津，

"阿久津在滋贺县通过电话采访了一个假名叫山田的刑警，对吧？当年他们三个刑警接受了特殊命令，冲进了犯罪团伙位于京都市的窝点，对吧？三个刑警都是暴对刑警，对吧？阿久津问山田是否检出了指纹，他就慌忙把电话挂断了。当年，滋贺县警察本部没有发内部通告，也没有向警察厅报告。"

"刚才我正想说这个问题呢。滋贺县有一个当过暴对刑警的人，恐怕就是银万事件的罪犯之一。"阿久津说道。

"我查出来一个跟青木龙一有来往的刑警。"

"滋贺县的吗？"

"是的。名字叫生岛秀树。"鸟居说完在白板上写上了"生岛秀树"这个名字。

"生岛秀树原来是滋贺县警察本部的暴对刑警，因为收受暴力团的钱财，被怀疑为受贿，1982年以极其秘密的形式退职。生岛秀树向暴力团透露信息，拿了暴力团的钱。这家伙跟青木龙一过从甚密。"

"生岛秀树当刑警的时候就跟青木龙一有来往吗？"

"不知道。不过，生岛秀树被清除出警察系统之后，在京都市工作过。也许是银万事件发生之前认识的。"

"生岛秀树现在在哪里？"常驻搜查第一课的记者问道。

鸟居摇摇头："去向不明。"

又一个去向不明。参与银万事件的罪犯全都生死不明，只有青木龙一判明了生死。人死不能复生，永远也回答不了记者的问题了。

"在京都市的窝点，检出生岛秀树的指纹了吗？"

京都总分社一位女记者举起手来问道。以后，找到那个窝点就是她的主要任务。

"可能性很大。"

女记者又问："滋贺县警察本部为什么不发内部通报，也不上报警察厅呢？"

"这个嘛，就算指纹是生岛秀树的，也无法断定他就是银万事件的罪犯，所以滋贺县警察本部就什么也没说。我还搞到了一条比这更重要的信息：跟生岛秀树一起行动的人，是一个工业废料处理公司的老板。"

阿久津觉得鸟居太厉害了，一个人竟然收集来这么多情报！他得有多少人脉呀！虽然很生气，但人家有骄傲的资本呀！想到这里，阿久津忽然明白了工业废料处理公司的意思。

"从工业废料处理公司可以搞到氰化钠。"

听了鸟居的话，记者们议论纷纷。生岛秀树，再加上那个工业废料处理公司的老板，就是七个人，银万事件的罪犯就凑齐了。但是，阿久津还是不能释怀。假定青木龙一是这个犯罪团伙的头儿，其余六个人，会有人背叛他吗？在"紫乃"聚会有意义吗？

站在鸟居身边的阿久津，看着白板上青木龙一的照片，心想：向这个男人树起了反叛旗帜的，到底是谁呢？

2

阿久津站在那扇破旧的推拉门前环顾四周。一位骑着自行车从他身边经过的大妈看了他一眼，很快就远去了。

这是第三次来"紫乃"。阿久津把耳朵贴在门上听了听，没听到人说话的声音。如果老板娘在里边的话，就见不到大厨了。今天的采访，只许成功，不许失败。

年末特辑的全体记者会开过以后，搞到了生岛秀树的照片，也弄清了那个工业废料处理公司的老板姓山下，高中时代跟生岛秀树是一个柔道俱乐部的。阿久津今天来"紫乃"的目的，是让大厨确认一下青木龙一和生岛秀树的照片，确认的结果对《大日新闻》年末特辑的可信度影响是非常大的。

　　阿久津一边在心里想着紧张的日子没几天了，一边轻轻拉开了"紫乃"的推拉门。里边光线很暗，一个人也没有。轻松过了第一道关。

　　"有人吗？"

　　像以前那样，里边有人答应了一声。随着木屐敲打坚硬地面的声音越来越近，满脸胡子、头上绑着藏蓝色大手帕的大厨走了出来。大厨一脸不耐烦的表情，阿久津感觉不错。在这种时候，最怕的就是无表情。

　　"又是你呀？"

　　"又来给您添麻烦，实在对不起。"

　　"至少得来这里喝一杯吧？"

　　"这个年末特辑采访完了，一定来！"

　　"真的假的？我一听'有人吗'，就知道是你！"

　　大厨笑了，阿久津的表情也松弛下来。

　　"老板娘不知道什么时候就会过来，你赶紧采访吧！"

　　上次接受了采访，大概被老板娘臭骂了一顿。阿久津道谢之后，赶紧把两张照片拿出来放在了柜台上。

　　"这两个人参加那次聚会了吗？"

　　大厨笑了笑，拿起青木龙一的照片。因为眼花了，胳膊伸得长长的。

　　"对对对，就是他，这个人啊，很有威严的。"

　　"像个老大？"

　　"是的是的。我记得金田哲司一直对他点头哈腰。"

"这个人呢？"

不用说，生岛秀树更为重要。如果大厨确认生岛秀树也参加了"紫乃"聚会，在滋贺的山田刑警接受电话采访时说的话就有了现实感，犯罪团伙的面目就更清楚了。阿久津太希望自己采访到的材料被写成独家新闻了。当了十三年记者，第一次心情这么激动。

大厨把胳膊伸长，眯着眼睛看照片。照片上的生岛秀树穿着一身柔道服，站在柔道场边上，双臂交叉抱在胸前。

"啊！这个人呀……"

看到大厨意外的反应，阿久津急不可耐起来。

"您也认识生岛秀树啊？我还以为您只认识金田哲司呢……"

大厨说："他的名字我不知道，不过嘛……"大厨好像很尴尬。

阿久津觉得有点不对劲：莫非在我不知晓的情况下别人采取了什么行动？

"有谁为了生岛秀树的事找过您吗？是不是别的报社的记者来过？"

"不是记者。"

"不是记者是谁？警察吗？"

"也不是警察。"

"莫非是跟银万事件有关系的人？"

看着大厨心里有话又说不出口的样子，阿久津不由心跳加快。

无论如何也要把大厨心里的话掏出来。

加害者？受害者？阿久津在大脑里搜寻着一切可能性。从常理上分析，受害者的可能性更大。企业的高管？说出了当时没说出来的事情？有一点可以肯定的是，大厨知道的情况，跟生岛秀树有关！

"那个人是受害者，还是跟犯罪团伙有关系的人呢？"

"哎呀，您看我这张臭嘴！"大厨表现出相当后悔的样子。

"求求您了！告诉我吧！"阿久津向大厨鞠了一个大躬。

大厨使劲摆着手："不行！不行！这事我无论如何也不能说。"

"是受害者还是加害者？还是跟生岛秀树有关系的人？"

"不是……既是受害者，又跟加害者有关系……"

大厨的措辞很微妙。难道说是受害者本人跟加害者有某种关系？大厨的话让阿久津感觉事情一定很复杂。

"那个人是什么时候来您这里的？"

"大概是9月初吧。"

"是一个人来的吗？"

"不是，两个人。"

"两个人？都是男士吗？"

"嗯，都是男士。"

"后来又来过吗？"

"没有，只来过一次。"

"是跟生岛秀树有关系的人吧？"

"……"

"退休警察？"

"不是不是，你这么问下去，早晚我得说出来。不说了不说了，这个话题到此为止。"

大厨说着故意朝厨房那边看了一眼。如果继续这样逼问下去，大厨真有可能会跑掉。但是，如果放过了今天这个机会，就没有下一个机会了。而且老板娘不知道什么时候就会进来，阿久津急得胃都疼起来了。

"好好好，我们换个话题。关于1984年秋天那次聚会……"阿久津从上衣兜里掏出那张钓鱼的照片，放在刚才那两张照片旁边，指着照片说道："这是金田哲司，这是狐目男，这是小平头，这是老大青木龙一，这是生岛秀树，还差两个，对吧？"

大厨点了点头，但马上又说："不对，你等一下……"他说完闭上眼睛低下了头。难道大厨把人数记错了？阿久津内心涌上来一股强烈的不安感。年末特辑的第一期就是《犯罪团伙名单》这样一个有些夸张的标题，如果连人数都不确定，怎么能让读者信服？在记者会上，确实有记者提出只有七个人是不够的。

"是……九……九个人。"大厨吞吞吐吐地说。

"什么？"

"对不起，我记错了。是九个人。"

人数增加了……由于情况变化太快，阿久津一时想不出接下来该问什么了。

"以前您不是说您记得清清楚楚……"

阿久津不由自主地说了一句埋怨对方的话。这可是采访的大忌，阿久津慌了。目击者记错的情况是常有的，也是正常的，不应该埋怨。

"对不起，我只顾回忆他们长什么样了……我也不知道怎么就说成七个人了。"

"这次不会错了吧？"

大厨再次闭上眼睛，连续点了九下头，然后睁开眼睛说道："嗯，这次错不了了，肯定是九个人。"

"是吗……"

"我给你添麻烦了？"

阿久津没有意识到，但他的表情告诉大厨，他很为难。刚才大厨说的那两位男士，不会是犯罪团伙里的人吧？在有限的时间里调查更多的人的情况，几乎是不可能的。

"关于您刚才说过的那两位先生……"

"刚才？"

"您不是说有两位先生到'紫乃'来过一次吗？您能把他们两个的情况告诉我吗？只要知道了他们两个的情况就有办法。我绝对不对任何人说是您告诉我的。"

阿久津也不想放下犯罪团伙新增加的两个成员，但他认为找到眼下有可能接触到的那两位来过"紫乃"的先生更为重要。

大厨哼哼唧唧了好一阵，可怜的眼神看着阿久津问道："他们没有联系你吗？"

"联系我？"

"啊，不，看来这事情还挺严重的……"

"您指的是来过'紫乃'的那两位先生？"

"嗯，虽说是一个很大的事件，但毕竟是三十多年前的事件。不过，在同一个时期有两拨人来我们这个小店调查，可见这事非同……"

老板娘随时都可能进来，阿久津心里很着急，不想听大厨说那些没用的，瞅准机会打断了大厨的话。

"对不起，请问，那两位先生怎么会知道我的联系方式呢？"

"我把名片寄给他们了。"

"名片？我的名片吗？"

"啊，是的。"

大厨也许是因为没有经过阿久津的同意就把名片寄给了别人而感到内疚，今天才这么痛快地接受了采访吧。

听大厨说他随随便便地就把自己的名片给了别人，阿久津虽然不那么舒服，但也并没有生气。看着大厨那抱歉的样子，阿久津决定趁机把采访深入下去。

"那就是另一回事了。万一那两位先生联系我，我却什么都不知道，就不太礼貌了吧？咱们最好还是避免出现那样的情况。"

"这……"

"我不问他们叫什么名字。按照您刚才的说法，既是受害者，又跟加害者有关系……您是这么说的吧？"

大厨很不情愿地点了点头。

"所谓受害者就是当年的受害企业的人，所谓跟加害者有关系的人就是跟生岛秀树有关系的人，可以这样说吗？"

"不是的……"大厨把双手撑在烹调板上，低着头沉思起来，好像很苦恼。看来今天的采访究竟会转到哪个方向去还很难说。如果被拒绝了，下面就不好说了。用名片的事继续施压，压力也是有限的。阿久津什么也不说，只是抱着祈祷的心情看着眼前的大厨。

"他们的名字我不能告诉你。"

也许是良心受到了谴责吧，大厨躲开阿久津的视线，开始叙述事情的原委。阿久津担心这时把采访本拿出来会影响大厨的情绪，就放弃了用笔做记录的想法，集中全副精力，把大厨说的每一个字都刻在脑子里。

"9月初，一位上了点年纪的先生和一位年轻的先生，拿着一张照片来了，那是一个高中生的黑白照片。"

"是一个男高中生的照片吧？"

"是。那两位先生中的一个也问起了那次聚会的事，问我黑白照片上那个人参没参加那次聚会。上高中的时候照的照片，我看不出来，就如实说看不出来……"

"那两位先生是关西地区的人吗？"

"京都人。"大厨说出来之后，后悔得脸都扭歪了。

"两位先生都是京都人吗？"

"啊……是的……"

一听到"京都"这两个字，阿久津立刻联想到了犯罪团伙在京都的窝点。

"那两位先生大约有多大岁数？"

"这个……这个我不想说……"

"您放心，我就是知道他们有多大岁数，也找不到他们。"

"年纪大的那位先生五十到六十岁，年轻的那位先生跟你的年龄差不多。"大厨很不情愿地说。

"刚才您说这事情还挺严重，所以您才协助他们，对吧？"

阿久津觉得进行得很顺利，就选择了让大厨好说话的词语来引导他。关键时刻到了。

"这个嘛……那位年轻的先生说，他在自己家里发现了一盘盒式录音带和一个笔记本，那盘盒式录音带里录的是当年犯罪团伙用来恐吓受害企业的声音。"

"什么？"

"罪犯在恐吓受害企业的时候，在电话里不是用孩子的录音让企业的人去这儿去那儿吗？那位年轻的先生说，那盘磁带里录的是他小时候的声音。"

当年录音的孩子……还活着！还在这里出现过！

阿久津全身燥热，脉搏狂跳。不知为什么，姐姐说过的话在耳边回响起来。

——我已经是做母亲的人了，可以体会做父母的人的心情，精神正常的父母绝对不会让自己的孩子卷入任何事件——

无论如何都要见见当年录音的那个孩子！阿久津兴奋的心情传达给了大厨。大厨的表情变得紧张起来，他更加认识到如果对阿久津说出那件事，也许会招致严重的后果。

阿久津急得要命，但他知道着急没有用，必须有耐心，一点一点地突破。

　　"他们一开始拿出来的那张黑白照片上的高中生是谁？"

　　"好像是那位年轻先生的伯父。"

　　"跟年轻先生一起来的那位上了年纪的先生是谁？"

　　"好像是年轻先生的父亲的同学，听口气也认识年轻先生的伯父。"

　　年轻的先生在自己家里发现了录音磁带，然后去找父亲的朋友商量。为什么不跟自己的父亲商量呢？一定有什么原因，也许是父亲已经去世了。不知道出于什么理由，两个人怀疑伯父参与了银万事件……阿久津的大脑全速运转，整理出一个又一个资料夹，所有的信息最后指向了一个人——生岛秀树。

　　"为什么涉及了生岛秀树呢？"

　　"上了年纪的那位先生说的。他说生岛秀树的体形好像是一个柔道重量级运动员，柔道耳。问我那样一个人是否参加了'紫乃'聚会。"

　　"生岛秀树跟那个上了年纪的先生是什么关系？"

　　"不知道。"

　　"那么，生岛秀树跟年轻先生的伯父是什么关系呢？"

　　"也不知道。"

　　"您看过的那张黑白照片上的高中生，也就是年轻先生的伯父，是否参加了'紫乃'聚会，您真的想不起来了吗？"

　　"真的想不起来了。"

　　问到现在也没抓住有用的线索，阿久津拼命地追问下去。

　　"那两位先生提到过其他参与了银万事件的人物吗？"

　　"没有。那两位先生本来的目的就不是追踪犯罪团伙，而是想确认一下自己的家人是否参与了银万事件。"

阿久津认为大厨说的有道理。在自己家里发现了银万事件犯罪团伙使用过的录音磁带，而磁带里录的是自己的声音……

阿久津感到自己的内心突然发生了变化。

那是一种在东京采访西田的时候，眼前出现黑洞的感觉。作为一个追踪采访银万事件的记者，阿久津始终把罪犯放在了主轴的位置上，他认为这样做是理所当然的。

但是，当被问到"为什么现在还要追踪这个案子"这个根本性问题时，他不知道像现在这样毫无目的地追踪罪犯有没有意义。直到现在，自己都在拼命地追踪"过去"，这个事件没有"现在"，也没有"未来"吗？

"您能告诉我他们的住址吗？"

"不行不行！绝对不行！你饶了我吧。"

"大厨先生，银万事件的严重性已经远远超过了所谓个人隐私问题，难道您不这样认为吗？到处散布混入了氰化钠的糖果，孩子吃了会死掉的！向一般市民、向警察吐唾沫，然后消失得无影无踪。我们要弄清事件的真相，说得夸张一点，是主持社会正义！我们没有理由原谅那些罪犯。那些罪犯最可恨之处是把孩子卷入事件。被卷入事件的孩子如果陷入不幸的境地，我们也许还能向他伸出援手呢。"

"那样的话，我先跟他们联系一下，问他们能不能接受记者的采访，怎么样？"

年轻的先生已经知道阿久津在追踪银万事件了，但是他并没有跟阿久津联系。也就是说，年轻的先生接受采访的可能性很低。上了年纪的先生可能更加慎重。

"到'紫乃'来的那位年轻的先生，有很好的工作。"大厨补充说。

"他是做什么工作的？"

"开着一家西装定制店。"

"西装定制？给人做西装的裁缝？"

"穿一身笔挺的西装，看不出有什么不幸。"

京都，西装定制店，三十多岁，凭这几条信息，也许能找到那个年轻人。在有限的时间内，阿久津想尽可能了解更多的信息，于是紧紧追问。

"那个笔记本里写了些什么？"

"好像都是用英语写的。"

"用英语写的？"

"是的。只有银河公司和万堂公司的数据是用日语写的。"

"用英语写了些什么呢？"

"荷兰的啤酒公司，叫什么……"

"是不是海尼根啤酒公司？"

"对对对，笔记本里用英语写着海尼根社长被绑架的经过。那是银万事件发生之前不久的事件吧？因为那位年轻先生的伯父当时住在英国，所以他认为那个笔记本上的英文是他伯父写的。"

"关于海尼根绑架事件，笔记本里是怎么写的？"

"好像是亲自去荷兰调查过，别的我已经不记得了。"

阿久津激动得全身的血液直冲大脑，心脏都快从喉咙里跳出来了。对于阿久津来说，今天经历了从未有过的兴奋和从未有过的澄澈心境。

当年《大日新闻》驻布鲁塞尔分社的记者用打字机打的那个便条上的"亚洲人"是一个实际存在的人物！1983年，特意从伦敦去荷兰调查海尼根事件的人能有几个呢？

"苏菲·莫里斯现在还跟那个中国人住在一起呢。"

阿久津想起了克林在邮件里说过的一句话，并默默地在自己的大脑里把"中国人"订正为"日本人"。

阿久津也想起了犯罪团伙的挑战书中的字句：

"要想抓住黑魔天狗，到欧洲去吧！"

3

LED蓝色的光在不停地闪亮。

马路对面的杂货铺的橱窗里，展示着圣诞树、圣诞老人、驯鹿和小人偶，地上铺着象征雪地的棉花。

离圣诞节还有一个月呢，但圣诞气氛已经很浓了。

曾根俊也觉得现在就装饰圣诞树为时尚早，不过，妻子亚美和女儿诗织不干，非要装饰圣诞树不可。诗织一天到晚"圣诞树！圣诞树！"地叫得人心烦。俊也认为弄一个花里胡哨的圣诞树会使店里展示的西装显得不值钱，就算弄一棵真枞树进来也是添乱。

以前到了过圣诞节的时候就会很高兴，不知从什么时候起，俊也觉得正月[1]里从白天开始就能喝小酒才是最快乐的事情。

"爸爸！做好啦！"

操作间的门猛地被推开，女儿诗织跑进来，抱住了站在柜台后面的俊也的腿。

"诗织！跟你说了好多遍了，爸爸工作的时候不准过来！"

但是，孩子大喊大叫的声音使操作间的气氛为之一变。平时诗织一

1　日本人以前跟中国人一样，也过春节。明治时代的1872年《改历诏书》颁布以后，正月变成了阳历1月，端午节、七夕节也被改为阳历。以前的正月则被日本人称为"旧正月"。

般不会穿过操作间到前面的店里来，但一有高兴的事，就把爸爸妈妈的嘱咐忘了。

诗织一点也不害怕，打开亚美的眼镜盒让爸爸看。眼镜盒里边装的是小玩具。

"在网上买的。"诗织说了一句出乎俊也意料的话。听到女儿这句她自己还不懂的话，俊也的怒气全消了。诗织一定是听到过大人说这句话，虽然不知道是什么意思，但记住了发音。

"诗织可不要随便摸电脑哟。"

"我知道啦！"

大概给爸爸看了眼镜盒就满足了吧，诗织转身进了操作间，进去后还轻轻地把门关上了。俊也虽然已经看不见诗织了，但女儿那可爱的样子依然留在脑海里，他不由得笑了。

今天上午来了五位客人，其中两位决定在这里定制西装。这两位顾客中一位是一直在这里定制西装的大学教授，另一位是全国知名的点心铺的糕点师。第一次见面，俊也就看出那位糕点师是个西装知识丰富的人，是个不好对付的顾客。量尺寸之前需要商量的事情很多，花费了很长时间，但两人谈得很投机，俊也感到十分充实。

抬起手腕看了看手表，下午1点多了。走出柜台站在面料架子前面，想起堀田下周就该回国了。找到生岛千代子娘家以后，十天过去了。俊也决定不再招惹银万事件以后，觉得轻松多了。那天，堀田什么也没说就接受了俊也的决定。当然，为什么自己家里会有那样的录音磁带和笔记本呢？疑问还存留在俊也心里。但是，听了河村的话，俊也越来越不怀疑父亲的为人了。

俊也正要伸手摸一块面料的时候，店门突然被推开了。

一股冷风吹在脸上，大脑里亮起了警灯。连一点迹象都没有，门就突然被推开了，俊也觉得有点反常。第六感告诉他今天要出事。

俊也看了一眼站在入口处的男人，第一印象就是"啊，西装都穿破了，肯定不是普通的顾客"。尽管如此，俊也还是礼貌地向男人打招呼："欢迎光临！"脸上露出很自然的微笑。这是常年服务顾客养成的习惯。

手提挎包的男人脸上的笑容后面隐藏着毫无顾忌的态度，很随便地走到了俊也面前。当男人从已经变形的西装内兜里掏出名片的时候，俊也大脑里的警灯剧烈地闪亮起来，甚至拉响了警报。

"我是《大日新闻》的记者阿久津英士，突然登门打扰，非常抱歉！"

俊也伸手接名片的时候，紧张得心脏狂跳起来。该来的终于来了！尽管有思想准备，可这也来得太快了吧？

"请等一下，我给您拿名片。"

为了不让对方看出自己内心产生了动摇，也为了争取冷静下来的时间，俊也假装去操作间拿名片。其实名片盒就在柜台后面，俊也根本就不打算把名片给阿久津。走进操作间，俊也把后背靠在关好的门上，闭上了眼睛。他做了好几次深呼吸，思考着是拒绝采访，还是恳求记者不要写。刚才抱着自己膝盖的诗织那天真的笑脸浮现在眼前。

我保护得了自己的女儿吗？

为什么已经决定不再招惹银万事件以后，就出现了最麻烦的事呢？俊也诅咒自己命不好，也恨那个毫不客气地闯进店里来的阿久津。

长长地吐了一口气之后，俊也勉强在脸上堆起笑容，打开门抱歉地对阿久津说："很不巧，名片用完了。我姓曾根。"

"没关系没关系。"阿久津不介意地摆了摆手。

年龄跟自己差不多，并不是自己想象中的那种可怕的人，看起来是一个做事一丝不苟的很认真的人。

"百忙之中打扰您非常抱歉，能耽误您一点时间吗？我认为我要说的事情对俊也先生来说也是非常重要的。"

突然被阿久津叫名而不是叫姓，俊也觉得有点别扭，但马上就知道是为什么了，这个记者一定是找到了伯父。一想到自己很可能被写进记事发表在报纸上，俊也就慌神了。

"对不起，咱们好像是第一次见面吧？"俊也想牵制对方一下。

阿久津亲切地笑了："原谅我不礼貌。不过，我还是想谈谈您伯父的事。"

"我伯父？我已经去世的父亲确实有个哥哥，但我根本就不记得他。"

"您父亲已经去世了吗？"

俊也很后悔自己说了句没用的废话，但还是微笑着说道："是的。不过我觉得您很奇怪，为什么要说我伯父的事？"

阿久津犹豫了一下，看着俊也的眼睛说起来："事情是这样的，我们报社想搞一个年末特辑，内容是追踪银万事件。从夏天开始我就一直在四处采访，在采访的过程中呢，听说了俊也先生的事。"

"您的意思我跟那个事件有关？开什么玩笑？那可是三十多年前发生的事件！"

"我的名片不是一直在您这里吗？"

俊也一下子不知道说什么才好了，吭哧了半天才装糊涂说了句"不明白您在说什么"。肯定是"紫乃"的大厨说的，俊也肠子都悔青了，直想皱起眉头咋舌。

"您在自己家里发现了录音磁带和笔记本，笔记本里用英文记述的是荷兰海尼根社长被绑架事件的经过，用日文写着银河公司和万堂公司的相关数据。"

俊也受不了阿久津的视线，把脸转向一边。俊也后悔死了，真不该把那些事情毫无保留地告诉那个大厨。

"录音磁带录的是俊也先生小时候的声音，说的是……"

这些都可以写进《大日新闻》的年末特辑。自己的声音在银万事件中被犯罪团伙使用过的事情将大白于天下！人们要是知道了我跟罪犯是一伙的，还有人会到我这里来定制西装吗？比这更可怕的是，诗织以后将会忍受无尽的痛苦。俊也陷入极度恐慌之中。

"你给我出去！"俊也再也忍不住了，怒目而视，"你连个招呼都不打就突然跑到人家店里来，进来就胡说八道！不知道不知道！我什么都不知道！"

"难道我刚才说的那些不是事实吗？"

尽管俊也这么明确地表示拒绝，阿久津也没有离开的意思。这个人到底是个记者。别看他态度和蔼，像个好人，那只不过是为了从这里得到他想得到的信息。

"你怎么还赖着不走啊？出去！你给我出去！"

不管俊也怎么怒吼，阿久津还是站在那里一动不动，眼睛直盯着俊也。俊也越来越害怕那双眼睛，猛推阿久津的肩膀。阿久津摇晃了一下，差点摔倒，俊也根本不管他摔倒不摔倒，继续把他往后推，一直推到门外去。

"我警告你，这是最后一次，不许再到我的店里来！你要是再来我就报警！"

阿久津不反驳也不点头，一直看着俊也的眼睛，似乎要把俊也的五脏六腑看穿。俊也抓住门把要关门。

"那好吧，我去找你的伯父！"

听了阿久津这句话，俊也愣住了。阿久津似乎已经找准了目标。

这家伙知道伯父在哪里吗？伯父还活着？

俊也一阵冲动，真想问一问，但还是忍住了。一旦开口，就会让阿久津踏入自己的内心世界，就一发而不可收了。

"对不起，我要关门了！"

俊也总算在最后关头压抑住了自己心头的怒火，关上了沉重的店门。

4

有轨电车行进在有一点缓坡的石板路上。

从电车上看着街上行人的服装，实实在在地感到了季节的变化。8月来的时候，阿久津把上衣挂在挎包带上，在谢菲尔德大学周围走得满头大汗。

时间进入12月，年末特辑到了最后读秒的阶段。采访曾根俊也，从他那慌乱的样子可以断定录音的孩子就是他。录音的孩子存在于现实世界，叫人吃惊的程度跟看到狐目男的照片时是一样的。但是，断定了俊也就是录音的孩子时，阿久津并没有那么兴奋。如果把俊也的事情报道出去，也许会毁了他，不，也许会毁了他的整个家庭，想到这里阿久津感到害怕。尽管如此，作为一个记者，在这种情况下也不能当逃兵。

从"曾根西装定制"回来以后，阿久津向鸟居汇报了俊也的事。鸟居笑了。事件报道组魔鬼主任的笑，证明了阿久津采访到的材料是独家新闻级别。阿久津向鸟居请示，就是自费，也要到英国去一趟。鸟居收起笑容，严肃地说道：

"要是能搞到独家新闻，给你报销！"

跟上次来英国一样，深夜从关西国际机场出发，在卡塔尔首都多哈的哈马德国际机场转机，经过了长达二十个小时的飞行。这段时间太疲劳了，从希思罗机场到帕丁顿的列车上，阿久津浑身发冷，直打哆嗦。幸亏赶上了星期天，去谢菲尔德大学也找不到人，阿久津就在酒店里睡了一天。

　　今天早上醒来，阿久津感觉自己的身体状况属于中下，量体温也没有什么意思，不管发不发烧都得去。对鸟居说因为感冒不能去是下下策，阿久津只能自我安慰说，全身发冷是因为英国冬天的风太凉，一大早就穿得厚厚的离开了酒店。

　　想到以后的事情，本来应该更有紧张感，可是由于吃了感冒药，大脑昏昏沉沉的。现在的阿久津心里只有单纯旅行的情趣。晴朗的谢菲尔德的天空下，不知为什么，并不宽阔的道路让人觉得视野开阔，心情舒畅。

　　在大学前从有轨电车上下来，阿久津立刻被大风刮得缩起了身子。

　　以车站为中间点，学生们向东西两个方向散去。阿久津戴上来英国之前买的皮手套，向西北方向走去。大衣口袋里虽然装着事先复印好的地图，但他并没有拿出来看。这段路他已经记在心里了。

　　沿着两旁都是红砖公寓的马路往上坡走，目的地是见过苏菲教授的克劳克斯沃雷公园。不去大学的新闻学院而是去公园，一是因为上次来的时候这个时间苏菲教授在公园里，二是想好好观赏一下那里的美丽风景。

　　走在韦斯顿公园前面的大街上的时候，阿久津终于发现了谢菲尔德的道路并不宽阔却让人觉得视野开阔的原因——没有电线杆。因为没有电线杆，所以视野开阔。走过博物馆前面的大街，穿过蘑菇巷，很快就在左手侧看到了那个被日本留学生称为"水库"的湖。

下了有轨电车以后走了十分钟，就到了克劳克斯沃雷公园。

低矮的绿色大门今天也是开着的。鲜绿的草坪修剪得非常整齐，且跟夏天一样鲜绿。草坪西北方向的栅栏里边，有两个男孩在荡秋千。一位金发女郎，大概是他们的母亲吧，坐在附近的滑梯上，看着那两个男孩。

阿久津向西南方向的湖边走去。天气虽然很冷，照样有几个男人在湖边钓鱼，不知道是否还是夏天那几个人。有着茶褐色三角形屋顶的白色餐馆还在湖对岸。从湖边到餐馆的露天阳台，还是绿色的草坪，草坪上还是那条优雅的 S 形小路。湖面依旧是那么平静，波光粼粼。阿久津觉得，正是因为有了湖对岸那座有着茶褐色三角形屋顶的白色餐馆，才构成了公园美丽的风景。

阿久津站在湖边，双手交叉抱在胸前。今天什么都不少，只少了一个苏菲·莫里斯。仔细一想也不奇怪，大冬天的，谁会坐在这冷风飕飕的公园的长椅上吃三明治呢？阿久津现在才明白，自己只是为了看风景才到这里来的，并没有把能否遇到苏菲考虑在内。

下次再来，一定不带任务，好好享受一下这美丽的风光。

夏天，到湖对岸那个白色餐馆的露天阳台上去，一边喝健力士啤酒，一边看自己喜欢的英文小说，那才是旅行的情趣呢。进报社以来，都忘了应该怎么度假了。做了一个短暂的夏日旅行的梦之后，阿久津转身往回走。

公园门口附近一位身材苗条的女士引起了阿久津的注意。女士右手拿着一个大塑料杯，好像是刚在咖啡馆买的咖啡，大概是想在这个她喜欢的公园里慢慢享用吧。阿久津觉得自己身体不好的厄运将在下一刻改变。

苏菲·莫里斯也看到了阿久津。她先是愣了一下，然后就像想起了对方是谁似的笑了。她没有停下脚步，而是边走边指了指草坪那边的长椅。阿久津见她还记得自己，放下心来。

两个人站在长椅前握手寒暄，然后同时坐在了长椅上。

"您还记得我，是吗？"

"当然记得。《大日新闻》的记者，对吧？不过，名字嘛……对不起，我忘了。能再告诉我一遍吗？"

"没问题，再告诉您多少遍都没问题。我姓阿久津，全名阿久津英士。"

"想起来了，阿久津先生。"

"如果您愿意的话，请叫我英士。"

"英士，今天也是来采访的吗？"

"是的。请您不要笑，我这次来要问的是同样的问题。"

"真是一件有益的工作啊。你是不是想说，季节变化了，我的回答也会变？"

"对不起，我的意思是，我要问的，还是关于那个跟您相好过，不，现在也是您的相好的那位男士的问题。"

苏菲·莫里斯喝了一口咖啡："你继续往下说。"

"不过，这次的问题跟上次有所不同。我这次要问的，不是关于一个中国男人的问题，而是关于一个日本男人的问题。"

因为苏菲·莫里斯不说话，所以阿久津自己一个人继续往下说。

"1983年，莫里斯教授住在伦敦，对吧？在一家报社当记者，对吧？"

"对呀，跟你说的那个日本人住在一起。"

"1983年11月，你的那位来自日本的恋人，去了荷兰，对吧？"

"他说要去欧洲大陆旅行，好像也去了荷兰吧。"

"他去荷兰调查了海尼根社长被绑架的事件。在日本，有一个笔记本，里面的内容是他用英语，用英式英语写的海尼根绑架案的全过程，还写着一些日本企业的各种数据。"

阿久津简要地给苏菲·莫里斯介绍了一下银万事件。阿久津早就预料到有需要用英文介绍银万事件的时候，提前做了准备，派上了用场。

苏菲·莫里斯看着湖面沉默了很长时间。上次，这个日本记者来找她，她肯定心存疑念。那时候她说："我非常明确地告诉你，当时，绝对不存在跟我有所谓亲密关系的任何一个中国人！"不能说她是在撒谎，但也不能说她有诚意。她只要说一句"不是中国人，是日本人"，就帮了这个从遥远的东方跑过来的记者。那时候她为什么不说呢？

苏菲·莫里斯发现了自己的日本恋人有阴暗的一面，也许她害怕她的日本恋人向她敞开心扉，把一切都告诉她。

"如果没有什么不方便的话，您能把他的名字告诉我吗？"

苏菲·莫里斯长长地叹了一口气。她一生的大半都跟那个日本男人生活在一起，没想到时至今日，那理所当然的生活基础被撼动了。在她那笑容消失的侧脸上，阿久津看到的是无限的忧愁。

她作为一位记者，现在在大学里教新闻学，这对于阿久津来说是最大的一张王牌，也是最不想说出的台词。阿久津相信她是有职业道德的，看着她的侧脸等待着。

"曾根达雄。"苏菲·莫里斯呆呆地说出了恋人的名字。

"曾根先生现在在家吗？"

"不在。他现在在约克城。"

"约克城？"

阿久津对这个城市虽然没有具体的距离感，但在印象中是英国北方的一个城市。到谢菲尔德来已经够远的了，没想过要去更远的地方，这是阿久津意料之外的。但是，眼前不是三岔路口，而是一条笔直的大路。

"到了约克城，在哪里能找到他？"

"如果不是周末的话，他会在旧城区的一家书店帮忙。"

阿久津从大衣口袋里拿出一沓便签贴和一支自动铅笔递给苏菲·莫里斯。苏菲·莫里斯毫不犹豫地在便签贴上写上了那个书店的名字。

"英士，虽然我已经看腻了这个公园的风景，但我今天还想在这里多看一会儿。"

阿久津知道苏菲·莫里斯是想一个人安静一会儿，就默默地站起来，深深地鞠了一个躬，头也不回地走出了公园的大门。假如他回头看一眼，哪怕是看一眼苏菲·莫里斯的背影，也会产生愧疚感。真相有时候会变成利刃，追究真相可能会伤害周围的人。但是，真相不能不追究，既要追究到底又要当"好人"的工作是没有的。

走向有轨电车站的路上，阿久津想到一个主意。反复在心里权衡之后，他认为是一个好主意，于是摘下皮手套，掏出了按照总务科冈田的要求设置为国外通话功能的智能手机。

阿久津从约克站的站台走上台阶，来到连接各站台的走廊上。

走到半路时，阿久津停下来，环视着整个车站。拱形屋顶两侧是网状骨架，阳光照射进来，使整个车站显得非常明亮。这个离约克城最近的车站是英国最有人气的观光景点之一，朴素、庄重，给人一种沉稳安详的感觉。

阿久津从采访包里拿出一本旅游指南，拖着发烧的身体往前走。他还处于半睡半醒的状态，因为十分钟以前他还在车上睡觉。

离开公园以后，阿久津在谢菲尔德车站坐上了国营铁路的长途列车。虽然只有五十分钟的车程，但他还是选择了特等车厢。身体太疲劳了，他连腰都疼了起来，特等车厢可以休息得好一点。

跟罪犯接触，对于一个事件记者来说，是最大的考验。而且这个罪犯，是昭和史上最大的悬案的罪犯。毫不夸张地说，这是决定胜负的一战。能拿到罪犯的无线通话录音，能在滋贺县电话采访接受过特殊命令的刑警，当然可以说是锲而不舍进行采访的结果，但也不能不说是运气好。上次来英国的时候根本看不到的铁轨，现在已经清清楚楚地在眼前向远方延伸。自己就像被强力的磁场吸引着，沿着这条铁轨向前飞驰。

迈动无力的双腿走着走着，阿久津发现自己在车站里迷路了。从停放着大量自行车的存车处前经过，走下台阶继续往前走，看到的是一个露天的汽车停车场。

这个车站好像没有检票口，阿久津看到停车场外面的马路对面就是约克城的城墙。

穿过停车场，朝着城墙方向走。走到停车场的围栏附近，看到铁网门是开着的，铁网门上挂着一个写有"非进入车站通路"的牌子。看来真是走错了。不过铁网门是开着的，从这里走出去就应该是车站外边。阿久津就走出铁网门，顺着台阶上了马路，有一种总算从车站里逃脱出来的感觉。

根据观光指南的介绍，城墙围着旧城区，全长四公里多，有三处断开的地方。四公里多的城墙有六个被称为"Bar"的城门。再往前走，从修道院大街的便道上，可以看到米克盖特门那左右对称的石造建筑，虽然有的地方黑黢黢的，还有裂缝，但依然给人庄严肃穆之感。"gate Bar"听起来好像说了两次"门"，但在这里，"gate"不是门的意思，而是大街的意思。

阿久津穿过高高的石造城门进了旧城区。

苏菲所说的那个书店，阿久津已经用智能手机查过了，进了米克盖特门往前走三百米就是。残留着中世纪建筑的旧城区，都是很有情趣的红砖建筑，石板路的便道上，有很多穿着厚厚的衣服的行人。

在这样一个特别的世界里跟罪犯对峙，阿久津兴奋异常。想起迄今为止的采访，阿久津需要一点时间在心里感慨一番，但是，三百米的距离，转眼就到了目的地。

阿久津在缓缓的弯道处站住，站在便道上观察着马路对面的书店。

那是一座红砖建造的有着三角形屋顶的三层小楼。二层有两个飘窗，三层是两个平面的窗户，窗玻璃上映着蓝天白云。一层的入口两侧是橱窗，右侧的橱窗展示的是摆在书架上的书，左侧的橱窗里摆着可以看到整个封面的书。整座建筑飘荡着图画般的异国风情。

阿久津摘下皮手套，把右手掌放在心脏处，可以感觉到心跳得很快。不管遇到多大的困难都要把采访进行下去！阿久津张开的手掌攥成了拳头。

左右看看，趁没有车辆过往，阿久津过了马路。他来到狭窄的入口前，推开了镶着玻璃的木框门。里边右侧靠墙是一个大书架，满满的都是书。放不上去的书都放在过道里的纸箱子里。中央的长桌上，左侧靠墙的书架上，也都是书。

正面对着入口的是一个很有厚重感的木制柜台，高度适合于坐在里面工作。L形的组合式办公桌上有收银机和台式电脑。柜台里面的椅子上没有人。

房子的纵深很长，后面好像还有房间。

"Excuse me!（打扰了！）"阿久津放开嗓子喊了一声。

从里边的房间里走出一个亚洲人模样的已经白了头发的男人。见到这个男人的瞬间，阿久津立刻确定他就是出现在大津服务区的那个男人。虽然不能说长得完全一样，但他大框眼镜后面的眼睛是吊眼角，地地道道的狐狸眼睛，感情不外露的狐狸眼睛。

"您是日本人吗？"阿久津问道。

"是的。"男人安详地答道。

男人把拿在手上的书放在柜台上，向阿久津走来。几乎是同时，阿久津向男人走过去。男人伸出右手要跟阿久津握手，阿久津也把右手伸了出去。男人比阿久津高两三厘米。

"您是从日本什么地方来的？"一听男人的口音，就知道他是关西地区的人。

"大阪。"

"啊，听出来了。我也是关西地区的人。"

"关西哪个地方？"

"京都。"

"啊，京都是个好地方。我感觉约克城的气氛有点像京都。"

"是的。我在这个地方就觉得心安，真是不可思议。"

男人没有表现出警觉的样子，难道苏菲没有打电话告诉他吗？

"您是一个人到约克城来的吗？"

"是的。虽说这里是有名的旅游胜地，但在这个英格兰北部的小城能遇到日本人，我还是很高兴的。我叫阿久津英士。"

男人笑了笑，没有说自己的名字。阿久津打算强行拉近与对方的距离，就问："请问，您贵姓？"

"啊，对不起。我姓曾根。"

就是这个人！阿久津不动声色地吐了一口气。

"曾根先生一直在约克城吗？"

"是的，已经来了很久了。"

"没回过日本吗？"

"没有。我在英格兰已经好几十年了。"曾根依然满脸笑容，但房间里空气好像变了。阿久津已经找到了感觉，越来越镇静了。

"您想买什么书？"

"我不是来买书的，我是有事来找曾根先生的。"

曾根脸上没有流露出丝毫吃惊的表情，阿久津意识到这是一个很难对付的人。观察也就到这里了，阿久津毫不犹豫地拿出名片递给了曾根。

"《大日新闻》的记者先生啊？到这么远的地方来找我，有什么事吗？"

"采访发生在三十一年前的银万事件，采访到最后，就到了您这里。"

曾根脸上的笑容消失了，他冷冷地注视着阿久津。阿久津感到巨大的压力，但毫不动摇地用视线把压力顶了回去。

"我听不懂您的话是什么意思。"

"我来这里以前，去谢菲尔德见了苏菲·莫里斯教授。"

曾根为了控制住自己的感情，紧紧咬住了嘴唇。

"1983年11月，在阿姆斯特丹，海尼根社长被绑架了。您调查了这个事件的全过程，对吧？"

"……"

"苏菲·莫里斯教授说，那个时期您一个人去欧洲大陆旅行了。当然，您也去了阿姆斯特丹，对吧？"

"……"

如果曾根就这样沉默到底，阿久津这方面的能量将被消耗殆尽。于是阿久津毫不犹豫地打出了第一张王牌。

"我可不是瞎猜，也不是诈您。曾根先生的侄子有一个黑皮笔记本。"

听阿久津说出这句话以后，曾根总算长长地吐了一口气。

"俊也看到了那个笔记本？"

阿久津眼前浮现出俊也那张愤怒的脸。——"出去！你给我出去！"

"是的。我找他的时候，他显得非常慌乱。现在他是'曾根西装定制'第二代掌门人，有一个小女儿。"

这些都是别的记者调查来的情况。当阿久津把这些情况告诉曾根以后，曾根微微张开了嘴巴。

阿久津盯着曾根继续说道："此前，俊也找过您。他好像知道录音磁带里录的是他小时候的声音。"

曾根认真地频频点头："俊也那孩子说了些什么？"

"他说在他的脑子里没有关于您的任何记忆。"

曾根苦笑了一下，用眼神催促阿久津往下说。

"就说了这么一句话。那以后他情绪失控，把我推了出来。"

"阿久津先生还要到俊也那里去吗？"

"不好说，就看您怎么回答我的问题了。"阿久津自己也觉得这样说话类似威胁，但还是步步紧逼，"我能找到您这里来，相信您也能猜得到。我们的采访进行得很深入，已经基本上确定了'黑魔天狗'的成员有哪些人。"

"是吗？……"

"这个事件对整个社会的影响太大了，绝对不是个人的事情。根据我们报道的事实，被卷入这个事件的人生活得都不幸福。我认为，不能让银万事件永远成为一个悬案。请您把真相告诉我！"

阿久津说完，诚心诚意地向曾根长时间地深深鞠躬。

曾根用让阿久津感到意外的柔和的声音问道："阿久津先生，您是第一次来约克城吗？"

阿久津抬起头来，疑惑地点了点头。

"咱们去外边吧。虽说有点冷，但吹吹冷风也挺舒服的。"

5

走出书店不久，柏油马路就变成了石板路。

进入旧城区，在觉得时光倒流的同时，也可以感到时代的变迁。石造教堂变成了英式酒吧，对面还有一家超市。但不可思议的是，约克城古老的气氛并没有任何改变。

下午1点多，太阳就开始西斜了。夏至的时候，晚上9点天还是亮的，可是临近冬至，不到下午4点太阳就落山了。阿久津今年夏天和冬天两次来到英国，从白天的长短也切实地感受了英国。

阿久津沿着米克大街往前走，来到了乌斯河上的乌斯桥，站在桥上远眺，不由得感慨万端。乌斯河两岸，排列着红砖建筑的饭店和餐馆，风景如画。

阿久津身旁的曾根似乎也沉醉在眼前的美景之中。一只双翼很长的大鸟，在河面上翱翔。桥上一个金黄色头发的小男孩，仰望着那只大鸟叫喊着。身穿白色羽绒服的曾根，看着大声叫喊的小男孩，脸上浮现出一丝笑容。

"俊也很小的时候，我带他去过一次动物园。那时候他大哭大叫，弄得我好狼狈。记得那次我是带他去阪神公园看豹狮。"

阿久津好久都没听人说过"豹狮"和"阪神公园"这两个名词了，只说了一句"好令人怀念啊"。那以后，曾根没再说话。

过了桥，阿久津觉得曾根该说话了，就引导似的说道："都是河，但约克城的乌斯河跟大阪的安威川格调完全不一样。"

曾根还是不说话，只顾一直往前走。

"那个防汛器材仓库还在，孤零零地坐落在河边。如果不是当地人，很难找到。"

"……"

"阿姆斯特丹是一座运河之城吧？曾根先生在荷兰调查了海尼根绑架事件以后，你们参考了荷兰绑匪的做法吗？例如在报纸上刊登广告，例如把人质的声音录下来。"

"……"

外边虽然很冷，但正在发烧的额头经冷风一吹，阿久津觉得很舒服。这样的身体状况，完全可以跟曾根战斗到底。

"明确地告诉您，我认为您参与了银万事件。您并不是一直在英国。事件发生期间，您在日本。1984年秋天，您去大阪府堺市的日式料理店'紫乃'参加了犯罪团伙的聚会。挑战书里出现的'挖苦警察的纸牌游戏'，就是那次聚会编写的。我们有'紫乃'现在的大厨的证词。"

"……"

"''会找借口的，要数警察本部的，搜查一课长'，这条就是您编的吧？"

曾根还是不说话。他面无表情，看着前方往前走。阿久津知道曾根把自己从书店里带出来的理由了。两个人并排走在路上，看不到对方的视线，不仅如此，由于沉默而造成的令人厌烦的时间，也容易混过去。面对面的状态，只能对话。但是，现在的曾根，想对话就可以对话，不想对话就用走路代替。

曾根是一个很聪明的对手。阿久津在感到曾根很难对付的同时，也确信银万事件就是这个曾根策划的。由于一边想事一边走路，阿久津蹭到了一个用耳机跟别人通话的女人的肩膀，二人互道"Sorry（不好意思）"。

到了旧城区的中心地带，就几乎没有过往车辆了。乌斯大街是石板路，道路都被步行者占领了。阿久津认为这样沉默下去就会被对方掌握主动权，于是大声说道：

"我认为犯罪团伙分裂了，分成了两派。也就是说，'黑魔天狗'是双头天狗。"

也许是认为阿久津这个说法很可笑吧，曾根"呼"地吐了一口气。

"根据我们的采访，暴力团的经济来源之一，青木组的组长青木龙一，以他为中心，金田哲司、吉高弘行、上东忠彦跟他关系密切。"

阿久津发音非常清晰地说出了一个又一个名字，但是，曾根还是看着前方往前走。

"专门盗窃汽车的金田哲司，跟名字叫金田贵志的狐目男关系很好，股价操控团伙成员吉高弘行和金田哲司用无线通信机通话的录音在我们手里。还有，吉高弘行的金主之一是上东忠彦。以青木龙一为中心，加上我刚才说过的金田哲司、吉高弘行、上东忠彦、金田贵志，这五个人是一派。如果把他们称作A组，曾根先生就是B组的。"

"……"

"原滋贺县警察本部的刑警生岛秀树、他的学弟山下、一个不知道名字的年轻人，加上曾根先生，你们四个人是B组。所谓'黑魔天狗'，就是以上九个人组成的。刚才我也提到了，你们这九个人，于1984年秋天，在大阪府堺市的日式料理店'紫乃'举行了所谓'握手言和'的聚会。怎么样？我说的这些没错吧？"

曾根还是不说话，阿久津已经习惯被曾根无视了。

"你们瞄准了六家企业。最后的鸠屋和摄津屋，你们也就是随便玩玩而已。最初的三家企业，即银万糖果公司、又市食品公司、万堂糕点公司，你们通过操纵股价赚了很多钱。你们要求公司开车给你们送钱，其实你们从一开始就没想去夺取。"

"……"

"但是，第四个事件，也就是希望食品事件，你们是真想把车里的一亿日元抢走的。你们在行动之前的集合开会，显示你们已经有了内斗的火种。"

曾根的表情虽然没有变化，但阿久津可以看出他在思考。是在琢磨记者手里有几张牌呢，还是在寻找坦白的时机？不管他在想什么，阿久津只能把自己了解到的情况全都砸过去，直到他开口说话。

"希望食品事件中的1984年11月14日，您戴着帽子，戴着墨镜，出现在大津服务区。我没说错吧？"

来到一个三岔路口，曾根说了句"往这边走吧"。他选择了议会大道。阿久津提起银万事件以后，曾根是第一次开口说话。阿久津觉得轻松了一点。

"大津服务区的指示信在观光指南板后面。四年前电视台的纪实节目播放以后，才知道滋贺县警察本部瞒着大阪府警察本部，把刑警派到了大津服务区。"

曾根好像不知道这件事，看了阿久津一眼，并用眼神督促他往下说。

"那个刑警在纪实节目中说，他看到狐目男坐在高速公路大津服务区的长椅上，往椅背上贴指示信，而不是在观光指南板后面贴指示信。据此我提出一个假说：指示信有两封，狐目男也有两个。开始我对自己的假说心里也没底，但是，当我看到滋贺县一位已故刑警的搜查笔记以后，采访一下子就深入下去了。"

阿久津故意用夸张的口气说道，说完观察了一下曾根的反应。阿久津认为，曾根作为参与了银万事件的人，听到了他不知道的真相之后是不会不动摇的。对于不爱说话的采访对象，最重要的是想办法让他开口。

"请您接着说。"

阿久津对曾根的反应很满意，停顿了一下以后继续说道："我们在那位已故刑警的儿子家里，看到一本搜查笔记。1984年11月14日那天的行动被擦掉了，显得很不自然。用铅笔涂抹之后显现出来的字是'京都'和'人去屋空'等字样。后来，我们采访了11月14日那天跟已故刑警一起行动的人。他告诉我们，那天，包括已故刑警在内的三个暴对刑警，袭击了你们这个犯罪团伙位于京都的窝点。"

"窝点里一个人也没有吧？"

"是的。"

"是吗？……"

曾根的表情很严肃，双手插进了白色羽绒服的口袋里。

"滋贺县警察本部秘密组织了一个特命小组，这个小组成员都是暴对刑警。他们在京都那个窝点检出了指纹。但是，搜查进行到这里就卡住了。他们没有向警察厅和大阪府警察本部报告。我认为他们检出的指纹是生岛秀树的指纹。"

前方是一个大广场。曾根也不问阿久津想不想去，就径直走到那个大广场，在广场边的长椅上坐了下来。坐了一会儿之后，曾根叹了一口气，用右手做了一个想写什么的动作。

阿久津掏出采访本和自动铅笔递给曾根。曾根在拿着铅笔的右手上哈了一口气，开始在采访本上写字。

——曾根达雄、生岛秀树、山下满、谷敏男——

字体刚健俊美。这四个人的名字，恐怕就是阿久津所说的B组的成员。阿久津在感到吃惊的同时，意识到终于搞清楚犯罪团伙都有哪些人了。

阿久津坐在了曾根身边。

曾根解释道："这几个人的首领是我。正如你所说，生岛秀树原来是滋贺县警察本部的刑警。山下满是生岛秀树的高中同学，开着一家工业废料处理公司，氰化钠就是他提供的。谷敏男是日本电信电话公司的职员，教给我们如何逆向查明对方的电话号码和无线通信的知识。行动计划大部分是我策划的。跟青木龙一保持联系的是生岛秀树。"

阿久津一边观察曾根达雄的表情，一边迅速地做着记录。阿久津意识到，曾根达雄要开始坦白自己的罪行了。

"1974年12月，我父亲曾根清太郎被左翼过激派杀害了。当时，父亲是银河糖果公司的一名职员。"

原来是这样联系在一起的呀——阿久津在"银河"两个字上画了好几个圈。

"也许您知道，东京大学的安田礼堂被警方攻陷后，学生运动就转入了低潮，新左翼势力制造了一个又一个震惊日本和全世界的大事件。淀号劫机事件、浅间山庄事件、卢德国际机场枪击事件……"

1969年、1970年、1972年——阿久津在脑子里按时间顺序排列了一下这几个大事件。

"1974年，左翼武斗派制造了三菱重工总公司大楼爆炸事件，炸死了八个无辜的过路人。虽然左翼武斗派大喊是为了正义，但他们这种无差别杀人，引起了越来越多民众的厌烦。同时，左翼组织内部也充满了负能量。从1973年开始，新左翼内部发生了激烈的所谓'内斗'，互相杀戮的事件时有发生。"

阿久津一边做记录，一边觉得有点不对劲。但是曾根达雄还在不停地说，阿久津来不及分析为什么觉得不对劲。

"1974年的时候，父亲在银河的东京分公司工作。没带家属，单身赴任……"

达雄的父亲清太郎在东京跟从事左翼运动的学生们关系不错，那些学生的敌对集团误以为清太郎跟那些学生是一伙的，用铁管猛击清太郎头部，将其打死。

"因为报纸报道说我父亲死于左翼集团的'内斗'，银河公司的态度非常冷淡，葬礼也非常简单。银河公司以为我父亲跟极左集团有关系，躲得远远的。虽然银河公司以退职金的名义给了一笔钱，但我还是认为他们太不近人情了。后来抓住了杀害我父亲的一个凶手，那个凶手交代说是杀错了人，我父亲跟极左集团没有关系。尽管如此，一旦被扣上了屎盆子，再想清洗干净并不那么容易。后来杀害我父亲的凶手在拘留所自杀了，我的愤怒无处发泄，内心感到非常痛苦。就在那个时候，那些受到我父亲关照的学生来看我们，诚心诚意地向我们道歉，沉痛地哀悼我父亲。在跟他们交谈的过程中，我开始痛恨冷淡我父亲的组织。"

阿久津刚才觉得不对劲的地方，被达雄这段话分析得清清楚楚。不用听达雄继续往下说，阿久津也能猜到后来达雄当了一名左翼政治活动家。

"我有一个弟弟叫光雄，比我小两岁，他表面上没有像我那样表现出强烈的仇恨和愤怒。裁缝专科学校毕业以后，他就开始在京都市内的一家西装定制店学手艺，和母亲一起小心谨慎地生活。二十四岁结婚，第二年生了俊也。"

阿久津马上跟达雄确认了一下"光雄"两个字的写法。

"我不怎么去大学上课了，后来索性去东京跟同志们一起生活。那时候我们坚信，我们的革命一定会成功，而成功不可或缺的要素就是歼灭敌人。为了'正义的报复'，就要'切实行使暴力'。实际上，正义和暴力结合的构图，就是战争的缩略图。牺牲者越多仇恨越深，双方对死亡的感觉已经麻木了。当时在我们的同志之间，这些行动不叫内斗，而是被摆在了'与反革命集团的斗争'这个崇高的位置上。"

跟刚才的沉默相比，达雄就像变成了另外一个人，滔滔不绝地说起来。

当时的口号虽然是反对帝国主义，但也不知道从什么时候开始，各个左翼组织发行的报纸上就开始以《大本营发布》为题，报道消灭了多少敌人的所谓战果。向不认识的人扔炸弹，用铁管打爆连名字都不知道的人的头……用达雄的话来说"好像不杀人就坐立不安"。

"我们是三个人一组展开行动，对别的小组根本不熟悉，有的连名字都叫不上来，横向联系几乎没有。有一天，说是应该教训一下敌人的一个支持者，我们两个小组一共六个同志集合起来，截住了一个正要去公共澡堂洗澡的男人。那个男人也就是四十多岁，他一再向我们解释'你们认错人了'，还说'孩子还小'，苦苦哀求我们饶他一命。出发之前我们已经商量好，那个男人不是敌人，只不过是敌人的支持者，就不开他的西瓜瓢了。但是，当我们小组的一个同志把那个男人的双手反剪在背后的时候，另外一个小组的同志突然挥起铁撬棍，砸在了那个男人的头上。那个男人瘫软下去，当下就死了。"

达雄用两个拇指顶住了自己的内眼角，脸扭歪了。那是悔恨的表情。

"我参加左翼组织一年多的时间里，参加过多次袭击别人的行动，但那是我第一次看到有人死在我眼前。男人死后我们听到了女人的尖叫声，扔下男人就逃走了。从那天开始，我就怀疑那个男人的遭遇跟我父亲是一样的，感到非常苦恼。我觉得我的活法不是父亲所希望的，我觉得我背叛了父亲。第二天早上的报纸上刊登了那个男人被打死的消息。原来，那个男人连敌人的支持者都不是，完全是误杀。"

"杀了一个无辜的人，是吧？"

"是的。从那时起，我逐渐跟组织拉开了距离。但是，留在日本国内的话，同志们会硬拉着我去参加袭击活动，如果不去，就得做深刻的自我批评。于是我就跑到国外来，打算好好整理一下自己的思绪。我没能找到正式的工作，一直靠打工生活，有时候也回京都看看。"

"您是什么时候来英国的？"

"1980年。"

"为什么选择了英国呢？"

"我已经明白在日本革命是掀不起来的，更主要的是我对暴力行动已经厌烦了。于是我想来英国看看社会民主主义的世界是什么样子的。但是，实际来英国一看，这里的闭塞感简直让人喘不过气来。阿久津先生，您听说过'英国病'这个词吗？"

阿久津想起克林对他说过的"荷兰病"，认为意思可能差不多，就暧昧地点了点头。

"第二次世界大战结束后，英国政府试图具体实现社会福祉和经济发展的理想蓝图，即所谓的'从摇篮到坟墓'的社会保障制度。但是，从20世纪60年代后半期开始，社会保障费的增加导致财政状况恶化，产业保护措施导致国际竞争力下降。各种罢工运动此起彼伏。到了70年代后半期，伦敦的大街上到处堆着垃圾和纸箱子什么的。从前的大英帝国，追求国民幸福生活的结果是，陷入了无法自拔的泥沼。这就是英国病。"

达雄说到这里干咳一下，清了清嗓子。

"看到那种情况，我精神上受到很大冲击。那时候我还年轻，但我已经认识到，人满足了就会腐烂。这还没满足呢，就已经开始腐烂了。斯大林的一国社会主义被认为是不负责任的，但那时候已经不是思考那种问题的时候了。我认为，人只要有欲望，平等就不会成为最优先的事项。"

大概是因为多年的思考终于有了发泄的对象吧，达雄一口气说了下去。

"虽说撒切尔夫人上台是历史的必然，但她的外科手术似的改革有很大的副作用。私有化的改革削弱了工会的作用。为了摘除'英国病'这个癌症，撒切尔夫人给英国动了手术。但是由于对金融界的限制减少，造成伦敦集中了很多外国资本。另一方面，煤矿关闭和制造业衰退造成了地方经济规模缩小。就在无论如何也摆脱不了经济低迷的情况下，又爆发了英国与阿根廷争夺马尔维纳斯群岛主权的马岛战争。"

战争始于1982年3月。阿根廷海军突然登陆马尔维纳斯群岛（亦称福克兰群岛），短时间内占领了该岛。英军只用了三个星期就夺了回去。6月中旬阿根廷军宣布投降。

马岛战争的胜利，使被英国国民忘记很久的海洋大国的骄傲重新被激起。为了保卫领土坚决把战争进行到底的撒切尔夫人的权威得到了承认。

达雄简单地介绍了一下马岛战争以后，很寂寞地笑了笑。

"那时候我已经开始跟苏菲恋爱了。战争胜利后她兴奋得不得了，但我的心迅速冷却。第二次世界大战结束后，英国标榜追求幸福的社会民主主义，实现不了的时候呢，主张极端对立思想的政治家，就把国家的政策来个一百八十度大转弯，并且镇压被副作用压得喘不上气来的国民，甚至不惜通过战争手段达到增强国家凝聚力的目的。我在日本的时候，为了自己认为的所谓正义，伤害了很多人，自己也累了，于是离开了祖国。结果到英国一看，得了'英国病'的人们选择的药方竟然是武力。最初看到那些有了社会保障就不再勤勉工作的人，我惊得目瞪口呆，后来看到由于马岛战争的胜利，撒切尔夫人的支持率呈V字形走势恢复的时候，我彻底茫然了。"

阿久津听着听着停止了记录，因为他觉得自己陷入了"如果追究到底，将会一无所得"的所谓禅僧问答似的窘境。那种虚无感对于达雄来说也许是真理，但是，如果说达雄长年积累的思虑就是他制造银万事件动机的基础，就太无聊了。

"生岛秀树到伦敦来，是马岛战争一年以后的事情。"达雄好像察觉到了阿久津的心思，说出了生岛秀树这个名字。穿过个人经历的隧道，被掩埋了多年的事件就要冲出黑暗暴露在阳光之下了。阿久津重新握住自动铅笔，做好了记录的准备。

可就在这时，钟声在约克城上空回荡起来。庄严的钟声以一定的节奏鸣响着，厚重而又明朗，非常富有魅力。

"约克大教堂的钟声。"达雄指着声音传出的方向说道。

约克大教堂是约克城最具有代表性的建筑。在广场上漫步的游客们，纷纷向约克大教堂方向走去。

达雄站起来："阿久津先生好不容易到约克城来了，过去看看吧。"

马上就要触及银万事件的核心部分了，阿久津希望就坐在这里继续谈下去。一边走一边谈很难做记录。但是，对方已经站起来了，拒绝就不好了。

阿久津用微笑代替了回答之后，就像一个马上要从场角冲向拳击台中央的拳手那样，腾地站了起来。

6

大街上排着很长的队。

达雄介绍说，这里是世界闻名的红茶店。刚刚下午2点多，时间还有点早，排队的人们大概是想早一点喝下午茶吧。

穿过下彼得盖特大街，来到一个胡同口。胡同口一边是宝石店，另一边是礼品商店，站在胡同口就看到了犹如堵在胡同那头的约克大教堂。穿过胡同就是约克大教堂的正门。很多游客正在那里摄影留念。

阿久津被一眼收不进视界的约克大教堂惊到了。不但正面非常宽阔，而且纵深也很大。约克大教堂从十三世纪开始建设，耗时两百五十年，是英国最大的哥特式建筑。虽然经历了五百四十多年风雨的洗礼，但那沉静的奶油色外墙给人的感觉，不是古老，而是不折不扣的崇高的格调。

"因为有这座大教堂，在约克城没有人迷路。约克大教堂就是约克城的北极星。"

正如达雄所说，阿久津能够实实在在地感觉到自己站在了约克城的中心。

"生岛秀树到伦敦来，是1983年夏天吧？"阿久津接着刚才的话茬问道。

达雄仰望着约克大教堂答道："我记得是7月。"

"您能把您和生岛秀树的关系告诉我吗？"

"我们俩都是京都人，在同一个柔道俱乐部练过柔道。生岛先生初中三年级时，我是小学一年级，刚入门。生岛先生经常照顾我、指导我。我小时候特别希望有个哥哥，生岛先生差不多比我大十岁，我就把他当大哥哥。他高中毕业后当了警察，我们联系少了，但是，我父亲被极左组织误杀以后，生岛先生参加了遗体告别仪式和葬礼，像亲人一样安慰我母亲和我们兄弟二人。"

"对不起，打断您一下。您参加左翼运动之后，跟生岛秀树一直保持联系吗？"

"没有，因为那时候我住在东京。恢复联系是我往来于欧洲和京都的时候。"

"您在伦敦安定下来，是1980年前后吧？那以后怎么联系呢？"

"我们经常联系。不过嘛，男人之间的交情，就是写信也很短，大多是明信片。"

"生岛秀树辞掉了警察的工作，您也是在信中知道的吗？"

"是的。啊，那件事好像是通过电话知道的。生岛先生说，虽然受贿是事实，但上司都知道，受贿是为了更深入地打入暴力团内部，以获取更多的情报。不过，虽然辞掉了警察的工作，但很幸运地进了一家保安公司，而且通过搞副业也能挣钱，我也就放心了。"

"副业指的是什么？"

这时，约克大教堂的钟声又响起来了，跟刚才那次钟声间隔不到二十分钟。这钟声是报时呢，还是上一次报时的余音？约克大教堂的钟声比想象中要频繁。在近处听，感觉声音更粗重，更堂堂正正。达雄一直等到钟声停下来才回答阿久津的问题。

"生岛先生在京都的保安公司工作期间，还担任老板的私人保镖，为企业家看宅护院，也有不菲的收入。跟老板的地下人脉接触的机会增多，有时候还帮着催缴跟公司经营无关的个人借款。另一方面，他还背着保安公司的老板，跟大阪的暴力团合伙做房地产。"

"生岛秀树跟青木龙一是什么关系呢？"

"生岛先生的太太千代子的父亲，跟青木龙一在房地产生意上好像有来往。"

"千代子的父亲是暴对刑警吗？"

"不是，我只听生岛先生说千代子的父亲是一个非常顽固的人，别的就不知道了。"

生岛秀树辞职也许给家庭关系带来了出乎意料的影响。岳父帮助暴力团的青木龙一做房地产生意，生岛秀树被监察部门监视起来也不奇怪。

"我不知道生岛先生跟青木龙一是什么时候认识的，但至少从生岛先生当暴对刑警的时候，他们就开始互相交换情报了。"

"据我所知，生岛秀树缺钱还没有缺到那种程度。"

"辞掉了警察的工作以后，生岛先生时常有失落感。被县警察本部强迫辞职，他很难接受，以前暴力团的见了他都得点头哈腰，这回他得向暴力团点头哈腰了，也许受到过很多外人看不到的屈辱。就像他经常接触的那些神秘的中间调停人那样，他也想发财。实际上，在地下人脉的海洋里游泳，需要钱，也需要压倒别人的势力。"

在暴力支配的世界里，面子是最重要的。为了在暴力团里得势，生岛秀树需要钞票。

"不但本人和家里人要戴高级手表，开高档车，家里人的吃穿用度也不能差了。生岛先生有一个女儿叫生岛望，喜欢学习，英语成绩特别好，将来的理想是当一名翻译家。当时，生岛先生想把女儿送到国外留学，还想让儿子聪一郎上有名的私立学校。"

阿久津向达雄确认了一下生岛秀树孩子的名字和年龄，当时上几年级等情况。在银万事件发生的1984年，女儿生岛望正在上初中三年级，儿子聪一郎正在上小学二年级。两个孩子引起了阿久津的注意，但他没有打断达雄，而是耐心地听达雄说下去。

那时候，生岛秀树钱包里的钱都是借来的，而且都是背着妻子借的高利贷。

"房地产生意不顺利，生岛先生被暴力团逼得走投无路。他只不过是一个丢了工作的刑警，能想到的除了更多地借高利贷，就是靠运气发一笔横财了。当过暴对刑警的生岛先生比谁都清楚，只要让高利贷者看到自己流一次眼泪，一切就全完了。"

因为天气太冷握不住笔，阿久津写在采访本上的字越来越乱，他往拿着自动铅笔的手上哈了一口热气。

达雄的作案动机给人一种空虚的感觉，生岛秀树的作案动机也给人一种空虚的感觉。

阿久津被大事件这个大招牌所震撼，一直在心里想象着一出适合这个大招牌的大戏，没想到掀开盖子一看，竟是这么小。犯罪集团原来就是这样一些普通人啊。不，也许应该反过来说，这样几个普通人，居然制造了那么大的一个事件！自己真是太愚蠢了。

"生岛秀树到伦敦来的时候，都跟您说了些什么？"

"他跟我关系很好，也不瞒着我，把他的窘况都告诉我了。我觉得他不可能就为了跟我说这些特意跑到伦敦来，肯定有什么大事，就问他到底为什么来伦敦。没想到这个当过刑警的人，竟然当面要求我帮他干违法犯罪的事，我惊得目瞪口呆。"

"他是怎么说的？"

"他说，我想狠狠教训一下那些有钱人。"

"听他这样说，您是怎么想的呢？"

达雄把插在羽绒服口袋里的双手拿出来，把拉到脖颈的拉链拉到锁骨以下，而阿久津则把松弛下来的围脖围得更紧。

"简单一句话……精神振奋。好久没有那样的心情了。"

"精神振奋？"

以嘲讽的态度生活在英国的达雄说出这种话来，让阿久津感到意外。

"我父亲被蛮不讲理地杀害，但死后的处理更是蛮不讲理。银河公司把极左的帽子戴在我父亲头上，后来明知戴错了也不给摘下来。拘留所呢，也不看管好，随随便便地就让那个被抓起来的罪犯自杀了，剩下的罪犯警察一个也抓不到了。结果呢，就有了这样一个男人：为了发泄内心的愤怒，整天诉诸暴力，并且要为了将暴力正当化寻找根据，编造理由。现在想起来，刚来英国的时候也许有开始新生活的机会，但是，英国的社会民主主义的实际情况让我感到幻灭，撒切尔夫人的新自由主义只能得到我的蔑视，通过战争抱成一团的英国大众给予我的是虚无感，我就像一棵无根的草，浑浑噩噩地活着。不管什么理由，也不管前后经过如何，在英国的我和在日本时的我，没有一点改变。我这个人，就是一个无论走到哪里，什么也得不到的人。"

"既然什么也得不到，为什么不拒绝生岛秀树呢？"

达雄闭着嘴巴思考起来。在他的视线前方，是一群正在合影留念的白人观光客。

"我认为生岛先生站在了我的反面。我认为自己什么也得不到，在这样的我面前，生岛先生却说要得到一切。他那强烈的欲望刺激了我，叫我看到了一道炫目的光。追求地位的人，以孩子的成就作为骄傲的资本的人，构成了我们生存的这个社会的基础。如果是这样的话，我们自己难道不应该做些什么吗？也就是说，我们就算自己对这个社会不抱希望了，也能让那些抱着希望的人看清这个空洞无物的社会。"

阿久津心里刚才浮现过一次的"禅僧问答"这个名词再次浮现出来，他感到心情烦躁。达雄到底想说什么？他们犯罪不是为了钱，不是为了向权力和资本主义复仇，只是为了搭建一座空中楼阁，才到处散布混入了氰化钠的糖果吗？达雄对犯罪动机的干瘪解释，阿久津无论如何也无法接受。

"那么，为什么在银河公司身上下手？因为您父亲在银河公司遭受了不公平待遇？"

"为了股票。"

"股票？"阿久津听了达雄这个太清晰的回答，也感到疑惑。

"当然，我父亲在银河工作过，也是一个方面的理由。但是，没有所谓长年的积怨。"

"您能断言吗？在您父亲的葬礼上，公司连一根香都没上吧？"

"当时，事情已经过去快十年了，而且，干坏事的是那些袭击我父亲的极左集团，后来我也参加过左翼集团的活动，对那种袭击也很了解。"

是在开玩笑吗？达雄看着阿久津笑了，鼻唇沟非常明显，看上去好像很疲倦。

"生岛先生让我制订一个犯罪计划。我当然没有制订这种计划的经验，但他非常信任我。我对他说，我需要时间。"

"生岛秀树没有提什么建议吗？"

"没有。只是提出了一个每人能得到两亿日元的要求。"

"两亿？"

接下来，话题转向了海尼根绑架案。达雄看到海尼根社长在荷兰被绑架的新闻之后，联想到日本的企业家警惕性都很低，觉得可以在这上边动脑筋。

1983年11月，达雄只身前往阿姆斯特丹，开始调查海尼根事件。荷兰说英语的人很多，调查进行得很顺利，但是，得到的信息并不比在英文报纸上看到的多。因为离开英国的时候对苏菲说的是去欧洲旅行，所以又去了荷兰以外的其他欧洲国家。再次返回阿姆斯特丹是12月上旬，那时人质已经被解救出来，罪犯也抓到了几个。达雄还亲自观察了海尼根社长被监禁过的仓库，并且得出一个结论：不可能成功地拿到赎金。

另一方面，达雄认为，用报纸上的广告作为向企业发出的信号，以及利用海尼根社长本人的录音等手段，则是可以采用的。那样可以利用报纸对事件的报道操纵股价，得到金钱。位于社会中心的金钱经济十分脆弱，抓住其软肋是很容易的。

达雄12月中旬回到伦敦，把调查的结果和犯罪计划写在了一个黑色真皮笔记本里。

"刚才我也说过了，在我的脑子里首先浮现出银河公司的理由，首先是我父亲在那里工作过，但最终决定在银河身上下手，主要还是因为银河的股票比较便宜，市场上流动的股票比较少，股价操纵起来比较容易。我把这个计划搞出来，新年过后回了一次日本，把用日语写成的计划书交给了生岛先生。"

"您的计划书里写了六家企业吗？"

"没有。我只写了银河、又市和万堂三家。"

"三家？可实际上……"

"是的，后来发展为六家，是因为发生了意想不到的事态。"

阿久津想深入挖掘这一点，但因为觉得难以记录，就按照时间顺序追问下去。

"生岛秀树看了您的计划书以后的反应呢？"

"生岛先生对绑架银河的菊池社长这一条面露难色。他说，要是绑架的话，应该绑架一个小孩子。"

"为什么不绑架孩子，却绑架社长呢？"

"我认为绑架社长的话肯定会出现模仿犯。把社长本人的声音录下来并复制多份，然后寄给别的公司，能起到恐吓的作用。我这样一说，生岛先生就明白了。"

录音磁带果然是用来证明犯罪团伙身份的。在这里也看不到达雄计划制造银万事件跟他父亲遭受不公正待遇有什么联系。达雄内心的空洞，让阿久津心寒。

"是谁去绑架的菊池社长？"

"青木龙一、金田哲司和吉高弘行。"

"青木龙一亲自动手？"

"是的。袭击在淀川大堤上谈恋爱的一对恋人，也是他们三个人。这件事后来成了分裂的火种……"

"就是您刚才说的意想不到的事态？"

"是的。"

"那么，稍后再问您这方面的问题。犯罪团伙其他成员是怎么集合起来的？"

"刚才阿久津先生把'黑魔天狗'分成了两组，对吧？正如你所说，'黑魔天狗'从一开始就不是铁板一块。我在计划书里写了所需要的人员。例如，具有逆向查明对方电话号码和无线通信知识的人，能搞到氰化钠的人，等等。当然，还要有勇武有力的人，要有懂得股价操纵的人。我在日本没有人脉，所以由生岛先生负责找人。"

"山下满是生岛秀树的高中同学，谷敏男跟生岛秀树是什么关系呢？"

"谷敏男的父亲是生岛先生的朋友，谷敏男从小就认识生岛先生。"

"也就是说，人选问题由生岛秀树负责。"

"因为我一点办法都没有。而且，我认为由生岛先生负责人选问题是最合适的。"

"生岛秀树去找青木龙一谈您搞的这个计划的时候，没觉得害怕吗？"

"当初知道他是京都人就放心了，没觉得害怕。"

"暴力团的你们也不怕？"

"我们集合起来又不是去打保龄球。"

西斜的太阳把约克大教堂的顶部染成了橘黄色。不能保证天黑了达雄还会继续接受采访，于是阿久津就开始问他最关心的问题。

"挑战书和恐吓信也是您想出来的吗？"

"是，基本上都是我想出来的。"

"挑战书和恐吓信分开来使用，是有意识的吗？"

"狠狠地挖苦警察，一方面是生岛先生的意见；另一方面，当时媒体接二连三地报道了警方很多丑闻，揶揄那些警察，可以迎合大众的趣味，让大众不自觉地站在我们一边，挑拨警察与市民的关系，也是我们的目的之一。"

"特别是挑战书使用的语言，具有独特的风格，是吧？"

"关西地区本来就有嘲讽官厅和官僚的土壤，用关西方言写出讥笑警察的文字，可以缓和市民对我们这些罪犯的痛恨。"

"你们确实达到了目的。"

"我们知道，警察所代表的司法权力和企业代表的经济权力，最害怕媒体。所以我们把挑战书寄到报社去，而且只寄给一部分报社，煽动报社之间的争先意识。别的报社没收到挑战书，收到了挑战书的报社就有了独家新闻。"

阿久津眼前浮现出水岛那张满是皱纹的脸，佩服地点了点头。连媒体都被眼前这个男人算计了。

"还有，我在事件进行的过程中发现，警方的方针是'一网打尽'。银万事件成为警察厅的重要指定事件之后，我们反而更大胆了。就算我们的人在现场走来走去，警察也不会过来查问。我们还故意四处留下物证，以达到分散警力的目的。我们钻了这个大规模消费社会的空子。"

"也有人说，只不过是你们这些罪犯的运气好。"阿久津给达雄泼了一盆冷水。

达雄的表情没有发生任何变化，继续说道："当时那个时代的确帮了我们的忙。警方的地毯式搜查没能奏效，就是因为在都市化进程中，变成了谁都不知道自己的邻居是谁的社会，看到可疑人物也不会注意。如果是现在，有监控录像，有电话和手机的通信记录，很快就能找到罪犯。也就是说，我们正好赶上了晴空乱流。"

"也有这方面的原因。犯罪团伙疯狂了那么长时间却没有被警方破案，在我的记忆里是没有的。"

"在这个世界上不存在不留下证据的所谓的完美犯罪。不过，用关西方言嘲讽警察、煽动媒体的争先心理以及利用大规模消费社会的盲点等，如果我们全都好好利用，就能提高完美犯罪的成功率。"

阿久津不由得佩服达雄的分析能力。但是，不管多么好的刀，没有刀鞘也是没有意义的，搞不好就会伤害自己。达雄把自己比喻成为无根的草，是非常恰当的比喻。没有刀鞘的人生只能说是不幸的人生。

"为什么选择了又市和万堂？"

"因为万堂的股票也容易操控。中间夹着一个又市，是为了给人我们不只攻击糕点公司的印象，以麻痹万堂的警惕性。"

"可是，对又市食品公司，你们也不是随便玩玩吧？你们模仿黑泽明的电影《天堂与地狱》，确实想夺取现金，狐目男也冒险出现在犯罪现场。"

"那是一次失误。生岛先生把我的计划拿到青木龙一那里的时候，青木说应该找一个家族企业或者类似家族经营的企业。他还说，一个人行动，幕后交易容易成功，社长的个人资产很多这一点也不应该忘记，等等。听到这些，我有一种很不好的预感。青木龙一也许要冒险夺取现金了。"

"您从一开始就没有打算过夺取现金，绝对没有想过要那样做，对吧？"

"如果没有拿到现金的办法，就不可能通过绑架或恐吓拿到一分钱，所以我从一开始就主张通过操纵股价来达到目的。欲望太强，势必漏洞百出，不只是犯罪，任何事情都是如此。人的欲望不可能百分之百满足，最聪明的办法就是达到百分之七八十就收手，然后等待下一个机会。不过，暴力团是榨干了骨髓都不甘心的人种，那时候我们还没有认识到这一点。世界观的不同，最终导致了我们这个团伙的分裂。"

最初，生岛秀树和青木龙一联手，以最低限度的必要人数，组成了一个高素质的犯罪团伙。但是，他们的地位不是平等的。随着时间的推移，所谓的"专业"和"非专业"在实力上的差别就渐渐表面化了。

阿久津心想，这个犯罪团伙从一开始就是很勉强地组织起来的。

"分裂的根源是把绑架菊池社长这件事完全交给了青木龙一他们。青木龙一通过股东会上的捣乱分子把银河的信息搞到手以后，以人多太显眼为由，让生岛先生远离现场之后，才绑架了菊池社长。做出那种出现在交钱现场的危险举动的是狐目男，股价操控团伙则是吉高弘行亲自组织的。"

"我想确认一件事，狐目男叫什么名字？"

"不知道他姓什么，只知道他的名字叫贵志。是金田哲司的朋友，不爱说话，是个看上去叫人感到害怕的男人。听说是个伤残军人，也不知是真是假。"

看来，关于狐目男这个谜，还是解不开。

"实际展开行动的是阿久津先生所说的A组。挑战书和恐吓信虽然是B组准备的，但往长椅后面贴啦，散布混入了氰化钠的糖果啦，都是A组的人去干。"

"顺便问一下，被监控录像拍下来的那个男人是谁？"

"是山下满。那时候他戴上了假发，图像也很不清楚，谁也认不出来是他。这些都无所谓了，总之当初依靠青木龙一是一个错误，生岛先生和我们B组的人渐渐失去了发言权。"

"团伙内部有了不协调的音符，对吧？"

"不协调的公开化是从袭击在淀川大堤上谈恋爱的一对恋人开始的。"

"您指的是'凯旋门'烤肉店的事？"

1984年6月2日，大阪府警察本部赌上警察的威信，决心将犯罪团伙一举抓获。他们为此改造了一辆卡罗拉轿车，藏在后备箱里的刑警按一个按钮就可以让发动机停转，还可以从里边打开后备厢跳出来。虽然做了充分的准备，结果一个罪犯都没有抓住，只保护了一个被罪犯袭击后当枪使的在淀川大堤上谈恋爱的男子。由于大阪府警察本部这次行动失败了，警察厅才开始指挥，并提出了"一网打尽"的方针。银万事件的侦破走上了歧途，最终使银万事件成为悬案。

"凯旋门事件之前，银河曾答应私下给我们一笔钱。那时候我们试探了一下，确实没有看到刑警似的人物。于是，我们团伙里的人都兴奋起来，都说下次一定能拿到钱，只有我一个人反对。我认为警察绝对不会让银河再送钱过来。由于我坚决反对，生岛先生等三人也站在了我这一边。但是我们这个团伙从一开始就是五比四，我们这边少一个人，而且那五个人出的力也大，我们想拦也拦不住他们。他们袭击了在淀川大堤上谈恋爱的一对恋人，把男子当枪使，真的行动起来了。从此，阿久津先生所说的A组和B组就完全分裂了。"

那以后，青木龙一掌握了犯罪团伙的主导权，再次展开夺取现金的行动。

"夺取又市食品现金的计划是非常草率的。要想演一场现实版的《天堂与地狱》是完全不可能的，狐目男在列车上的可疑行动也是非常危险的。"

"您的主张是，不能去夺取现金？"

"是的。我认为应该通过操纵股价得到利益。最初大家还是能忍耐的，但是，万堂事件以后，大家就都忍不住了。我的计划是恐吓三家企

316

业，通过操纵股价，赚了钱就撤。按照当初的计划，在万堂事件告一段落之后的11月上旬，大家把赚到的钱分一下。"

"赚了多少钱？"

"不知道。"

"不知道？"

约克大教堂的钟声又响起来了。两个人站在这里到底说了多长时间，阿久津也搞不清楚。将近傍晚了，因为不再走路，身体已经变得冰凉，皮鞋里的脚趾都快冻僵了。

"操纵股价赚的钱至少有十亿，按照贡献大小分钱，少的可以拿到七千五百万，多的可以拿到两亿。但是，到了分钱的时候，生岛先生和我每人才分到三百万，山下满和谷敏男每人才分到两百万。吉高弘行装傻充愣，说什么为了不露马脚，没有买那么多股票，所以赚的钱不多。按照我的计划，仅靠银河和万堂两家公司的空头股票就能赚十几个亿。既然没买那么多，为什么一开始不说，到最后分钱的时候才说呢？"

"你们在一起开会了吗？"

"没开会，生岛先生直接到青木龙一的事务所提出抗议，但是，青木龙一假装没事人似的，只是重复吉高弘行说过的那些话。生岛先生以前是暴对刑警，现在却被眼前的暴力团成员耍弄，是多么怒不可遏，我是可以想象到的。"

"吉高弘行的股价操控团伙的本尊是谁？真正的金主是谁？"

"这个我也不知道。"

"我采访过的人说，那些钱也有可能流入了永田町。"

"我真的不知道。不过，把通过操控股价赚的钱作为选举资金，早就是家常便饭了，流入了永田町也不是什么不可思议的事。"

虽然找到了制订犯罪计划的罪犯，这个犯罪团伙也还是一个黑洞。

阿久津心想：自己的工作终究不是以抓住罪犯为目的的。

犯罪团伙内部的A组和B组彻底决裂了。生岛秀树拉青木龙一入伙，最后却被这个暴力团成员耍了，觉得很丢面子，就一直缠着青木龙一不放。

"说句老实话，钱对于我来说无所谓，所以我多次劝生岛先生，算了，别再去找青木龙一了，但是他不听我的。银万事件对于生岛先生来说，是一辈子只有一次的机会。他是为了孩子们的将来才策划了这个事件的，三百万，连还高利贷的利息都不够。"

达雄再次把羽绒服的拉链拉到最上边，表情严肃地吐了口气。也许他就要踏入最不愿意回想起的领域了。

"好冷啊。"阿久津对达雄说道。

达雄小声嘟哝了一句"不应该在上帝面前说吧……"，然后毫不犹豫地转身就走。

7

阿久津跟在达雄身后，顺着石头台阶往上走。

看着达雄的后背，阿久津几次想开口说话，但总也找不到合适的机会。两人默默地上了米克盖特门，来到了视界开阔的约克城的城墙上。

在回米克盖特门的路上，达雄一直走在前面，又一句话都不说了。长年沉默之后坦白的兴奋似乎已经过去，只剩下拖着疲惫的双腿往前走了。

达雄和阿久津上了城墙以后朝约克城车站方向走去。走到一个几乎是直角的拐弯的时候，可以看到很多漂亮的红砖建筑，有酒店，有餐厅。再往远处看，可以看到沐浴着晚霞的约克大教堂。再过半个小时就会被黑暗淹没的欧洲的佳景，美丽中渗入了悲凉。

城墙上的路比较窄，加上经常遇到擦肩而过的人，阿久津无法与达雄并肩前行，只能跟在他的身后，还是找不到说话的机会。

这时，前面有一群说中文的观光客在照相，达雄和阿久津只好停了下来。

"那个小日式料理店还在吧？"达雄终于开口说话了。

"您指的是'紫乃'吗？还在。老板娘身体很好，当年给你们上菜的跑堂，已经是大厨了。大厨还记得你们那次聚会呢。"

"可惜我不记得他们了……"

"三十多年以前的事情了嘛。你们聚会是在什么时候，您还记得吗？"

"那次聚会是在希望食品事件之前，所以应该是10月下旬或11月初。因为生岛先生一直消不了气，所以大家决定坐在一起好好谈谈。"

"聚会的目的是让A组和B组握手言和吗？"

"是的。我们B组，不，应该说生岛先生还想多弄点钱，青木龙一那边就说，再恐吓一家企业，夺取现金。青木龙一他们早就想对希望食品下手了，他们已经掌握了有关希望食品公司的很多信息。"

青木龙一需要的是达雄设计的犯罪计划，至于生岛他们，可以用任何人替换。以青木龙一为首的A组，背着以生岛为首的B组，搜集了企业的信息。

他们在"紫乃"聚会，决定再恐吓一家企业，这是最后一家了。这次一定要夺取希望食品公司的一亿日元，并商定：通过股价操控赚的钱归青木龙一为首的A组五个人平分，夺取的一亿日元归生岛为首的B组四个人平分。

"一亿日元四个人分，生岛秀树没有什么不满意吗？"

"满意不满意先放在一边，夺取一亿日元根本就是不可能的。关于这一点，我一直在对生岛先生说。可是，他不听我的，却听青木龙一的。这到底是为什么，我也无法理解。"

"您在'紫乃'的聚会上也反对夺取现金的行动吗？"

"反对了呀。我还提出，如果平分，通过股价操控赚的钱和夺取的钱都应该平分，这样才公平。但是，吉高弘行说什么'通过股价操控赚的钱不能马上到手'，生岛秀树就中了圈套，主要是他太想尽快拿到钱了。"

这时，那群中国人照完了相，纷纷向阿久津和达雄点头致谢，然后擦肩而过。城墙上的女儿墙，凸起的部分比阿久津略高一点，但凹下去的部分视界开阔，可以看到约克火车站。约克火车站后面西沉的太阳，就要完成它一天的使命了。

"您刚才说是平分，生岛秀树也是拿两千五百万吗？"

"不，生岛先生五千万，我两千五百万，山下满和谷敏男每人一千两百五十万。"

"生岛秀树为什么比别人多呢？"

"他是我们的头儿，另外三个人也不像他那样急着用钱。不过，他也觉得自己拿得多，'紫乃'聚会以后，他对我们说，再去找青木交涉一次。我劝他不要去了，他当时好像接受了我的劝告……"

"所有夺取现金的计划，都是青木龙一为首的A组做的吧？恐吓希望食品公司，夺取现金的计划，也是他们制订的吗？"

"是的。考虑到警方有可能提前做好准备，如果希望食品公司同意给钱的话，就在夺取现金的当天，分别在几处贴指示信。在11月13日，也就是实施夺取现金计划的前一天，生岛先生去了青木龙一那个小组的窝点。"

"生岛秀树一个人去的吗？"

"跟青木龙一交涉，从来都是生岛先生一个人去。他总是说，他也没什么大用，这点事就让他去做吧。11月13日晚上10点多，我和谷敏男去了山下满的公司在滋贺县的办事处，在那里等待生岛先生的消息。"

"但是，生岛秀树没回来？"

"是的。等到第二天凌晨也没有生岛先生的消息。我特别担心生岛先生在钱的问题上说了得罪青木龙一他们的话。天都快亮了，生岛先生还不回来，也不来个电话，我们都认为肯定出事了，就派谷敏男去京都看看情况。一个小时以后，谷敏男来电话了……"

气温下降，阿久津握着自动铅笔的手哆嗦起来。他把右手伸进围脖里，暖了片刻。

"谷敏男在电话里说，他看到金田哲司他们从窝点里搬出一个形状很不自然的大被卷来，塞进了一辆客货两用车里。一听这个，我就知道生岛先生肯定被他们杀害了。如果是这样，生岛先生的家人也会有危险。因为我认识生岛先生的夫人千代子，于是我就和山下满开着一辆面包车直奔生岛先生家。"

阿久津看到过其他记者搞来的生岛秀树的照片。想到那么一个大块头的男人被人杀害，阿久津不禁毛骨悚然。

"早上，我们一到位于大津市的生岛先生的家，就马上让千代子准备了一下，让她和她的女儿生岛望与儿子聪一郎上了面包车。在车上，为了不让孩子们听见，我把收音机的音量开大，小声把情况告诉了千代子。千代子听了心里乱作一团，用双手抱住了头……我们先把他们拉到奈良县山下满的情人家里。我为了安慰千代子，就把在银万事件中分到的三百万日元给了她。"

"山下满的情人愿意接受千代子一家吗？"

"虽说不愿意，也勉强接受了……我们还有比这更重要的事情，那就是我们的退路问题。我们回到山下满的办事处，商量以后怎么办。就在那时，青木龙一来电话了。"

"接了？"

"那个时代只有固定电话，而且办事处里的电话也不能显示来电号码，我想万一要是千代子打来的电话呢，就接了。青木龙一在电话里说，生岛秀树因为还不起高利贷逃跑了，不知道跑到哪里去了。他也许是要探探我们这边的虚实，我没露声色。然后他说，按原计划夺取现金。我假装犹豫了一下就同意了，然后向他确认在哪些地方贴指示书，然后就把电话挂断了。这时，我想出了一个办法。"

"在大津服务区留给警察一张写着京都窝点的纸条？"

"对，正如阿久津先生所说，我们想在大津服务区的长椅后面贴一张写着京都窝点的纸条。贴纸条的人打扮成狐目男的模样，为的是引起警察的注意。"

"不过，那时候警方还没有公开狐目男的肖像画。"

"恐吓又市食品公司，模仿《天堂与地狱》的时候，狐目男大胆地出现在作案现场，我认为他已经暴露了，只不过警察为了放长线钓大鱼，没抓他。"

"原来如此。可是，进入警察已经张好的罗网，毕竟是相当危险的行动。"

"我打算贴上以后马上就离开，但贴了半天也贴不上。如果贴在观光指南板后面，就更危险了。我一着急，就在逃离现场的途中把纸条扔在了通向县道的台阶上。"

"您希望警察能看到那张纸条，为什么不打电话秘密告诉警察？"

"我们认为当时一定有很多耍弄警察的电话，警察已经分辨不出哪个是真哪个是假了，而且我们没有可以证明我们就是'黑魔天狗'的录音带。打扮成狐目男的模样，让警察意识到我们内部已经分裂，他们肯定会去捣毁京都的窝点。不过，我们没有想到那张纸条落到了滋贺县警察的手里。"

"你们是想让警方把青木龙一他们抓起来，趁机逃跑是吧？可是，青木龙一他们把你们供出来，你们也跑不了啊。"

"我们就是要在这里赌上一把。青木龙一他们最大的弱点就是杀害了生岛先生。他们要是把我们供出来，杀害了生岛先生的事很快就得暴露。对于他们来说，最聪明的办法就是行使缄默权，延长拘留时间。"

"不过，就算您打扮成狐目男的模样，也不能保证警方能拿到您留下的纸条呀。"

"所以我们还准备了一手。金田哲司在名古屋到神户的高速公路下边的县道上，开着一辆小型客货两用车待命……"

阿久津马上就想起了被滋贺县警察追过的那辆小型客货两用车的事情，同时脑海里浮现出自己拍过的以前曾是药店的照片。

"金田哲司的任务是回收从高速公路上扔下来的装着现金的旅行包。在另外一个地方待命的山下满和谷敏男，要用无线通信机通知警察，让警察靠近金田哲司。"

"但是他们两个并没有通知警察呀，这是为什么呢？"

"因为他们两个已经逃走了。山下满说，那附近停着很多车，很多车里都有情侣在里边亲热，停在那里不方便。他还说，万一碰到巡逻的警车就麻烦了，于是就逃走了。结果我们准备的这一手也没起作用。"

后来，金田哲司的车引起了警察的怀疑，只好逃走。令人没想到的是，金田哲司开车技术太高，警察没追上。

"我们也没想到，生岛先生的指纹留在了京都的窝点里。"

阿久津想起了滋贺县警察本部组织的那次奇袭。滋贺县警方也许从一开始就怀疑上了生岛秀树，因为他们最了解这个被开除的刑警。接受了特殊命令的三个暴对刑警扑了个空。虽然在窝点里发现了生岛秀树的指纹，但在参加年末特辑采访的全体记者会上，鸟居说过，滋贺县警察本部说了，在无法证明那个窝点就是银万事件的罪犯窝点的情况下，只检出生岛秀树的指纹说明不了什么问题，也没有通告的义务。

就这样，犯罪团伙瓦解了。但是，无论是曾根达雄还是青木龙一，谁都没有落入法网。如今时效已过，法律也奈何不得。

不知不觉之中已经是黄昏时分了，达雄和阿久津走着走着来到一处有台阶的地方，上了台阶就是一个露台。达雄走上露台，双手放在了城墙上。这是个可以停下来的好地方。阿久津站在达雄身边，也把双手放在了城墙上。

"那以后，曾根先生做了些什么呢？"

"第二天，我去了我弟弟光雄家，把一个黑皮笔记本和一盘录音磁带放在他那里，然后就回伦敦了。"

"您弟弟也参与了银万事件吗？"

"没有，他没参与。"

"那么，你们是怎样把俊也先生的声音录下来的呢？"

达雄看着约克车站，什么也没说。虽然没得到回答，但阿久津忽然悟到刚才询问生岛秀树的家庭成员时隐约意识到的问题是什么了。

"你们夺取现金时通过电话播放的录音磁带，还有两个孩子的声音，那两个孩子就是生岛望和聪一郎吧？"

"……是……是的。"

"那两个孩子……后来怎么样了？"

达雄表情苦涩地摇了摇头："我不知道。我们把他们一家三口送到奈良以后，就没有跟他们联系过。我也不知道山下满和谷敏男的下落。"

达雄马上就把话题转到了山下满和谷敏男身上，可见他不愿意提到生岛秀树的家人。他的内心一定很痛苦，因为他一定认为是他把那母子三人送上了绝路。

"曾根先生，您现在对您制造了银万事件感到后悔吗？"

达雄看着远方，干燥的脸上皱纹变得很深，因为他在紧紧地咬着牙。

"您策划了银万事件，让您憎恨的这个社会尝到了您的厉害。但是，事件之后，世界发生变化了吗？"

1984年12月，"黑魔天狗"恐吓鸠屋西式糕点公司、摄津屋日式糕点公司，并且提出荒唐无稽的要求：让这两家公司的人站在大阪梅田的百货商场楼顶往下撒钞票。那以后就没有动静了。青木龙一这些"黑魔天狗"的余党终于没有继续制造事件的力气了。

"黑魔天狗"恐吓摄津屋之后三个月，制造了被害总额达两千亿日元的巨额欺诈案的丰田商事会长永野一男，在众多记者的眼皮底下，在自己家里被自称右翼的两个人刺杀了。第二天，被称为"兜町风云人物"的中江滋树因投资期刊事件被警方逮捕。那时正值日本第一次借款恐慌，是拜金主义者们昂首阔步的时代。

就在"黑魔天狗"宣布停止作案的那天，即1985年8月12日，搭载着524人的日本航空123号班机，在群马县的御巢鹰山坠落。从那天开始，人们的注意力全部转向这次历史上最大的空难。又过了一个多月，日本和美国签订"广场协议"，日本银行降低了民间银行从日本中央银行贷款的基准利率，日本进入了没有实体的泡沫经济时代。

1985年11月，阪神老虎队第一次获得日本棒球联赛第一名，关西地区民众欢呼雀跃。在人们喜笑颜开的同时，银万事件的犯罪团伙销声匿迹，成了"住在深渊里的人"。

"那么，您认为什么样的社会才是一个好社会呢？"阿久津追问道。

达雄干裂的薄嘴唇一动未动。不是因为有什么严重的事情不能说出口，只是因为他没有什么可说的。

"的确，您父亲突然被人打死，是非常不幸的事件。您愤愤不平，您憎恨社会，内心充满别人难以理解的感情……但是，您弟弟不是当了一个好裁缝，还培养了俊也那样一个非常优秀的儿子吗？"

阿久津也不管达雄爱听不爱听，他压抑不住自己的愤怒，只顾一个劲地说下去。

"1984年11月，你只把操纵股价赚来的钱给了生岛秀树的妻子和孩子，却没有关照过他们一次。说句不好听的话，您那不叫心眼好，您那只不过是一种自我满足而已！"

银万事件画了一条复杂的轨道，竟然是这样一个陈腐的结局。面对这个结局，阿久津心里的气不打一处来。

达雄再次咬紧了后槽牙，脸都变形了："我没有什么可说的了。"达雄吹响了终场的哨声以后，一阵寒风呼啸而来。

阿久津觉得那凛冽的寒风犹如一把利剑，插入了自己的胸膛。

达雄向阿久津鞠了一个躬，默默地转过身去，走下台阶，朝着约克大教堂那个方向走去。阿久津没有心情目送达雄，身体转向了约克站。

长条形砖造的约克站呈现着富有情趣的土黄色，圆圆的拱形屋顶看上去像是一顶帽子。在那屋顶的远方，带着红线的白光向空中延伸。太阳的影子已经没有了，余香般淡淡的光辉映入了阿久津的眼帘。

作为一个记者，抓住了"真相"以后的成功感和兴奋感，阿久津一点都没有。

阿久津再次把双手放在城墙上，长长地叹了一口气。虽说这是一次从地球东端到地球西端的大移动，但如此叫人身心疲惫的采访，阿久津当记者以来还没有经历过。

"阿久津先生！"

回头一看，是谢菲尔德大学那个叫藤岛优作的日本留学生正顺着台阶走上来。

"被我照了个一清二楚！"藤岛优作说着把手中的数码单反相机屏幕给阿久津看。屏幕上显示的是阿久津和达雄在约克大教堂前面对话时的场面，达雄的脸非常鲜明地显示在屏幕上。为了搞到达雄这个银万事件的犯罪嫌疑人现在的照片，阿久津向苏菲告辞以后给藤岛优作打了电话。幸运的是藤岛优作就在约克城附近利兹的朋友家里。阿久津把达雄所在书店的名字告诉了藤岛优作，让他提前到达，伺机拍照。

"谢谢你！圆满完成任务！"阿久津有些夸张地称赞道。

藤岛优作高兴地笑了。那清纯的笑容，把阿久津从痛苦的深渊中拯救了出来。

"这个人是谁？"

"一个大恶党！"

藤岛优作大笑起来："当记者的都很幽默吗？"

"像我这样一个文化部的记者大叔，采访发生在昭和时代的事件，竟然跑到英格兰的约克城来了，只有傻瓜才会这样做。你要是想当记者的话，到我们报社来吧。不过我事先告诉你，我们报社用人，往死里用！"

"看了阿久津先生我就知道。不过，毕业后我还是要考《大日新闻》！"

"太棒了！今天我们提前庆祝一下。我请你喝健力士啤酒！"

阿久津和藤岛优作一起走下台阶，向着达雄消失的方向走去。阿久津觉得自己又发烧了，但今天他想一醉方休。

走在暗下来的约克城的大街上，阿久津的耳边回响着录音磁带里孩子们稚嫩的声音。

Chapter 7

1

店门被推开的那一瞬间，俊也就知道是谁进来了。

在感觉到一股冷风吹在脸上的时候，男人已经走进了店里。一切都跟八天前一样。破旧的西装，亲切的笑容，没有一点变化。如果说跟八天前有什么不一样的，那就是俊也的内心世界。现在的俊也不再害怕，也不想隐瞒什么，什么都无所谓了。

"我去英国跟曾根达雄见了一面。"阿久津站在门前说道。

俊也的脸转向发出声音的方向，只说了声"是吗"。

阿久津走近俊也，把夹在一个透明塑料文件夹里的一叠A4纸递过去。

"这是采访曾根达雄的记录。"

看着那一叠厚厚的A4纸，俊也全身僵硬。没有封面，也没有标题，第一页的上方写着"2015年12月，英格兰，约克城"一行字，下面就是一问一答的对话。俊也心里虽然很想看，但就是没有勇气伸手接过来。

恐怕这沓采访记录就是伯父的自供状吧。作为侄子，应该做好最坏的思想准备，然后认真读一读。俊也已经不想逃避了，但他还是冷静不下来。

"记者先生要不要喝杯红茶？"俊也想要一点时间使自己冷静下来。

阿久津从采访包里拿出一个纸盒："那就喝这个吧。这是我从英国给您带回来的礼物，有名的约克郡茶。"

礼物都买来了——俊也想到这里，脸上露出一丝苦笑。他从阿久津手里接过那盒约克郡茶，指了指待客用的桌椅，示意阿久津坐下。

俊也走进操作间里，把茶叶放进茶壶，准备茶杯和牛奶的时候，慢慢冷静下来了。他想起以前看过的一本书上说，在英国，红茶是人与人之间的黏合剂，与一个情绪低落的人接触的时候，不应该只是单纯地送上关怀，而应该是送上红茶和关怀。

的确，阿久津带来的"红茶和关怀"，把阿久津这个追踪者和俊也这个被追踪者黏合在一起了。

俊也把茶壶茶杯等一套饮茶用具放在托盘里，端着回到店铺，坐在阿久津对面，在两个茶杯里倒上了红茶。

"那我就拜读一下您的采访记录吧。"俊也挺直腰板说道。

"那我参观一下您的店铺。"阿久津说完站起来走到一边去了。

俊也知道阿久津是怕他不好意思当着记者的面看采访记录，心里很是感激。

店里静了下来，俊也开始阅读采访记录。采访记录非常详细，页数也很多，但是，俊也就像忘记了时间，着了迷似的读下去。他仔细地阅读着伯父说的每一句话，连他自己都对自己的冷静感到吃惊。那么自私而任性的犯罪动机让俊也对伯父感到失望，但心中淤积的东西没有增加也没有减少。

读完采访记录以后，俊也端起茶杯喝了一口已经不太热的约克郡茶。一点涩味都没有，浓浓的茶香缭绕于口鼻深处。

根据采访记录，父亲光雄跟银万事件没有关系，这让俊也感到宽慰。但是，也有让他放心不下的事情。一个是自己的录音到底是怎么回事，采访记录上并没有提及；还有一个就是聪一郎怎么样了。俊也很佩服阿久津的采访能力，特别是对在大津服务区发生的事情提出的假说，一般人是想不到的。阿久津迟早都会找到这里来，俊也想开了。

"我看完了。谢谢您！"俊也扭过头去向阿久津表示感谢。

站在展示橱窗前面的阿久津回到俊也面前来："不客气。您做的西装真漂亮！"

"我伯父身体还好吗？其实我根本不记得是否见过他。"

"啊，我忘了写了。"阿久津看了一眼采访记录，"达雄先生说，时间他记不清了，他带小时候的您去过一次动物园，好像是阪神公园。"

阪神公园以前是甲子园棒球场前面的一个娱乐设施。除动物园以外，还有过山车、摩天轮等。

"对了，他说是带您去看豹狮了。"

好久没听人说"豹狮"这个词了，俊也大脑里的海马体一阵刺痛。浮现在他脑海里的，不是雄豹与雌狮杂交生出来的珍奇异兽，而是一个狐目男。

"阿久津先生，您没拍一张我伯父的照片吗？"

"啊，拍了。"

阿久津说完从上衣口袋里把智能手机掏出来按了几下，把转到手机里的达雄的照片找出来，伸到俊也面前。

在一座美丽的教堂前面，站着一个穿着白色羽绒服的男人。这就是伯父吗？灰白的头发和脖子上的皱纹，已经完全是一个老人了。眼镜后面是一双吊眼梢的眼睛。自己有时做梦跟踪狐目男，大概就是自己在阪神公园跟在伯父后面往前走的情景吧。

以前那个朴素的阪神公园在记忆中复苏，俊也心底涌上来一股既怀念又苦闷的感情。当时父亲还活着，伯父也还没有制造银万事件。时光要是能倒流该有多好啊！一想到事件是自己的伯父策划的，俊也难受极了。

"俊也先生也调查了很长时间吧？"阿久津问道。

俊也抬头一看，阿久津已经打开了采访本，自动铅笔也握在了手上。俊也看了伯父的照片以后有些神情恍惚，就像在谈论别人的事情似的问道："采访开始了吗？"

阿久津没说话，俊也继续说下去。

"我拜托父亲的好友堀田先生和我一起去调查，其实主要都是堀田先生调查的……"

俊也从接触伯父达雄的朋友藤崎谈起，按时间顺序谈下来。阿久津一边默默地点头，一边做记录。当俊也谈到天地幸子跟生岛望有联系的时候，阿久津突然向前探着身子问道：

"生岛望跟天地幸子现在还有联系吗？"

"没有了……听天地幸子说，生岛望已经死了。"

"死了？为什么？怎么死的？"

阿久津精神上似乎受到了强烈的冲击。俊也认为，现在阿久津的心情，跟自己在大津的咖啡馆听到天地幸子说到生岛望死亡时的心情是一样的。从阿久津那严肃的表情就可以知道，这位记者竭尽全力调查这个事件，绝对不是出于单纯的兴趣。

"生岛千代子一家三口离开大津的家以后，先在奈良县山下满的情人家里住了两个多月，新年过后搬到了兵库县一个建筑公司的家属宿舍。他们举目无亲，生活费也没有了。"

俊也对阿久津说，千代子母女被迫去酒吧打工挣钱，后来生岛望被男人追杀，聪一郎也被追杀生岛望的男人殴打威胁。阿久津听着听着，表情由悲痛变成了愤怒。

"阿久津先生，您知道千代子的娘家在京都吗？"

"不知道。"

"千代子的父亲跟暴力团的青木龙一有关系，生岛望死后，千代子一直在青木龙一经营的公司上班。"

"什么？追杀生岛望的男人，不是青木龙一手下的吗？千代子怎么能……"

"青木龙一是想把聪一郎当人质，给千代子最低的生活保障。这样的话，既可以不用再杀人脏了手，又可以保证不会败露。"

俊也把从堀田那里听来的话说给阿久津听，没想到阿久津频频点头表示赞同。把生岛全家杀光，毕竟风险太大。

"时间越长，千代子越不容易把事实说出来。在害死了自己的女儿的人手下苟活，如果让外人知道了，不定被人说什么呢。"阿久津分析道。

听了阿久津的话，俊也恍然大悟。人一旦被恐惧支配，就顾不上想别的了。也许这就是受害者的心理状态。

"那以后，千代子和聪一郎怎么样了？"阿久津问道。

"1991年，千代子还在青木龙一的建筑公司上班的时候，那个公司被人放火烧了。"

"放火？"

"据说烧死了两个暴力团成员，放火的暴力团成员和一个初中生模样的少年逃走了。"

"1991年？如果是初中生的话……"

"我认为有可能是聪一郎。不过，放火的暴力团成员没有抓到，千代子也去向不明了。后来我们就没有再调查下去。"

阿久津把千代子娘家的地址和那个家庭用品中心的名字认真地记下来，又跟俊也确认了一下相关的时间先后顺序。

俊也把自己知道的说完以后，已经是黄昏时分，红茶也喝完了。虽然是第一次长谈，但并不觉得很累，因为两个人说的都是事实。

沉默了一会儿，阿久津坐得更端正一点之后，提出了自己的要求。

"如果没有什么不方便的话，请您……不，请您务必……"

"什么？"

"我想看看那个黑皮笔记本……还有那盘录音磁带……"

作为一个记者，提出这个要求是理所当然的。但是现在的俊也精神上的疲劳已经到了极限，实在没有力气再去楼上拿笔记本和录音磁带。

"对不起，我今天太累了，以后再拿不行吗？"

"什么时候能拿给我呢？可能的话，越早越好。"

看到阿久津温和的言谈举止和认真负责的工作态度，俊也已经不反感了。但是，俊也并不想多见他几次，就沉思起来。经过一段两个人都觉得十分尴尬的沉默，俊也忽然想起一个最应该问的问题。

"你们会把我写进去吗？"

阿久津没有肯定也没有否定，暂时躲开了俊也的视线。思考了数秒之后，阿久津直视着俊也说道：

"在您给我看笔记本和录音磁带之前，我们先去找一个人吧。"

"找人？"

"对，我们去找聪一郎。"

"不，我现在……"

俊也不想去。时至今日，还要把银万事件中为犯罪团伙录音的孩子公之于众，对聪一郎来说并不是一件好事。俊也对此最能理解，那是一件非常恐怖的事情。不去惊动聪一郎，是自己唯一能做的事情。

"我从夏天就开始采访银万事件，一直在追究罪犯是谁，因为我认为读者最感兴趣的就是罪犯是谁。不过，我在采访的过程中，越来越糊涂了。追究罪犯是谁，到底是不是我应该做的工作呢？"

俊也歪着头，表示不太理解。阿久津用真挚的眼神看着俊也继续说道："在英国见了曾根光雄以后，了解了罪犯们毫无价值的人生。我本来以为一旦揭开那个大事件的盖子，就会看到令人震惊的事实，结果什么也没看到。在回日本的飞机上，我突然意识到我的采访只不过是一场虚幻。揭开这个悬案的谜底也许不是最重要的，最重要的应该是如何把这个悬案与现在、与未来联系起来。"

"未来……"

"我们还不知道生岛千代子母子是否安好，难道我们不应该做些什么吗？"

2

沿着单车道的国道北上。

天空湛蓝湛蓝的。挡风玻璃前方是没有起伏的景色。药店、超市、医院、高尔夫球场的招牌……映入眼帘的东西都很大。而且，几乎所有的店铺都是新的。郊外型连锁店改变了乡间的风景。

坐在副驾驶座上的俊也紧闭嘴唇注视着前方。从《大日新闻》大阪总社出发的时候就开始播放的英国歌手斯汀的精选辑CD，也不知道已经重复了几遍。四天前，阿久津去曾根西装定制店与俊也见过面，今天，阿久津又开着那辆本田飞度驶向大阪站，接上了在那里等候的俊也。那时候刚刚早晨7点半，从嘴里呼出的气还是白的。现在俊也觉得很尴尬，阿久津也觉得很尴尬。

阿久津打电话约俊也一起去爱媛县的时候，俊也犹豫了一下之后，用非常肯定的语气说道："我去！"俊也之所以犹豫，也许是因为如果找到了聪一郎，自己的事就会被公开吧。但俊也最终还是同意去，阿久津认为俊也将要勇敢地向前迈进了。

这四天来最大的收获，就是找到了暴力团青木组的一个余党。青木龙一死后，青木组就解散了，老成员基本上都到阎王爷那里报到去了，只有一个叫中井茂的人还活着。中井茂六十六岁了，现住老家爱媛县今治市。现在能接触上的，恐怕只有他一个人。采访昭和史上最大的悬案银万事件，已经到了和时间赛跑的关键时刻。

从大阪到今治市，加上路上休息的时间，一共用了四个小时。从国道拐上沿海的县道不久，在右手侧看到一个渔船的停泊处，对面有很多民房，其中一户是一座方方正正的两层小楼，入口处挂着藏蓝色的门帘。那是个寿司店。

"好像就是这里。"一直没吭声的俊也终于说话了。

一直老老实实地坐在副驾驶座上的俊也心里在想什么，阿久津虽然读不懂，但他认为俊也对生岛一家的不幸感到愤怒和悲伤的心情，跟自己是一样的。

"我倒一下车。"阿久津说着看了一眼后视镜，见后面没有车，就挂上倒挡开始倒车，倒到跟那个寿司店有一段距离才把车停下来，关了发动机。

"还有三十分钟，咱们在车里等一下吧。"阿久津说道。

"等着确认那个叫中井茂的人进那个寿司店吗？"

"是的。不过，关于中井茂，除年龄以外我什么都不知道。这样做也许没什么意义，不过，也没有什么更好的办法。"

阿久津说完，从采访包里拿出一个黑色真皮笔记本和一个电子词典来。笔记本是俊也今天早上给他的。虽然俊也把录音磁带也拿来了，但一时没找到老式录放机，现在想听也听不了，只能以后再听了。

"我看看这个笔记本行吗？"

"您看吧。我根本看不懂。"

阿久津先抚摸了一下真皮封面才翻开了笔记本。泛黄的横格纸上，用蓝墨水钢笔神经质似的写满了密密麻麻的英语。虽然字写得不潦草，但毕竟是手写的，读起来很吃力。

"好难读啊……"

第一页的标题是The G. M. Case。虽然是蓝墨水，但看上去很亮，字体也很圆润。

"这地方的字好像跟别的地方不一样。"阿久津指着笔记本对旁边的俊也说。

"您这么一说还真是的，这地方的字好像比较柔软。"

阿久津又发现了一处值得注意的地方："这是一份计划书，按说应该写成Plan或Plot，可是他写的是Case，Case是事件的意思，而且是已经发生的事件。"

"这部分是别人写的吧？也许是那个叫苏菲的人写的。"

"可是，苏菲根本就不知道达雄的计划。"

"哦，那就不知道是怎么回事了。"

笔记本前半部分详细地记载了海尼根绑架事件。从介绍生于阿姆斯特丹约旦区的犯罪团伙的五个人开始，介绍了他们各自的家庭背景以及各自爱称的由来、五个人从小就是好朋友、一起做买卖失败等内容。然后提到了发生于1977年的二战后荷兰第一起绑架企业家的事件，并介绍说这五个人可能参考了这个事件的作案手法。

有时查词典，有时跳着看，阿久津眼前浮现出站在约克大教堂前面侃侃而谈的曾根达雄的脸。知性而冷峻的语言，从这个笔记本上就能看出来。

"是不是那个人啊？"俊也说话了。

阿久津抬头一看，只见一个穿黑色夹克衫的小个子男人正在往寿司店里走。看了看手表，离约定的时间还有十分钟。

"年龄倒是差不多。"俊也又说。

"不管怎样，过去问问再说。"阿久津说着抓起采访包和大衣就下了车。

下车穿上大衣以后，忽然发现濑户内海的风还是挺温柔的，阿久津也没系大衣扣子就快步向寿司店走去。俊也没穿大衣，只围上了围脖。他身上的西装是纯毛的，质地很厚，一点都不觉得冷。

寿司店的二层是粗糙的波纹镀锌铁板，反而制造出一种少有人知的好去处的气氛。既然中井茂选择了这里，应该差不了。

阿久津掀开门帘，拉开了店门。

柜台后面的厨房里穿着白色工作服的大厨喊了一声"欢迎光临"。柜台前面有六把椅子，其中一把椅子上坐着一位中年男人。除了柜台，里面还有一个没有推拉门的日式房间。刚才进来的那个穿黑色夹克衫的小个子男人，已经坐在上座上开始喝扎啤了，也许是因为天冷吧，也没脱掉夹克衫。男人已经谢顶，宽宽的额头上有一道三厘米左右的伤疤，眼睛黏糊糊的，看上去很讨厌。

"您是中井先生吗？"阿久津向男人打招呼。

男人不耐烦地点了点头。

阿久津一边想这个男人可不好对付，一边脱掉大衣坐在下座，俊也随后也坐在了下座。

"我是《大日新闻》的记者阿久津。您百忙之中还接待我们，非常感谢。这位是跟我一起前来采访的曾根先生。"

阿久津递上名片，俊也只说了声"我姓曾根"，他不想把名片给中井茂。

"曾根先生为什么到这里来？"中井茂问道。

"曾根先生已经过世的父亲，是生岛先生的朋友。"阿久津随口撒了个谎。

中井茂好像没往心里去，喝了一口扎啤："我只点了我自己的，你们随意。"说完也不知道为什么，咧嘴笑了。中井茂说他点的是寿司和味噌汤，阿久津他们就点了同样的菜。中井茂劝他们喝酒，阿久津说他们还得换着开车，谢绝了。

寿司端上来以后，阿久津马上拿出采访本开始采访，他担心中井茂喝醉了就想不起以前的事情来了。

"我想先了解一下被放火烧毁的'京阳建筑公司'的情况。那个公司有多少员工？"

"加上组员，也许有十五六个吧。我也就是偶尔露个面，不太清楚。"

"青木组长跟银万事件有关，这事您知道吗？"

"知道。我们青木组，多的时候也就是十来个人，谁干什么互相都知道。我也不是直接听青木说的，不过我知道他调查过银河公司和万堂公司。"

"放火以后逃跑的组员是谁？"

"名字叫津村克也。那小子身强力壮，是条好汉，就是爱钻牛角尖。那小子一把火，烧死了青木组两个组员。"

阿久津确认了一下津村克也这个名字的写法及年龄。当年，这个津村克也二十七八岁。接下来阿久津直截了当地问，津村克也为什么要放火。

　　"那年夏天，我们赌高中棒球联赛。每个组员都要拿钱的，津村不想出钱，青木就命人把他绑起来，关在了京阳建筑公司的办公室里。没想到那个小男孩溜进办公室帮他解开了绳子，获得了自由的津村一怒之下放火把公司烧了。负责看管津村、在公司二楼睡觉的两个组员被活活烧死，津村和那个小男孩逃走了。这都是后来推测的，因为那两个人已经死了，详细情况谁也不知道。"

　　"那个小男孩就是聪一郎吗？"

　　"没错，就是生岛秀树的儿子。听说，生岛秀树欠了青木组长很多钱，就把老婆孩子作为人质押在了青木这里。"

　　"生岛秀树后来怎么样了？"

　　"听说他逃走了。"

　　"您的意思是说，青木龙一借给了生岛秀树一笔钱，生岛秀树跑了，青木龙一就把他的老婆孩子作为人质扣押了？"

　　"是啊。"

　　看来中井茂不知道青木龙一杀害了生岛秀树。青木龙一对自己的组员都不说实话，一定是个非常阴险的家伙，生岛秀树肯定不是他的对手。

　　"那个小男孩在我们青木组里就是个小碎催，谁都欺负他。不过说句不中听的话，那孩子一天到晚阴着个脸，一点笑容都没有。两年多的时间里，我就没见过他笑过一次。不过呢，他倒是挺喜欢津村的。"

　　中井茂说完，夹起一块鱿鱼寿司放进嘴里，然后一口气把扎啤喝光，又跟柜台里边的大厨要了一合[1]冰镇日本酒。

1　合是日本容积单位，每合约等于180毫升。

"不知道津村和聪一郎跑到哪里去了吗？"

"追来着，没追上。好像是往西边跑了，到最后也没抓到。"

"警察也没抓到他们吗？"

"暴力团内斗，死了最多也就算个工伤。警察嘛，多一事不如少一事啊。"

中井茂说的也对。暴力团内部纷争死了人，如果对社会没构成太大危害的话，媒体也不会积极报道，警察也不会积极追究。虽然放火是重罪，警察也得例行搜查，但那时候警察刚刚经受银万事件的打击，正是士气低落的时期。报纸报道了这个放火事件，连受害者的照片都没登。

"也不知道聪一郎在哪里吗？"

"不知道。"中井茂喝了一口日本酒。他面前的寿司不知什么时候已经吃光了。

"生岛秀树的太太呢？后来怎么样了？"

"啊……他老婆啊……是啊，后来怎么样了呢？"

"您不记得了吗？她儿子和放火犯一起跑了呀。"

"真是不可思议，我一点都不记得了。公司被烧掉以后，就破产了。"

"这有点奇怪吧？"

"有什么奇怪的？"

"聪一郎跟他母亲联系的可能性最大，你们没有张网等着抓他？"

"不知道。至少我不记得我监视过生岛他老婆。"

"同组的人总跟您提到过吧？"

"不是跟你说了吗？不知道！"中井茂厉声喝道。

采访就这样中断了。中井茂露出了暴力团的本性。但是，这么远跑到今治市来，阿久津不想什么都没了解到就回去。

"作为母亲，聪一郎是她唯一的亲人，她至少应该报警吧？她没去报警吗？"

"你问她去！"

阿久津故意叹了口气。中井茂有滋有味地喝起酒来。

"我不知道生岛秀树的老婆怎么样了，不过，我听说过津村克也的事。"

"哦？您听说他在哪里了吗？"

"嗯。半年前听说的。"

"他在哪里？"

"今天就吃点寿司啊？"

阿久津听懂了中井茂这话的意思，他是在要钱。报社是没有所谓的采访费这种文化的，讨厌用钱买信息。但是，昨天在社会部，鸟居对阿久津说："给你点钱吧，万一用得着呢。"说完递给他一个白色的信封。

阿久津从上衣口袋里把那个白色的信封拿出来，放在桌子上，往中井茂那边一推。

中井茂拿起信封，看了看里边的钱，咧开嘴笑了："津村那小子啊，在广岛。"

"在广岛干什么呢？"

"在广岛市中心的一个麻将馆打工。"

阿久津问麻将馆的名字是什么，中井茂拿过阿久津的自动铅笔，在采访本上写下了"黄金国"几个字。

"现在还有这个麻将馆吗？"

"大概还有。"

"中井先生去见过他吧？"

"没有，我只是听说过。"

"他放火烧死了两个组员，您为什么不去看看他呢？"

"像我这么正直的人，见了他又有什么用呢？时效也过了，青木组也不存在了。"

"津村克也意识到别人已经知道他在那里了吗？"

"没关系，那小子是个傻瓜。我可以走了吧？"中井茂说完把那个白色的信封装进夹克衫的口袋里，站起来冲大厨摆了摆手，走出了寿司店。

阿久津和俊也愣了一会儿，觉得剩下的寿司不吃也是浪费，就埋头吃了起来，不管是海胆寿司还是海螺寿司，都非常新鲜，连酱油都不用蘸。但是，阿久津内心一团迷雾始终没有散去。两个人吃完寿司，交了三个人的饭钱。

拉开门正要往外走的时候，他们听到身后有人小声说话。

"跟这种人还是少来往为好。"

回头一看，大厨正在整理准备冷藏切好的鱼。虽然知道阿久津在看他，但他一直低着头，没有抬头看阿久津的意思。

3

太阳照在脏兮兮的水泥楼梯上。

每一个台阶上都有裂缝，尘埃和纸团存积在台阶的角落里。快上到二楼的时候，太阳就照不到了，走在前面的阿久津的后背进入了阴影。俊也虽然不能体察阿久津的心情，但可以看到他走路也好，上楼梯也好，节奏都是很轻快的。

顺着原路返回，两个半小时一直是阿久津在开车。途中俊也提出换他一下，他说他喜欢开车，不觉得累。阿久津一边开车一边不厌其烦地反复听英国歌手斯汀的精选辑CD。开车移动也是记者的工作，对于疲劳的感觉跟俊也这样的店老板是不一样的。

阿久津打电话约俊也一起出来的时候，俊也没有特别犹豫就同意了。堀田约他去见天地幸子的时候他也是这样，在真实感到恐惧的同时，又选择了向前迈进。这样的选择，时常伴随着自己也是一个受害者的心情。

"黄金国"麻将馆的门是玻璃的，玻璃门上有很大的正方形拉手。走进去一看，里边没有开灯，只有右边的窗户透进一点怠惰的阳光来，显得昏昏暗暗的。麻将桌大概有十台，几乎一台挨着一台。东西南北围着麻将桌的是四把扶手椅，扶手椅旁边小桌上放着烟灰缸什么的。没有客人，却烟雾缭绕。

正在往东侧墙壁的钩子上挂衣架的男人回过头来。那个男人肩膀很宽，皮肤黝黑，彪悍壮实，看上去是一个性格粗暴的人。

"欢迎光临！咦？只有两个人啊？你们要是觉得三个人打也可以的话，我先陪你们打。啊，对不起，还没开灯呢，我给您开灯！"

看上去不像个好人，而且油嘴滑舌。俊也观察着男人的一举一动，听男人说话是关西口音，希望这个人就是津村克也。俊也见阿久津上前搭话，就站在原地没动。跟陌生人交涉，还是记者在行。

"对不起，我们不是来打麻将的。"

"什么？"

"我们是来找人的。"

"是吗？……"男人马上就对阿久津和俊也失去了兴趣，又开始往墙上挂衣架了。

"我们要找的人名字叫津村克也。"

男人停止了动作，慢慢转过身来。

"津村克也？你们是津村的朋友？"

"请问，您不是津村克也吗？"

"我？不是不是。"

"真的不是吗？听您说话的口音，是关西地区的人吧？"阿久津把名片递了过去。

男人惊叫起来："您是记者呀？我姓今西，是津村的同事。说是同事，也就是我们两个。这个店的老板让我们俩负责，我们俩轮流值班。"

从今西的表情来看，不像是说谎。从放火到现在过去了二十多年，津村克也应该是五十多岁，今西看上去也就是四十多岁。

"这么说，现在津村克也不在？"

"他呀，人间蒸发了！"

"蒸发？"

"半年前，突然就不见了。我吃了一惊呢。"

"突然就不见了？那您知道津村克也现在在哪里吗？"

"不知道。半年前，有一个小老头来找过他。那个小老头，看眼神就知道不是好人。"

俊也马上就想到那个小老头是中井茂。

阿久津问道："您说的那个小老头，是不是额头上有一道三厘米左右的疤痕？"

"有，是有一道疤痕。对了，那个小老头是谁呀？"

"也是津村克也的同事，以前的同事。"阿久津半开玩笑地答道。

今西"噗"的一声笑了："我也没问他是不是什么同事，反正那个小老头来的第二天，津村克也就不见了。"

中井茂到这里来过，而且知道津村克也已经不在这里了。他卖给阿久津的是一个没有任何价值的情报。

"您说的没错。我想问一下，津村克也是从什么时候开始在这个麻将馆打工的？"

"三四年以前吧。我刚来他就来了，一直跟我在一起干。对了，你们为什么要找津村？他干什么坏事了吗？"

"是的。您是他的同事，在您面前说这些也许不太好。您知道1991年京都的一个建筑公司发生火灾的事吗？"

"放火吧？津村喝醉了酒，跟我说过。说什么把两个暴力团的关在房间里，放火把他们烧死了。我听了也是半信半疑，闹了半天他真干过呀？"

"您知道他从放火以后到来这个麻将馆之间的那段时间，在哪里吗？"

"好像在广岛县待的时间很长，在自由市场干过，开过大卡车，好像还有过女人，详细情况我也不知道。"

俊也听着阿久津和今西的对话，心说跟一个不知道津村克也在哪里的人打听他的下落，再怎么打听也打听不出来呀。不知为什么，俊也内心深处涌上来一股安心感。

"津村克也说没说过放火以后，他和一个中学生跑了？"

"好像说过。"

"他说没说过那个中学生叫生岛聪一郎？"

今西嘟哝了一句什么，什么也没说。

阿久津又问："那么，是不是姓井上，叫井上聪一郎？"

俊也看着阿久津冷静地问了一个又一个问题的样子，触动很大。虽说这是记者的工作，但如果没有这股子韧劲，没有如此之大的耐心，是找不到想找的人的。

手上拿着衣架的今西忽然闭上了眼睛，好像在回想什么。

"津村人间蒸发两三个月之前，有一天我值晚班，来接班的时候，看见津村正在用店里的电脑查看互联网上的公告板，一边查还一边在纸上记录。我问他在写什么，凑上去看了一眼。没想到他非常生气，不是装的，是真生气。我记得弄得我还挺尴尬的。"

"他写什么来着？"

"我记得是一个中餐馆的名字和地址。"

"中餐馆？还有别的吗？"

"没看见。对了，他生气后觉得有点不好意思，大概是想掩饰一下吧，说是'找到了以前认识的人'。当时我以为是他以前的女人，你刚才这么一问提醒了我，是不是那个叫聪一郎的中学生啊。"

"那个中餐馆的名字和地址您还能想起来吗？"

"想不起来了……要是看见了也许能想起来。"

俊也在死了心的同时，内心又开始动摇了。一边是最好不要再寻找聪一郎，一边是尽可能找到聪一郎，犹如一个硬币的两面，哪一面代表正确，哪一面代表错误，在俊也的心里变得越来越模糊了。

俊也在一种不想协助也不想捣乱的心理状态下，扫了一眼麻将馆的入口处，看到入口的柜台里边一张破桌子上摆着一台很大的笔记本电脑，忽然在脑海里闪过一个主意。虽然他对要不要提出自己的建议很犹豫，但看到阿久津那疲倦的脸，觉得不提出自己的建议挺对不住阿久津的，就对今西说："请问，津村先生用过的电脑，就是那台笔记本电脑吗？"

"是啊，怎么了？"

"可以让我们看一下吗？"

今西没有拒绝的意思，随便说了声"可以啊"。

三个人一起走到柜台那边，俊也弯下身子看电脑屏幕。画面上是麻将馆的主页，右上角可以看到谷歌搜索引擎。

"您这里的电脑一般都是登录状态吗？"

"是的。客人咨询都是通过G-mail发邮件，因为经常收到邮件，就一直登录着。"

俊也把谷歌的检索历史调出，以前检索过的网址和关键词马上就按照时间先后顺序排列出来了，大多是色情网站。

"哎呀，这下全露馅了。"今西不好意思地说。

三个男人都笑了。

"刚才您说，半年前去向不明，在那之前两三个月，对吧？"

"大概吧。"

保险起见，俊也从今年2月开始查看。跟麻将有关的、演员的名字、附近的商店……不一而足。在4月27日那一天，俊也看到了"西华楼"这个关键词。

"啊，好像是这个！"今西指着电脑屏幕说。俊也检索了一下，这个中餐馆在冈山市内。从照片上看，是城里一个小中餐馆，但顾客的评价很高。

"对对对，就是冈山，我想起来了！津村跟我说过，他的女人就在那里。"

找到了下一个线索，对自己是好事还是坏事呢？俊也自己也说不清楚。看了看阿久津那摩拳擦掌的样子，俊也心想：又要开始新的旅行了。

从大阪出来过去十二个小时了，疲劳达到了高峰。车里播放的还是英国歌手斯汀的精选辑CD，由于听了好多遍，已经听熟了。

"曾根先生肚子饿了吧？咱们既然是去中餐馆，就在中餐馆吃了饭再采访怎么样？"

的确，中午的寿司吃得太急了，就像什么都没吃似的。

"这样不会难为情吗？"

"没事，吃了饭就算是客人了。"

他们从麻将馆出来以后在一个便利店上了一趟卫生间，又买了两瓶茶，立刻就出发了。已经下午5点多了，必须抓紧时间赶路。根据网上提供的信息，"西华楼"8点半以后就不能点菜了。走山阳高速公路，再走外环道路，还要走一段县道，大约需要两个半小时。开了那么远的车，又有那么紧张的采访，阿久津一定很累，但从表面上一点都看不出来。

当然，两个人在车上也不只是听斯汀的歌，有时候也聊天。特别是两个人互相知道是同岁以后，就有了亲近感。昭和时代发生的事件，把两个同时代的人联系在一起了。俊也平时都是一个人经营自己的小店，没有机会像这样开车到各地转，还多亏了阿久津。

阿久津跟俊也说了自己采访银万事件的经过，说自己"还从来没有这么好的运气"。俊也通过今天这一天跟着阿久津采访，知道他绝对不只是运气好。不过，俊也跟阿久津一样，也相信命运。不管是跟着堀田去调查，还是跟着阿久津采访，都是推开了一扇又一扇门，一直向前走。自己呢，只能坐在命运的列车上被拉着走。他越来越相信命运了。

从县道又回到国道，开了一两分钟以后马上就上了市道。车外的景色忽然变成了住宅区。车从一处福利设施和一个造型别致的居酒屋前面驶过，在三岔路口往右拐，进入了一条路灯灯光暗得叫人烦躁的道路。

"大概就是那个店吧……"

阿久津指着一个店铺前面挂着的写有"拉面"二字的红灯笼说道。话音刚落，导航仪的扬声器传出"目的地到了"的声音。店铺前面是停车场，地上没有划定的停车位，应该可以自由地停车。

停好车一看手表，8点刚过，还能赶上点菜。冬夜的风很冷，虽说距离不远，阿久津和俊也都穿上了大衣。

粗糙的红色招牌上写着"西华楼"几个字，中餐馆是简陋的平房。店铺前面放着一辆自行车，一把雨伞挂在空调连接室外机的管子上。看上去是一家很接地气的庶民餐馆。从写着"中华料理"的门帘下面钻过去以后，听见里边有日本歌谣曲的声音。阿久津拉开镶着磨砂玻璃的木门，歌谣曲的声音立刻停止了。

正如他们所预料的那样，餐馆比较小。红色的柜台周围有很多架子，架子上摆着玻璃杯、书籍、送外卖用的塑料盒子、冷水机、啤酒机什么的，柜台很短，前面只有四把椅子，一把挨着一把，如果坐上四个客人，那就是人挤人。

餐馆里只有两套黑漆餐桌椅，一套可以坐四个人，一套可以坐两个人。墙上挂着一台液晶电视，因为没有客人，电视没开。

"欢迎光临！"

柜台里面的店老板探出圆圆的脸，拿起遥控器把电视打开了。这个店好像只有一个人在经营。阿久津没坐在餐桌前，而是坐在了柜台前的椅子上。他脱掉大衣，把大衣和采访包放在了脚下的塑料筐里。

"二位是来这边出差的吗？"店老板问道。

"是的，能看出来吗？"

"能，二位言谈举止都很优雅嘛。"

店老板一边说恭维话一边把两杯冰水放在柜台上。阿久津看了看菜单，点了一碗拉面、一盘炒饭，俊也点的也是拉面和炒饭。

店老板一边煮面，一边炒饭，一点都不浪费时间。根据客人点的菜确定烹调的先后顺序，店老板已经习惯了。俊也一直看着墙上的一幅画，阿久津则看着柜台里边思考着什么。

先端上来的酱油拉面没有觉得有什么特别，但炒饭浓香可口，特别好吃。早就说肚子饿了的阿久津一口气就把拉面和炒饭吃完了，他满意地端起冰水，咕嘟咕嘟喝了个精光。

"还合口味吧？"

见两个人碗里的拉面和盘子里的炒饭一点没剩，店老板笑着问道。

阿久津回答说："炒饭特别好吃。"

"还有人专门来吃炒饭呢。"店老板得意地说，"您二位是关西地区的吧？"

"对。我是大阪，他是京都。"

"好久没去那边了，都是好地方。"

"您在这里开店很长时间了吗？"

"已经三十五年了。"

"真厉害！"

阿久津从家常话聊起，俊也则在一旁帮腔。店老板是个很容易接近的人，所以他才能把这个中餐馆开这么多年。

"二位工作还顺利吧？"

"现在还在工作呢。"

"这么晚了还工作，好辛苦啊！"

"其实，到您这个餐馆来就是工作。"

"什么？"

店老板就像被击中了软肋似的惊呆了。

阿久津紧接着问道："我们到这里来，是想了解一下井上聪一郎的事。"

店老板脸上的笑容消失了。没有肯定也没有否定，开始洗刷碗筷。俊也知道找对地方了，但从店老板急剧变化的态度上，看不出有突破的缝隙。

"聪一郎在这个餐馆里……"

"请你们出去！不用付钱了！"

面对无法交谈下去的局面，阿久津把名片放在了柜台上。

"我是《大日新闻》的记者阿久津。"

"记者？为什么……"

店老板脸上的肌肉僵住了，流露出害怕的表情。看来他跟聪一郎的关系还不浅。

阿久津对店老板说，自己正在采访银万事件，已经确定了犯罪团伙成员，而且见到了一个罪犯……也不管店老板想不想听，只顾一个劲儿地说下去。

"你说这些有什么用？谁知道你到底是干什么的！这名片，还不是想印多少印多少！"

"您可以打个电话确认一下呀。"阿久津告诉店老板一个电话号码。

"你肯定还有一个同伙，早跟他说好了！"

"那么，您先别用我给您的电话号码，您上网查一下《大日新闻》的主页，那上边的电话号码跟这个是一样的。打了电话就能确认我的身份了。"

"先不管你这个记者是真是假，你找聪一郎做什么？"

"昭和史上最大的悬案，不能让它永远成为悬案。没有那个事件中最大的受害者聪一郎的证词，我们无法描述那个事件。而且……"

"要是聪一郎本人不愿意呢？"

"我们会尽最大的努力保护个人隐私。哪怕见一面也好。受害的不只是企业，还有被当作人质的一般民众，还有警察，还有媒体……总之社会全体……"

"那跟我没关系！"店老板拍着放案板的台子大叫，"你说什么都没用！不用你管！"

"不管？不管就是不负责任！"

"狗屁逻辑！"

"聪一郎一个人背负得太多了！"

"你知道个屁！"

"您知道吗？您知道什么？井上，不，生岛聪一郎的痛苦，只有他本人知道！"

看着阿久津怒吼的样子，俊也愣住了。

"所以我要问问聪一郎本人。如果弄成传话游戏，真实就不存在了。被卷入荒唐的犯罪的时候，直面闻所未闻的事件的时候，发现了社会结构的缺陷的时候，我们应该怎样去减少不幸呢？这是我们每个人都应该认真思考的问题。所以，我们需要总结，为了做好这个总结，我需要总结性的语言！"

阿久津很兴奋，语言也变得难懂了。店老板垂下眼皮，不再看对面的阿久津。

"您一定知道聪一郎是怎么熬过来的吧？那么，您不想让聪一郎见到他的母亲吗？"

阿久津说话带着哭腔，眼睛也潮湿了。俊也被打动了，想起了阿久津在曾根西装定制店里说过的话。

让聪一郎跟母亲千代子见面，不就是阿久津说的"未来"吗？

阿久津一直在思考的问题，是事件，是社会，是受害者……这是一个心地善良的人。

"聪一郎的母亲还活着？"店老板问道。

"这个我不知道。不过，如果还活着，我一定能找到她！"

"是吗？……"

俊也看着不知道说什么才好的店老板，心想：这个人也是一个心地善良的人。俊也觉得自己就这样一直做一个旁观者是卑怯的，一吐为快的冲动从内心涌上来。为了让生岛聪一郎找回自己的人生，自己能做的事情是什么呢？

趁着店老板跟自己的眼神碰在一起的机会，俊也开始说话了。

"今年8月，我在家里发现了一盒录音磁带和一个笔记本。笔记本是我伯父写的银万事件的计划书。阿久津见到的那个罪犯，就是我伯父。"

店老板张大嘴巴愣住了，阿久津也是同样的表情。

"我伯父很早以前就认识聪一郎的父亲生岛秀树，两人关系很好。受生岛秀树委托，我伯父写了一份犯罪计划。我伯父是银万事件的元凶。我在家里发现的那盒录音磁带录的是我的声音，跟犯罪团伙恐吓企业时用的录音磁带是一样的。我和聪一郎都是受害者，也都是加害者的家人。"

店老板闭上嘴巴，紧紧咬住了牙齿。

阿久津指着柜台里边说道："放食材的架子下边那一层，好像有一台老式收录机。"

"啊？哦……有一台。怎么了？"

"还能用吗？"

"应该还能用。"

俊也想起进这个中餐馆之前听到过日本歌谣曲的声音，进来以后阿久津看着柜台里边思考着什么，原来是看到了老式收录机。阿久津看了俊也一眼，俊也马上就明白阿久津是什么意思了，默默地点了点头。阿久津从采访包里把放在盒子里的录音磁带拿了出来。

店老板把录音磁带放入架子下层的老式收录机里，按下了放音键。

"扑哧"一声刺耳的声音之后，是一片嘈杂，然后是父亲和酒吧老板娘的对话。过了一会儿，录音中断了一下，然后就是年幼的俊也唱歌的声音。

"我——我——我要笑了——"

店老板眯缝着眼睛说道："这是风见慎吾的歌。"

唱完以后是一片喝彩声和铃鼓声，录音再次中断。阿久津和店老板是第一次听，所以都闭着眼睛集中精力在听。又是"扑哧"一声令人不快的声音。

"公——交——车——站，城——南——宫——的，长——椅——的……"

阿久津和店老板同时叹了一口气。

"到京都去，走一号线……两公里，公——交——车——站，城——南宫——的，长椅的，靠背的，后面……"

声音中断后，俊也说："就这些了。"

"没错吧。"阿久津表情沉痛地嘟哝了一句。

"我不记得录过这个音。不过，聪一郎当时已经上小学二年级了，应该记得。他如果知道自己录了音，就更痛苦了。"

"对……对不起……我……"

店老板转过身去，肩膀颤抖起来。俊也"就更痛苦了"这句话，深深地触动了他。

"我敢说我理解他的前半生，我的脑子里也时常想这到底是为什么。我知道，他想把这个秘密、想把自己的痛苦说出来。请您转告他，把背了半辈子的沉重包袱卸下来吧，现在有人听他诉说了。"

俊也说完和阿久津一起站起来，向店老板深深鞠躬。

店老板回过头来，双手撑在放案板的台子上："我知道了，我会转告聪一郎的。"

"这么说，您能联系上他？"阿久津问道。

店老板眼睛红红的，看着阿久津点了点头："不过，详细情况您得去问他。"

"请问，他现在在哪里？在做什么？"

"东京，一个修鞋铺……"

聪一郎还活着！

想到这一点，俊也无力地瘫坐在椅子上。内心深处自然地涌上来感谢之情，眼睛一热，眼泪差点流下来。

俊也双手合十，向着从来没有见过的神祈祷着。

4

被烟熏得发黄的壁纸右端已经剥落，在空调暖风的吹拂下摇晃着。

东京都八王子市的一个咖啡馆。这个咖啡馆除了提供咖啡，还提供简单的饭菜，装蔬菜的纸箱子占据了柜台的很大一部分。几乎没有客人，只有一个表情阴郁的女人坐在出口附近，戴着一双露出手指的手套在那里吃汉堡包。

没有单间，不过在靠里边往左拐有一个不大的空间，摆着一张可以接待四个客人的木制桌子。这个空间上部是通向二楼商场的楼梯，坐在那里感到一种莫名的压迫感。上座不是椅子，而是长凳，长凳上铺着羊皮坐垫。

阿久津和俊也犹豫了一阵，决定还是坐在这个别人不容易看到的位置上。为了表示礼貌，两人坐在了下座。虽说有点憋屈，但还是觉得坐在这里踏实。因为离约定的时间还有二十分钟，他们就先点了两杯热咖啡。

从中餐馆"西华楼"回来的第二天晚上，店老板三谷浩二给阿久津打电话说，聪一郎答应在他上班的修鞋铺附近的咖啡馆跟他们见面，并强调是一个人跟他们见面。三谷浩二话不多，最后恳请阿久津多加关照。

现在已经是12月中旬了，距离刊载的日期还有五天。哭也好笑也好，就看今天的采访是否成功了。阿久津心里虽然很紧张，但表面上显得很平静。

"我伯父给我来信了。"俊也低头看着咖啡杯小声说道。

"是吗？"阿久津吃了一惊，差点站起来，最终还是忍住了。

"还提到了录音磁带的事。"

"还说别的了吗？"

"说了……也许可以这样说，从犯罪动机到犯罪团伙的分裂、逃亡，都说了。遗憾的是，这些都跟您的采访记录一样，看了以后叫人感到空虚……"

"邮戳是哪里的？"

"伦敦。"

不是谢菲尔德，也不是约克城，这引起了阿久津的注意，但只靠这么一点信息，推导不出任何结论。

"您不想去伦敦见见他吗？"

"我不知道应该跟他说些什么。我想见了聪一郎以后再做决定。"

由于达雄一直在国外，时效处于停止状态，也就是说，达雄犯罪的时效还没过。但是，如果没有确凿的犯罪证据，委托英国的司法当局把达雄抓起来是很难做到的。

阿久津正要问问关于录音磁带的事达雄是怎么说的，入口处忽然传来开门的声音。从这边看不到入口，但二人还是同时把头转到了那个方向。一阵脚步声之后，一个矮小的驼背男人走了过来。那人戴着一副黑框眼镜，头发剪得很短，几乎可以说是光头。如果说他是三十九岁，恐怕没人相信。

阿久津和俊也一起站起来："您是聪一郎先生吗？"

"是……"

二人把聪一郎让到上座，同时拿出了名片。二人尽量微笑着，但微笑得好不好谁都没有自信。聪一郎坐下来，把两张名片放在桌子上，对走过来问他点什么的小老板说了声"热咖啡"。本来以为聪一郎常来这个咖啡馆，现在看上去不像。

"您经常来这个咖啡馆喝咖啡吗？"俊也问道。

聪一郎摇了摇头："我不怎么在外边吃饭或喝咖啡。"

虽然是关西方言，但并不感到亲切，只有一种隔着围墙看到了他生活的一端的沉重感。

直到咖啡端上来，聪一郎也没脱掉他那件尼龙面料的藏蓝色上衣。

"今天您在百忙之中特意抽出时间来见我们，非常感谢。"阿久津喉咙里好像堵着什么似的，说话声音沙哑，赶紧干咳两下清了清嗓子。

聪一郎摇摇头，小声说道："哪里。"

"我们俩的事三谷先生都跟您说过了吧？"

"说了个大概。"

聪一郎一直低着头，细长的眼睛眨动着。虽说有些寒酸相，但并不叫人讨厌。不过，对于这样一个感情不外露的人，怎么接近他呢？俊也心里没有底。看阿久津的吧。

"您现在的工作是修鞋？"

"是。一个很小的修鞋铺，已经在那里干了两年多了。"

"请允许我先确认一下聪一郎先生的经历。"阿久津翻开放在桌子上的采访本，拿起自动铅笔，"您1976年生于大津市，父亲叫生岛秀树，母亲叫生岛千代子……"

阿久津问过聪一郎的家庭成员以后，开始问聪一郎都记得小时候经历过什么。聪一郎说话虽然磕磕巴巴的，但每个问题都回答得很认真。

他是一个普普通通的精力充沛的男孩子，喜欢看动画片《超级战队》，喜欢玩具汽车，喜欢在外面跑跑跳跳。

"我六岁那年，父亲被县警察本部开除了，但我一直不知道，一直都认为他还是一个警察。上小学一年级的时候，同学的哥哥对我说，你爸爸干了坏事，被开除了，我才知道父亲不是警察了。我心里特别难过，就哭着去问父亲。父亲非常愤怒，狠狠地打我，连护着我的母亲都被他打了。他拉着我，把我拖到那个同学家里，把人家臭骂了一顿。"

生岛秀树逼着那个同学下跪，还逼着那个同学的哥哥和父母下跪。那个场面和父亲大叫"你们歧视我"这句话，深深地刻在了聪一郎的脑子里。同学和全家都向生岛秀树道了歉，但是从第二天开始，不但同班同学，就连别的班的同学都开始疏远聪一郎了。

生岛秀树如此疯狂，让阿久津脊背发凉。从这里可以看出，生岛秀树是一个什么都不管不顾的人，完全符合犯罪者的性格。见到聪一郎之前，阿久津的心情还是比较平静的，现在开始有点乱了。

"录音的时候，聪一郎先生已经上小学二年级了，您还记得那件事吗？"

"我只记得父亲给我买了很多点心，还记得他突然对我特别好，好得让我觉得恶心。"

阿久津把采访本翻到新的一页，写上"1984年11月14日"。就要接近事件的核心了，阿久津让聪一郎说说那天早晨达雄和山下满去当时位于大津的聪一郎家以后的事。

"两个从来没见过的大叔突然来到我家，把我们吓了一跳。我老老实实地按照母亲的吩咐做准备，姐姐却非常愤怒，跟母亲吵了起来。行李装上车以后，那个姓山下的大叔把我们拉到奈良的一户人家去了。我记得那户人家的女主人抹的口红是紫色的，一看就知道不是个好女人。那女人可吓人了，特别是对我姐姐，特别凶。"

大概是因为在奈良的生活很不愉快吧，聪一郎对那段时间的生活几乎没有什么记忆。1985年元旦过后，一家人搬到了兵库县一个建筑公司的家属宿舍里。

"那时候我虽然还是个孩子，也看得出来那不是个好地方，但我并没有觉得很苦。每天跟周围的小哥哥们一起玩，玩得还挺高兴的。小哥哥们教我玩游戏，还经常送我点心吃。更叫我高兴的是，不用天天去上学了。"

说到这里，聪一郎脸上第一次露出了笑容。只这么一点点笑容，就使阿久津那沉重的心情轻松了许多："不过，您母亲和姐姐好像并不高兴，是吧？"

"母亲和姐姐每天都沉着脸，还经常吵架。我看着她们吵架心情不好，就尽可能到外边去玩。后来，母亲和姐姐都去打工了，我一个人待在家里的时间越来越长了。"

聪一郎清楚地意识到录音磁带的事，就是在那个时期。当时他们住的家属宿舍没有洗澡间，只有一个厨房。两间卧室，母亲住一间，聪一郎跟姐姐住一间。

"我忘了具体是什么时候了，也不记得是什么季节。有一天，我刚钻进被窝，就听见姐姐在母亲的卧室里跟母亲吵架。姐姐大叫：'因为那盘磁带，我一辈子都完了！'姐姐还说我也录了音。那时候我才意识到当时父亲的行为是很奇怪的。我还听见姐姐说父亲已经死了。虽然我早就有感觉了，但听到这个消息还是感到震惊。"

到了夏天，千代子连饭都懒得做了。每星期只有一两个早晨回家来看看。"现在看来，母亲大概是有男人了。"——聪一郎说话的声音变得阴暗起来。

接下来就要说到那天发生的悲剧了。

1985年7月下旬的一天，聪一郎一个人乘坐公共汽车，去了拥挤杂乱的繁华街，他跟姐姐约好，要在火车站的进站口见面。

"姐姐说要带我去咖啡馆，给我买一个汽水冰激凌，我特别高兴。我还以为姐姐是对母亲不满，想跟我发发牢骚呢。我早早就到了车站，那时候还不到约定的时间，我就在站前广场转着玩。等了一阵，我看见了姐姐，姐姐也看见了我，还向我扬起了手。忽然，我发现姐姐低下了头，觉得有点奇怪，就在那一瞬间，姐姐的表情变了。只见她向后一转，撒腿就跑。我听见我的身后有人大叫'就是那个小女孩'，回头一看，是那个狐目男。"

阿久津想象着聪一郎叙述的场面，起了一身的鸡皮疙瘩，握着自动铅笔记录的手不由自主地停了下来。身后站着那个狐目男，不要说孩子，就是大人也会吓得全身僵直。俊也听到这里，也是脸色大变。

"狐目男马上就向姐姐逃走的方向追了过去。姐姐一定感到非常恐惧，因为肖像画上那个狐目男，像疯狗一样追她。姐姐和狐目男转眼就在我的视界里消失了，我不知如何是好，站在原地发呆。"

过了一会儿，聪一郎听到了急救车鸣笛的声音，他回过神来，向急救车鸣笛的方向跑去。他看到救护车停在一座公寓楼前面，已经停止了鸣笛。从七八个看热闹的居民间的缝隙里，聪一郎看到了躺在担架上的一个女孩子的 T 恤衫。白色和深蓝色的条纹——那是姐姐穿的！那时候，聪一郎发现，地上全是血。他知道，躺在担架上一动不动的那个人就是姐姐。但是，他不敢走过去看，他害怕一旦看到了姐姐的脸，姐姐的死就成了事实。

"急救车要开走的时候，我才想到应该离开那里。我刚迈步，就感觉到身体突然腾空了，有人把我抱了起来。扭头一看，原来是那个狐目男。我吓得想叫却叫不出声。狐目男把我塞进一辆车里，狠狠地打了我几个耳光，打得我什么都听不见了。我以为他要打死我，一个劲儿地求饶，连声说，对不起，对不起……"

阿久津听不下去了，默默地低下了头。

聪一郎肚子也被狐目男踹了好几脚，气都喘不上来了。狐目男揪着聪一郎的头发，在他的耳边一遍又一遍恶狠狠地小声说："老老实实地在这地方待着，不然连你妈也活不成！"聪一郎为了活命，答应了好几次。后来他被狐目男推下车来，蹲在公园里哭的时候，母亲找到了他。

"看到母亲的时候我松了一口气，但想起姐姐，我……"

聪一郎的眼泪哗哗地流了下来。俊也递过去一块手绢，聪一郎呜咽起来。捂在眼睛上的手绢不住地颤抖，阿久津看到眼前的情景，内心非常痛苦。生岛望死前，千代子是可以向警察求救的。如果报了警，至少生岛望不会被杀害。不过，一旦报了警，周围的人就知道了他们的身份，他们一家人就会被孤立起来。

"再看到姐姐的时候，姐姐已经化为一盒骨灰。在火葬场听着和尚念经的声音，我想到这一辈子再也见不到姐姐了，悲痛欲绝。我忘不了在狐目男的车里受到的警告。我只有一个心思，那就是不想死，不想被狐目男杀死。"

聪一郎的母亲千代子的娘家在京都。那年10月，聪一郎跟着母亲到了母亲的娘家。外祖父和外祖母对他们很冷淡。聪一郎不懂，为什么大人们都在生气呢？母亲也没告诉他这是为什么，就带着他搬到了外祖父家附近的一栋木造公寓里。

不久，千代子在娘家附近的一个建筑公司上班了，聪一郎也进了当地的一所小学。生活虽然不富裕，但也算安稳。在学校里虽然没有好朋友，但也没被人欺负过。为数不多的快乐事之一，是祇园祭的宵山夜市。

"母亲只给我五百日元，是买吃的呢，还是买玩的东西呢，我总是犹豫不决。直到现在，一听到敲锣鼓的声音，我就会想起宵山夜市的传统艺能表演，眼泪都忍不住。我和母亲在夜市转来转去，就是不想回家。一年只有那么一次大庙会呢。"

俊也眼前大概浮现出了宵山夜市的情景，脸上的表情缓和了许多。

"现在回忆起来，在京都度过的小学时代，也许是我最幸福的一段时间。"

看着缩着身子喝咖啡的聪一郎，听到从他的嘴里说出来的"幸福"两个字，阿久津觉得好心疼。

"中学一年级的时候，我在京都府立图书馆查阅旧报纸，了解了银万事件的情况。我不知道我为什么要去了解那个事件，但确实弄清楚了一些事情。旧报纸上关于录音磁带的报道，让我想起在神户的建筑公司的家属宿舍时听姐姐说过的话，不由得脊背发凉。录音磁带里有我和姐姐的声音，如果被人知道了，也许会被警察抓起来。想到这里，我每天疑心生暗鬼，担心有人暗中监视我。实际上，姐姐的遗物里就有那盒录音磁带。标签上写的是一个歌手的名字，但里边录的根本就不是歌，而是我和姐姐恐吓公司的声音。我一直想扔掉，可不知为什么，背着母亲保存了下来。看了旧报纸上关于录音磁带的报道以后，我怕我不在家的时候被人发现，就每天带在身上。"

聪一郎一口气说了这么多以后，看了俊也一眼，表情抑郁地继续说下去。

"初中一年级暑假期间，有一个坏男人来到我家，让我去他的公司打工。那个男人是母亲工作的建筑公司里的，一看就知道是暴力团的人。本来我不想去，但为了不让母亲为难，我就答应了。我的工作是，每个周六和周日去办公室或施工现场，打下手，搬运建筑材料什么的。母亲周六周日不上班，我在公司见不到母亲。"

聪一郎不会讨人喜欢，所以打工的时候经常被人欺负。有个小头目还对他说："你爸爸当刑警的时候，整我整得可不轻。"说完打了他一顿，还把他打工挣的钱抢走了。周末没有时间玩，母亲在家里一天到晚唉声叹气。那时候他以为自己一辈子都要生活在黑暗的隧道里了，想逃走又不敢，一想起狐目男在车里对他的警告，就吓得浑身发抖。

"狐目男也在那个建筑公司里上班吗？"

"不在。我在那个公司里一次都没见过他。"

"那个公司里的人都知道银万事件吗？"

"这个我不太清楚，没人跟我提过那个事件。"

初中二年级秋季的一天，建筑公司的一个年轻人到学校来找聪一郎，说要带他去看一件有意思的事。那个年轻人把聪一郎带到公司一楼的办公室，让他隔着玻璃往里看。聪一郎一看，只见母亲千代子站在办公室中央，几个男人围着她，摸她的胸部，摸她的臀部，还有人打她的脸。

"看到母亲这样被人欺负，我精神上受到很大的打击，哇哇大哭起来。母亲听到哭声看到了我，她的眼里满是泪水。我的心都要碎了，那些男人却哈哈大笑，我恨死他们了。那天回到家里，母亲对我说：'你就不用管我了，初中毕业以后，赶快逃离这个地方吧。'从那天开始，我就一直想着怎样和母亲一起逃走。"

在那黑暗的日子里，只有一缕阳光，那就是津村克也。

"津村先生长得特别帅，像个电影演员，花钱也很大方，经常给我买好吃的。在那个建筑公司里，只有他一个人对我好，我特别喜欢他。"

聪一郎上初中三年级那年夏天，那些坏人聚赌高中棒球联赛，要求每个人都要出钱，津村不想出钱，就被关了起来，还被暴打了一顿。一个小头目用玻璃烟灰缸砸在他头上，津村头破血流。那些坏人不但不同情，还继续殴打他。那情景让聪一郎想起在车里被狐目男殴打的情景，怕得要命。津村到最后也不想出钱参加赌博，结果被绑起来，关在了办公室里。大热天的，他们还把空调给关了。聪一郎和一个小喽啰还有一个小头目负责看守他。

"夜里，打开窗户也热得要命。跟我一起值班的小喽啰说要出去打电话，看守津村先生的人就剩下我一个了。津村先生求我帮他解开绳子，说要和我一起逃走，还说他会照顾我一辈子。我觉得听这个人的没错，就把绑着津村先生的绳子解开了。"

津村让聪一郎给他倒点水来。喝完水以后，津村活动了一下身体，拿起一根金属棒球棒，冲到二楼小头目睡觉的房间，抡起球棒就是一顿暴打。打完以后逼他把保险柜里的钱拿出来，但是那个小头目坚决不开保险柜。叫聪一郎感到吃惊的是，那个小头目竟唱起歌来。津村让聪一郎下楼把冬天用剩下的取暖用的煤油拿上来，聪一郎把煤油拿上来以后，津村把煤油浇在小头目身上，威胁说不打开保险柜就点火。小头目扛不住，终于把保险柜打开了。津村先把小头目捆绑起来，然后把保险柜里的钱往包里装。这时，那个出去打电话的小喽啰回来了，聪一郎照着小喽啰的脸就是一拳。

"那时候我就像疯了似的。那个小喽啰平时总是欺负我，这回可找到报复的机会了。在津村先生的帮助下，我把那个小喽啰摁倒在地捆绑起来。本来我们应该赶快逃走的，但我觉得不解气，掏出拿煤油时找到的一盒火柴，划着了火柴。"

"你？"

"是的。那时候我的视线跟那个小头目的视线撞在了一起。想起他摸我母亲胸部的情景，我怒火中烧。小头目挑衅地冷笑道：'你试试！'那时候我真想把划着的火柴扔在他身上。但是，我胆子还是太小，把火柴弄灭了。那个小头目更猖狂了，狞笑着骂我们是脓包软蛋，没骨头。津村先生听了大怒，从我手上把火柴夺了过去。小头目还是频频点头挑衅，津村先生二话没说就把点着的火柴扔在了小头目身上。"

大火很快就燃烧起来，转眼间就是一片火海。津村的怒吼声和小喽啰的尖叫声交织在一起，整个房间变成了火葬场的焚尸炉，热浪扑面，他们待不下去了。

"津村先生说了声'快跑'，拉着我就往外跑。津村先生虽然也很害怕，但到了大阪走进一个餐馆吃饭的时候，就冷静多了。那时候他已经豁出去了，说哪怕被青木组的抓回去杀死也无所谓了。"

津村在朋友的帮助下，先去了兵库县，后来又去了冈山县，换一个地方就换一份工作。两年以后到了广岛。聪一郎跟着津村在广岛的自由市场打工。

"你们从保险柜里拿到的钱不够生活吗？"

"每次藏身都得求人，求人的时候人家都会跟我们要钱，很快就用光了。我们害怕青木组的人找到我们，藏身是第一位的。津村先生一直很照顾我，我觉得挺对不起他的。后来津村先生改行去开大卡车，我们见面的机会就少了。我十八岁那年，津村先生有了女人，住进了我们租的公寓，我觉得住在那里不方便，就搬出来自己过了。"

"津村先生没挽留你吗？"

"他有女人了，而且一直照顾我，也累了。我离开他的时候，他给了我三十万日元。"

聪一郎到了宫崎县，在一个鸡肉加工厂一干就是四年。后来跟工厂发生债务纠葛，被炒了鱿鱼。他又辗转回到冈山县，先是在一个烤鸡肉串的小铺子里打杂，后来就开始在三谷浩二的中餐馆"西华楼"当跑堂的。

"三谷先生家的院子里有一个放杂物的小房间，我就住在那里。住了一年多的时候，三谷夫妇给我照了一张成人礼的照片。虽然那时候我已经二十三岁，早就过了成人礼的年龄，他们还是把我当成自己的孩子，给我补照了成人礼照片。"

那天晚上，聪一郎把自己的经历告诉了三谷。把憋在心里好多年，跟谁都没法说的话说出来的时候，聪一郎泪流满面。三谷嘱咐聪一郎不要再对任何人讲，没有孩子的三谷夫妇对聪一郎更是照顾有加。

二十七岁的时候，聪一郎认识了一个叫栗林知美的业务员。那是他第一次谈恋爱，连怎么约会都不知道。比他大三岁的知美接纳了他。知美是一个性格开朗的姑娘，恋爱一年多以后，两人开始考虑结婚的问题。但是，聪一郎一直没有把自己的身世告诉知美。聪一郎跟三谷商量，是否应该把自己的身世告诉未婚妻。

"三谷先生对我说，以后就是夫妻了，应该把自己的身世告诉知美。我不想失去知美，犹豫了很长时间，最后还是觉得瞒着自己的爱人是不对的，就把一切都告诉了她。"

聪一郎把俊也给他的手绢紧紧攥在手里，沉默良久。

阿久津见聪一郎不想再说下去了，就问："知美跟您分手了？"

聪一郎摇摇头："没有，她接受了。不过，她说要把这事告诉她的父母。我觉得将来她的父母就是我的父母，就同意了……"

"她的父母反对你们的婚姻？"

"知美先跟她母亲说的。她母亲听了就哭了，说这事千万不能告诉她父亲。那以后，她就开始动摇了……那时候，我觉得她是我唯一的精神支柱，通过结婚，我就可以开始新的人生了。"

三个月以后，聪一郎和知美分手了。知美辞了工作，二十八岁的聪一郎再次掉进孤独的深渊。无论三谷怎么劝他，他都听不进去，人也变得沉默寡言了。

"一年半以后，我在百花大楼前的便道上偶然遇到了知美。"聪一郎太阳穴上的细血管剧烈地跳动着，"她挺着个大肚子，已经怀孕六七个月了。我全身的血液一下子冲到了头顶。跟我分手不到半年，别人给她介绍了个男人，她很快就结婚了，现在都快生孩子了。她高高兴兴地向我报告她的近况，她已经把我忘了。我是那么痛苦，她却那么快活。她不是说过要跟我相守一生吗？她自己说过的话难道都忘了吗？我觉得她是一个恶魔……"

阿久津认为，聪一郎和知美对于爱情的认识是不一样的，聪一郎看得重，知美看得轻。当然，不能说很干脆地了断一段爱情的知美就是坏人。但是，阿久津还是同情不想放弃爱情的聪一郎，因为那时候的他处于绝望的边缘。

"等我回过神来的时候，我正在冲着她大喊大叫。她哭着向我道歉我也不听，还是骂她，周围的人过来劝解我也不管，只顾一个劲儿地骂她。她捂着肚子蹲了下去。我感到害怕，自己也厌恶自己，转身跑了。"

等聪一郎平静下来以后，阿久津问知美后来怎么样了。

"听三谷先生说，知美早产了。"

"孩子没事吧？"

"大概没事……"

聪一郎的闪烁其词引起了阿久津的注意。阿久津想起津村克也用麻将馆里的电脑查看互联网上的公告板的事，也许知美把聪一郎的事通过公告板传到网上去了。想到这里，阿久津心中布满了乌云。

"我从知美身边跑开以后，跑回三谷先生家，也没跟他打个招呼就离开了那里。后来我以打工为生，也没手机也没电脑，认识我的人都觉得我是一个可疑的人。我搬了好多次家，换了好多工作。"

聪一郎离开三谷家的时候是三十岁左右，到现在已经七年了。看他身上穿的衣服就知道他的日子很苦，他究竟是怎么生活的呢？阿久津对此有疑问。

"光靠打工就能生活吗？一点存款都没有吗？"

"一点存款都没有。找不到工作没有钱花的时候……有时钻到没有人住的房子里，有时替人违法扔废料……"

"扔废料？"

"工业废料、废油什么的，帮人家扔掉以后能拿到一点钱。"聪一郎也为自己的行为感到羞耻，默默地低下了头，"实在生活不下去了。"聪一郎也许还干过更丢人的事，不过他不想说了，阿久津也没再问。

聪一郎又说："现在能在东京这个修鞋铺干活，就算幸运了。也不知道还能雇用我几年。要是丢了这个工作，再找就难了。"聪一郎紧闭着嘴唇，脸上渗透着疲劳。

"您身体不要紧吗？"

"从三年前开始，眼睛渐渐看不清楚了，身体也时常感到倦怠。"

"视力很差吗？"

"戴着眼镜也看不清阿久津先生的脸。"

聪一郎一直垂着眼皮，大概是因为视力低下吧。

"您没去医院检查一下吗？"

"没去。我没有健康保险证，也没交过健康保险。"

在随时都有可能被抓住的恐惧之中，聪一郎根本就顾不上自己的健康。阿久津想起这个年末特辑的题目是《住在深渊里的人》，在阿久津看来，聪一郎心中的黑暗就是一个地地道道的深渊。

"我活着一点快乐都没有，就是一天一天地混日子。有一天，我不想再混下去了，就给三谷先生打电话向他道歉，感谢他以前对我的关照。我打算打了那个电话就自杀。三谷先生察觉到了我的心思，特意跑到东京来，狠狠地骂了我一顿，让我跟他回冈山……但是，我不想再去麻烦三谷先生……"

"不会有人再抓你了，你不知道吗？"一直沉默的俊也忍不住说话了。俊也温和的目光里透着坚强。

阿久津认为，俊也要把内心的纠结做一个了断了。

"青木龙一五年前就死了，青木组也解散了。"俊也又说。

"……青木死了？"聪一郎呆呆地愣了一会儿，哈地吐了一口气，用双手捂住了脸。不知道他听到这个消息以后是什么心情，但可以看出他一直紧绷着的弦松弛下来了。

"而且，放火事件发生的时候，你才是个初中生，放火的人也不是你，是津村。你完全可以开始新的生活。"俊也的话是诚挚的，是发自内心的。

但是，聪一郎无奈地摇了摇头，那意思好像是：一切都晚了。

"您现在最想做的事情是什么？"阿久津问道。

聪一郎看着阿久津，眼神里分明含着某种愿望。

"我想见我母亲。"

听到聪一郎本人这样说，阿久津松了一口气。这个直截了当的要求，正是作为记者的阿久津追求的银万事件的"未来"。

"您知道您母亲后来的情况吗？"

"不知道。"聪一郎低下了头。

阿久津虽然知道问下去很残酷，但也只能问下去了。

"您和津村先生逃走的时候，跟母亲联系过吗？"

听了阿久津的问话，聪一郎呜咽起来。他用手绢捂着眼睛，懊悔地一个劲摇头。

阿久津和俊也耐心地等着聪一郎往下说。

"我……扔下母亲……扔下母亲……自己逃走了……"

挤出这句话以后，聪一郎紧紧咬住了颤抖的嘴唇。

母亲看着在宵山夜市又蹦又跳的儿子开心地欢笑，儿子在建筑公司看着母亲被侮辱伤心地痛哭。父亲和女儿从家里消失了，剩下的母子二人相依为命。母亲只有聪一郎这一个亲人，聪一郎是有切肤之感的。正因为有切肤之感，背叛了母亲的罪恶感才更大。

"在我的眼睛还能看见的时候，我想见到母亲，向她道歉。"

看到俊也抹眼泪，阿久津也忍不住了。

如果问聪一郎什么是幸福，他会怎样回答呢？阿久津想起在神户的父母，从心底里感谢父母的养育之恩。对父母的感谢之情涌上心头，阿久津的眼睛潮湿了。自己已经三十六岁了，可还像个孩子，想起来真觉得害羞。

让孩子卷入犯罪，就会夺走孩子的未来和希望。银万事件最大的罪恶，就是把孩子的人生碾得粉碎。

阿久津看着满脸是泪的聪一郎，暗暗下定决心：一定要让他见到母亲！

5

脚踩在木制楼梯上，发出吱吱呀呀的声响。

本来是听惯了的声音，这时候却使俊也产生了一种不快感，好像是决心被泼上了冷水。爬上二楼以后，他先在楼梯边站了一会儿。白炽灯橘黄色的灯光，照在走廊尽头的门板上。白炽灯像平时那样平均地分配着光亮，但在俊也眼里，明暗的差别非常之大。进入他的视野的，只有母亲住的那个房间的门。

走到薄薄的门板前，昨天听到过的聪一郎的声音在耳边响起：

"我想见到母亲……"

发自内心的声音，在俊也胸中产生了复杂的反响。俊也无论如何也要见母亲一面。

昨天，俊也犹豫了半天，也没说出"我也为罪犯录过音"这句话来。当然，"西华楼"的店老板应该跟聪一郎说过了，但是，俊也没能从自己的嘴里说出来。聪一郎的命运跟自己相差太大了。聪一郎的人生，一直没有摆脱过银万事件的阴影：被赶出家门，姐姐死去，离开母亲，在黑暗中彷徨，唯一的爱也失去了。跟聪一郎比起来，自己呢？作为独生子，自己一个人享受了父母全部的爱，长大以后有自己喜欢的工作，有幸福的家庭。

但是，这些跟曾根家的罪孽是两码事。俊也攥紧了拳头，敲了敲门板。敲门的声音硬邦邦的，似乎表达了俊也的心境。这种心境也许传达进去了吧，母亲过了一会儿才应声。

"我是俊也，可以进去吗？"

"进来吧。"

拉开门进去一看，母亲正坐在电热地毯上看小说呢。房间很小，开着空调挺暖和的。左边的壁橱前面的加湿器吐着白色的水雾。

　　"身体怎么样？"

　　"挺好的，想吃肉了。"

　　胃溃疡治好以后，母亲恢复了健康。但天冷以后，母亲有时也说胃疼。前几天恶心想吐，到医院检查了，现在正在等检查结果。

　　俊也坐在母亲对面，把拿来的录音磁带和黑皮笔记本放在面前。母亲好像早就预料到会有今天似的，把小说放在了一边。

　　"这四个月以来，我在干什么，您知道吗？"

　　母亲看着俊也的眼睛，点了一下头。

　　"夏天，母亲住院的时候，让我把以前的影集找出来，我就在那个放电话的台子下边的抽屉里找了一下。"俊也指了指壁橱对面、电视机旁边的台子，"这盘录音磁带和这个笔记本跟父亲的遗物放在一起，我发现这些东西跟银万事件有关，就去找堀田先生商量。现在，几乎所有的谜底都揭开了，只剩下咱们曾根家的问题了。"

　　俊也把伯父的来信放在笔记本上："《大日新闻》的记者去英国见到了伯父，后来伯父给我寄来了这封信。"

　　母亲把身子坐端正，用清晰的声音说道：

　　"这盘录音磁带，是我录的。"

　　母亲真由美，1956年生于大阪。她的父亲是铁路上的一个小职员，母亲是家庭主妇。真由美短期大学毕业，在百货商店工作了两年以后，跟曾根光雄结婚。结婚第二年，也就是二十三岁那年生了俊也。此后，她一直协助丈夫经营西装定制店，养育孩子……

　　但是，俊也所知道的母亲，只限于她的简历。真由美在成为母亲之前的前半生的经历，是很少有人知道的。

真由美的父母性格都很温和。她的父亲从来没有大声斥责过别人。在那个时代，那样的父亲是很少见的。但是，真由美认为父亲的温和是软弱，很看不起对社会没有任何诉求的父亲。父母对这个性格火辣的独生女也感到很棘手。

真由美初中一年级的时候，日本学生运动风起云涌。真由美喜欢置身于火热的学生运动中，一个人跑遍了关西地区搞学生运动的大学。有一次在京都的一个大学，正赶上两派学生互相投掷石块，真由美头部被石块击中，流了不少血。

上高中和短期大学的时候，真由美也喜欢参加集会斗争、示威游行，但并没有什么深刻的思想。高喊着反对美帝国主义的口号，在学校里学的却是英美文学专业。美国作家海明威、卡波特，都是她喜欢的作家。这可以说是真由美柔软性的一面吧。

使真由美的人生发生重大转变的，是短期大学快毕业的时候发生的一个事件。人生的黑暗，一般都是日常生活的延长线。一天，真由美的父亲捡到一个挎包，就把挎包交到了派出所，派出所的警察打开挎包一看，里面有很多钞票。当天在家里吃晚饭的时候，父亲说起了这件事，还开玩笑说："要是找不到失主，咱家就成大款了[1]。"

后来，失主找到了。但失主说，包里的钱少了很多。父亲被叫到警察署，经过两次审问就被逮捕了。父亲一直主张自己没拿包里的钱，没想到警方拿出来一个所谓的状况证据：指称父亲在把包交给警察以后，买了很多赛马彩票。买赛马彩票是父亲唯一的兴趣，但是父亲否认自己买了那么多赛马彩票："我发誓，我绝对不会把那么多钱拿去赌博。"

---

1 日本法律规定，捡到钱物之后，三个月之内找不到失主的话，钱物归捡到钱物的人所有。

但是，在没有物证的情况下，父亲被判有期徒刑一年，缓期执行一年。不用说，工作丢了，一家人的生活陷入了困境，家也从铁路职工宿舍搬到了比较便宜的公寓里。一天，一个报社记者来到真由美家，告诉他们说，在派出所接收父亲交的挎包的那个警察被开除了。记者认为，一定是那个警察在这件事上做了手脚。

这是恢复名誉的最后一点希望。但是，不知为什么，记者写的记事没能见报。

后来记者到真由美家来道歉："对不起，我没敢写。"说完深深地鞠了一个躬。

一个月以后，父亲上吊自杀了，连遗书都没有留下。

母女俩默默度日，没想到真由美工作的百货商店知道了父亲自杀的事，私下里议论纷纷，真由美在那里待不下去了。就在这时，有人给真由美介绍了一个对象，就是俊也的父亲光雄。最吸引真由美的就是光雄有手艺，手艺人永远都不会没有饭吃的。她不想找一个像自己父亲那样没有手艺的小职员。

恋爱期间，当光雄把真由美介绍给他的哥哥达雄的时候，真由美诅咒起自己的人生来。原来，她早就认识达雄。在狭山斗争和三里塚斗争集会的时候他们就认识了，可以说是一个战壕里的战友。对于光雄来说，哥哥达雄跟自己走的不是一条路。如果知道了自己的妻子和自己的哥哥原来是一丘之貉，肯定会感到幻灭的。而对于真由美来说，就要到手的幸福就会从手边滑落。幸亏达雄反应快，装作第一次见到真由美，后来也没提到过真由美的过去，客观上促成了真由美和光雄的婚姻。

俊也所知道的"曾根西装定制"，也从此诞生。

"也就是说，伯父对您有恩？"

听完母亲长长的独白以后，俊也推测母亲与伯父这种奇妙的关系，跟录音磁带有关。

"不是有没有恩的问题。怎么说呢，用一个不太恰当的词来解释一下吧……当时有一种感觉，那就是'精神振奋'。"

听了母亲的话，俊也吃了一惊。"精神振奋"，这句话跟伯父在约克城对阿久津说过的话是一样的。当生岛请伯父制订犯罪计划的时候，伯父的心情就是"精神振奋"。伯父和母亲联合起来也许是必然的。

1984年11月，最后一个事件——希望食品事件发生之前，达雄瞒着光雄找到真由美，请她帮忙录一盘录音磁带。

"您听到伯父就是'黑魔天狗'的成员，精神上没觉得受到了强烈的冲击吗？"

"当然是吓了一跳啊。不过，听了达雄写给警察的挑战书，我觉得特别解气，马上决定帮他这个忙。"

"伯父可是散布混入了氰化钠的点心的罪犯啊。"

"那种事我不能干。可是，我无法原谅警察，我要报仇。现在我都这个岁数了，想起你外公就难过。我永远都不会原谅警察。"母亲皱起眉头，把右手放在了胸口上，"而且我跟达雄早就认识，他请我帮忙，我觉得是命运的安排。"

"可是，用自己孩子的声音去犯罪，您不觉得……"

"现在想想的确不应该。可是，当时我才二十八岁，而且我认为那是我报复警察的最后一个机会了。"

二十八岁，是啊，比现在的自己还小八岁呢。作为儿子，总觉得母亲一直就是大人，从来没有年轻过，其实那只不过是一种错觉。

"您没有后悔过吗？"

母亲今天说得太多了，显得很疲劳，沉默了一会儿才说：

378

"没有，因为我不能原谅警察。"

俊也想起伯父在给他的信里写着这样一句话："关于录音磁带的事，去问你的母亲吧。"看到这句话时，俊也一阵头晕目眩。他做梦也没想到过母亲会参与银万事件，虽然只参与了一点，也让他感到愤怒。

银万事件会使自己的孩子、别人的孩子乃至整个社会都被卷入其中，当时母亲想到过吗？一听到"警察"这个词就失去了思考能力，向没有任何过错的人们发泄自己仇恨的行为，绝对不是正义的行为。

录音磁带和黑色真皮笔记本，是达雄离开日本的时候放在母亲这里的。阿久津认为笔迹不太一样的第一页上的"The G. M. Case"这个标题，是母亲写上去的。

"一想到可以把日本的警察耍弄得团团转，我就特别兴奋。"

"您觉得解气了吗？"

"开始觉得很解气，不过，解气的心情持续时间并不长。"

跟伯父一样，母亲也是什么都没得到。那么，他们为什么没有把录音磁带和笔记本处理掉，或者说，没能处理掉呢？俊也向母亲提出了这个问题。

母亲没有正面回答俊也的问题，只说了一句"对不起"。

存放录音磁带和笔记本的抽屉里，也存放着母亲的怨恨和悔恨吧。母亲没有把录音磁带和笔记本扔掉，是因为一直在"沉默"与"终结"之间摇摆。于是，当她对自己的健康状态感到不安的时候，就把处理这件事的权力交给了儿子。

"这三十年来，您跟谁都没说过这件事吗？就算没说过，父亲也一点都没察觉吗？"俊也用同情的口气问道。

"你父亲这个人啊，除了西装什么都不知道。"母亲垂下眼皮笑了，"不过，堀田先生也许觉得有点不对劲。"

俊也听到堀田的名字，不由得吃了一惊："为什么堀田先生……"

"那天……趁你父亲去弹子房的机会，达雄把这个笔记本和录音磁带送到店里来了。因为得在家带你，不能离家太远，我几乎天天在家。达雄走的时候，我怕被邻居看到，也没把他送到门外去。不过，透过店里橱窗的玻璃，我看见堀田先生盯着达雄远去的背影，盯了很长时间呢。"

"堀田先生认出是伯父了吗？"

"不知道。不过，肯定看到了达雄的背影。随后，堀田先生来到了店里，见你父亲不在，马上就走了。"

"关于伯父的事，堀田先生没问过什么吧？"

母亲点点头："什么也没问过。"

俊也知道是怎么回事了。母亲和伯父接触过的事，堀田先生一定有所察觉。堀田先生为了不让俊也担心，没有对俊也说母亲的事，就像亲人一样陪着俊也调查，但又保持着一定的距离，真是一个替别人着想的好心人。

看着陷入沉思的俊也，母亲小声说道："我的病检查以后还没出结果，万一是不治之症的话，我要把这件事告诉亚美。"

在俊也什么都不知道的情况下，婆媳二人早就有交代了。表面上常吵嘴的两个女人，原来关系是那么亲密。

听母亲说她对自己的病已经做好了最坏的思想准备，俊也心里很难过。但是，入夏以来四处调查经历的事情太多，已经使他变得坚强多了。

跟银万事件联系在一起的曾根家的不幸，只能靠自己把联系斩断。

俊也把低头坐在电热地毯上的母亲留在房间里，默默地走出了母亲的房间。他对母亲爱得很深，所以非常难过。但是，他已经不害怕了。

俊也回到一楼的操作间，拿起了手机。他想找人诉说自己现在的想法。查到阿久津的电话号码以后，他按下了通话键。

"阿久津先生在我的店里说过的未来……"

阿久津一接电话,俊也没说自己是谁就开始说话了。阿久津默默地听着。

"我想用我的方法向未来迈进!"

6

眼睛虽然看不到,但能感受到腾腾的热气。

《大日新闻》大阪本社大楼里的大厅,挤满了来自各新闻媒体的两百多名记者。记者招待会将于晚上7点举行。

12月21日,也就是今天,年末特辑的第一辑在《大日新闻》第一版,以及社会版面和另一个版面全面铺开。电视新闻也直播了这个消息。《"银万事件"的罪犯在英国被找到》《为犯罪团伙录音的两个孩子接受本报记者采访》等报道,以及经过马赛克处理的达雄的照片、盒式录音磁带的照片、黑色真皮笔记本的照片、事件的年表等,都上了版面。并且预报,其他照片以及罪犯的无线通话记录是否在网上公开,正在进行研究。

三天前,以大阪府警察本部为源头,发出了"《大日新闻》与制造银万事件的罪犯接触"的信息。第二天,各报社记者开始向常驻各府县警察本部的记者打听情况。

《大日新闻》虽然刊登了独家报道,但各家报社的晚报和电视台也就是作为"诸多新闻之一"淡淡地报道了一下。被别人抢了先的记者最大的报复手段就是"不追风",无视所谓的独家报道才能最大限度地保证自己不受伤，这是自我保护的本能使然。淡淡地报道一下，也是一种抵抗的手段。但是，只有这一次，就是不想采访也不能不关心一下了。

亲眼见过犯罪团伙集会的"紫乃"的大厨，保留着罪犯之间无线通话录音的名古屋的山根治郎，金田哲司的同学秋山宏昌，曾亲自踏入犯罪团伙窝点的已故暴对刑警的儿子中村——都是很难找到的采访对象。反过来说，就像用各种颜色的碎纸片拼贴图画，把一个又一个信息的碎片合在一起，才得到了这样的结果。这种手法，不管是过去、现在还是将来，都是人们不断追求的写调查报道的手法。

当然，没能解决的课题还有。对于留下了大量的物证，使搜查本部的刑警们陷入迷雾的罪犯们来说，银万事件决定性的物证应该是菊池社长的原始录音磁带和打印挑战书与恐吓信的打字机。相信这些物证还存在，要以极大的耐心把它们找出来。当然，找到曾根达雄以外的还在世的罪犯也很重要。

跟宽敞的大厅比起来，旁边的休息室显得非常寒酸。平时用来开小型会议的休息室，进来十个人就会非常拥挤，现在已经有七个人了。除了一张放东西用的桌子，还有几把钢管椅子，再有就是临时搬过来的一个大衣架。

现在，聪一郎站在大镜子前面，就像一个木偶。俊也要给他找一套最合适他穿的西装，没想到花了那么长时间。由于不是定制的，不可能那么合身，但俊也总是觉得不太满意。堀田在旁边一个劲地说"差不多了"，俊也还是歪着头左看右看。

聪一郎非常希望参加记者招待会。在东京都八王子市的咖啡馆见面的第二天，聪一郎就给阿久津打电话说过。最初三谷浩二坚决反对，但聪一郎说，只有这样做才能尽快找到母亲，三谷只好答应了。不过三谷提了一个条件，那就是不能露脸。俊也呢，为了保护自己的家人，也提出了"匿名""不录像"的条件，单独接受采访。即便如此，阿久津也能感受到俊也的诚意，相信他不会逃避，相信他一定会把真实情况说出来。

如果这个记者招待会能引起警方注意并使之行动起来，各报社的记者也紧跟着开始采访聪一郎和俊也，他们的周围就会掀起轩然大波。当然，作为记者还要继续写报道，但结果还是要把他们两个当作被害者来看待。

"你怎么还是那么沉不住气啊？"

鸟居看着下意识地一会儿站起来一会儿坐下的阿久津挖苦道。阿久津虽然尽了自己最大的力气采访，还是听不到鸟居一声表扬。不过，阿久津对这样的上司已经习惯了。如果鸟居说几句表扬的话，阿久津听了反而要出荨麻疹。

鸟居走出房间以后，满面笑容的水岛凑到阿久津身边，在他的耳边小声说道："那家伙，早就看上你阿久津了。"

"早就看上我了？"

"你还记得三年前你提出的关西小剧场的采访计划吗？"

当时，文艺组主任富田最初并不赞成那个采访计划，后来才勉强同意。没想到采访开始以后，发现这个采访计划非常有意思。关西小剧场为了动员更多的观众来看剧，不但广泛利用社交网络服务软件，还安排演员到街头去表演。采访取得了巨大成功。

"你看他装得多像啊。明明很喜欢你，却一句表扬的话都不说。到底是个演员啊。"

"什么？"阿久津听不懂水岛的话是什么意思。

"那家伙，上大学的时候是学生剧团的。"

"您在开玩笑吧？"

"小金宝！"

"……什么？什么意思？"

"那家伙的艺名。"

"您骗我吧？莫非是'洪金宝'二世的意思？"

"不骗你。别忘了为信息来源保密哦。"水岛说完走出了房间。

阿久津眼前浮现出鸟居那张严肃的面孔，这个"小金宝"在他的人生中遇到过什么不愉快的事情吗？

聪一郎的西装总算定下来了。

阿久津递给战战兢兢地坐在椅子上的聪一郎一瓶茶："紧张吗？"

"我想逃。"

在场的人都笑了。

"不过，我已经没地方逃了。我一定要说真话。"

聪一郎消瘦的脸庞显得有些僵硬，但脸色比第一次见面的时候好多了。没有律师，聪一郎要一个人面对诸多记者。阿久津虽然有些担心，但看到聪一郎那决心已定的样子，还是要高高兴兴地把他送出去。

"时间到了。"堀田抬起手腕看了看手表，用有磁性的声音说道。他也是这次调查报道不可或缺的一个人物。

"那好，我去了！"

阿久津跟聪一郎握手，可以感觉到现在的聪一郎坚强有力。

俊也和堀田走在前面，聪一郎和三谷跟在后面。皮鞋敲打着楼道的地面。走在最前面的俊也推开了大厅的门。

大厅前面是不太高的舞台，舞台上有铺着白桌布的长方形桌子，桌子上摆满了各报社的麦克风和微型录音机。从门口到舞台的距离有十米左右，但那段距离有屏风，记者们看不到他们，所以还不会暴露在闪光灯下。现在，聪一郎和三谷站在了前面，俊也和堀田站在他们后边，再后边是阿久津。阿久津看着聪一郎，想起了这个特辑开头的第一句话。

"我……扔下母亲……扔下母亲……自己逃走了……"

写新闻报道的时候，应该尽量避免在开头使用对话体。但如果那句话是稿件的核心的时候，就不必拘泥。

那句话是一个从火海里逃出后扔下母亲的少年，发自内心的悲痛的呐喊。少年时代的聪一郎，一定希望斩断束缚着这个倒霉的家庭的负面连锁，哪怕斩断自己和母亲的联系也在所不惜。他也许会认为放火的不是津村，而是万能的神。

但是，逃走以后他什么都没有得到。在广岛、在宫崎、在冈山，都没有得到任何东西。每次绝望他都会感到更加孤独。熬过了昨天又熬今天，时光在流逝，他已经被忘记了。

聪一郎不理解别人，不理解社会，也不理解伴随着时间流逝吹拂的风。他存在于绝对不会有太阳升起的边缘。他身上刻着数不清的不幸，像一座石碑矗立在那里。

"终于走到这一步了。"

站在阿久津身边的鸟居自言自语道。这位主任大概也有难言的过去吧，但在阿久津眼里，鸟居只是一个疯狂的事件记者。

"为什么要制造那样一个事件呢？"鸟居继续自言自语。

自己一直追踪的事件，好像就要撒手了似的，阿久津感到一丝失落。一想到采访就要告一段落了，阿久津从心里到身体都感到疲劳。

"我们的工作就像是因式分解。不管有多麻烦，面对不幸和悲伤的时候，都不能假装看不见，要一步一步地追究这是为什么。虽说很难分解到素数，但也不能放弃努力。素数就是事件的本质，就是人们追求的真实。"

阿久津转过头去，看了鸟居一眼。鸟居轻轻地把手放在了阿久津的肩膀上："阿久津，你辛苦了。"说完转身离去。

鸟居的话在阿久津胸中回荡。然后，他开始思考自己现在是否分解到了素数。他在心里对自己说：还可以分解下去！

阿久津向前方看去。聪一郎开始向舞台上移动了。阿久津看着聪一郎的后背，默默地为他祈祷着。

Epilogue

"今夜好像要下雪。"

俊也脱下皮鞋换拖鞋的时候，想起了亚美说过的这句话。虽然穿着很厚的袜子，但脚趾还是冻得生疼。门厅里没有暖气，真想把刚脱下的大衣再穿上。

"这边请。"

穿着粉红色围裙、态度和蔼可亲的女职员在前面带路，阿久津跟在女职员身后，俊也和聪一郎并肩跟在阿久津身后往前走。太冷了，说不定真的要下雪。俊也不由得摸了摸贴在腰部的暖宝宝。

擦得锃亮的地板反射着楼道顶部的灯光。跟来这里之前想象的完全不同，这个特别护理养老院还挺新的。越往里边走越暖和，时而遇到擦肩而过的老人。活动中心大厅里，几个职员正在准备新年打年糕的活动，可以听到老年妇女的欢笑声。

这是神户市内的一所特别护理养老院。马上就要过新年了，到处都是欢乐祥和的气氛。来到连接两栋楼的回廊前面的时候，女职员停下来介绍说："前面就是宿舍区。"

女职员笑着指了指回廊，然后走进左手侧一个房间里去了。带滑轨的推拉门是开着的，门的上方有一个写着"接待室"的小牌子。

阿久津等三人跟着女职员走进接待室，首先看到的是正面的玻璃窗外面的大海。碧波万顷，波光粼粼，地平线上方飘浮着白色的积云。虽然冬日的海风很凉，但还是可以看到三三两两钓鱼的人。

接待室里只靠自然光就足够明亮的了。右手侧是一个小柜台，柜台前面的圆桌周围坐着三个人，他们正在那里喝茶聊天。

"喂，小林女士！"女职员叫了一声。

窗边一位坐在轮椅上看海的女性转过头来。小林女士满头白发，涂了淡淡口红的嘴唇松弛下来，温和地笑了。小林这个姓氏引起了聪一郎他们的注意，这是后话。

九天前的记者招待会，聪一郎遭到了记者们围攻式的提问。在聪一郎结结巴巴但诚实地回答问题的过程中，杀气腾腾的会场渐渐安静下来。关于放火杀人事件，有记者听说京都府警察本部已经找过聪一郎，就判断出聪一郎是给犯罪团伙录音的孩子了。这一下就像捅了马蜂窝，各家媒体、互联网连日报道银万事件。韩国、英国的媒体，中国台湾、香港的媒体也都行动起来，主要报纸和电视台连篇累牍地报道"发生在三十一年前的事件的真相"。

俊也那里也去了很多采访的记者。他只好缩短营业时间，在附近的咖啡馆或餐馆接受采访。同样的话说了一遍又一遍，虽然觉得很烦，但因为背负着罪犯家属的罪名，他也只好耐心而诚实地回答。

《大日新闻》的年末特辑连载了七天，最后一天以东京都八王子市的那个咖啡馆为背景落下帷幕。报社的电话都被打爆了。前天晚上，这个特别护理养老院给报社打来的电话说："我们这里有一位女性，自称是聪一郎的母亲……"阿久津回电话确认，这边说可信度很高，于是阿久津就带着聪一郎和俊也过来了。

跟在阿久津身后的聪一郎无声无息地走到前面，猛地站住了。

然后，他加快脚步，一下子向那个被称为"小林"的女士扑过去，跪在轮椅前靠近小林女士的脸。

"妈……"

听到聪一郎带着哭腔的呼喊，女士的脸扭曲了，叫了声"聪儿……"把两只手伸向聪一郎。聪一郎握住那双小手的同时，两个人互相叫着，紧紧地抱在了一起。聪一郎压抑许久的感情突然爆发，哇哇大哭起来。

"妈——妈——"

满头白发的女士——生岛千代子也低着头，浑身颤抖着，呜咽着。

"妈——对不起——对不起……"

"聪儿——聪儿，你的眼睛……怎么了？你生病了吗？"千代子用双手捧着儿子的脸，用拇指擦去他脸上的泪。

把母亲扔下自己逃走，聪一郎大概从来没有像今天这样后悔过。他把头埋在母亲怀里，一个劲儿地道歉。

俊也忍不住流出了眼泪，赶紧掏出手绢捂住了眼睛。阿久津眼睛也红了，但是他作为一个记者，还有工作要做。他从采访包里把小型照相机拿出来，关掉闪光灯，默默地给抱在一起痛哭的母子俩拍照。

围着圆桌坐着喝茶聊天的三个人很有眼力见儿，默默地站起来走出了接待室。女职员对阿久津小声说了句"有事叫我"，也出去了。宽敞的接待室里只剩下千代子母子、俊也和阿久津四个人了。

聪一郎摘下眼镜，用西装袖子擦了擦眼泪。这身西装还是记者招待会时俊也给他的那一身。聪一郎站起身，回过头来对阿久津和俊也说道："这是我妈。"

手上拿着照相机的阿久津跟千代子搭话说："这里风景真好啊。"

坐在轮椅上的千代子微笑着向阿久津鞠了一个躬。

千代子和聪一郎肩并肩地坐在一起，阿久津和俊也坐在他们对面，采访开始了。俊也今天也不说话，只是偶尔点点头而已。阿久津一边给母子俩看自己写的报道，一边介绍了一下采访的前后经过。然后，为了填补一些事实的空白，开始了提问。

"那个建筑公司被放火烧掉以后，千代子女士是怎么生活的呢？"

"听说那个建筑公司着火了，我的脑子里一片空白，因为我知道聪儿就在公司里。我慌慌张张地跑到那里一看，房子都烧光了，只剩下一片冒着白烟的瓦砾……我拼命地四处寻找聪儿，哪里都找不到。我向公司的人打听，他们让我在家里等着。"

千代子回到家里，翻开电话簿，把京都市内医院的电话打了个遍，问人家有没有一个初中生模样的男孩子被送进了医院，结果人家都说没有。后来在收音机里听到建筑公司的火灾死了两个人，千代子急得昏了过去。

"那天晚上，青木组的两个人来到我家，说津村和聪一郎跑了，眼下去向不明，问我接没接到他们的电话。"

"我想打电话来着，但津村先生不让我打。他说，家里肯定有青木组的人。"一脸后悔的聪一郎讲述了当时的情景。津村的判断是：如果聪一郎给母亲打电话时被青木组的人把电话抢过去，在电话里威胁说如果聪一郎不回去就把他的母亲杀死，聪一郎就只能回去了。实际上，青木组的人一直在千代子家里监视着她。

"青木组的人对我说，津村放火以后，把一直很喜欢他的聪一郎带走了。我一边祈祷着聪儿平安无事，一边希望聪儿能开始新的生活。当然，后面这种想法是很不负责任的。"

俊也想起了千代子在公司办公室被侮辱的事。逃离青木组自由地生活，是母子俩的夙愿啊。得不到聪一郎的信息，千代子等累了。在那种情况下，她只能往好处想，相信聪一郎已经开始了新的生活。

警察来到千代子家里，要把她带到警察署去，询问放火事件。那时候千代子做好了被问到银万事件的思想准备。在警察的车里，千代子一直在犹豫要不要把自己知道的一切都告诉警察。如果告诉了警察，不知道聪一郎会遭到怎样的灾难。她最终决定什么都不说。虽然她做好了思想准备，但关于银万事件，警察一个字都没提。

"警察问我是怎么进的那家建筑公司，问我认识不认识津村，关于我丈夫生岛秀树，只问了问他叫什么名字，好像警察根本就不知道他已经死了。警察只关心放火事件，对我们一家人根本不感兴趣。"

去向不明的丈夫以前虽然当过刑警，但当时的警察只把他看作暴力团的成员。对他的家人，当然没有一丝同情。不过，这种歧视倒是帮了千代子。所以询问之后，警察冷冷地对她说"我们就不送你了，你自己想办法回家吧"，千代子根本没有生气。

"从警察署出来以后，我忽然意识到我应该保护的人一个也没有了。我担心青木组的人把我家重要的东西抢走，早就准备了一个包随身背着，去警察署的时候也没放在家里。从警察署出来以后，我觉得已经没有回那个家的必要了。"

千代子没有回家，直接去了车站。她担心被青木组的人抓住，心脏剧烈地跳着。通过检票口坐上火车以后，这个四十四岁的女人才开始回顾已经被她自己忘却的人生。

"后来您去了哪里？"

"最初在金泽的一家旅馆打工。"

千代子非常清楚地记得自己经历的一切，但是，一个女人活过的二十四年的岁月，她是不想说出来的。跟聪一郎一样，她也辗转了很多地方。没有保证人，没有工作，真不知道她是怎么活过来的。肯定还有不愿意讲给儿子听的经历。关于为什么姓了小林这个姓，她也是搪塞了几句，没有详细说。

看着千代子尴尬的表情，俊也觉得应该赶快离开这里，让母子俩单独待在一起。看样子，阿久津也觉得再待下去不太好。

"虽然这样做有些不礼貌，但慎重起见，我还是不得不这样做。您母子二人身上带没带着可以证明你们确实是母子的东西？"

情归情，事归事，在任何问题上都不能有半点差错。俊也一边在心里埋怨阿久津怎么这时候还问这种话，一边感叹记者工作是多么严谨。

聪一郎从包里拿出来一个磁带式录放机，看了母亲一眼，按下了放音键。

一阵杂音之后，在调查事件的过程中听过好几次的声音开始在房间里回荡：

"上名古屋到神户的高速公路，以每小时八十五公里的速度，驶向吹田服务区……"

似乎生了锈的录音，是一个年幼的女孩的声音。虽然断断续续不那么清楚，但千代子听到那声音之后，"啊"地叫了一声，双手向录放机伸过去。

"啊……小望的声音……小望……"

聪一郎在一旁呜咽起来，千代子放声大哭。

"对不起……小望……妈妈对不起你……对不起……对不……起……"

千代子紧紧抱着只剩下杂音的录放机，额头顶在桌沿上，哭得浑身颤抖。

被狐目男追踪也想着给家里打电话的勇敢的女儿，想去国外留学、对未来充满希望的女儿。现在，千代子脑海里一定浮现着生岛望各种表情的面庞。俊也不由得想起了自己的女儿诗织。诗织刚能站起来的时候，他和亚美击掌庆贺的情景；俊也腰疼躺在床上，诗织用小手给他按摩的情景；诗织挨批评的时候一边哭一边继续把橘子瓣往嘴里塞的情景……几百次几千次抱过的女儿是他的至爱，他完全能够理解被夺去了女儿的千代子的心情。为了不哭出声来，俊也使劲咬着嘴唇，眼泪哗哗地往下流。阿久津也一直低着头，沉默不语。

聪一郎抱住母亲，把头靠在母亲的肩膀上。

唯一可以证明母子关系的东西竟然是犯罪的物证，这是多么残酷的现实！多么令人悲伤的现实！

终于，千代子放开了录放机，聪一郎从母亲的肩膀上抬起头来。

千代子身体颤抖着，把放在膝盖上的一个小布袋放在桌子上，然后从小布袋里拿出来一个小小的蓝色玩具汽车。聪一郎一把抓起了玩具跑车。

千代子哭着说道："这是住在兵库县建筑公司家属宿舍的时候，聪儿送给我的生日礼物。那时候，聪儿说没有什么能送给我，就把他喜欢的玩具跑车送给了我。"

聪一郎在一旁频频点头，眼泪又流了下来："这……这是买银河公司生产的奶糖的时候，免费赠送的。"

西边的太阳，已经有半个躲到大山后边去了。

俊也站在阿久津身边，双手放在水泥堤防的矮墙上。神户的海，风平浪静。

"总算赶在新年之前把该做的都做了。"阿久津微笑着对俊也说道。

俊也看着阿久津，也笑了："不过，还得把聪一郎送到医院去看眼睛。"

"是啊。您放心，我负责联系医院。"阿久津满怀信心地说完，又转向大海，默默地注视了一阵，"您的家人都安定下来了吧？"

"安定下来了。不过，还会有记者来采访。"

母亲把一切都告诉俊也那天，俊也就告诉了妻子亚美。亚美只说了一句"知道了"。第二天，亚美见了婆婆，像往常一样该说什么说什么，该做什么做什么。亚美的心情一定很乱，但她能做到这样，可见她的内心是多么坚强，又是多么温柔。俊也从心底里感谢妻子。

"我想去英国见伯父。"

阿久津点点头："要去就快点去。大阪府警察本部已经跟英国司法当局取得了联系。三十多年前的事件，还有人权问题，而且需要具有说服力的证据，暂时还无法逮捕他。"

今天很暖和，但太阳落山后，很快就冷下来了。钓鱼的人已经不见了踪影，晚霞满天，海鸥在飞翔。

"我该回报社了。"

"马上就要过年了，工作真辛苦啊。"

"回去不是工作，是喝啤酒！"阿久津说着做了一个拿着啤酒罐喝啤酒的动作。

俊也心想：阿久津真是个好人。这个跟自己同岁、同样生于关西地区的记者，说不定曾在什么地方跟他擦肩而过呢。如果没有银万事件，也许不会跟他认识。但是，这组报道结束以后，还是要各走各的人生路。

俊也要跟阿久津握手，阿久津高兴地同意了。

"请多保重！"

"俊也先生也多保重！"

阿久津迈着频率极快的步子，越走越远了。看着阿久津远去的背影，俊也突然觉得好寂寞。他压抑不住自己伤感的情绪，转身遥望着养老院，想起了聪一郎的人生经历。

从银河公司生产的奶糖纸盒里看到那个玩具跑车的时候，聪一郎一定高兴得欢呼雀跃。一个脸上绽放着纯真的笑容、得意地向妈妈和姐姐展示玩具的小男孩的形象浮现在眼前。俊也心里一阵难过，不由得用双手按住了胸部。玩具跑车又回到了聪一郎手上，希望就在前面，一定抓得住的。

大海沉默着，太阳完全落山了，天色为之一变。头顶上的青色天幕美丽至极。俊也觉得自己就要被吸入寂静的大自然里去了。他合上眼睑，似乎要把一切都呼出去似的，长长地、长长地吐了一口气。

向站在这里的俊也窃窃私语的，只有送来了海滨香味的冬日晚风。

· 参考文献与影像资料 ·

[1] 朝日新闻大阪总分社社会部著，《格力高·森永事件》（『グリ
コ·森永事件』），新风舍文库

[2] 宫崎学、大谷昭宏著，《格力高·森永事件最重要的参考人M》
（『グリコ·森永事件　最重要参考人M』），幻冬舍法外之徒文库

[3] 一桥文哉著，《消失在黑暗中的怪人——格力高·森永事件的真
相》（『闇に消えた怪人　グリコ·森永事件の真相』），新潮文库

[4] 森下香枝著，《格力高·森永事件最终报告——真正的犯人》
（『グリコ·森永事件「最終報告」真犯人』），朝日文库

[5] NHK特别节目采访组著，《NHK特别节目——未解决事件：格力
高·森永事件——搜查员300人的证言》（『NHKスペシャル　未解決事
件　グリコ·森永事件~捜査員300人の証言』），文艺春秋

[6] NHK特别节目采访组著，《NHK特别节目——未解决事件格力高·森
永事件》（『NHKスペシャル　未解決事件　グリコ·森永事件』），
NHK DVD

[7] 关西地区媒体伦理恳谈会50周年纪念志策划委员会编，《阪神大
地震与格力高·森永事件VS媒体人——在权力与市民之间做了什么》
（『阪神大震災·グリコ森永VSジャーナリスト~権力と市民の間で何
をしたか~』），日本评论社

［8］本·洛佩兹著，《谈判者——人质救出的心理战》（『ネゴシエイター　人質救出への心理線』），柏书房

［9］电影《惊天绑架团》，丹尼尔·阿尔弗雷德森（Daniel Alfredson）导演，2015年

本书的创作得到了《读卖新闻》记者加藤让先生、媒体人田中周纪先生、京都西装定制店的师傅们，以及很多不能在这里一一列举名字的朋友的大力协助。

本作品虽然是虚构的，但再现了其原型"格力高·森永事件"的史实，事件发生的日期、场所，犯罪团伙发出的恐吓信和挑战书的内容以及关于事件的报道等，都有事实根据。我认为，这个战后最大的悬案，是一个"把孩子卷入其中的事件"，也许现实社会中确实存在出现于书中的孩子，我就是要把他们真实地描写出来。最后，对于那些诚心诚意地寻找答案的读者，表示最诚挚的谢意。

盐田武士

读客®
悬疑文库
认准读客读悬疑，本本都是大师级。

专注出版英、美、日、意、法等世界各国各流派的顶尖悬疑作品。

为读者精挑细选，只出版两种作品：
经过时间洗练，经典中的经典；以及口碑爆表、有望成为经典的当代名作。

跟着读客悬疑文库，在大师级的悬疑作品中，
经历惊险反转的脑力激荡，一窥人性的善恶吧。

打开淘宝，扫码进入读客旗舰店，
下一本悬疑更惊奇！

豫著许可备字 -2021-A-0046

图书在版编目（CIP）数据

罪之声 /（日）盐田武士著；赵建勋译． —— 郑州：河南文艺出版社，2021.7

（读客悬疑小说文库）

ISBN 978-7-5559-1187-6

Ⅰ．①罪… Ⅱ．①盐… ②赵… Ⅲ．①推理小说 – 日本 – 现代 Ⅳ．① I313.45

中国版本图书馆 CIP 数据核字（2021）第 130900 号

罪之声

著　　者	［日］盐田武士	
译　　者	赵建勋	
责任编辑	李亚楠	
责任校对	丁　香	
特邀编辑	齐海霞　　宋　琰	
策　　划	读客文化　021-33608320	
版　　权	读客文化	
封面设计	李子琪	
出版发行	河南文艺出版社	
印　　刷	三河市龙大印装有限公司	
开　　本	890mm × 1270mm 1/32	
印　　张	12.75	
字　　数	311 千	
版　　次	2021 年 7 月第 1 版　2021 年 7 月第 1 次印刷	
定　　价	59.00 元	

如有印刷、装订质量问题，请致电 010-87681002（免费更换，邮寄到付）

版权所有，侵权必究